U0527095

大鱼
有爱的青春陪伴者

山雨来时

六经注我 / 著

北京燕山出版社

图书在版编目（CIP）数据

山雾来处 / 六经注我著. -- 北京 ：北京燕山出版社, 2024. 12. -- ISBN 978-7-5402-7364-4

Ⅰ．I247.5

中国国家版本馆CIP数据核字第2024R5Z443号

山雾来处

作　　者	六经注我
责任编辑	王月佳
封面设计	刘　艳
出版发行	北京燕山出版社有限公司
社　　址	北京市西城区椿树街道琉璃厂西街20号
电　　话	010-65240430
邮　　编	100052
印　　刷	长沙鸿发印务实业有限公司
开　　本	880mm×1230mm　　1/32
字　　数	355千字
印　　张	10.5
版　　次	2024年12月第1版
印　　次	2024年12月第1次印刷
定　　价	42.80元

版权所有　翻印必究

目 / 录

CONTENTS

Chapter 01　　陈，陈野望的陈 /001

Chapter 02　　换种说话方式 /034

Chapter 03　　爱在黎明破晓前 /063

Chapter 04　　罗密欧与朱丽叶 /093

Chapter 05　　期末答疑 /124

Chapter 06　　平安符 /153

SHANWULAICHU

目 / 录
CONTENTS

Chapter 07　不过分的愿望 /185

Chapter 08　山地救援工作者 /212

Chapter 09　窦房结 /246

Chapter 10　试试就知道了 /272

Extra 01　骄傲 /295

Extra 02　此夜天晴 /320

S H A N W U L A I C H U

Chapter 01
陈，陈野望的陈

/师兄大度不了。
辛苦林同学，努力达到做我课代表的标准。

这年十一月的某天，P城近郊的绫山忽然起雾。

封闭式盘山公路赛道上，一辆越野车呼啸而来，即将在拐点漂移出弯。

"砰"——路旁五角枫树的枝叶剧烈摇颤，车身一侧轮胎空驶，发出刺耳的噪音。

一阵脚步声紧接着响了起来。

身穿救援服的林卓绵一边朝越野车跑过去，一边用对讲机向队长报告："海拔一千米，红檀道赛段出现侧翻事故，甩尾幅度太大，撞树上了。"

她停了停，打量一眼，又补充道："侧翻角度三十左右，车身变形不算太严重，人应该没大事儿，我先初步处理，然后在这儿等队里和主办方的人。"

放下对讲机，林卓绵已经来到越野车附近，她提高音量提醒对方将车熄火，以免燃烧爆炸。

机械空转的声音骤然停止。

林卓绵放了心，转到主驾驶位一侧，蹲下查看参赛者的状况。

因为是跑过来的，她白皙的脸上带着浅浅的绯红，低垂眉眼时，纤长细密的睫毛在卧蚕上投下一层半透明的阴影，微风扬起了从发圈中脱落的几缕碎发。

"您还好吗？如果可以的话，先固定好坐姿再尝试解开安全带。"

她的嗓音温柔坚定，车内人的声音透过玻璃："……腿、腿疼。"

林卓绵打开随身工具箱，安抚对方道："不用紧张，应该只是轻度骨折。您打开车锁做好准备，我从副驾驶位置的车门救您出来。"

她半跪在地上，柔白细长的手指攥紧破拆工具，探入车门与车体的缝隙，用力地一撬。

门框扭曲幅度不大，林卓绵很快听见了金属剥离的声音。她放下破拆工具，顺利打开车门，注意到有凝结的水滴顺着挡风玻璃流了下来。

与此同时，她身后传来了救援队长的声音："卓绵，我们来了！"

林卓绵回头应了一声。

两个队友迅速上前，从驾驶室里将伤员架出来，抬上了担架。

林卓绵看见主办方负责人也到了，她拍掉手上的灰，起身走到对方面前。绀蓝色的山地救援服衬得她肤色莹白，裤脚利落地收在黑色马丁靴里，勾勒出瘦长的小腿轮廓。

"我建议中止比赛。"林卓绵看向负责人，"山上已经起雾了，现在空气潮湿又有风，一会雾气只会更大，这位参赛者就是因为视野不清误判了甩尾幅度。"

她的眼睛是倔强的，认真看人的时候，有种清凌凌的力量感。

负责人明明年纪比她大不少，被她看着，却不由自主地心悦诚服。

他点了点头："我跟其他人商量一下。"随后走到一边打起了电话。

说话的工夫，伤员已经被抬上救护车送下了山。

队长陆思进抱着胳膊，笑眯眯地同林卓绵打趣："你现在挺能耐啊，一人就能溜门撬锁的，上回那一头扎沟里的大皮卡，小李和小孙他们两个大小伙子才弄开。"

林卓绵同陆思进关系一向好，知道对方是跟自己开玩笑，顺口接下去："那等我退休之后发展个开锁业务，到时候小广告直接贴您家门上。"

两人说话间，负责人走回来，告诉他们："比赛中止，马上就拉警笛。还得麻烦你们和志愿者帮忙，在各个路段举警示灯提醒一下选手。"

林卓绵答应下来。

负责人又报出一串车号，说："我们赞助商星北户外的陈总也在赛道上，你们多留意一下他那辆车，千万别让那位出什么岔子。"

"星北户外"，近年来行业内迅速崛起的新锐户外品牌，以环保为特色，将设计感与科技感完美结合，各路明星网红甚至运动员都自发带货，没有哪个年轻人不知道这个牌子。

林卓绵也知道，她比任何人知道得都早。

那双宁静澄澈的眼睛忽然掀起了情绪的风暴，然而只持续了一个沉默的片刻，便被压了下来，她轻声说"好"。

一声警笛响彻山间。

林卓绵举起警示灯，铁锈红的光影不停闪动。

负责人没走，站在一旁陪她，看着手机絮絮叨叨地说："陈总的定位快到红檀道了……"

突然一阵引擎声由远及近传来，车灯在雾中切割出两道锐利光线，林卓绵产生了某种预感，心脏不受控制地狂跳起来。

一辆黑色越野车穿破雾气，硬朗的轮廓显露无遗。

对方减速很稳，轮胎压着地面，刚好停在她面前。

林卓绵最先看清的是他开门的手，腕部被纯黑冲锋衣的袖口束着，手指冷白修长、骨节分明，手背因为用力浮现出了淡淡的青筋。

他漫不经心地抬眼，一张清俊面孔便毫无保留地映入她眼中。

凌厉的眉，微微上挑的眼睛，车门开合时产生的暗影与不算明亮的天光交织着落在他脸上，更显得鼻梁高挺，嘴唇削薄。

与他对视的那刻，林卓绵将警示灯抱在怀里，指尖下意识地绷紧，仿佛听见岁月轰然倒地，无数旧事浮出记忆，当年的一切心事都在这一刻复苏，如潮水一般奔涌而来，叫嚣着要将她吞没。

无限延长的一秒钟，整个世界像被停格的电影。

负责人赶忙迎上："陈总，我们的比赛中止了，怕一会儿雾太大出危险，准备让所有人四十迈直接开到终点。"

陈野望"嗯"一声："我知道了。"

嗓音低沉清越，一如当年。

"给您介绍一下，这位是这次咱们医疗保障救援队的林卓绵，林小姐。"负责人朝那辆侧翻的越野车示意，"刚才多亏她及时发现有个选手因为有雾看不清撞路边了，我听陆队说他们一起执行过不少国家级任务，确实是经验丰富。"

陈野望的目光落在林卓绵身上，淡漠的眉眼间没有一丝一毫多余的情绪。

像看陌生人。

林卓绵的五脏六腑像是被无形的绳索猛然勒紧，几乎透不过气来。她逼迫自己开口:"陈总年轻有为,初次见面,请您多关照。"尾音沾染了一丝不易察觉的颤抖。

陈野望起初没说话,过了片刻,才似笑非笑地重复了一遍:"初次见面?"

林卓绵的心一下子悬到了嗓子眼,担心下一秒对方就戳穿自己拙劣的谎言。

不过陈野望并没有拆她的台,只轻描淡写地说:"我记下了,林小姐。"然后他便转身上了车,随动作产生的气流擦过她侧脸,拂起她的碎发。

曾经他喊她"绵绵",时至今日,他叫她"林小姐"。

他们两个之间,只剩下了错身时这一阵惘然的风。

越野赛中止之后,主办方为安抚参赛者的心情,提前了赛后篝火露营活动的开始时间。

林卓绵抱着膝盖坐在折叠椅上,怔怔地看着不远处的陈野望。

他跟从前一样,依旧是众星拱月般的存在,大概是因为在商场上历练过,比起当年更添了一层成熟稳重,跟人谈笑风生的时候很是游刃有余,仿佛一切尽在他的掌控之中。

她看得太专心,以至于陆思进将一把户外烧烤用的铁钎放在她面前时,她还有些没反应过来。

"帮着穿两串蔬菜,我这手沾生肉了,怕有腥味儿。"陆思进说。

林卓绵点点头,抽了张湿巾擦干净手,往铁钎上穿切好的青椒和蘑菇。或许是因为心神不宁,她的动作慢吞吞的,视线仍旧不时抬起,望向同一个地方。

陆思进瞥她一眼,顺着她的目光看过去,手上继续忙活着:"你认识陈总?"

林卓绵垂眸道:"……今天负责人介绍的。"

"那好啊,我记得他好像还是你那学校毕业的,你今晚找个机会去跟他套套近乎加个联系方式。"陆思进用刷子给肉串刷上酱料,"星北这些年做了不少野外救援的慈善,咱们队里正好缺资金,上次紧急情况调了一次直升机,快把家底儿掏空了,有可能的话,之后找陈总帮帮忙。"

林卓绵动作顿了一下,没接话。

陆思进了然道:"我知道你小姑娘家家脸皮儿薄,但这不是为了救人嘛,我但凡跟陈总能搭上一点边儿我都亲自觍着老脸去。我跟你说,不用那么大负担，钱这东西，客观上来说无非就是账户里的一串数字，没什么。"

"那主观上呢？"林卓绵问。

陆思进无赖得理直气壮："主观上是我大爷。"

林卓绵扯了一下唇角，笑容有些沉。

夜色乍起，环绕帐篷的暖白灯串次第亮起，照清了山野间弥漫的大雾。

负责人来给林卓绵敬酒，脸上颇有些劫后余生的庆幸："林小姐，今天真是太感谢你了，就这能见度要是让选手上了赛道，我都不敢想象会发生什么。"

林卓绵站起来摇摇头："我应该做的，您不用客气。"

她闻见了对方身上的酒气。

陆思进突然咳嗽一声。

林卓绵拉开视线，看清陈野望不知什么时候站了过来。

负责人带着醉意同陈野望打招呼，随后拉开一听啤酒，倒进林卓绵面前的玻璃杯里："林小姐今年多大？有男朋友吗？"

陈野望掀了下眼皮。

林卓绵一抿唇，将酒杯往外推，避过了对方的提问："不好意思，我有个习惯，不跟初次见面的人喝酒。"

负责人也没恼，笑说："那就不喝了。女孩子自我保护意识强一点挺好，尤其你又整天在外面东奔西跑的。"

负责人离开之后，陆思进生怕陈野望也跟着一起走了，见林卓绵放不开，索性自己开口邀请对方："陈总，要不来我们这桌坐会儿？我们队里对陈总一直是久仰大名，听卓绵说你们今天刚认识，不知道陈总愿不愿意赏个脸。"

林卓绵本以为陈野望会拒绝。

出乎她的意料，她对面的椅子被陈野望拉开，他轻描淡写地占据了她视野正前方的位置。

陆思进三下五除二把手里剩下的肉串好丢给负责看火的队员，擦擦手给陈野望开了瓶啤酒，先把对方和星北夸上了天，又开始细数救援队的光辉历史。

林卓绵只觉得浑身不自在，坐在那里，很想逃。

陆思进不知把话题扯到了什么地方，竟问起了陈野望的感情经历："陈总谈过恋爱没啊？你这样得有不少女孩倒追吧？"

陈野望没避讳："谈过一次。"

陆思进挺意外地"噢"了一声:"你跟卓绵挺像,她也只谈过一次。我一直说,她做这么危险的工作容易把男孩子吓跑,不过她也不太在意。"

陈野望闻言,看着林卓绵,语带嘲讽道:"她确实不在意。"

冷情至极的一句话。

林卓绵的呼吸有些不稳,手指被冰凉的铁钎刺了一下。一阵风过,她蓦地觉出山间的空气实在冷得刺骨,自己的每一滴血好像都在急速冷却。

陆思进察觉出两人间诡异的气氛,他以为是林卓绵一直一言不发让陈野望觉得受了怠慢,便拍拍林卓绵的肩膀道:"卓绵,你代表咱们队里给陈总敬个酒,以后说不定还有合作的机会。"

林卓绵知道这些年救援队过得不轻松,尤其陆思进三番五次倒贴工资给队里,她不想辜负对方的希望,便伸手拿起了方才负责人给她倒过酒的杯子。

只是攥得太用力,指关节都泛了白。

她喉咙干涩地出声:"陈总,我敬您。"

陈野望坐着没动,云淡风轻地说:"不好意思,我不跟初次见面的人喝酒。"

几秒之后,陆思进笑了起来:"没想到陈总还挺会开玩笑的。行,那这酒留到之后再喝,陈总你方便的话留个微信给卓绵吧,以后咱们常联系。"

陈野望看了林卓绵一眼,从桌上拿起了手机。

林卓绵低着头,调出自己的二维码,递给陈野望看。

男人漆黑的眸光擦过她润白透粉的指尖,然而并没有扫码。

林卓绵不知他是何意,却在下一秒收到了好友申请。电光石火间,她意识到了什么,直愣愣地看向对方——陈野望一直没有删除她的联系方式。

当年两个人在认识之前就加了微信,因为一次误会。

林卓绵认识陈野望是在大二那年。

彼时S大正在举办校级篮球赛,她报名参加了医疗保障队,在场边给伤员包扎的时候,被拍下照片挂上了"表白墙"。照片中的她绑着马尾,神情专注,下颌线条柔和流畅,发丝的边缘在室内篮球场灯光的照耀下熠熠闪光,仿佛上天有意偏爱。

不知道是谁将她的微信号传了出去,一连几天早上,她打开手机,都会在联系人那里收到一轮圆形红标的狂轰滥炸。

一同出门上早八(早上八点的第一节课)的室友范范"啧"了一声:"真

没想到这次篮球赛上一战成名的不是哪个帅哥,反倒是咱们小绵妹妹。"

林卓绵看着未读的好友申请心烦,范范随便一扫她的手机屏幕,绘声绘色地念道:"林同学,你长得好漂亮,做我女朋友吧……"

念完之后,范范点评道:"嗯,够直接。"

林卓绵皱着眉退出:"我觉得这样不太好,喜欢女生不应该只看她的长相。"

范范懒洋洋地表示赞同。

林卓绵又说:"还应该看看自己的长相。"

范范一怔,随即笑得直不起腰来。

两个人坐进教室,林卓绵点开微信找老师上节课给的课件时,看见联系人那一栏又多了一个小红点。

她压着火点进去,看到了一个熟悉的ID——"Chen"。

性别男。

又是他。

林卓绵对这人很有印象,因为她没有通过任何陌生人的好友申请,别人一般会就此偃旗息鼓,唯独Chen坚持不懈地加了她许多次。

她想了想,通过了验证,然后在聊天框里打下一行字:【同学你好,我已经有男朋友了,请你主动删除好友,不要再打扰我。如果你继续这样做,我会把你挂到朋友圈。】

说完之后正好打了上课铃,她将手机放到一边,没有再看。

有男朋友是假的,只是为了让对方不再骚扰她。

直到下课之后,她才重新解锁了手机,一条新消息浮现在屏幕上。

Chen:【我是你微观经济学那门公选课的助教,你上次的平时作业打开是乱码,今晚十二点前重新提交一份给我,否则拿不到这部分成绩。】

公事公办的冰冷语气。

林卓绵的耳朵"嗡"地响了一声。

助教、她的作业乱码了。

她不仅晾了对方好几天,加上他之后还不由分说劈头盖脸一通威胁,一股热气顺着衣领爬上她的脸颊,她觉得假如可以进行星际穿越,火星马上就会多她一位移民。

林卓绵急忙道歉:【师兄对不起,是我误会了,作业一定及时交上。】

Chen没有再回复。

林卓绵非常能理解他,这要换了她是对方,早就绷不住破口大骂了。

她趁着课间打开上次的平时作业，用最快的速度重新调了一遍格式，在微信上发给了 Chen 师兄，问他这次可不可以看到内容。

中午吃饭的时候，林卓绵才收到回复，只有简短的两个字。

Chen：【可以。】

林卓绵发过去一句"辛苦师兄了"，试图挽回一下自己的形象。

说起来，她甚至还不知道这位微经课的助教师兄长什么样子，她依稀记得开学第一堂课上，老师说过助教最近在做一个项目，暂时没时间过来，大家这个月有什么问题可以直接找他。

林卓绵只是因为缺少相应模块的学分才选了这门公选课，并不是真的对微观经济学感兴趣，课上得不怎么认真，她自然也就不知道助教是从哪一次课起出现在了课堂上。

要不是这次作业乱码，估计她到学期结束都不会跟 Chen 师兄说上一句话。

下一次上课的时候，林卓绵特地坐到了最后一排的角落，想要尽可能降低被助教注意到的概率。

最后一排向来是公选课的热门位置，很快就被连人带书包地占满了，林卓绵伸手去书包里找课本，却摸了个空，这才想起自己今天午睡起来犯困，忘记带书过来。

"请问这里有人吗？"

她耳后蓦地传来一道偏低偏冷的男声，像风吹过湖边的大提琴，可以在耳膜上引起共振的地步，让她没来由地心头一悸。

林卓绵下意识地向后转过了脸。

声如其人。

男生面容沉敛，山根高，唇色淡，下颌线棱角分明，漆黑的碎发垂在眉宇间，眼睛深邃得像能把人吸进去，看向她的时候没什么表情，却让她的呼吸乱了一拍。

她大脑一片空白，这一刻仿佛周围的一切都模糊成背景色，全世界只剩下了他们两个人。

林卓绵回过神来的时候，意识到自己盯着对方看了半天没说话，而他也没有不耐烦，就安安静静地站在那里，等她开口。

她有些慌乱地将自己的书包从身侧的椅子上拎起来，塞进了桌洞："没……没有。"

男生坐下时，林卓绵闻见了淡淡的洗衣液香味。她突然好像没办法再集中，不由自主地向旁边瞥过去，看见对方从电脑包里取出了教材和笔记本电脑。

他掀开电脑翻盖，林卓绵看清了他的名字。

陈野望。

猝不及防间，他偏过头插U盘，两个人的目光"短兵相接"。

林卓绵的脸红了，为了掩饰自己的不自然，她的目光落在了他的教材上："你能借我课本看看吗？我忘记带了。"

陈野望没说话，将书放到了她面前。

林卓绵小心翼翼地翻开。陈野望的书干干净净的，但不像她那本是那种没动过的干净。他做笔记只用黑色水笔，隔几页勾一下重点，在旁边列出这部分内容涉及的经济学原典，或是整理某个小节的思路。

林卓绵的视线久久停留在陈野望的笔记上。

不是因为能看懂，是字写得实在太漂亮。

遒劲飘逸，铁画银钩，有几分瘦金风骨。

陈野望把书给她之后便开始对着屏幕按动键盘，有条不紊地用分析软件跑数据，将密密麻麻的全英文表格转换成一张张干净利落的模型图。

林卓绵看不懂他在做什么，只是意识到对方跟她一样，没有认真听课。

这个发现让她觉得两个人的距离一下子拉近了不少。

于是课间的时候，她大着胆子主动同对方搭话："同学，谢谢你的书。我叫林卓绵，是医学部大二的，你呢？"

陈野望顿了下，望向她的眼神变得有些意味深长："金融系，陈野望。"

"你是不是也觉得这课挺无聊的？而且还要做四次平时作业，早知道这么麻烦，我就不选这门课了，不过听说期末给分还不错。"林卓绵说。

陈野望看了她一眼："今年不一定。"

林卓绵一下子紧张了起来："啊？为什么？"

陈野望说："今年换助教了。"

想到被她唐突得不轻的Chen师兄，林卓绵更紧张了，那人应该不会小肚鸡肠到在期末成绩上对她打击报复吧。

林卓绵小心翼翼地问："那个，你知道助教是谁吗？"

陈野望抬了抬眉，随后轻描淡写地说："我就是。"

林卓绵的瞳孔瞬间放大。

Chen——陈，陈野望的陈。

现在她的战绩又添一笔。她不知死活地向他借课本，甚至大放厥词地问他是不是也觉得这门课无聊。

林卓绵顿时满脸通红，手足无措地说："师兄对不起，我不是故意的。"

接下来的一节课，她再也没敢往对方的方向看，下课铃一响，她便利索地收拾好东西，将陈野望的书一推，声如蚊蚋般说句"谢谢师兄"，便溜之大吉了。

林卓绵脸色颓然地回到宿舍，范范正在屋子里打游戏，看她这样吓了一跳，把头上的耳机取了下来："绵绵你怎么了？不舒服？"

"你猜我今天上公选跟谁坐一起了。"林卓绵把书包往桌上一扔，有气无力地瘫坐下来。

范范好奇地问："谁啊？"

"陈野望，就我那门微经的助教。"林卓绵说。

范范惊讶道："陈野望？是我知道的那个陈野望吗？咱学校金融系的高岭之花，专业排名第一保研留下的，今年应该研一了。"

林卓绵听见"金融"两个字，就知道她们说的是同一个人了。

她这才记起课间的时候前排好像是有不少人回头看："他这么有名？"

范范翻了个白眼："废话。人家学习那么好，家里有钱，长得又帅，从本科开始就不知道多少女生追，可惜他谁都看不上。你倒好，跟大帅哥坐了半下午还这副德行，早知道那课是他当助教，我也跟你去听。"

林卓绵想起自己的所作所为，深深地把脸埋进了肘弯。

这样的陈野望看到她煞有介事地把他当成"骚扰狂"，估计会觉得她自恋到了一定地步。

不行，她得跟陈野望好好道个歉。

为了自己在对方心里的形象，也为了期末成绩。

林卓绵拿出手机，找到跟陈野望的聊天页面，郑重其事地在输入框里打了一段话，把整件事的前因后果解释了一遍。

写完之后，她又在末尾加上一句：【如果师兄很介意，我可以当面道歉，顺便请师兄吃饭。】

读过一遍确认没有问题之后，她按下了发送键。

这次陈野望回复得很快，不知是不是正好在看手机。

Chen：【单独约刚认识的师兄吃饭，你男朋友知道吗？】

要不是他说，林卓绵都要忘了她还给自己虚构过一个男朋友。

不过她听得出对方婉拒的意思，便没有纠缠下去：【那不打扰师兄了，以后我会认真上课交作业的。】

过了几天，林卓绵看见微经老师在课程群里转发了一条链接，是关于经管学院即将举办的一场学术论坛的介绍。

接着是一条群公告：【各位同学，本周六的论坛需要四十位观众，时间是上午八点至十二点，需要提前半小时到会场，请大家积极报名参加。】

过了一上午，群里接龙报名的人数寥寥。

林卓绵本来没打算参加，直到睡前刷朋友圈的时候，看见陈野望也转发了同一条链接。

一位跟她同在志愿者协会的经管师兄给他留言：【观众还没招齐？咱导也给你摊派任务了？】

陈野望的语气似乎有些无奈：【我这边还差一个。】

回复时间是一分钟前。

林卓绵心里一动，已经点开了同陈野望的聊天页面。

海绵蛋糕：【师兄，我想报名那个论坛。】

几秒钟后，陈野望给她回复了"收到"。

林卓绵放下手机熄了灯，心想不知陈野望能不能感受到自己道歉的诚意。

周六那天，她定了早上七点的闹钟，怕打扰室友睡觉，手机只响动了一声，她就立刻爬起来关上了。宿舍的遮光窗帘还严严实实地拉着，林卓绵摸黑从衣柜里随便捞了两件衣物换上，一件卫衣，一条百褶裙。

学术论坛在多功能会议楼举办，离女生宿舍还算近，不出十分钟就能走到。

这是林卓绵第一次进会议楼，她按照微经老师发在课程群里的链接找到对应的会议厅，签过到之后，在侧后方靠近出口的位置坐下了。

这场学术论坛跟她预想中一样枯燥，听了一个多小时她就开始打瞌睡，再醒过来的时候，忽然看见第一排候场的位置站着一个熟悉的身影。

今天陈野望穿了正装，肩宽腰窄，身形颀长，微微低头去看手中的资料时，肩背也依旧挺拔。

意识到他也会发言之后，林卓绵突然不困了，背部抵着椅背坐直了身体。

上台前陈野望抬手整理了一下领带，手指显露出骨节的轮廓，再往上，喉结分明，下颌线条锋利如刀刻。

一般学生出席这种场合，与学界前辈同台发言多少会有些紧张，不同的人紧张的表现不一样，林卓绵还记得自己昏睡过去之前看过的那些人里，有的会结巴忘词，有的语速过快，像高速运转的机器人。

但陈野望跟他们不一样，他全程脱稿，语调不徐不疾，停顿的时候也干脆利落，不拖音、不吞字，说英文名词时用的是标准英音，低沉清冷。

林卓绵盯着他看，却没想到下一秒他就毫无征兆地朝自己的方向望了过来。

她呼吸一滞，然后打了个喷嚏。

林卓绵脸红了，手忙脚乱地从包里摸纸巾。早知道会议室里空调开得这么冷，她就不穿短裙了。她的小镜子滑到腿上，照清了她冻得微微泛红的鼻尖。

陈野望发言完毕之后，论坛上半场结束，中间有十分钟的休息时间。

林卓绵冷到手脚都变得僵硬，正准备去走廊上能晒到太阳的地方蹦两下，一转脸，视线中出现了一双修长的腿。

"林卓绵。"对方叫她名字的时候还有些生疏。

她愣愣地抬起头，心头一跳。

陈野望一手撑在她前排座位的靠背上，一手挽着纯黑的西装外套。

"师兄。"她带着一点鼻音叫他。

陈野望的视线掠过她露在外面的膝盖，将外套递给她："帮我拿一下。"

"哦，好。"林卓绵听话地接过来。

陈野望没再说话，路过她出了门。

林卓绵以为他很快就会回来，但直到下半场开始，他也没有出现，她便将他的西装盖在了腿上，抵御空调的瑟瑟寒风。外套上像是还残留着他的体温，她白嫩的手指陷在黑色的布料中，耳郭不知怎么烧起一点灼热。

陈野望不在场，她也没了继续听的兴致，半梦半醒地挨到论坛结束，看见有人向外走，才抱着腿上的西装懒散起身。

在会场门外，她看见俯身在签到桌上整理资料的陈野望。

原来他还在。

林卓绵莫名紧张，靠近他轻轻叫了一声"师兄"。

陈野望微抬眼眸，没有停下整理的动作。

"你的外套。"林卓绵递给他。

"放椅子上。"陈野望说。

林卓绵按他说的做了，还是站着不走："师兄，需要我帮忙吗？"

陈野望头也没抬："不用。"

林卓绵有些失望，她还以为对方让自己帮忙保管外套，是因为感知到了她的抱歉,愿意给她示好的机会。

"那师兄我走了,别忘了衣服。"林卓绵说。

她又想起什么,从背包里掏出两颗独立包装的润喉糖,放在了桌上。半透明的玻璃纸折射着窗外的阳光,给纯白的糖块镀上了彩色的光。

放下之后她就跑了,没注意到陈野望手底下纸页翻动的声音出现了一个细微的停顿。

回宿舍的路上,林卓绵收到了志愿者协会上级师姐的消息:【卓绵,明天下午有时间吗?陆冲社团有一个中期活动,现场需要去一个医疗保障员。】

她略微吃惊:【学校还有陆冲社团?】

"陆冲"指的是陆地冲浪,跟滑板类似,目前还只是一项小众运动,林卓绵听说过是因为家里那个热爱极限运动的哥哥林洛。

林洛有一阵子特别迷冲浪,直到有一次在岸边被扣浪拍到沙滩上划伤了肩膀,被爸爸妈妈勒令不准再碰这项运动,他就买了块陆冲板解馋,还带林卓绵玩过几次。

师姐:【好像是这学期刚成立的,经管那边几个研究生牵的头。】

林卓绵说好,问清楚时间地点,在手机上添了一条备忘录。

第二天下午她背着急救箱准时到了体育馆北面的广场,还没绕到正前方的时候,远远瞧见一群人三三两两坐在台阶上,有人抱着陆冲板吹口哨起哄,有人举着手机拍照录像。

林卓绵走近了,这才看清广场上有个穿白色T恤的男生正在荡板。

他微微屈膝站在陆冲板上,那块板子很听他的话,随着他的发力方向带着他破风向前,他手腕上戴了块黑色的表,显得小臂修长白皙。

来到广场边缘的时候,男生踩着陆冲板一侧做了个Slide[①]动作转身,顿时激起了台阶上一片尖叫声。

他的正脸展示在林卓绵面前,她的睫毛轻轻一颤,居然是陈野望。

林卓绵像受到蛊惑一般停下了脚步,站在原地一直看着他。

陈野望转完弯回身的时候,台阶上另一个男生扶着板站起了身:"望哥,我也试试这个。"

男生的技术远不如陈野望,滑行的时候像踩缝纫机,想学对方做Slide,却没掌握好平衡,膝盖直接杵在了地上,露出了龇牙咧嘴的表情。

注:①在陆地冲浪板滑行时,让板尾侧向平移,使得后轮摩擦地面转向的动作,类似汽车甩尾漂移。

林卓绵恍然惊醒，连忙跑过去，半跪在地面打开了医药箱。

陈野望也停了下来，看见她的时候抬了下眼皮。

林卓绵拿出碘伏给男生消毒，对方"嘶"地倒抽一口冷气。

"忍一忍，马上就好了。"她柔声说。

男生看着她黑白分明的眼睛，眼珠一转，又号了一声。

林卓绵停了手，担忧地望着他："有这么疼？"

"你行了。"一旁的陈野望淡淡出声。

男生立马收敛了，笑嘻嘻地说："不疼不疼，你继续，谢谢小林师妹。"

林卓绵给他消完毒，看见不远处的售货亭，说："我去买瓶冰水，现在冷敷一下效果会比较好。"说完就起身跑了过去。

"你认识她？"陈野望问。

地上的男生大大咧咧地应道："这不医学部知名美女嘛，也就你不认识。上次篮球赛，有人拍她的照片放'表白墙'，咱班那个谁之前追她没追到，报复人家把人微信号传出去了，估计最近得烦死小师妹了。"

陈野望若有所思地一瞥不远处的林卓绵。

女孩子正踮着脚从售货亭窗口接过一瓶透明的矿泉水，上衣稍微有些短，露出一截细窄腰线，转过脸不小心同他对视的时候，清澈的眸子流露出几分惊慌，像某种小动物。

陈野望收回了视线。

林卓绵用纸巾裹着冰水给受伤的男生冷敷了伤口，又给他涂了一点扶他林软膏，叮嘱他这几天好好休息，如果之后还是很疼，就要去医院拍片子检查了。

陆冲社的人帮忙把男生扶到了场边，林卓绵合上医药箱的盖子，正要跟着一起过去坐着，忽然听见陈野望喊她。

在午后温烫的阳光下，她的心脏骤然跳快一拍，回头时气息变得不稳。

陈野望站在光里看着她，朝地上那块空出来的陆冲板送了送下巴，神态散淡地问："试试？"

林卓绵还记得一些比较基础的要领，戴着护具上板之后晃了几下就找回了肌肉记忆，保持着平衡慢慢从广场这头滑到了那头。

陈野望抬了抬眉："学得挺快。"

得到他的赞许，林卓绵忍不住有些小小的雀跃："我哥哥喜欢这些，他教我的，不过我没敢再往下学。"

"为什么不敢？"陈野望问她。

林卓绵回忆了一下："我哥哥当时看了一个澳大利亚滑手的视频，想学那个人的腾空旋转，一练就摔，摔了还继续，一直练了一个多月。"

陈野望随口道："然后练会了？"

林卓绵摇摇头："然后他终于把膝盖摔坏了。"

出于医学生的严谨，她又补充了一句："膝关节后交叉韧带损伤。"接着给陈野望比画了一下位置，"所以一定要戴护具。"

陈野望抬了抬下巴，说："行，等我哪天把膝关节后交叉韧带摔坏了上医院，医生问我怎么弄的，我就说我不听我师妹劝来着。"

他说话的时候微微低着头看她，碎发的阴影被午后的阳光映在鼻梁上，随高挺的轮廓过渡出一道起伏的弧度。

陈野望气质冷，无论说什么话的时候都不会有太多表情，林卓绵不确定他是不是在跟自己开玩笑，顿了一下，等到陈野望被其他社团成员喊走，才意识到自己错过了最佳捧场时机。

广场上不断响起陆冲板滚轮快速摩擦地面的声音，人影来来去去，林卓绵的目光始终停在陈野望身上。

她看着他给别人讲解动作，宽松的白色T恤随之展现出利落的肩背轮廓，中途走到一旁坐下喝水，喉结滚动，握着透明塑胶瓶的手臂上显露出淡淡的青筋。

很简单的一举一动，他做起来偏偏就像文艺片镜头，是观众会在某个时刻忽然爱上男主演的那一种。

社团的中期活动结束之后，几个跟陈野望相熟的男生嘻嘻哈哈地提议大家一起去聚餐，听说离学校不远的购物中心新开了一家烤肉店，味道值得一试。

"那家是不是有点贵啊？"有人问。

陈野望扬了下眉尾："我请。"

人群中顿时爆发出一阵欢呼："谢谢望哥！"

林卓绵也被他们一起叫上了，还有男生主动帮她背了医药箱，一路上跟在她旁边，说自己叫喻腾，金融系研一，跟陈野望是室友。

"你认识望哥啊？看他刚才跟你说话来着。"喻腾好奇地问。

"我选了他做助教的公选。"林卓绵说。

喻腾"哦"了一声："我说呢，他一般都跟女生没什么交集，怎么突然认识你了。"

购物中心离S大只有一公里多一点的距离，十五分钟就可以走到。

在餐厅包间坐下点完菜之后，一桌人热热闹闹地开始聊天，林卓绵听见喻腾问陈野望跟导师做的某个项目怎么样了。

陈野望跟熟人在一起比在学术论坛上的时候随性不少，他靠在椅子上，有些散漫地说："做完有一段时间了，最近能闲几天，跟着老陶上上课、批批作业。"

"老陶"是他的导师，林卓绵微观经济学的老师。

紧跟着有人说："公选助教不好当吧，我大四就干过，你是不知道有的大一大二的小孩能找出什么离谱的理由迟交作业，什么落飞机高铁黑出租上了，被学校里的猫咬烂了，还有的压根不理我，群里催不回，加好友不通过，想想就来气。"

林卓绵听着不禁有些心虚，悄悄抬眼看向陈野望。

陈野望瞥了她一眼，轻描淡写道："是有个大二的小孩晾了我几天，不过她不是故意的，是以为我要骚扰她，差点把我挂朋友圈示众。"

众人哄笑起来，喻腾吹了声口哨："哪个小妹妹这么厉害？"

陈野望没再往下说，也没有往林卓绵的方向看，等笑声过去，又将话题引向了别处。

烤肉的煤炉和铁架端上来，桌上摆满仿瓷碟，一个女生拿着手机站起来，说要给大家拍张照做纪念。

"有人要修图的话直接用我手机修一下，我想发朋友圈。"她拍完之后笑嘻嘻地说。

十分钟之后，她"哎"了一声："李曼评论了，她说她在附近，过来跟着一起玩玩。"

林卓绵听说过这个名字。李曼在S大很有名，她是艺传学院的研究生，喜欢在网上发日常Vlog（视频日记），因为有名校光环加身，又经常上身一些奢侈品，所以吸引了不少粉丝，也算是S大比较知名的网红。

"望哥，李曼这段时间是不是在追你啊？上次你开组会她不还在外面等来着。"喻腾挤眉弄眼地问。

林卓绵飞快地扫了一眼陈野望的表情，想先一步推断出问题的答案。

"追什么，"陈野望的语气淡淡的，"家里认识而已。"

林卓绵不知怎的有种心石落地的感觉。

突然，她的手机在桌上响动起来，是个外地的陌生号码。

林卓绵以为是广告电话，伸手按掉了。隔了几秒钟，电话又打进来，伴随着一条短信:"急事速接。"

林卓绵不明就里,但还是跟桌上的人说了声,拿着手机出了包间。

她边走边按下接听,一道熟悉的阴冷声音被送到了她耳边:"绵绵,怎么不接我电话?"

林卓绵一瞬间如坠冰窟,下意识地要将电话挂断,那边的人仿佛猜出了她的想法:"你挂啊,反正我马上要去P城找你,票都买好了。"

她的手心出了汗,音调不自觉地提高了:"你到底要做什么?"

周围有人看她,她加快脚步往前走,拐了几道弯,来到僻静处。

"我就是想听听你的声音。"对方讲话又慢又沙哑,在扬声器中回荡,"可惜你总躲着我,已经拉黑我五个号码了,是不是?"

林卓绵压抑着话语中的怒意:"你可不可以不要再这样了?"

扬声器中传来一阵尖锐的笑声,伴随着令人毛骨悚然的威胁:"我不这样你还会理我吗?绵绵,你别想扔下我。"

林卓绵挂了电话。

她这才觉出自己有些腿软,胸口也起伏得厉害,手心的汗意蒸发,凉意顺着手腕钻上去。顾不得看自己走到了什么地方,她背靠着墙蹲下,闭上眼睛缓了好一会儿,控制着自己不去回想那道噩梦般的声音。

再度睁眼的时候,她才好像回到了人间。

身边有盆龟背竹,长得很高,一大半影子落在地上,一小半覆盖在她膝头。

林卓绵站起来,正要原路返回,却听见一声:"陈野望,你知道我为什么一直跟着你。"

她愣了下,循声望去,看见陈野望和李曼正站在离她不远的走廊拐角。李曼背对着她,她只看得清陈野望的神态,很礼貌,却带着明显的冷淡。

"我知道。"他的声音像镀了层霜。

李曼用下定了决心的口吻道:"那我们就摊开来说吧,我喜欢你,我爸妈和陈叔叔都知道,而且他们也很支持,你要是愿意的话……"

"我不愿意。"陈野望直截了当地说,语气凛冽到极点。

李曼的背影僵了僵。随后她低下头,打开随身的手袋小包,拿出一张薄薄的卡片。

"你别这么着急拒绝,"李曼朝他走近一步,空着的那只手拉住他的手腕,"我明天要跟导师去出差,今晚住酒店,你要是……"

陈野望面无表情地抽出了手:"你这样,你爸妈和你的陈叔叔知道吗？"

两人间的气氛陷入凝滞。

林卓绵走也不是留也不是，只能贴墙根站着，让龟背竹挡住自己，尽量不发出响动。

"哎，姑娘你让让行吗？"震耳欲聋的嗓门。

推着一车脏盘子的后厨师傅从林卓绵身边经过，密胺质地的餐具发出了并不清脆的碰撞声音，伴随着浓郁的食物味道。

眼睁睁地看着陈野望和李曼同时朝自己的方向望过来，林卓绵想死的心都有了。

陈野望挑了下眉，像是有些惊讶。

李曼的脸红一阵白一阵，然而并没有离开。

"林卓绵。"陈野望忽然叫了她一声，然后云淡风轻地问，"你是不是迷路了？"

林卓绵呆呆地看着他，下一秒就反应过来。她顶着李曼狐疑的目光，硬着头皮说："我刚才出来接电话，走到这里找不回去了。"

"走吧。"陈野望言简意赅地说。

他迈开两条修长的腿，林卓绵下意识地跟了上去。

路上陈野望没开口，而林卓绵观察着他的脸色，在快要到包间门口的时候，小心翼翼地开口："师兄，我什么都没听见。"

陈野望不搭腔。

林卓绵觉得他可能有点生气。

"那、那我这也算帮你解围了。"她又说。

"帮我解围？"他重复了一遍。

林卓绵飞快道："对，而且我会帮你保密的。"

"保什么密？"陈野望漫不经心地问。

林卓绵顿了顿，小声说："李曼师姐想跟你⋯⋯那个。"

陈野望停下脚步，侧身挡在她面前。他似笑非笑地看着她，瞳孔漆黑，嗓音低沉："哪个？"

林卓绵心跳一顿，像过山车下坠的前一秒，是即将山呼海啸的预兆。

她站在原地，望着那双深邃好看的眼眸，说不出任何话来，耳朵却慢慢渗出了浅浅胭脂色。

陈野望轻瞥她一眼，转身进了包间。

林卓绵远远听见有人笑闹着问他怎么李曼没跟他一起回，陈野望声线低,她没听清他的回答。

她只听清自己的心跳是怎样从快到慢,假如画成曲线,最开始一定有一个突兀出现的最高点。

医学生也难解的最高点。

林卓绵回到席间坐下的时候,话题已经从李曼身上转开,有低陈野望一届的师弟问他实习经验,没有人注意到她泛红的耳郭。

聚餐结束之后,一行人走在回学校的路上,林卓绵在陈野望前面,听见喻腾跟他说话:"李曼没回来是不高兴了吧,你们不是家里认识吗,你下了人家姑娘面子,不影响你们两家关系啊?"

"你关心得还挺多。"陈野望说。

喻腾嘿嘿一笑,正要说什么,忽然一个男生摇摇晃晃地勾住了他的脖子:"腾子你搀着我点儿,我喝得头晕。"

"喝啤的都能喝多,"喻腾骂了一声,"什么破酒量。"

男生嘟嘟囔囔道:"你可搀稳点儿,我现在看东西都是三层重影。"

"得,"喻腾从兜里摸出十块钱,"这是我欠你那三十,别再跟我要了啊。"

林卓绵没忍住笑了,一分神,没注意到路上多出来的半块残砖,踩着滑了一下,重心还没得及转移,整个人马上就要向后倒。

一只修长有力的手稳稳地托住了她的肘弯,她能感觉到对方身上年轻男生的气息。

陈野望清淡的声音从她侧上方传来:"这么爱听墙角?好听到路都不看了?"

他扶她站稳,林卓绵小声说了句"谢谢师兄"。

喻腾见状,胳膊肘一捣旁边的男生:"看见没,要不是你个酒鬼拖累我,扶林师妹的就不是望哥,是我了。"

男生不服气地反驳:"那你也问问人家是愿意被望哥扶还是被你扶。"

林卓绵被说得面红耳赤,只能庆幸晚上天色暗,别人看不出。

陈野望停下来,看见喻腾身上还背着林卓绵的医药箱,便道:"那我搀会儿他。"

喻腾没跟他客气,卸下男生就蹿到了林卓绵旁边:"林师妹,来的路上我就想说了,你这箱子看着没多大,背起来还挺沉,里头都装什么了?"

"一些常用的急救物品,消毒水、止血棉、绷带,万一情况严重,还有夹板之类的东西。"林卓绵说。

一共没剩下多少路，不过两三分钟，他们就到了S大西门。

林卓绵原本要去社团还医药箱，但想着这会儿办公室应该已经锁门了，便决定先带回宿舍，第二天再去。

金融系男生和医学部女生的宿舍南辕北辙，完全不顺路，在第一个可以拐弯的路口，林卓绵就要跟他们分开。

"别啊，这么沉，我给你背到宿舍吧。"喻腾笑眯眯地说。

不等林卓绵说什么，他便转头对陈野望道："望哥，我送送林师妹，你先回。"

林卓绵心里忽然多出几分不明不白的期待，期待陈野望会说些什么。

可他只是看她一眼，说了个"行"字。

林卓绵咬了下嘴唇，带着浅浅的失落，对喻腾说："师兄，不用麻烦你，我背习惯了，自己回去就行。"

喻腾只得恋恋不舍地解下医药箱："那你注意安全啊。"

林卓绵接过来，跟他们说了再见，转身准备回宿舍。

"林卓绵。"陈野望忽然叫住她。

她脚步一刹，回了头。

女孩子一张小脸在路灯的照耀下白皙莹润，乌黑的长发被风吹起，眼瞳澄澈灵动，浮光闪烁。

惊鸿一瞥。

陈野望停了半秒才开口："如果敢继续学，下次社团活动，可以来试试。"

林卓绵愣怔一瞬，反应过来他指的是陆地冲浪。她的心跳曲线立刻又因为他的邀请转折一个角度，呈现向上的趋势。

她故作镇定地说"好"。

直到打开宿舍的门，她仍旧心浮气躁，胸口仿佛盛了一片潮汐，被某一盏月亮牵动，起伏不定，涨退喧嚣。

"这是去哪儿了，这么晚才回来？"范范的声音追过来。

另外两个室友骆锦和冉沛柔也停下了正在做的事情，好奇地抬起了头。

林卓绵说："下午去给陆冲社做医疗保障，晚上被他们拉去吃饭了。"

"陆冲社？"骆锦想起了什么，"陈野望在的那个小众运动社团？"

冉沛柔补充了一句："那社团审核得可严了，当时好多女生因为他想去，结果没有基础都被拒了。"

林卓绵有些惊讶："你们都认识他？"

范范"啧"了一声:"都跟你说了,陈野望很出名。"

骆锦笑了:"卓绵,你就说你还认识学校里哪个风云人物吧,除了上次我给你分享过视频的那个李曼,还有别的吗?"

林卓绵鼓了鼓脸颊,如实回答道:"没了。"接着又说,"今天李曼也去吃饭了。"

范范拖长声音"哦"了一声:"不是说李曼在追陈野望吗,不知道男神喜不喜欢她那款。"

骆锦兴致勃勃道:"李曼感觉就是标准的御姐,你们别说,名字里带个'曼',真的很有御姐味儿。"

林卓绵迟疑着说:"……奥特曼?"

整间宿舍突然安静下来,然后爆发出了一阵大笑。

另一边,陈野望跟喻腾走回宿舍,路上喻腾问:"望哥,怎么想起来要让林卓绵进社团了?"

"她进不好吗?"陈野望淡淡地问。

喻腾笑嘻嘻地说:"好,怎么不好。林师妹长得漂亮性格又好,还能随时给处理个跌打损伤什么的,得当宝给她供起来。"

陈野望没接话。过了片刻,他道:"我今天听说咱班有人追她没追上。"

"哦,你说潘颂啊,那人把林师妹的微信到处发,人品……"喻腾摇了摇头,"上回班上一块儿打球,他不还想动手推你吗?幸亏你厉害把他过了。"

这一周结束之后,林卓绵发现自己对微观经济学这门公选课的期待程度上升到了比较显著的水平,就连叫她午睡起床去上课的闹铃听起来都顺耳了许多。

她没有再忘带书,甚至提前了十五分钟抵达教学楼,然后站在教室门口,发现里面只有陈野望。

他坐在第一排,正往花名册上写什么东西,边写边用淡漠的眼神扫过面前的电脑屏幕,骨节分明的手握着笔划过纸面,发出沙沙的写字声。

他身后是连排空旷的座位。

林卓绵不好意思进了,她到这么早,显得太积极,积极到可疑的地步。

她肩膀一转,准备在走廊上晃荡一会儿再进去。脚还没抬起来,就听见身后传来一声:"林卓绵?"

被发现了。

林卓绵只得转回去："师兄。"

陈野望一瞥电脑上的时间，没有看她，笔尖不停："来这么早？不是觉得无聊吗？"

林卓绵心虚地扯了扯嘴角："这不是今年换助教了，怕给分不好，得认真学学嘛。"

陈野望挑了下眉："挺有觉悟。"

林卓绵背着书包从门口蹭到他旁边："师兄，你在干什么？我能帮上忙吗？"

她闻到了他身上熟悉的洗衣液香气，跟香根草比较接近的味道，还带了点儿冷感，不知道是哪个牌子。

"登上次平时作业的成绩。"陈野望落下最后一笔，"咔嗒"一声盖上笔帽，将花名册合了起来，"这么愿意帮我的忙，怎么不报名当课代表？"

林卓绵不知道他是揶揄还是认真的，犹豫几秒，想起这门课好像还没有课代表，便抓着书包背带鼓起勇气问："那现在报名可以吗？"

周围陆陆续续开始有同学进来，她不由得紧张了起来。

怕陈野望拒绝她。

陈野望漫不经心地看了她一眼，随手将桌上一沓打印纸递给她："今天上课要用的资料，人来齐之后发下去。"

林卓绵的眼角顿时弯出了一个柔软的弧度："谢谢师兄！"

她蹦蹦跳跳地去到后面找了座位坐下，打印纸上晦涩的图文也好像多了几分温柔。

这节课，教授剩了二十分钟给陈野望，让他讲评上次的平时作业。一次作业的量不多，两道简答外加一道稍有难度的选择题。

陈野望讲题像作报告一样逻辑分明、表述清晰，一看就知道是那种文理科都学得很好的人。

林卓绵正努力地跟上他的思路，放在桌上的手机突然响动，浮现出了一条短信。

她瞥了一眼，当即变了脸色。

【绵绵，我来找你了。】是周末给她打过电话的那个号码。

林卓绵的呼吸顿时急促起来，一时间陈野望讲题的声音、周围同学翻书敲键盘的声音仿佛全被隔绝在了另一个世界。

讲台上陈野望的目光停在了盯着手机看的女孩子身上。

"最后这道题比较难，做对的同学相对少一些，我从中找一位跟大家分享一下她的思路，"他象征性地翻了翻花名册，"林卓绵。"

林卓绵回过神来，意识到陈野望点了自己的名字，连忙站了起来。

陈野望看着她，语气平静地问："这一题你怎么答对的？"

林卓绵平复了一下心情，看了眼那道题，不得不如实告诉对方："是我运气好蒙对的。"

课堂上有人发出了善意的笑声。

陈野望轻轻掀了下眉："那坐下之后认真听。"

林卓绵心神不宁地点点头。坐下之后，她却始终无法集中注意力，仿佛全部神经都被连接在了手机上。

临近下课，她的手机再次响动，是一条信息：【绵绵，你在哪儿？】

林卓绵明明在收到的第一秒就看见了，却没有回复。

一分钟之后，又有新的短信进来：【刚才在路上问到一个你们专业的同学，你明天上午在教八上专业课，我没说错吧。】

林卓绵睫毛一颤，对方是在拿明天要去专业课上堵她作为威胁。

她叹了口气，万般不情愿地在输入框中打下一行字：【教二101。】

发送成功之后，林卓绵瞥了一眼时间，还有六分钟下课。

窗外阳光明媚，树影摇荡，她却好像身处风雨欲来的海面，坐在行将沉没的舟中。如果这六分钟可以漫长到永远不结束就好了。

下课铃按时打响的时候，林卓绵的心也跟着一沉。

她合上电脑塞进书包，慢吞吞地拉拉链，听见沉闷细微的齿链咬合声音。

带着一脸心事重重的表情，林卓绵背着书包，在人流末尾涌出教室。

刚转过走廊中段的拐角，她就看见了等在大厅的苟年。

横贯他左脸与鼻梁的那道疤痕仍旧触目惊心。

他头发留得很长，一件洗得浮了色的T恤挂在瘦弱的身上，手中拎着两个袋子。虽然跟她同龄，但苟年看起来衰老得多，整个人阴郁惨淡，与周围的环境格格不入，像从另外的地方剪下的拼贴画，被强行置入了同他不沾边的场景。

一看见她，他眼中便燃起了亮光，喊了一声"绵绵"。

林卓绵不想在人多的地方同他拉扯，转身往一楼走廊的尽头走。

苟年跟上，直到她停下来，他才献宝一样地把手里的一个袋子递给她："这些都是你高中的时候喜欢吃的零食。"

林卓绵没接。

"现在不喜欢了？"荀年小声嘀咕一句，又从另一个袋子里捧出一团层层叠叠的白色布料，"这是我用这半年打工的钱给你买的裙子，好看吧？"

他的指甲缝里染着黑色的机油印迹，不知打的还是不是那份汽修厂的工。

林卓绵深吸一口气，有种快要窒息的感觉。

她缓缓道："你拿去退了行吗？我不需要这些。"

荀年像没听见似的，自顾自往下说："你快去换上给我看看。"

林卓绵站着不动。

荀年终于意识到了她的不配合，声音软下来，带了几分乞求的意味："绵绵，我没别的意思，就是想来看看你。你去换，你穿给我看看我就走。"

话音刚落，他突然又目露凶光道："你应该不想明天在专业课的时候看见我吧？"

他脸上的那道疤显得格外狰狞，林卓绵看一眼就会记起那个鲜血淋漓的夏日午后，她的心一颤，抓过他手里的裙子，向他确认道："你说的，我换上你就走。"

荀年变脸极快，见她答应，便又恢复了笑容："我什么时候骗过你。"

林卓绵一言不发地走向一楼最偏远的洗手间。她将书包放在洗手台上，把自己关在隔间里，脱掉上衣和牛仔裤搭在门上，胡乱将手中的裙子套上了身。

洗手间没人，她走出隔间，来到靠近门边的洗手台，沉默地看着镜中的自己。

裙摆短到刚刚盖过腿根，虽然有泡泡袖和蓬蓬裙的设计，布料相对来说并不算少，但还是一眼就能看出这衣服是做什么用的。

她不可能这么穿出去，但不穿，荀年就不会走。

窒息的感觉再度席卷而来。

一滴水落在洗手台上，两滴、三滴，无助的抽泣声响了起来。

林卓绵用手背蹭掉脸上的湿滑，水汽蒸发留下阴湿的凉意，眼泪却还是源源不断地涌出来。

忽然，门口停下一道修长的身影。

室内的一部分光线被挡住，林卓绵感受到之后转过头，看见了拎着电脑包的陈野望。

他似乎没想到课间站在这里哭的人是她，清俊的脸上闪过一丝诧异。

林卓绵呼吸一滞，下意识地双手交叉挡住了胸口。

陈野望有些不自在地偏过脸，看着其他方向问："有人欺负你？"

林卓绵张了张嘴，却说不出话来。她没办法三言两语同陈野望解释清楚，况且这也不是该告诉对方的事情。

这时候下午第二大节课的上课铃打响，苟年催促的声音由远及近横亘进两个人中间："绵绵，你换好了吗？换好了就快出来让我看看。"

他走过来时先看见了陈野望，接着又发现了镜前的林卓绵，情绪一下子变得暴躁起来。他上上下下地打量陈野望，语气中带着毫不掩饰的敌意："你是谁？跟她什么关系？"

林卓绵担心苟年从此找上陈野望的麻烦，顾不得那么多，快步走出来打断了他神经质的提问："我换好了，你可以走了吧。"

苟年的注意力被短暂地拉回，他的目光落在林卓绵身上，忽然从兜里摸出了手机，将镜头对准她："绵绵，让我拍张照。"

陈野望眉目一凛，多少明白了林卓绵哭的原因。

林卓绵还没来得及表示抗拒，一件带着体温的衬衫就披上了她的肩头。

熟悉的草木冷香笼罩住她，她下意识地将自己裹紧。

骨节分明的手从她肩头抬起，攥着苟年的手腕，轻而易举地将他往旁边一带，手机镜头顿时偏了方位，苟年也差点摔倒。

林卓绵吃惊地仰起脸。

陈野望脱掉衬衫之后身上只剩下一件白T恤，露出手臂上紧实均匀的肌肉轮廓。

他比苟年高了半个头，居高临下地看着对方，下颌紧绷，眉角生寒，周身散发出迫人的气势："我是她老师，现在全班同学等她一个回去上课，你要是再纠缠下去，我就叫保安了，知道扰乱教学秩序是什么后果吗？"

苟年跌跌撞撞地扶着墙站稳，应当是被陈野望震慑住了，一个字也说不出来。他甚至没有意识到对方拎着电脑而且太过年轻，压根不像上着课出来抓学生的老师。

林卓绵捏着一把汗，没想到佝偻着腰的苟年盯着陈野望看了几秒，居然真的转身跑了。

他的背影仓皇地消失在了走廊与出口连接的转弯处，像梦魇短暂中断，戛然截止。

"你有衣服换吗？"陈野望微微侧过脸来看她，淡着声音问。

面对苟年时眼底的冷意还未完全褪去，清朗桀骜，动人心魄。

林卓绵脸一红，看也不敢看他，含含糊糊地说了句"有"，逃回隔间的时候一边肩膀的衬衫滑落下来，露出小巧圆润的肩头，半下午的阳光落在她颈侧，勾勒出发丝的金色碎影。

陈野望不自觉捻了下指腹，仿佛上面还留着方才隔着一层薄薄布料轻碰女孩子肩膀的触感。

蜻蜓点水的软。

林卓绵心慌意乱地换上自己本来的衣服，单手将放在洗手台上的书包背上一边肩膀，出门前把苟年买的裙子丢进了垃圾桶。

扔完之后她一抬头，看清陈野望还站在原来的位置等她。

她正准备将他的衬衫还回去，没防备附近教室一个女生急匆匆跑出来上厕所，对方看清陈野望之后愣了一下，一转头扎进了旁边隔两步的男厕所。

林卓绵没忍住笑了，赶紧扯着陈野望的胳膊，拉着他头也不回地离开了这处是非之地。

她把陈野望一直拽出了教学楼才停下，回过头想说话，却发现对方正垂眸看着自己拉他的手。

林卓绵耳朵一热，纤细的手指松开了他，同时把揣在怀里的衬衫递还过去。

陈野望接过来，慢条斯理地问："跑什么？"

"有个女生看见你在女厕所门口，以为自己走错，去对面了。我怕她发现之后以为你有什么特殊癖好，传出去毁你名声。"林卓绵小声解释。

陈野望没说话，过了片刻，又问："那个人为什么要让你穿成那样？"

林卓绵顿了一下，不安地低下头，盯着自己的鞋尖不作声。

陈野望想到了什么，语气冷下来："他是你男朋友？"

"怎么会。"林卓绵急忙否认。

停了停，她又说："高中同学。"

陈野望皱了下眉，而林卓绵没有继续往下说的打算，飞快地转移了话题，用轻松的口气说："师兄刚才装老师装得还挺像的，有没有考虑过真的留校当老师？"

陈野望看了她一会儿，然后开口道："不太想考虑。"

林卓绵勉强笑了笑："为什么啊？"

陈野望的语气比刚才松弛了些，是尊重她的意愿跳过苟年这桩事的意思。

"因为如果课代表站起来说题是蒙对的，我会觉得很没有面子。"

林卓绵经历过课间的一场惊吓之后，脑子转得比平常要慢，过了几秒才反应过来。她有些紧张地问:"所以陶教授嫌弃我了吗?"

"那倒没有,"陈野望语气散淡,"他比我大度。"

林卓绵"哦"了一声,室外的阳光照在她身上,她的体温一点点回暖,波动的心情也渐渐安定下来。

"那师兄你也大度点儿,不行吗?"她仰着脸看对方。

陈野望的目光掠过女孩子在光线中呈琥珀色的瞳仁,他轻描淡写地说:"师兄大度不了,所以辛苦林同学,努力达到做我课代表的标准。"

林卓绵抿了抿唇,小声说了"好"。

跟陈野望告别之后,她又在教学楼前的长椅上坐了一会儿,椅子晒了一整天,木料泛出和暖的温度,熨帖着她撑在身体两侧的手掌。

刚才的一切事发突然,情绪起伏剧烈,到现在她的脑海里才浮现出那些陈野望和她的细节。他的手从她肩上收起的触觉,他的衬衫同她贴身短裙产生的窸窣摩擦,他交织着深沉与凛冽的眼神。

即便是在那样一触即发的时刻,陈野望也仍旧是冷静的、自持的,泰山崩于前而色不变的。

好像永远不会失控,也同热烈绝缘。

她忽然好奇,想知道他假如失序放纵,会是什么样子。

林卓绵书包里背了专业课的参考书,她直接去了图书馆,到晚上闭馆时才回宿舍。

宿舍的另外三个人正围在一起热火朝天地讨论什么,范范见她进门,连忙伸手叫她过去:"绵绵,你快过来认认这个是不是李曼,我看着不像。"

"什么李曼?"林卓绵一头雾水地放下书包走过去。

范范点了点手机,转发给她一张截图:"这个,今天'表白墙'有人投稿,陈野望跟神秘女生的拉手照,就是照得有点糊,大家都搁这儿猜姑娘是谁。"

林卓绵收到之后噎了一下。

照片拍的是她拉着陈野望往外跑的那一幕,的确很糊,大概是拍照的人怕他们突然回头,所以急匆匆地按下了快门。照片中的她大半身体都被陈野望挡住,露出来的部分几乎全模糊成了色块,自然也看不出她跟陈野望其实没有拉手,她拽的是他的衣袖。

"这都没个正脸,也能认出是陈野望啊?"林卓绵忍不住说。

"投稿人说的,还说陈野望在女厕所门口堵人呢。"范范"啧啧"两声,

"好刺激。"

冉沛柔推了一下眼镜，很严谨地说："应该就是陈野望没错，我看下面有人评论，说今天上过他当助教的公选，衣服的颜色差不多。"

范范想起了什么："绵绵你不也上那课吗，什么微观经济学，他是不是穿的这身啊？"

林卓绵一顿，含含糊糊道："是吧，不太记得了。"

范范摇摇头，说："算了，不指望你了，毕竟上周你连陈野望是谁都不知道。"

然后她就开始跟骆锦据理力争，坚定地认为照片里的女生不是李曼，要是李曼她就把宿舍所有人的牙膏都吃了，连口水都不带喝的。

骆锦喊林卓绵当见证人，林卓绵正盯着那张截图出神，没太听清她们说的什么，便问："见证人？"

"范念之说她要把宿舍的牙膏吃了。"骆锦笑嘻嘻道。

"范念之"是范范的大名。

林卓绵"哦"了一声："让她别蹭吃蹭喝的。"

冉沛柔"扑哧"一声，范范也气笑了："林卓绵，你听听自己说的是人话吗！"

林卓绵拉开自己的椅子坐下："有没有可能，我是说可能啊，照片里的女生就是不小心拉了陈野望一下，或许当时情况比较紧急呢？"

范范一本正经地说："是，不小心牵了咱学校公认的高岭之花的手，听着可真够不小心的，这人素质有待'降低'啊。"

林卓绵一阵语塞，放弃了解释的想法。

然而，范范的话却让她心里某一块地方轻轻地活动了一下，她真的是不小心吗？

林卓绵也不知哪儿来的一股冲动，点进跟陈野望的聊天页面，把范范发给自己的那张"表白墙"截图传给了对方。

海绵蛋糕：【师兄，好像还是毁你名声了。】

陈野望隔了几分钟才回复：【你经常在"表白墙"上找自己？】

答非所问。

林卓绵索性顺着他的话接下去：【对啊，我要是白雪公主，就每天跟魔镜确认一遍最漂亮的是不是我。】

Chen：【不是怎么办？】

海绵蛋糕：【不是就把镜子砸了买块新的，换到听话为止。】

海绵蛋糕：【拜拜就拜拜，下一个更乖。】

陈野望挑了下眉。

跟陈野望坐在一起赶作业的喻腾无意间瞥见他的表情，顿时来了兴趣，八卦兮兮地问："望哥，你跟人聊天啊？"

"没有。"陈野望不动声色地用数统分析软件盖住了同林卓绵的聊天界面。

"没有？不是，你难道心理变态啊，你刚才看数据的眼神跟看姑娘一样。"喻腾一副不相信的样子，"来来来，从实招来，到底跟谁聊天呢？"

"白雪公主。"陈野望说。

喻腾："我还巴啦啦小魔仙嘞！不说拉倒。"

他其实也不太相信陈野望会大晚上跟哪个女生聊天，只不过自己做相关性检验做烦了，找点借口跟对方说两句话而已。

林卓绵见陈野望一直没回复，便问他是不是在忙。

Chen：【准备明天下午组会的材料。】

海绵蛋糕：【［惊慌.jpg］】

海边蛋糕：【那我不打扰你了，师兄写完早点休息。】

犹豫一下，林卓绵又加了一句"晚安"。

发送出去之后，她又有些后悔，有点暧昧，怕他不高兴。

过了几秒，陈野望回了个"嗯"字。

没什么语气，看不出他的态度。

林卓绵放下手机。算了，说就说了，反正她的心思，确实也不怎么清白。

第二天早八的专业课，林卓绵上得提心吊胆，去教室的时候还特地跟范范她们分开走，想着假如碰上荀年，她一个人好应付些，不至于连累别人。

不过荀年并没有出现，也没有给她发短信或打电话，看样子是真的被陈野望吓住了。她知道荀年没有多少假可以请，短期内应该不会再有机会来找她了。

她短暂地松了口气。

课上老师讲到窦房结，林卓绵随手跟着画了一幅解剖图，听见对方说窦房结是心脏的起搏点。

老教授大约是看台下的学生昏昏欲睡，便开玩笑般添上一句："也是心动的开始。"

林卓绵笔尖一顿，在纸上洇出一小块黑色的墨迹。

她现在也像陈野望一样，只用黑色水笔做笔记了。

下午林卓绵没有课,在主楼给志愿者协会值班。她玩手机的时候又翻到同陈野望的聊天记录,看到组会的时候,心念一动,登录S大统一门户,做贼一样查询到了经管学院会议室的使用情况。

会议室使用人在系统里只会显示姓氏,好在"陈"字只有一个,他们的会议室正好预约到她值班结束之后二十分钟的时候。

不知道能不能碰上。

经管学院离主楼不远,林卓绵值完班之后背着书包晃荡过去,找到了陈野望开组会的地方。

正好赶上他们结束。

陈野望被陶教授单独留了一小会儿,看得出是得意门生的待遇。

林卓绵假装路过,在他一个人出门的时候,先发制人道:"师兄,好巧,你也在这儿啊。"

仿佛她才是经管的学生,天经地义该出现在这里。

陈野望看起来稍有些懒倦,看她的眼神带了几分意味深长,蓬松的黑发被穿堂而过的风轻轻吹起,露出清朗的眉眼。

在林卓绵脸红的前一秒,他终于接了茬:"是挺巧的。"他一面说,一面脚步不停向外走。

林卓绵跟上他,说:"师兄,我请你喝咖啡吧,昨天都没来得及好好谢谢你。"

陈野望侧眸看她:"不用。"

林卓绵努力争取:"主要是今天那家店买一送一,我一个人喝不完,会浪费,而且出门拐个弯就到了,不会浪费师兄多少时间的。"

她看出陈野望在犹豫,又说:"师兄,我真的特别想喝,你就当陪我喝,行吗?"

陈野望看着她,她眨了眨眼。

他发出一个清冽的单音:"嗯。"

是答应了。

站在咖啡店的吧台前,林卓绵点了单,正要伸手去书包最外侧的格口拿手机,看着身侧挺拔的男生,突然改变了主意。

"哎呀,我手机放哪儿了?"她收回手摸了摸自己的衣袋,然后苦着脸道,"师兄……我好像没带手机出来。"

陈野望拿出了自己的手机,调出收款码递给店员:"我来吧。"

林卓绵眼角闪动着一点小计谋得逞的笑意:"谢谢师兄,那说好下次我再请你,你一定要让我请啊。"

这样就有下次了。

林卓绵正暗自得意,店门外一道声音猛地冲进了她的耳朵:"绵绵!太好了,能在这儿看见你。快快快,我手机没电了,你赶紧把手机借我,我把我预约的图书馆座位给取消,不然这个月再迟到我就得去图书馆当义工了!"

随之而来的,是一阵风一样跑进来抓住她书包的范范。

范范知道林卓绵的手机一般放在书包最外面那一层,十万火急地去拉她的拉链:"哎,绵绵你别躲呀,小心把你手机掉地上了……好了好了,我找到了。"

林卓绵僵硬地转过身,看见范范笑得阳光灿烂,举起她的手机,对着她晃了晃。

撒谎确实不对,但惩罚会不会来得太快了?

林卓绵机械地站着,听着范范碎碎念,目光甚至不敢往陈野望的方向瞥。

范范知道她的锁屏密码,边操作边说:"我刚才上完了那什么电影概论之后,坐教室里用手机打了会儿游戏,打着打着忘时间了,没电黑屏才想起来我还约了图书馆,要不是刚才经过的时候看见你在这儿,我……"

她猛地停下骂了句脏话,然后哭丧着脸把手机还给了林卓绵:"差一秒,系统还是算我迟到了,我就是那天选倒霉蛋呗。"

旁边忽地响起一道清冽的男声:"没带手机?"

语调轻缓,字与字的停顿稍长,听起来并非真的感到疑惑,但也不是生气。

林卓绵不得不抬起头,对上陈野望云淡风轻的神情之后,她开始给自己找补:"忘了什么时候随手塞这儿了。"

她知道自己解释得苍白,范范刚才轻车熟路地摸她书包,一看就是知道她手机常年放那里。

林卓绵深吸一口气,浓郁的咖啡香味经过肺部,她心想自己一口气憋死在这儿算了。

范范这才发现昨晚宿舍集体八卦过的金融系男神也在,而且好像还是跟林卓绵一起来的。

陈野望倒没计较什么,看见地上掉了张草稿纸,是方才林卓绵同学掏她书包时带出来的。他俯身捡起来,看了眼纸面上的墨迹:"解剖图。"

林卓绵赶紧抓住机会转移话题:"今天上课的时候画的。"

"画的是心脏吗？"陈野望单手拿着草稿纸问。

林卓绵说了一遍今天新学到的术语："窦房结。"

薄薄的道林纸在阳光下呈现出半透明的颜色，他垂眸时的神情漫不经心，用好看的手举着她做的笔记，手背上的骨骼轮廓清晰，冷白的皮肤下有淡淡的血管颜色，像最精密的山川江流。

她想做漫游者，做地理学家，为他的手写尽风物志。

手指上的血管连通心脏，那此刻她画的窦房结，是不是离他心跳声好近。

课堂上老教授的玩笑音犹在耳——心动的开始。

"您好，两杯冰镇浓缩做好了，请问需要打包带走吗？"穿深咖色围裙的店员微笑着端出两只一模一样的纸杯。

林卓绵回过神来，飞快地一瞟陈野望，然后小声说："我的直接给我就好了。"

像是怕陈野望再提起手机的事情，她又说："师兄，这个真的很好喝，你尝尝，不骗你。"

陈野望看她一眼，将草稿纸还给她，端起咖啡喝了一口。

范范全程没说话，直到被林卓绵拉着离开了咖啡店，才终于慢悠悠地发问道："你跟陈野望，什么情况啊？"

"碰巧遇见了。"林卓绵硬着头皮说。

范范"哦"了一声，再开口的时候语气带上了揶揄意味："那手机没带又是什么情况？"

林卓绵被噎住了。

范范饶有兴趣地端详她片刻："我知道了。"

林卓绵眼皮跳了下："你知道什么了？"

范范哼哼笑了两声："还装，你喜欢他呗。"

林卓绵捏着咖啡杯的手一顿，却没有否认。

"亏我还以为你心里只有学习和做志愿呢。"范范笑嘻嘻地看着她，"昨天'表白墙'上被拍的其实是你吧？你也不说，我就觉得看着不像李曼。"

林卓绵有些窘："因为我没跟他牵手，那张照片是角度问题，说了怕你们不信。"

"没牵怎么了，有我帮你参谋，迟早能牵上。"范范伸手从兜里摸出一样东西，"明天上午是经管和文新的篮球赛，陈野望是经管的队长，我有张票，你去不去？"

S大的篮球赛季采用的是单淘汰赛制，为了协调各个学部院系的时间，场次安排得比较分散,经管对文新是第一轮的最后一场比赛。

林卓绵之前做医疗保障参加的是其他学院的比赛,还真不知道陈野望原来是经管的篮球队长。

她扫过范范手中的门票:"你这么好心?"

范范从善如流道:"没这么好心,所以你下周能帮我去图书馆当义工吗?真不是我偷懒啊,主要是当义工得跟门口那管理员搭档,我得罪过人家,没脸去。"

"你怎么得罪的她啊?"林卓绵好奇地问。

范范摇了摇头:"嗨,还不是上次我跟骆锦搁门口研究她那体温枪,趁她不在看见帅哥就假装量体温,再登记个姓名院系联系方式,你说是不是还挺有搞头的,结果刚量一个,手机号还没记就被她抓现行了。"

林卓绵:"……成交。"

凌晨三点,经管院男生宿舍。

喻腾起夜下床,怕吵醒室友,轻手轻脚地爬下栏杆,落地之后一转身,被对面的人影吓得差点脚一滑摔倒。

他惊魂未定地走过去,拍了拍陈野望的肩膀,轻声问:"望哥,你还没睡啊?"

接着他又瞥了一眼对方面前的电脑屏幕,正在播放一部旧电影,色调发暗偏蓝。

陈野望摘下蓝牙耳机,双眼微闭,屈起指节捏了捏鼻梁:"白天喝了杯咖啡。"

"咖啡?"喻腾还以为自己听错了,"你不是咖啡因不耐受吗?"

陈野望没说话,散漫地靠在椅背上,眼皮压下来,手搭在桌面上,想起的是白天女孩子在咖啡店看向他时略显慌乱的眼神。

喻腾打个哈欠道:"你好歹上去躺会儿,明天不还得跟文新打比赛嘛。对了,你知道潘颂跟别人吹什么吗?他说这次他肯定比你给咱们院拿的分多。都是一个院的,你说他跟你争什么呢。"

说完他转身走了。陈野望听着洗手间关门落锁的声音,合上了笔记本电脑的盖子。

Chapter 02
换种说话方式

/ 我对你还没到朝思暮想的程度。
 你会的。

体育馆人声鼎沸,座无虚席,灯光照亮每一个角落,S大没有哪一场篮球赛的观众来得这样齐过。

林卓绵在第一排正中间的空位坐下,也不知道范范怎么这么神通广大,弄得来热门比赛黄金位置的门票。

忽然,一阵狂热尖叫声毫无预兆地蔓延,林卓绵下意识抬眼,陈野望撞进她的视线。

第一次看他穿球衣。深沉的墨蓝色,胸前印着有棱角的数字,里面配的是纯黑短袖T恤,领口露出年轻男生挺拔的脖颈线条,松垮的衣服硬是被他的宽肩长腿穿得利落挺括,英气逼人。

不管什么场合,陈野望永远都不会紧张,偏过脸同队员说话时,清俊的五官透着淡然,鼻梁与下颌在灯下镀了一层刀锋般的薄光,带着冷感的勾人。

林卓绵看得专心,猝不及防他向她的方向投来目光。

春雷乍起,心如鼓擂,对视过无数次还是会紧张。

林卓绵仓皇低首。

陈野望个子高,负责经管队的开场跳球,篮球像听他的话,裁判哨音一响,不出两秒,球权就到了他手里。他准确地将球传给队友,队友运着球,还没到内线就被文新那边夹防锁住了，眼见着过不去，便越过人墙把球又扔给了陈野望。

陈野望显然早有预判，此时已经到了底角附近，起跳接球一气呵成，文新派人堵他，他作势投篮，一个假动作迷惑了对方，随后借机一侧身过了人。

他沉着冷静反手上篮，篮球擦板入筐，毫无悬念地进了。

观众席的气氛被一举点燃，陈野望的名字在声浪最顶端。

然而，球场上，潘颂的脸色肉眼可见地一沉。

文新那边捡了球，来到中线附近的时候被潘颂拦住，两人对抗片刻，谁都没看清怎么回事，潘颂就带着球突了出去，而文新的那名队员则表情扭曲地单膝跪在了地上。

喻腾反应过来，问旁边的陈野望道："他是不是下脏手了？"

陈野望没回答，但脸色很不好看。他过去拦在即将上篮的潘颂面前，沉声道："我们现在代表的是学院，你打球注意点儿。"

"别管太宽了，光准你一人出风头啊？"潘颂虽然心虚，但还是把手里的球投了出去。

触板反弹，没进。

潘颂动动嘴唇，眼神中多了些狠戾。

接下来谁都看得出潘颂急于表现，不仅用身体素质硬吃对手，还几次想上手推人，上半场快结束的时候，跟他抢球的文新队员被撞倒在了场边。

他次次挑裁判的视觉死角，动作太隐蔽，吹不了犯规。

文新的队员始终没站起来，林卓绵坐在第一排，看见做医疗保障的女生满脸难色地打开医药箱，一副手足无措的模样。

林卓绵认出女生是这学期才加入志协的新人，培训也没来过几次，她担心对方操作不当造成什么不良后果，连忙跑过去跟她说："要不我来吧。"

女生看见她像看见救星一样，如蒙大赦般道："谢谢卓绵姐！"

林卓绵蹲下检查伤员情况，确定对方主要伤在脚踝和手肘。

篮球赛上半场结束，进入中场休息时，潘颂看见场边的林卓绵，饶有兴趣地背着手踱过来："哟，林卓绵，又当白衣天使呢，想被人放'表白墙'有瘾啊？前两天全校都知道你微信号了，高兴吗？"

林卓绵动作一停："那事儿是你干的？"

不远处，喻腾用胳膊肘碰了一下陈野望："哎，望哥，你看潘颂干吗呢，怎么又去骚扰林师妹了。走走走，咱们看看去。"

潘颂笑了一声，挑衅地用鞋尖顶了顶文新伤员的手臂："看这小身板儿，撞一下就倒。"

伤员一挥手打开他："你还好意思说！"

潘颂无耻道："我怎么不好意思了，赛场上谁强谁是老子！"

伤员气得脸通红，林卓绵示意他别冲动，自己站起来直视潘颂的双眼，道："谁是老子我不知道，我只知道你要是我儿子，我早动手揍你了。"

潘颂被抢白，眼睛一眯，话里就带了火星子："行，你有本事动手揍我试试。"

全场的目光都集中在了林卓绵身上，只见她微微一笑开了口："那你得先叫我声'妈'听听。"

周围顿时一阵哄笑。

潘颂被噎了一下，满脸吃瘪的表情。

林卓绵出了口恶气，不再纠缠下去，看也不看潘颂，蹲下继续给文新的伤员做紧急处理。

喻腾"嗤"地笑了一声，对陈野望道："是我多虑了，以林师妹的战斗力，十个潘颂也不在话下。"

陈野望抬了下眉，看了一眼林卓绵。

她明明是有锋芒毕露的这一面的，但上次面对那个高中同学的时候，却不知为什么一直在委曲求全。

喻腾伸手一勾陈野望的脖子："走吧，望哥，喝点儿水。"

"你先去。"陈野望说。

喻腾一愣，看着陈野望转身朝裁判的方向走过去，两个人交谈了一会儿，似乎陈野望提出了什么要求，裁判犹豫了一下，但在陈野望的坚持下，最后还是点了头。

陈野望回来的时候脸上没有流露什么情绪，只是简单跟坐在场边的替补队员说："下一场你上，替潘颂。"

旁边的潘颂听见了，气势汹汹地横在了陈野望面前："凭什么！"

陈野望目光微寒，嗓音冷冽，一字一顿道："潘颂，我是队长。"

他比潘颂高了几厘米，居高临下看人的时候，会让人不由自主地向他臣服。众人看不出他动气，然而周身那股强势的压迫感却有如实质。

潘颂被陈野望的气场震住了，过了几秒才想起来要争辩，但看到其他队友没有谁站在他这一边，最后还是讪讪地闭了嘴，走到一旁泄愤般开了瓶水，咕嘟咕嘟地喝。

陈野望回到黑色的折叠椅上坐下，长腿分开，手臂撑在球裤上，低着头用毛巾擦汗。

他的碎发与黑眸都染上了潮意，头发微微凌乱，面无表情出汗的样子禁欲撩人，英俊到有些惊心动魄的地步。

林卓绵一边替伤员包扎，一边偷偷去瞟陈野望。

她觉得对方冷淡的外表下，似乎藏着极强的掌控欲，说一不二，不容抗拒。

文新那边的队员被潘颂的行为激怒了，下半场一上来就不要命地打，陈野望厉害他们就盯死陈野望，阻断他跟其他队友的配合。

林卓绵不懂那些篮球战术，但她看得清陈野望被三个人堵在内线之外时不着痕迹地皱了下眉。

心为他提了起来。

陈野望运了两下球，突然往旁边移了一步，打乱对面的队形，切出一道空隙直突篮下，在紧迫的时机内凭手感投出去，打板上篮进了球。

果不其然引发了一阵欢呼。

下半场还剩最后二十秒的时候，经管领先文新两分，文新拿到了球权。

林卓绵听见有人在分析战况，说这一球很关键，假如文新能进，要么扳平要么绝杀。文新的队员显然也是这样想的，几乎全队护着球往经管的篮下冲，势必要砍下最后的一球。

陈野望跟几个队友正面迎上，林卓绵的视线没离开过他，他过人的时候干脆利落，没有任何小动作，等冲出文新的包围时，球已经在手上了。

还剩十秒。

陈野望来到中线附近，身后是回头来断他球的文新队员，他没有犹豫，原地起跳，将球投了出去。篮球呼啸着划过半空，撞在篮筐上开始旋转。

三秒倒计时。

所有人都仰起了头，有人赌能进，有人赌落空。

篮球转速趋缓，一停之后，掉进了篮筐里——三分球进了。裁判吹哨的同时，经管增加三分，毫无争议地赢过文新。

陈野望瞥了眼落地的篮球，脸上仍旧平平静静，波澜不惊。

有他在，没人能绝杀。

林卓绵用力地鼓起了掌，周围的尖叫声震耳欲聋，快要掀翻屋顶。

比赛结束之后，林卓绵磨磨蹭蹭地不想退场，陈野望就在离她不远的地方,她想等人潮散了之后过去说句祝贺。

她听见陈野望的队员撺掇着要去吃庆功宴,喻腾却说:"让望哥先回去休息休息吧,他昨晚三点钟才睡。"

有人问陈野望怎么睡那么晚,喻腾笑嘻嘻道:"你就说他是不是突然犯轴,咖啡因不耐受还喝咖啡。"

林卓绵闻言一怔。她的角度正好对着陈野望的侧脸,她这才发现他的眼下的确有淡淡的一痕阴影。

"没准儿是哪个美女请的呢。"陈野望边上的人开玩笑。

喻腾本来想说望哥怎么可能一杯咖啡就把自己卖了,但见陈野望没反驳,也跟着起了八卦之心:"不是,真是姑娘请的?"

陈野望忽然微微一侧眸。

林卓绵呼吸一滞,不确定他是否看见了自己。

"我自己买的。"陈野望说。他的嗓音透着不明显的倦意,质地仍旧是清冷的,却比平常多带了半分哑,尾音有些微的沙粒感,像旧磁带。

林卓绵不知是不是她的错觉,虽然咖啡的确是陈野望自己买的,但她总觉得他说这句话的时候,好像有点意味深长的意思。

经管的队员都觉得庆功宴缺了陈野望没意思,一致同意先攒着之后再吃,一群人浩浩荡荡地离开。林卓绵没找到机会跟陈野望讲话,便原地坐下,给对方发了微信。

海绵蛋糕:【师兄今天好厉害,恭喜你。】

等陈野望回复的时间,她点进了他的朋友圈。

最新一条是凌晨三点钟的时候,分享的一张电影截图——进度条没到末尾,男主角偏着头说,I'm not missing you yet. 字幕大约是根据语境做了意译,翻译成"我对你还没到朝思暮想的程度"。

林卓绵没看过这部电影,搜了一下,片名叫《英国病人》,20 世纪末的作品。

她的心里泛起了一丝涟漪,陈野望为什么会喝掉那一口咖啡,换半晚失眠呢。就算没到朝思暮想的地步,是不是对她的态度,也多少有一点特别。

人流逐渐走空,偌大的篮球场只剩下她一个,和她隐秘又昭然的心事。

掌心的手机"嗡"地响动了一下,陈野望回复了。

Chen:【你也挺厉害。】指的是她今天跟潘颂呛声的事情。

林卓绵觉得他应该不会很想聊到那个人,便只发了一张表情包过去。

陈野望不是那种会再回一张的人,林卓绵想到他大概马上就要休息,便没有挑起新的话题，似乎她的祝贺，就只是最单纯的祝贺。

中午回到宿舍，刚一进门范范就嚷道："我可从朋友圈里看见了啊，有人说陈野望今天可帅了，最后压哨进了个三分球。怎么样，替我当次义工是不是还挺值的？要是我是你，偏得再替我值个十次八次的。"

林卓绵换了丽嘉鞋，把书包挂到衣柜上："你数学学得不错。"

跟范范闲扯几句，她又问："你看没看过一部电影，叫《英国病人》？"

范范摇摇头，然后很有兴趣地说："这名儿听着挺高级的，正好我周日下午有个跟陌生人线上看电影的活动，我正愁选个什么片儿显示我高雅的品味呢，就这个了。"

林卓绵没弄明白她的逻辑："为什么跟陌生人线上看电影需要显示你高雅的品味？"

范范给她解释："因为活动要求每组是一男一女，本质上是个校内盲盒相亲，我总不能上来就选个爆米花电影，暴露我其实没什么内涵的本质吧。"

接着她又兴致勃勃道："哎，你要不要参加啊，报名还没截止呢，鸡蛋不能都放在一个篮子里，要是跟陈野望成不了，还有广大'篮子'供你选择。"

林卓绵"唔"了一声："好建议，不过周日下午我有社团活动，篮子留着你自个儿挑吧。"

上周陈野望说她可以去参加陆冲社的活动，她怎么会拒绝，第二天就在S大学联的公众号上找到了陆冲社的联系方式，负责人正好是喻腾，二话不说就把她拉进了群里。

可惜这周天气不给面子，从周五中午就开始下雨，天气预报显示未来几天降水集中，有大到暴雨。周六晚上喻腾在社团的群组里发布了公告，说本周的活动因为天气原因取消，期待下周再跟大家见面。

林卓绵看见之后叹了口气，无奈道："我的社团活动顺延了。"

范范躺在床上边玩手机边道："你猜怎么着，咱俩难兄难弟，没人选我一组看那片儿，我这还不如选个爆米花电影呢，可能这年头大家都比较喜欢没内涵的东西？"

说是这么说，可过了一会儿，她玩着玩着突然弹坐起来："有人跟我一组了！"

林卓绵随口道："是谁这么有品位？"

"不知道，"范范的语气有些兴奋，"得明天看完电影才能相互'掉马'。"

范范对这位素未谋面的知音充满了期待，周日下午早早地就进入了匿名的线上会议室等待，林卓绵正好没什么事，便将椅子搬过去，围观她的盲盒相亲。

对方不如范范积极，距离约定的时间过了五分钟才上线，不过态度还算良好地在聊天框里解释了一句：【刚才洗衣服，洗一半洗衣机坏了，耽误了一会儿。】

范范热情地回复：【是不是用时间长了？你修好之后记得把洗衣机也清理清理，加点儿小苏打进去，先搅五分钟，再泡一个小时，漂两回，这样能清清里面的污垢。】

对面憋了半天，来了一句：【……我寻思着这洗衣机是给我服务的，不是给我送终的，不用这么麻烦吧。】

范范的眉毛扬了起来："这什么人啊。"

她噼里啪啦地打字：【不是，那你知道你不这么洗的话，你洗衣机里的细菌都四世同堂了吗？】

男生宿舍里，喻腾看着屏幕，愣了愣道："这姑娘怎么个情况，炮仗喂大的啊？"

边上有室友问他哪儿找的姑娘。

"哦，就是我看朋友圈里有人转发一个什么线上匿名看电影的活动，不正好我跟望哥的社团活动取消了嘛，我昨晚就临时报了个名，没想到最后剩下跟我一组的这女生这么凶。"喻腾说。

室友给他出谋划策："那你找个借口夸她两句呗，夸漂亮什么的，说不定她听了能对你温柔点儿。"

喻腾挠了挠头："问题是我们这活动匿名的，就能看见个头像和昵称。"

"有可能头像就是她呢。"室友说。

"也行。"喻腾看着对面的美女头像，接受了这个假设。

一分钟之后，范范气得摔了鼠标："这男的什么意思啊？怎么这么会阴阳怪气呢？"

林卓绵探头去看屏幕，对方给范范发来的上一条消息是：【你头像是你吗？挺好看的，一看就不是P的。】

范范的斗志被点燃，想也没想就回复：【谁说不是P的，就是P的，不P，你能跟这么漂亮的女孩一块儿看电影？】

林卓绵很想问她，还记不记得这其实是盲盒相亲活动，不是键盘侠互喷现场。

发过去之后，范范余怒未消："这是一什么男的啊，我算是见识到物种的多样性了。"

林卓绵怕她这一下午净跟对方吵架了："你电影还看吗？不看，我帮你看。你俩别骂着骂着骂出什么敏感词汇把会议室封了。"

"来，你看，"范范干脆利索地让了位，"替我多怼他两句，气死我了，我打两把游戏去。"

喻腾"啧"了一声："完了，我好像把天儿给聊崩了。"

正好这时候，陈野望拎着电脑包从外面回来，喻腾便问："望哥，你上回半夜看那电影还有兴趣看吗？"

陈野望漫不经心地问："怎么？"

喻腾把自己报名参加的活动以及遇到的凶悍女生给他讲了一遍，然后苦着脸道："这姑娘选的正好是你看的那个片儿，你要是还打算看的话正好趁这会儿用我电脑看吧，我可不敢再跟她说话了。"说着他便把自己的电脑放到了陈野望桌上。

对面又发来了新的消息：【你平时一直这么说话吗？】

陈野望淡声转述给喻腾听："她问你是不是平常也这么说话。"

喻腾已经逃回了自己的桌子前面，一副短时间内不会再靠近电脑的模样："能让她换个方式说话吗，这一听就是要开火。"

陈野望于是替他回复：【能换种说话的方式吗？】

过了一会儿，聊天框里冒出了新的消息气泡：【Do you always talk like that？】

陈野望挑了下眉。

那边喻腾问："她说什么？"

陈野望轻描淡写道："换英语问了一遍。"

喻腾："……还真是换了一种新的说话方式。"

陈野望扫了一眼两个人之前的聊天记录，回复：【我不太会说话，如果觉得被冒犯了，我向你道歉。】

林卓绵放在键盘上的手指顿了下，这人好像也不是那么没礼貌。

她不好意思继续回击下去，想了想，打下句"没关系"，标志着以暴制暴的暂时中止。

坐在屏幕对面的两个人都没有再说话，窗外雨脚如麻，水汽氤氲，林卓绵因为记着这是陈野望看过的电影，投向屏幕的眼神比上专业课的时候还要认真。

她等到了那个片段。

——"I'm not missing you yet."

——"You will."

——"我对你还没到朝思暮想的程度。"

——"你会的。"

影片时长接近三小时,结束的时候天色已经完全暗下来,林卓绵看着片尾的字幕,还有些恍惚。

宿舍里已经没人了,她手机上浮着一条范范的消息,说刚才看她看得太入神,就没有叫她,自己先去吃饭了。

林卓绵忽然想起范范说电影看完之后还有一个"掉马"环节,她试探着问屏幕对面的人:【那个,你还在吗?】

过了片刻,对方打字回复:【嗯。】

林卓绵:【谢谢你陪我一起看完。】

那人说没关系。

林卓绵想拖到范范回来,于是又没话找话:【我觉得男主角挺帅的,不知道他还演过什么?】

对方告诉她:【他后来演过伏地魔。】

林卓绵:【哦,怪不得我看他烧焦以后的样子有点眼熟。】

范范一时半会儿没有回来的迹象,她有些于心不忍,决定跟对方坦白。

"我得跟你说件事儿,"林卓绵开了麦,"其实一开始跟你看电影的是我室友,但是和你聊了几句之后,她不太高兴,正好我想看这部电影,就过来替她看了。"

没有回应。

林卓绵觉得他可能受了打击,赶紧安慰道:"你别难过,人跟人不对付很正常,要是你有什么想倾诉的,可以跟我说。"

对方也开了麦,但没出声。

林卓绵觉得自己应当是戳中了那人的心事,恻隐之余又多了几分内疚:"没事的,反正我也不认识你,你跟我说什么都行。而且说实话,你也没什么大缺点,就是说话不太好听,容易惹女生生气就是了。你千万不要因为这件事觉得自卑,或者怀疑自己找不到女朋友会孤独终老什么的。"

她觉得自己说得足够诚恳,便停下来等对方反应。

一片沉静中,扬声器里忽然传出了一声低笑,带一点淡淡的鼻腔音,和着绵密的雨声,听得人心头发酥。

林卓绵刚觉得对方的音色有些熟悉，紧接着就听见了第二句话。

"好，我不自卑。"语气中含着不明显的戏谑。

林卓绵浑身一震——陈野望，怎么会是他？

再开口时，林卓绵嗓音里带上了小小的懊恼成分："师兄，不好意思啊，我不知道是你。"

什么找不到女朋友，什么孤独终老，她都说了些什么乱七八糟的。

与此同时，她心里还升起一些若隐若现的悸动。

在这个下着雨的下午，陈野望陪她一起看过遥远历史时空中的一场感情如何发端，如何决堤。林卓绵一想到屏幕对面坐着的是他，他同她一起看着那些爱意缱绻的眼神，听着诉尽缠绵的台词，她的耳朵就忍不住烧得通红。

陈野望清冽的声音经过电脑音响的过滤，泛着淡淡颗粒的磁性："一开始确实也不是我。"

林卓绵听他说，这才知道原来跟范范一组的是喻腾。

她有些不好意思："我室友她说话有点厉害，喻腾师兄没被吓着吧？"

陈野望一瞥喻腾去买饭留下的空荡荡座位，语调尾端噙着点好笑道："吓着了。"

停一停，他又说："你也不差。"

他这样一提，林卓绵又想起了自己说的那些话。她忍着脸热道："师兄，你把我说的都忘了，行不行？"

陈野望从容不迫地问："想让师兄忘哪句？是容易惹女生生气，还是找不到女朋友会孤独终老？"

他还重复了一遍。

她小声说："都忘了。"

陈野望放缓了声调："那还有'Do you always talk like that'呢？"

仍旧是上次在学术论坛上她听过的地道英音，只不过因为是平常说话，不像发言时那样字正腔圆，而是带着天然的懒音，很低，像念情诗。

林卓绵搭在胳膊上的指尖不自觉地收紧。

忽然，会议里加入了第三个人，是电影活动的工作人员。对方在聊天框里打字催他们结束：【不知道两位同学聊得怎么样？我们的活动到此结束了，请大家退出会议室，在活动的微信群里为彼此打分。】

林卓绵一面庆幸工作人员替她解了围，一面又觉得遗憾，不能继续这样近距离地听他的声音，他的话只说给她一个人，而她可以放纵自己的喜欢，不必遮掩。

范范回来的时候往她桌上扔了包零食，坐下之后说："刚才在路上我给那男的打了个大差评，没想到他给我的评价还行。"

林卓绵觉得喻腾人还不错，想开解开解两个人的误会："我后来发现我认识那个师兄，他还挺热心的，可能你俩就是那一阵话赶话没对上频道。"

范范一瞟她："你要说我俩没对上频道的话，我可觉得有点后悔。"

林卓绵说："是吧，你其实当时可以再跟他多聊聊。"

范范慢悠悠道："是什么是，我是后悔当时怼他发挥得不好，没把他气死。"

雨一直下到周一才见停，云收天晴，空气却仍旧湿漉漉的，好像攥一把在手里可以挤得出水。

P城少见这样的潮湿，仿佛连天气也喜欢上什么人，心思绵缠，恨不能在这座北方城市生造出一季暗恋的梅雨，暗暗湿透他的衣衫，变化无息。

尽管天气预报信誓旦旦说今日是艳阳天，林卓绵出门去图书馆替范范做义工的时候，还是带了把伞。

被范范避之不及的管理员阿姨其实不怎么凶，不过也可能是因为她不像范范那样想得出用门口的体温枪骗帅哥联系方式的天才主意。

林卓绵上午挂着工牌巡视了一遍用书包占着座位人却没来的，清理了水杯架上无人认领的过期食物，最后一项任务是坐在一楼大厅的柜台里，给借书逾期一个月的同学打电话催还。

她按照管理员给她的名单一位位联系过去。名单是从系统里导出来的表格，文字印得密密匝匝，她要用手一个个指着才不会遗漏。

到达某一个名字的时候，她指尖停留的时间变长了一些。

在座机上按他电话号码时也格外认真，每一位数字都按得很清晰，等待拨通的时候，似乎心跳声也变得郑重其事。

陈野望接陌生号码电话的时候也会很礼貌，说"您好"的时候，语气很沉稳。

她还是习惯性地喊他"师兄"。

"师兄，你借的书很久没还了，记得今天来还一下。"

陈野望那边有一个停顿。林卓绵不知道他是忘了有书没还，还是没听出自己是谁。害怕是后者，她先补上一句："我是林卓绵。"

陈野望应当在忙什么，她听到他那边有打字的声音，还有纸张翻动的轻微杂音。

"我知道。"他的语速比平常稍缓,能听出是从全神贯注做着的事情中分出来一些注意力给她,但没有不耐烦。

林卓绵怕耽误他正事:"那师兄你先忙,记得抽空还书。"

他"嗯"了一声,等她先挂。

这天喻腾跟陈野望一起被叫去院楼给一场学术会议做准备工作,他看陈野望接完电话之后顺手在电脑上登录了学校的统一门户,便问:"刚才接的电话是学校打来的?有急事儿?"

"图书馆,说有书没还。"陈野望说。

喻腾一拍脑袋:"哎,我想起来了。上学期快放假那会儿我不是有一回找不到校园卡了,寻思着下学期再补办,拿你的卡借过一次书嘛,那书我忘还了,估计已经超期好久了,我正准备过两天去还呢。"

"给我吧,我下午顺路去。"陈野望关掉网页,语气平淡。

中午林卓绵吃过饭之后,在自己值班的柜台上趴着玩手机。

玩了一会儿,微信上进来一条消息,是她哥哥林洛发来的语音:"下周我在P城转机,顺路去看看你吃没吃成肥猪。"

林卓绵问:"你这次去哪儿?"

林洛比她大四岁,学的是地理专业,念书的时候跟一帮朋友组织了一支探险队,通过自媒体积累了一些名气,毕业后有一家地理杂志向他发出邀请,他就去当了专栏记者,偶尔也给一些地方政府做做旅游规划,常年长途奔波、四处探险,有时候过年也不回家。

林洛:"哈拉湖无人区。"

林洛:"从德令哈去,德令哈听过吗,就是'今夜我不关心人类,我只关心你'的那个德令哈。"

林卓绵叹了口气:"什么时候我也能不学无术地到处玩。"

林洛不屑道:"你连车都不会开,等你什么时候能跟你哥我倒手开车,我就带你一块儿去。"

林卓绵不服气:"我上个假期考过科一了,很快就能拿驾照。"

林洛一本正经道:"考过科一了是吧,那我考考你。假如你开车的时候,前面有一个人和一条狗,你碾人还是碾狗?"

林卓绵打了哈欠:"不是,你这什么鬼问题,我不碾狗就得碾人啊?"

"屁,你应该刹车。"林洛扬扬得意地说。

无聊。林卓绵隔着手机都想得出林洛那张脸上自以为是的表情,将手机一关，不搭理他了。

她揉了揉眼睛，觉得困了。看这会儿大厅里的人流稀稀落落的，不像会有人来找她还书的样子，管理员也不在，她便一边脸枕着胳膊，迷糊地睡了过去。

不知过了多久，她恍恍惚惚听见近处有什么东西被挪动的声音。她挣扎着睁开眼睛，先看见一只骨节清晰的手正将一本书放到桌面上。

视线再向上移，便对上了陈野望清俊的眉眼，林卓绵一瞬间清醒了不少。

"……师兄。"声音里还带着未苏醒的睡意。

陈野望有些意外，似乎没想到她会醒，挑了下眉问："吵醒你了？"

林卓绵摸鱼睡觉被抓包，尴尬道："该醒了。"

她从桌上爬起来，感觉意识还有些昏沉，便轻轻晃了晃脑袋，随手拿起陈野望还回来的书说："师兄，你的校园卡给我，我给你走一下逾期还书的流程。"

修长的手指将薄薄的卡片递给她。

她伸手去接，陈野望却将手抬高了一个角度，让她接了个空。林卓绵一愣，涣散的眼神比刚才聚焦了一点："师兄？"

"我还以为你眼睛没睁开。"陈野望说。

林卓绵嘀咕了一句："我看着有那么困吗？"

陈野望目光在她脸上打了个转，眉骨轻抬道："嗯。"

好吧……林卓绵接过他的校园卡，一边操作，一边忍不住偷偷打量了一下他的证件照。

虽然不如本人，可还是很好看，是没有P图痕迹，看得清面部轮廓走向的那种好看。不过陈野望就连拍照也不怎么笑，神态散淡地看向镜头，深眸如墨，不曾显露半分情绪。

台式机上显示出陈野望借走的书名。

林卓绵多看了几秒，想知道被他借走这么久不还的，是一本什么书。

《人类性学》？

她眨了眨眼，当场没说什么，等陈野望离开以后，看看四周没人，才悄悄地打开了这本《人类性学》。

没想到陈野望，金融系的高岭之花，看着清清冷冷的，原来私底下喜欢看这种书啊。

林卓绵做贼心虚般地迅速用机器操作了一下，用自己的校园卡把书借走了。

晚上图书馆闭馆前，林卓绵推着一车被还回来的借阅书籍去归位。S大的图书馆是P城第三大图书馆，错综复杂有如书籍森林，归到最后她有些晕头转向，看到推车里空空荡荡的，才想起自己好像把随手放在车顶的那本《人类性学》也给还了。

林卓绵原路回去，书架上有两本一样的书，摆在相邻的地方，她凭借记忆抽出一本，塞进了书包。

下楼的时候正好赶上人流高峰，浩浩荡荡的人群涌向出口，为了提高人流速度，图书馆这时候一向会将闸机全部打开。

报警器忽然尖锐地鸣响。

门口的保安张开手把所有人拦住，高声询问是谁借了书没在机器上操作。

林卓绵已经出了闸机，闻言停住脚步，正回想自己那本书是不是拿错了，就有另一个人如梦初醒般道："噢，是我忘了。"然后转身跑回去操作借书。

保安挥了挥手，示意剩下的人可以走了。

宿舍里其他三个人今天都比她回得早，骆锦正跟范范坐在一起边吃夜宵边看剧，冉沛柔正在电脑上读一篇文献，文献是年代久远的扫描版，字符模糊不清像洇了墨，需要放大好几倍才能看清。

骆锦和范范看的剧正好播到男演员洗澡的镜头，范范突然腾地站起来。

"看人洗澡这么激动呢？"林卓绵经过时随口说。

范范头摇得像拨浪鼓："不是，是我想起来刚才我洗澡的时候忘关水了！"

冉沛柔回过头："哦，你的卡我给你拿下来了，在你书架上，你看看。"

范范一边找一边说："那不是我的卡，是绵绵的，她今天拿着我的卡帮我去图书馆当义工了。"

林卓绵伸手从兜里摸出了范范的校园卡，给她往桌上一丢："解决了。"

范范笑嘻嘻道："谢谢绵绵。"

接着她又问："哎，你测过MBTI[①]吗，我觉得你就是那ISFJ[②]，特有奉献精神，爱帮助别人。"

骆锦插话道："但我觉得她有点儿像ENFP[③]。"

注：①迈尔斯-布里格斯类型指标，表征人的性格。
②迈尔斯-布里格斯性格分类法中十六种人格类型之一，在凯尔西气质分类中被称为"保护者"。
③冒险特质的记者型／奋斗者／追梦人／劝告者。

"其实我是 http[①]。"林卓绵一本正经地说。

范范愣了一下,反应过来之后嗤笑了一声:"我还 TCP/IP[②] 呢。"

林卓绵去洗了个澡,换了睡衣,吹干头发,在床上躺着看了会儿书。看的是曼昆版的《微观经济学》,陈野望做助教那门课的课本,她前面的课听得不够认真,落下了不少内容。严格来说,这本教材写得还算通俗易懂,但她看了后面忘了前面,总觉得自己好像什么也没记住。

忽然,有只手敲了敲她的床沿。

林卓绵翻过身探出脑袋,范范指着自己手机上的一个来电显示,问她:"这是不是图书馆的座机?"

她点点头。范范立刻苦了脸:"别是我找人顶替做义工被发现了吧。"

林卓绵把范范的手机拿过来:"我先接,看是什么事儿。"

是今天跟她搭档的管理员阿姨打过来的:"范念之同学,你今天归书的时候看没看见一本,我看看,哦对,《人类性学》啊?现在这本书显示没被借出但是不在馆,是不是别人来借或者还的时候你没走对还书流程?"

林卓绵愣了下:"我记得我走对了。"

"是吗,那等会儿我锁门之前去巡楼的时候再去看看。"管理员说着挂了电话。

范范紧张地看着她:"什么情况啊?"

"跟你没关系,是图书馆少了本书。"林卓绵从床上下来,拉开书包拉链,取出那本书翻到背面,又登录了自己的图书馆账号,两相对比,发现了问题。

她拿错书了。

今天陈野望还回来,真正被她借走的《人类性学》现在应该还好好地待在图书馆的书架上,而她带回来的是无辜的另一本。

如果今天不赶在管理员巡楼之前还回去,那明天她就得亲自过去一趟,当面跟对方解释,为什么她借了这本书,还偷偷摸摸地带走了。

林卓绵的肩膀抖了一下。

现在图书馆已经闭馆了,原则上学生不能再进去,但范范那张校园卡今天开了工作权限,只要没锁门,就还能刷开感应器。

她在睡裙外面裹了件长袖外套,穿上袜子和鞋,抱着书就冲了出去,冲出去之前顺手拿走了范范桌上的校园卡:"借我用用,我去还书。"

今天白天她带了伞出门,一整天没下雨,晚上火急火燎什么也不拿地往外跑,半路上就飘起了雨星。

注:①超文本传输协议,此意为玩笑话。
②传输控制协议/因特网互联协议。

山雾来处

好在雨势极小,像更湿更清透的雾,只有在路灯的光柱中才看得清细细的雨线。

她跑得急,一面看前路,一面看脚下有没有水坑,难免自顾不暇,快到图书馆附近的时候,一不小心撞上了一个人。

正要道歉,耳边蓦地响起一道朗淡嗓音:"林卓绵?"

她抬头,微湿的眼睫上有细小的反光,陈野望那张俊朗撩人的脸离她只有二十厘米的距离。

他举着一把纯黑长柄伞,将伞面倾向她,漫不经心地低头看她:"这么晚了,慌慌张张要去什么地方?"

那把伞很大,遮住了路灯投过来的亮光,他的瞳孔里像是寄居着地平线上最遥远的夜色,深沉无声却能勾得人什么都可以为他做。

林卓绵收拢心头悸动,想起自己的正事:"图书馆,我去还书。"

与此同时,她将怀里那本书搂得更紧,怕他看清封面书名。

陈野望重复了一遍:"图书馆闭馆了,你去还书?"

林卓绵一瞥地上两人重叠在一起的影子,语气中多了几分焦灼:"师兄你别管了,我一时半会儿解释不清楚,再不去就晚了。"

"我跟你一起去。"陈野望说。

林卓绵一怔。

他提醒道:"还不走,不是说再不去就晚了吗?"

林卓绵回过神来,陈野望已经迈开腿向前走了,他个子高腿又长,再稍微走快些就需要她小跑才能跟上。

林卓绵跟陈野望保持同一速率并肩向前,他侧眸看她一眼:"走得还挺快。"

"时速不高,主要是腿抡得快。"林卓绵说。

两个人来到图书馆门口,陈野望收了伞架在玻璃墙上,林卓绵刷卡之前压低了声音,严肃道:"师兄,从现在开始不能随便说话了,我们要鬼鬼祟祟地进去。"

陈野望看起来是想笑但忍住了,扬了下眉道:"好,那我蹑手蹑脚地帮你开门。"

图书馆已经熄灯了,两个人搭电梯去了那本《人类性学》所在的楼层,林卓绵在前面走,陈野望主动给她殿后。期间陈野望用手机给她开了手电照路,被她拒绝了,理由是不能引起巡楼的管理员注意。

林卓绵绕来绕去,终于找到了她要去的那一排书架。

她把怀里的书放回去，将另外一本取下来，才算松了口气，觉得自己这一次夜奔背负的任务大功告成了。

正准备告诉陈野望可以走了，不远处就传来了一阵突如其来的脚步声，一道手电光线晃晃荡荡地在黑暗中趋近。

是管理员巡楼来了。

林卓绵一惊，情急之下拽着陈野望把他拉进了后面两排的书架，食指贴在嘴唇上，向他做了个噤声的动作。

陈野望却没她那么如临大敌，反倒意味深长地打量她一番："这么害怕？"

林卓绵急得快跺脚："师兄，你别出声。"

陈野望气定神闲地说："我又没做亏心事，为什么不能出声，嗯？"他最后发出的单音尾音稍稍上挑，在黑暗中，她连他的气息都感受得很分明。

林卓绵同他对视几秒，她的手还抓在他的袖口上。

她深吸一口气，未经思虑，便抬起他的胳膊搭在了自己腰际，重新望向他时，眼中是跃动的笑意，带了点纯真的坏："陈野望师兄深夜在图书馆跟女生搂搂抱抱，还不该躲着点儿人？"

陈野望看着她。女孩子出门前似乎刚洗过澡，发梢被室外的缠绵雨色打湿，柔软地搭在肩头，散发出一股清甜香气。

宽松的外套下，是极窄的腰身。

掌心温热上升半摄氏度。

林卓绵还没反应过来，腰间的手掌便猛然收紧，她猝不及防，被陈野望一股力道拢过去，撞进了他的怀里。

两个人的身体紧密相贴，他身上的冷冽气息毫不收敛地笼罩住她，她的呼吸一瞬间变得不稳，心跳骤然过速。

那双黑眸把她望到无处遁形，她慌张脸红，眼神躲闪，闻见两个人身上都沾染了这个雨夜的气息。那双会跑数据、会打篮球的手很有力，强烈的掌控感好似顺着他手心的纹路渗进她骨头缝里。

陈野望深邃的目光在她脸上睃着，薄唇轻张，被刻意压低的声音钻进她耳孔，在她的耳膜上引起微小的战栗："深夜在图书馆跟女生搂搂抱抱，对我的想象力就只到这个地步？"

林卓绵刚才去抓陈野望胳膊的手碰在一排光滑冰凉的书脊上，指关节下意识地蜷了蜷。

他幽深的视线看得她喉咙发干，她忽然觉得刚才的大胆是个错误，想起身,却被陈野望一只骨骼轮廓清晰的手箍得动弹不得。

她仰起头,从他怀中的这个角度,看他的下颌线与鼻梁更加线条分明:"师兄……"

"嘘,"陈野望嘴唇贴近她的长发,嗓音低沉,"来了。"

下一秒,管理员手中的手电筒便被随手放上了他们面前两排的书架,光源近在咫尺,微微颤动,照亮一切,像月亮成为审判者。

审判秘密,审判心事,审判一切暗中进行的非分之想。

林卓绵的心脏"咚咚"地跳动着,她和陈野望离光圈很近,但她离他更近,近到她的发丝都在随着他的呼吸起伏。

管理员从书架上抽出林卓绵刚还回去的那本《人类性学》,对照着看了一下手机屏幕,嘀咕道:"这不是在嘛。"然后拿起手电,转身离开了。

光圈一晃一晃,逐渐远去,林卓绵紧绷的身体松弛下来一点。

陈野望感觉到了,低头看她一眼:"借错了什么书,紧张成这样?"

手从她腰间放下,眸光落在被她攥紧的书籍封面,就算周遭昏暗,"人类性学"四个字也大到可以看清的地步。

陈野望的语气了然中带着点戏谑:"好看吗?"

林卓绵像被踩了尾巴的猫,后撤一步,把书抱进怀里,不服气道:"好不好看师兄不是比我更清楚吗?"还补充一句,"逾期了都不记得还。"

陈野望想说什么,然而看她已经涨红了脸,最后还是没有开口,眼角却有丝不明显的笑意一闪而过。

林卓绵听着管理员的脚步声已经远到听不见了,两只手扒着书架,像只小动物一样往过道上探出了头。谨慎地观察了会儿,她扭头对陈野望说:"师兄,我们快走,不然一会儿阿姨就该锁门了。"

他们坐最近的电梯下了楼,担心被锁在图书馆里,林卓绵走得飞快。她用范范的校园卡刷开感应器,陈野望手臂越过她肩头,用冷白的手掌替她开门。

带凉的室外空气扑面而来,林卓绵终于觉得自己安全了。

雨已经停了,她看着陈野望拎起靠在墙上的伞,心底漫上来细微的失望情绪。刚才下楼的时候她有想过,如果雨还在下的话,就可以借机让陈野望送她回去了。

她一瞄陈野望的伞:"师兄,要不我们再等会儿?"

说不定等等就下雨了。

"等谁？"陈野望问。

"等……"

林卓绵语塞，听见陈野望轻描淡写道："本来想直接送你回去，你要等人的话，我就先……"

她立刻从善如流地改了口，没给他机会说出后面的话："等什么等，师兄我们走吧。"

两个人走在图书馆前面那条砖石路上，道路两侧树叶沙沙轻响，脚步声让夜色更沉寂。林卓绵问："师兄，你刚才怎么那么晚才回？"

陈野望语气平静："为了深夜去图书馆跟女生搂搂抱抱。"

林卓绵被他噎得说不出话。

陈野望侧眸轻瞥她微微鼓起的脸颊，眉宇一舒，给了她一个正经答案："做你们下次微经课的PPT（PowerPoint，演示文件）。"

"原来每次课的课件都是你做的啊。"林卓绵有些后悔之前没认真听了。

"我先做，老陶再改。"陈野望说。

他的手机突兀地响起来，他接的时候皱了下眉。林卓绵站得近，看清来电显示是"李曼"两个字。

陈野望接电话的嗓音很冷，林卓绵小声问他需不需要回避。

他说不用。

电话那边的李曼大约是听见了陈野望的动静，问了句什么，陈野望淡声说："跟师妹在一起，送她回宿舍。"

林卓绵觉得他好像是故意这么说的。

李曼那边没声了。

片刻之后，陈野望又道："还有别的事吗？"

林卓绵听见李曼用很勉强的声音跟陈野望说晚安。

陈野望"嗯"一声，挂了电话。

林卓绵没有立刻跟他说话，过了一会儿，她指指前面的路口："师兄，那边要左拐。"

"好。"陈野望说。

接着林卓绵又道："那个，师兄，去女生宿舍楼下，你做好心理准备。"

陈野望随口问："怎么？"

林卓绵不好意思说，纠结半天之后告诉他："去了你就知道了。"

现在已经过了十一点，宿舍楼下还是站着好几对情侣，在路灯光照的范围里吻得难舍难分，根本不管周围有没有人经过。

陈野望明白了，他挑了下眉，问林卓绵："你说的心理准备是指这个？"

林卓绵的耳朵红了。

陈野望仿佛是觉得好笑，抬手用指骨轻敲林卓绵怀里的书封："看别人接个吻害羞成这样，还想研究人类性学？"

一声一声，像是从书上一直敲进她心口，又从心口传来回音。

见她说不出话，他忽然想起了什么："你大二，就是今年才二十。"

"十九。"林卓绵纠正道。

陈野望用漆黑的眸很轻松地看着她："这么小。"

林卓绵不想他真的把自己当小师妹看："不小了，成年两年了。"

陈野望抬抬下巴："知道了，回去吧。"停了停，眼神掠过她从图书馆带回来的书，意有所指道，"十九岁的成年人睡前少看点这种书，别害羞得睡不着。"

林卓绵被噎了一下，然后轻声反驳说自己是医学生，不会那么不专业。

陈野望不置可否，她跟他挥手说师兄拜拜，转身时风带起了她柔软的发尾。

林卓绵回宿舍还了范范的校园卡，她借回来的书被全宿舍传了一遍，听说是陈野望借过的，又被传了第二遍。

这天晚上，她的确睡得不太安稳，不过不是因为书，是只要一闭上眼睛，就想得起陈野望怀里的气息，然后心浮气躁，辗转反侧，好像管理员的手电光仍旧在附近闪烁，只差一点就捉到他们。

第二天一早又是八点专业课。

林卓绵和范范起得早，便绕了远路先买早饭才去上课。

去食堂要经过研究生宿舍楼，她们路过的时候，正好赶上舞蹈系的学生盘着头发穿着黑背心去艺传学院出早功，范范用手背拍了拍林卓绵："哎，李曼在里边。"

一群打扮相似的高挑女孩走在一起，林卓绵一时间有些脸盲，直到其中一个女生转过脸，向她飞来一道锋利的目光。

她忽然直觉那就是李曼。

"挺好看的。"林卓绵打了个哈欠说。

"你是真大度啊，"范范有些惊讶，"你不知道她追陈野望追得全校皆知吗？"

林卓绵想了想："但陈野望好像不喜欢她。"

范范"唔"了一声，被她说服了："有道理，不然早追上了。"

食堂的队伍从打饭窗口拐了几个弯一直曲曲折折排到门口，林卓绵被热气烘得发晕，眼睛半睁半闭，把胳膊套在范范的臂弯里，慢慢跟着往前挪。

范范忍不住说："我觉得我像导盲犬。"

"行，一句话磕碜两人。"林卓绵说。

范范反应过来，"呸"了一声，要把她推开。

林卓绵揽住她："别啊，我这不身残志坚地在遛你吗！"

"望哥，你看那个是不是林师妹？去打个招呼？"喻腾刚进食堂，就眼尖发现了林卓绵。

陈野望顺着他手指的方向望过去。林卓绵今天把头发扎起来了，露出干干净净、不施粉黛的一张小脸，下巴尖尖的，看起来像高中生，在人群中白得发光。

他看女孩子困得挂在她室友身上，连走路都不睁眼，觉得她没心情跟人聊天，便拒绝了喻腾的提议："算了。"

这时林卓绵听见身后有两个女生议论，刚才门口进来一个帅哥，长得有点像陈野望，不知道是不是。

她慢了一拍才睁眼抬头，看见的是最新进来的一个穿运动服的男生。

林卓绵觉得他一点都不像陈野望，也不怎么帅，但后面的女生已经在说，如果帅哥走近，就去要联系方式了。

人跟人的审美果然各不相同。

林卓绵犯困，有一耳朵没一耳朵地听着，那个男生倒真走了过来，像根棍子一样杵在了她跟范范前头。

她愣了一下，睡意顿时清醒了不少。林卓绵把手从范范的臂弯里抽出来，抢先那两个女生一步，拍了拍男生的胳膊。

喻腾目睹了全程，看好戏一般对陈野望说："望哥，林师妹是不是在跟那个男的搭讪啊？没看出那男的有什么过人之处，林师妹怎么就挑上他了。"

陈野望没接话，也没什么表情，视线却一直停在林卓绵身上，意味深长地看着她。

男生也以为林卓绵是要向自己搭讪，摘下一边耳朵里的蓝牙耳机，脸上多出几分待价而沽的矜持。

林卓绵看着对方，眉头慢慢皱起来，深呼吸一下，气沉丹田，中气十足："你插什么队？"

旁边的范范"扑哧"笑了。

周围人全看过来,运动服男生无地自容,落荒而逃去了队尾。

喻腾也笑得不行:"得,记住了,以后可不敢在林师妹前面插队。"

他没等到陈野望的反应,转头去看对方,却有些惊讶地发现,自己这个室友向来冷淡的眉目间,好像多了一点可以称得上柔和的东西。

他眨了眨眼,而陈野望已经恢复了平常的神态,仿佛刚才的柔和只不过是他的错觉。

通过暴力沟通赶走插队的男生之后,林卓绵和范范很快买到了早饭。两个人拎着东西往门外走,林卓绵的余光突然捕捉到了队伍某一部分中,一道熟悉的身影。

她偏了一下头,看见陈野望好看的侧脸。

他正跟室友说话,有只言片语落在她耳中。

"……对了,望哥,我用你的校园卡借的那本书,你还了吧?"

"还了,不是《人类性学》吗?"

"那是我借'岔劈'了,当时搜索书号时打错了一位数字,去领书的时候才发现。"

林卓绵微微愣了下,原来那本书不是陈野望借的。

而她昨天晚上在图书馆里却自以为是地反击,说这书好不好看他比她更清楚。

林卓绵顿时无地自容了起来。

范范凑在她耳边说:"发什么呆呢,再不走要迟到了。"

林卓绵回过神来:"我丢东西了。"

范范替她四处乱看:"啊?丢什么了?"

"脸。"林卓绵说着,迈出了食堂。

范范:"啊?"

她们赶去教室先占了一排四个座位,又在打上课铃前坐在走廊上吃完了早饭。不知道是不是吃得太急,上课之后,胃部的实感让林卓绵变得不那么专心,看着黑板有些恍神。

她不断回想起昨晚在偌大昏暗的图书馆,只有她和陈野望两个人的场景,像重复坠入同一个确定的梦境。

她抽开笔帽,在课本的第一页写:陈野望。

及不上他写字漂亮,只能做到一笔一画,虔诚认真。

林卓绵从来没在扉页上写过名字,完完整整的空白页,半角落在日光投在桌上的亮影中,因为陈野望的名字,多了二十九画墨痕的重量。

他悄然渗透进她的生活,她读曼昆的书,制造偶遇,逐渐只用黑色水笔,对他喜欢的电影和运动好奇,每天都在期待这一周的公选课。

陈野望不一定每节公选课都去很早,比如这天就像她第一次见他那样卡着点才到,又坐在最后一排。

林卓绵后悔自己因为来得早坐得太往前,也不好意思在众目睽睽之下收拾东西去他旁边,只能时不时往后瞥一眼。

陶教授提前布置了下一次的平时作业,让选课的同学两人一组,抽时间找个市场逛一逛,写篇跟经济学有关的观察日记,去菜市场可以,去商场里的超市也行,主要是想让他们用经济学的眼光重新打量一下自己的生活。

有人举手问:"老师,是自由组队还是您提供名单?"

陶教授很好说话:"都行,你们觉得呢?"

大家七嘴八舌地议论起来,选哪种方式的都有,最后还是愿意自由组队的人更多些,就这么定了下来。

其实林卓绵更想被强制分配,因为老师分好名单更省力,她不像有些人是跟室友或者好朋友一起选的公选课,在课上没有熟人。不过,跟她一样的人也不在少数,下课之后就有人在课程群里蹲队友了,林卓绵凭头像选了个女生,跟对方加上好友组了队。

她一边把自己的备注发给对方,一边拿起水杯出了门,经过陈野望身边的时候问:"师兄,你喝水吗?我给你接。"

陈野望合上面前的电脑屏幕:"我也去。"

林卓绵好奇地看了一眼陈野望的杯子,纯黑色的保温杯,细长的圆柱体,杯身没有多余的装饰,很配他。

陈野望虽然没说要跟她一起去,但她还是跟在他旁边一起朝教学楼的直饮水机走过去。

陈野望站她后面,她杯盖拧了一半,一瞟他,生出一点小心思,又给拧了回去:"师兄,我杯子扭不开了。"

"真扭不开?"陈野望问。

林卓绵毫不心虚地点头:"真的。"

"那我先接了。"陈野望淡淡地说。

陈野望怎么会看不清刚才林卓绵把杯子都拧开又给旋上了,他接完水,侧过脸看到她气呼呼地举着敞口的杯子,轻描淡写道:"这不就扭开了。"

林卓绵被噎了一下，然后板着脸说："是啊，扭开了，真是谢谢师兄。"

陈野望喝了口水："不客气。"

他想起了什么，又说："周末陆冲社的活动应该还要顺延，我跟喻腾他们要去参加学术会议。"

"需要观众吗？"林卓绵问。

"这次不用，"陈野望的语气听不出是不是揶揄，"你再去就成经管学院编外群演了，小师妹。"

林卓绵没说话，那就是又要好几天见不到他了。

其实这才是常态，原本两个人唯一的交集就只是这堂公选课，而她一开始连助教是谁都不清楚。

晃晃荡荡过了一周，跟林卓绵一起组队微经课作业的女生一直没有联系她，再不开始就有些晚了，她便私聊对方问了一下。

女生深夜才回复她：【不好意思，忘记跟你说了。这周不是中期退课吗？我感觉我这学期选的课太多了，就把这门给退掉了，你问问别人能不能跟你组队吧。】

林卓绵顿了一下。

好吧，反正上大学以来，她已经见过各种各样不负责任的小组作业队友了。

不过这时候再去找队友可能有些晚了。

果然，她去课程群里问了一下，大家都已经有人选了。

好在第二天下午就是微观经济学的课，她可以课后去问一下陈野望怎么办。

想到陈野望，林卓绵就觉得踏实很多。

她把手机插上充电器，关了床上的小夜灯，正准备睡觉，微信上又跳出了新的消息。

林洛：【我明天上午的飞机到 P 城，下午去学校找你。】

林卓绵这才想起上周林洛说要来看她的事情，举着手机给他回复：【我明天下午有节公选课。】

林洛不当回事：【翘了，公选有什么好上的。】

林卓绵说不能翘。

林洛问她：【什么课啊？这么爱上。】

林卓绵回复：【微观经济学。】

林洛：【小林同学，我真诚地觉得就算你不上这课，地球上也不会损失一位未来的经济学家。】

但是会损失每周一次见陈野望的机会。

林卓绵不管他说什么，态度强硬，就是坚决不翘课。

林洛没辙，最后问了她在哪个教室上课，说到时候去找她。

微观经济学课后，陈野望站在讲台上替导师整理设备和资料。林卓绵从后排跑过来，叫了一声师兄。

"嗯。"陈野望发出一个散淡的单音应她。

林卓绵找出自己跟那个女生的聊天记录给他看："跟我一组做作业的同学说她退选了，我现在没有队友，问了一圈大家都已经组好队了。"

陈野望把打印纸讲义拢成一堆："你想怎么办？"

"字数减半？"林卓绵问。

"不行。"陈野望拒绝了。

教务部是要抽检每学期的作业的，抽检的时候不会看得那么细，但如果林卓绵这一份明显比别人少一半，容易引起一些不必要的麻烦。

林卓绵的眉毛耷拉下来一点："那怎么办呢？"

她握在掌心的手机振动了一下，应该是林洛的消息。

林卓绵没理，等着陈野望给她想办法。

林洛本来是在教学楼外面等林卓绵的，看她不回消息也不出来，等得不耐烦，直接去教室找人了。

没想到他妹磨磨蹭蹭的，是跟个男同学在讲台上聊天。

林洛看她聊得专心，没注意到自己，便蹓到后排唯一放着一只书包的座位上坐下。

他认得那书包是林卓绵的，放假回家的时候见过。

她的课本、笔记本电脑乱七八糟地摆在桌上，林洛看着乱，打算给她收拾收拾，没想到一瞅包里，更乱。他索性把林卓绵包里的东西都拿了出来，一点点给她整理，整理完之后闲着没事，坐在椅子上跷着二郎腿翻她的课本看。

翻着翻着他就发现了一个问题，怎么这些书上的第一页，都写着"陈野望"三个字呢。

没过一会儿，林卓绵从讲台上下来了，满脸喜气洋洋的，不知道是跟男同学聊了什么，开心成这样。

林洛斜她一眼，音量不小："林卓绵，你给我解释解释吧。"

林卓绵看自己的课本摊了满桌，封皮都翻开着，露出了她写过的陈野望的名字。

"解释什么，林洛，你怎么还翻我包呢，懂不懂尊重人隐私。"她怕讲台上的陈野望发现，赶紧一本本把书都合起来。

林洛"嘶"了一声："不是，林卓绵，我问你啊，咱爸妈给你的生活费不少吧，比那时候给我的可多多了，你钱花哪儿去了，课本都不买全，跟这个叫陈野望的借？"

林洛的音量不小，林卓绵可以肯定陈野望能听见。她投给林洛一个警告的眼神："课本是我的。"

"是你的，你写他名？"林洛浑然不觉地问。

林卓绵差点给他跪下，她难得乖乖叫了林洛一声"哥"，然后难为情地压低了声音："他是我这门课的助教，就在讲台上，你能不能小声点儿。"

林洛的目光在她跟陈野望之间打了个稍微有些遥远的转，拖长音调"哦"了一声，促狭道："不给我介绍介绍？"

"介绍什么！"林卓绵胡乱地把东西塞进书包，"赶紧走了。"

"等等。"林洛张开手掌，长长的手指轻而易举地按住了她的包。

他端详着林卓绵的神情，不怀好意地问："让你哥在外面等你那么长时间，不告诉告诉我，你跟他都聊什么了？"

林卓绵没办法："就是作业的事儿，跟我一组的女生退课了，我去问他怎么办，他说，"她停顿了一下，努力不让自己显得太高兴，"他跟我一组。"

不过林洛还是看出来了，撇撇嘴弹了她脑瓜一下："看你那没出息的小样儿。"

林卓绵想从教室后门走的，但林洛不知道搭错哪根筋，偏要带她走前门。

经过讲台的时候，他还大大咧咧地跟陈野望打了个招呼，像是不知道该怎么称呼对方，最后叫了声"陈老师"。

"不用叫老师，我研一，也是学生。"陈野望说。

"那你应该比我还小一岁，"林洛笑了笑，"我是林卓绵的哥哥，亲的。"

陈野望刚才收拾好东西，拎着电脑包跟他们一起往外走，他一瞥林卓绵，说："她跟我提起过。"

林洛很兴奋地问："她说什么了？是不是说我极限运动玩得特别溜，很酷，是个探险家？"

林卓绵没好气地哼了一声。

陈野望说："她说你学陆冲的时候把膝盖摔坏了，还教了我一个专业名词，膝关节后交叉韧带损伤。"

林卓绵希望陈野望赶快把刚才林洛说她书上写他名字的事情忘干净，插进话来转移他的注意力："师兄，你记性真好。"

林洛气得差点一巴掌拍在这胳膊肘朝外拐的小丫头身上。

不过，他原本以为林卓绵学校里都是跟她一样胆子小、死脑筋、爱学习的好学生，没想到还有陈野望这种也喜欢小众运动的人。

林洛是个自来熟，等出了教学楼门必须要跟陈野望分道扬镳的地方时，他已经跟对方加上微信了。

看着陈野望的背影，林卓绵警惕道："哥，你什么情况？"

"你知道我今天忍了多少次想揍你的心情吗！"林洛的手捏上了她的后脖颈，充满威胁意味地捏了一下。

林卓绵嗅到危险的预兆，迅速挣脱了他，还把自己的书包从肩上解下来扔给了林洛，给他那双手找点事儿干："你敢动手我就打电话给爸妈告状，等你回家让他们打断你的狗腿。"

"多大了还打小报告。"林洛懒得跟她计较，把她的书包单肩背起来，跟她往 S 大的停车场走。

林卓绵惊讶地问："你还开车了，哪儿来的？而且开进我们学校了。"

"偷的。"林洛说。

看林卓绵愣了一下，他笑了起来："逗你的，跟朋友借的。"又说，"你们那保安大爷挺好说话的，还邀请我去他那小屋里看电视呢。"

林洛经常在 P 城转机，也来参加过不少活动，对于这边吃喝玩乐的情况比林卓绵还要了解，他轻车熟路地载她出了区，开到一条胡同附近停了车。

他一边熄火一边说："这会儿吃饭太早，我听人说这片儿有条街翻新改造，开了不少卖小玩意儿的店，想着你们小姑娘能喜欢，带你来看看。"

林洛虽然说话不怎么好听，但猜林卓绵的心思还是挺准的。

她已经兴奋地跑下了车，去胡同口买了一支甜筒冰激凌。

"这都入秋了，还吃凉的呢，不仅凉，还热量高，不怕吃成上下一样粗的肥猪？"林洛锁了车过去给她付钱。

林卓绵不服气，指着自己细细的腰问："你看这是什么？"

林洛故意气她："肥肉？"

林卓绵摇头。

林洛想了想："脂肪？"

林卓绵有点气急败坏地摇头："只准说一个字！"

林洛恍然大悟道："我知道了，粗。"

林卓绵险些把甜筒杵在林洛的衣服上："是腰！"

林洛眼疾手快地躲了，笑得很欠揍。

两个人逛了一会儿，林洛问了不少林卓绵学校里的事情，最后问到没什么可问的了，他忽然说："荀年这段时间没找你吧？"

林卓绵脚步一滞。

林洛观察着她的神色，皱眉道："不会又来骚扰你了？"

"没有，他好久没找我了。"林卓绵若无其事地说。

林洛提起荀年，表情迅速变冷："他要是再来，你就报警，不用再迁就他，给他留什么面子。"

见林卓绵没接话，他又有些烦躁地说："不就是一道疤吗！我当年也不是故意的，他要赔偿我们就赔偿，让警察抓我也行！我要早知道他是这个德行，当时就直接去他家告诉他爸爸了。"

林卓绵赶紧道："哥，都过去了，别想了，今天不是带我出来玩的吗？别提他了。"

林洛这才不说了，看了她一阵儿，冒出一句："其实你要是找个男朋友给荀年看看，他就能知道他在心里瞎想的那些东西屁用没有了，他绑不住你的。"

林卓绵怔了一下，脑海中浮现的是那天陈野望站在她旁边，眉目凛然地替她挡开荀年的样子。

带她去吃饭的时候，林洛才正式跟她提起了陈野望。

"你们那个助教，家里条件挺好的吧，不是一般的有钱。"他不动声色地说。

林卓绵正捧着杯子喝果汁，闻言眼睛睁大了一点，把果汁咽下去，问："你怎么知道？"

她其实不太清楚陈野望家里的情况，只是当时听范范提过一下，说陈野望有钱，后面又知道他跟李曼家里认识，林卓绵没特地在网上搜，她也不是喜欢他这些，不过她能看出来，陈野望的优秀、底气、掌控感，还有标准地道的英式发音，都不是普通家庭培养得出的。

林洛用手指点了点自己一边的手腕："表，江诗丹顿。"

林卓绵这才想起陈野望腕上是有块表。

林洛看林卓绵一副没当回事的样子，正色道："所以你别太上赶着，我们玩极限运动的圈子里有几个富二代，有时候隔几天边上就换个女孩，他们尤其不拿贴上来的当回事儿。"

林卓绵小声嘀咕："他从来没谈过女朋友。"

"这跟明面上谈没谈过没关系，你见过他怎么对女生没？"林洛问。

林卓绵想起跟陆冲社去聚餐的时候，李曼给陈野望塞房卡，被他拒绝了。

林洛看她的表情就知道了："我没说错吧。"

林卓绵忍不住说："可我要是不主动的话，我们连交集都没有。"

林洛恨铁不成钢道："那你就不会先主动完，再晾他一段时间等他来找你吗？"

林卓绵觉得林洛说的东西都太复杂，她只是简简单单地喜欢一个人，添上那么多手段，听起来好累。

林洛还在喋喋不休地给她传授成人世界的恋爱手段，她不耐烦听，拿出手机随手刷新了一下朋友圈。

浮在最上面的是她在志协认识的经管师兄，对方跟陈野望同一个师门，拍了一张会议室的照片发出来，配文是：【临时被派了个急活，忙到没空吃饭了。】

画面里有陈野望的侧脸。

快吃完饭的时候，林卓绵按铃叫来服务员，重新下单了几道菜，让对方帮她打包。

林洛不可思议地问："点了五六个菜，你还没吃饱？"

"不是，我给陈野望带，他在学校里加班给导师干活。"林卓绵说。

林洛噎了一下，悻悻道："得，我这一晚上白说。"

结完账，他开车把林卓绵送回学校，林卓绵下车的时候说："你注意安全啊。"

"知道。"林洛摆了摆手，把书包递给她。

Chapter 03
爱在黎明破晓前

/ 带队要维持纪律。
维持纪律的内容包括不让师弟加我微信吗？

现在不是上下晚课的时间，学校的路上人不多，林卓绵背着书包，怀里抱着餐厅的纸袋，塑料饭盒还在向外散发着温和的热量。

她去了经管学院，这个时间还亮着灯的会议室没有几间了，她很容易就找到了有陈野望的那个。

会议室里只剩下他一个人，另外一个师兄不知道去哪儿了。

林卓绵本来要直接进去，想了想，先把自己的外套脱在了远处休息区的沙发上。

然后她走回来，敲了敲会议室透明的玻璃门。

陈野望抬起头，看清门外站着的是她时有些意外，起身给她开了门。

"师兄，你是不是还没吃饭？"林卓绵将装着饭盒的纸袋放在桌上，笑眯眯地问。

陈野望的目光在她脸上停留片刻："怎么知道的？"

林卓绵说了另一个师兄的名字："看到他朋友圈了。"

她把饭盒从纸袋里拿出来，盯着陈野望的外套，故意搓了搓自己的胳膊，说："师兄，怎么会议室里这么冷啊？"

陈野望轻抬下巴："空调开关在墙上。"

林卓绵没看墙上的开关："就为我一个人开空调，是不是有点儿浪费？"

陈野望用手指轻擦电脑触摸板,边将当前进度保存下来,边问她:"那怎么才算不浪费?"

"要不师兄把外套借我穿穿?"林卓绵说。

陈野望单手把屏幕压下来一点,看见女孩子一副真诚向他提建议的表情。他眉尖一抬正要说话,会议室的玻璃门外忽然响起刷卡的声音。

"谁把衣服脱在那边的沙发上了,等会儿给送到一楼失物招领的箱子里去……"

林卓绵眼睁睁看着在志协认识的师兄拿着她的外套,从外面走了进来。

对方看见她,惊讶地问:"林卓绵?你怎么在这儿?"

"雁凡师兄。"林卓绵不怎么自然地跟他打了个招呼。

方雁凡不知想到了什么,低头看了一下怀里的衣服:"这是你的?"

林卓绵飞快地一扫陈野望,小声说"对"。

她接过来的时候,听见陈野望说:"不是正好觉得冷嘛。"

林卓绵觉得陈野望好像是用不怎么揶揄的语气,说了一句比较揶揄的话。她假装没听出来,故作淡定地把衣服展开穿上:"现在暖和多了。"

"你们认识啊?"方雁凡问。

他没再问林卓绵来做什么,明摆着的。

"雁凡师兄也没吃饭吧。"林卓绵递给对方一双一次性筷子,为了不显得突兀,她特地要了够两个人吃的菜量。

"哟,我还跟陈野望沾便宜了。"方雁凡笑着说。

林卓绵稍微有点不好意思,方雁凡看得出,没再继续调侃下去:"行,那我洗个手去,正好饿了。"

他推门出去,会议室里又只剩下了林卓绵和陈野望两个人。

林卓绵把筷子给陈野望,陈野望说声"谢谢",又道:"课代表做得这么称职,跟哥哥出去玩,还记得给我买饭。"

他提起林洛,林卓绵想起今天在餐桌上那些关于富二代的讨论。

她的眸光掠过陈野望腕上的表,略薄的黑色表盘,泛着沉静的金属冷光,确实看起来就很贵,只是他戴得随意,从来没有特地去保护过。

"顺便买的。"林卓绵说。

陈野望拆筷子的时候问:"哥哥没说什么?"

林卓绵略一踌躇,最后还是没撒谎:"说了。"

她平时不是这么惜字如金的人,陈野望见她不往下说,大约能清楚林洛告诫了她什么。

他也没挑破，只淡淡道："该听你哥哥的。"

空气静下来几秒钟，林卓绵一时间想不到这句话要怎么接。

方雁凡甩着手上的水珠，用手肘顶开了门，问她要不要坐下来一起吃。

"不用了，雁凡师兄，我吃过了。"林卓绵把书包带子往肩上拉了拉，"你们吃吧，别太晚回去，我先走了。"

她不想耽误陈野望做正事，也怕方雁凡调侃她，三个人坐在一起尴尬。

拉开门的时候，陈野望叫了她一声："林卓绵。"

林卓绵回过头，陈野望拿起手机轻轻晃了一下："记得收饭钱。"

她眨眨眼睛拒绝了："等我月底没钱吃饭的时候，师兄请我吧。"

陈野望没有立刻回答，他顿了一下，声调放得比之前轻缓："还可以借你课本。"

会议室天花板上的白炽灯给他眼珠蒙上一层促狭的浅光，林卓绵的动作一停，脸颊蒸出热气……他没忘记她课本上写了他名字的事情。

"课本就不用了。"林卓绵嘟囔一句，关上门急匆匆地走了，生怕方雁凡问一句"什么课本啊"。

她没直接回宿舍，而是去图书馆约了一个靠窗的座位，从那里可以望见经管学院还亮着灯的窗户，虽然不确定是不是刚才陈野望在的那一间会议室，但也好像有他陪她一样。

想要有一天可以光明正大地坐在他旁边，跟他一起上自习。

晚上睡前林卓绵犹豫了一下，要不要定早一点的闹钟。

因为上周在去买早饭的时候遇见了陈野望，她知道他是作息很规律的那种人，便接连早起了几天，试图制造偶遇。但不知道是陈野望去了另外的食堂，还是她没跟他对上时间，一次也没遇上。

倒是她不到一周就养成了吃早饭的习惯，不吃还会饿。

纠结片刻，她决定顺其自然，起得来就去，起不来就直接去上课。

不知道是不是下午逛街累了，关灯没多久，林卓绵就睡着了。

睁开眼睛的时候，去赶早八的闹钟还没有响。她觉得自己还算精神，便轻手轻脚地收拾好，出门去了上次遇见陈野望的食堂，路上在宿舍群里发了消息，问谁要吃早饭，她可以帮忙带。

这次她来得早，排队的人没那么多，往四周看了一圈，还是没看见她想看见的人。

其实这本来就是靠运气的事情，就算陈野望作息规律，S大里卖早餐的地方有三个食堂，一条小吃街，靠近门口的快餐店，他们能遇见的概率很低的。

林卓绵收回目光,打了个哈欠,耐心地排着队。

食堂阿姨问她带不带走,她说在这里吃。

没有仔细思考,随便要了豆浆和西多士,食堂阿姨在机器上按出红色的数字,林卓绵低头去找校园卡。

这时候另外的阿姨从后厨端来刚出炉的小笼包,林卓绵喜欢吃那个,她鼓了下脸颊,嘀咕道:"晚一分钟再来就好了。"

她今天换了件衣服,忘记校园卡是放在口袋还是书包里,找得稍微有些久。

忽然一只手绕过她身侧,给她刷了一下卡。

林卓绵愣了一下,回过头的那一瞬间,心跳短暂地一停。

清晨透明的风从敞开的门外吹进来,陈野望看着她,用略带低哑的声音说:"是不是没带?"

小概率事件真的发生了,平平常常的一天,在这一分钟很好运。

阿姨催促林卓绵把盘子端走。

她回过神来,说了声"谢谢师兄",看他身后不是喻腾,也不像有其他熟人,便端着盘子等他。

还空着很多座位,林卓绵跟在陈野望旁边,在他对面坐下了。

陈野望没说什么,她把这当作默许。林卓绵笑盈盈地问:"师兄,刚才为什么帮我刷卡啊,是不是怕我着急?"

陈野望看她一眼,从从容容道:"你找得太慢,我等不及。"

林卓绵讪讪地说:"那、那对不起。"

她注意到陈野望的盘子里有一笼数量的小笼包,想了想,把自己切成块的西多士往他面前推了推:"师兄,你要吃这个吗?"

陈野望说不用。

林卓绵点着头"哦"了一声,把盘子拖回去的动作有些慢,偷偷瞄着陈野望的小笼包。

不过陈野望似乎没有读懂她的暗示。

"师兄,"她忍不住开口,"你知不知道一个词,叫礼尚往来?"

陈野望撩了一下眼皮:"什么?"

林卓绵给他解释:"就是你现在应该出于礼貌,问一下我要不要吃小笼包。"

"那我出于礼貌,问一下你要不要吃小笼包。"陈野望说话的时候看起来真的是出于礼貌。

  林卓绵迅速夹起了一个小笼包:"那就谢谢师兄了。"

  陈野望顿了顿。

  林卓绵觉得他好像有点无奈，又有点想笑。

  那一笼小笼包陈野望没吃多少，几乎都让给她了。

  她吃得要比平常稍微快一些，想在陈野望吃完前去给三个室友打包，然后跟他一起走一段路。

  校园卡在书包里，她带着打包袋回来的时候顺手把卡片塞进了外套口袋。

  食堂背后是小吃街，他们经过的时候有人在处理前一天的垃圾，前面一个女生尖叫起来:"有老鼠！"

  陈野望侧眸一瞥林卓绵，林卓绵觉得他大概是以为自己会跟那个女生有同样的反应。

  其实她不怕的，老鼠算什么，待会儿的专业课还得解剖做实验呢。

  但是，可以暂时假装怕一下。

  林卓绵露出紧张的表情，拽着陈野望的衣角一下子躲在了他身后:"师兄，我听见有人说有老鼠，你帮我挡挡。"

  事实是她连老鼠在哪儿都没看见。

  "你们医学生还怕这个？"陈野望微微偏过脸问。

  林卓绵理直气壮道:"我是女孩子，女孩子怕这个不是很正常吗？"

  陈野望没有反驳，林卓绵趁机把自己的校园卡拿出来，悄悄塞进了他的外套口袋。

  希望他可以在上午快结束的时候发现，然后她就可以顺理成章地跟他一起吃午饭。

  早八的专业课因为要解剖，所以从教学楼挪到了实验室上，林卓绵把室友叫出来，分早饭给她们。

  范范打量她一番:"要解剖老鼠你高兴成这样，属猫的啊？"

  林卓绵摇摇头，范范突然明白了:"哦，你是不是看见……"还没等她说出那个名字，林卓绵便用力地咳嗽起来。

  范范收了声，等到骆锦和冉沛柔吃完饭进去之后，她才笑嘻嘻地说:"食堂应该感谢感谢陈野望拉动内需。"

  她们进教室的时候快要打上课铃了，只剩下最后一排靠门的实验桌还是空的。

林卓绵从书包里翻出白大褂穿上,手机放在旁边,她时不时就投过去一瞥,不过陈野望一直没有找她。直到第一节课间,有个女生出去了一趟,回来的时候叫了下她,递过来一张校园卡。

林卓绵怔了怔,脱掉手套接过来,有些不甘心地打开手机,给陈野望发消息:【师兄,校园卡是你让别人带给我的吗?】

陈野望很快就回了。

Chen:【嗯,你落在我这儿了。】

Chen:【刚才正好经过医学部的实验楼,看见有穿白大褂的同学。】

林卓绵的谢谢说得较为勉强。

虽说她的校园卡掉得确实有那么点刻意,但她没想到陈野望这么快就发现了,而且甚至都不亲自来还给她。

林卓绵有些沮丧,范范没有发觉,因为她领到的那只小白鼠过于活泼,挣脱了她,在实验桌上飞跑,她好不容易才抓住。

抓住之后,她颤颤巍巍地叫林卓绵:"绵绵,你帮我看着点儿,我觉得这只老鼠天生反骨,我搞不死它。"

林卓绵心情不太好,人也变得恶狠狠的,她三下五除二地戴上手套,站到范范对面,一把将亟待解剖的小白鼠捏过来,拎着尾巴转了几圈,然后干脆利落地拉住一头一尾一扯,小白鼠顿时失去了活力。

"这就是颈椎脱臼处死法。"她冷冷地说,然后抄起剪刀,"咔嚓咔嚓"沿着腹部中线给小白鼠开膛破肚。

半透明的血沿着剪刀的尖端流下来。

林卓绵正要让范范来看内脏,没防备一抬头,跟倚在走廊上一脸玩味的陈野望对上了视线。

她的手抖了一下。早上她还在跟陈野望说她是女孩子怕老鼠,这会儿就让他看见了她大刀阔斧解剖小白鼠的场景。

果然,下一秒门外身形颀长的俊朗男生就抱着胳膊,对她做了个口型:"害怕?"

林卓绵突然把剪刀塞给了范范:"我好害怕啊,每次解剖小白鼠,我的内心都在颤抖。"

范范:?

范范:"你这手起刀落可一点儿都不抖。"

陈野望站在门外已经吸引了不少人的目光,林卓绵快步走出实验室,迎着他似笑非笑的视线，假装若无其事地说："我还以为你没来。"

"听你们同学说今天解剖小白鼠，"陈野望放下胳膊，"想看看怕老鼠的医学生怎么解剖。"

他轻瞥她一眼，像在夸人："动作还挺干脆。"

陈野望倒也没拆她的台，看了眼表道："快上课了，回去吧。"停了停，他又说，"以后校园卡拿好了，不然下次要用又找不到。"

走廊上有点暗，他的头发和眼睛都很黑，轮廓很英俊。

他说得轻描淡写，林卓绵拿不准他是不是提醒她不要再这样做的意思。陈野望是那种情绪不太分明的人，她经常猜不到他的想法。

"嗯。"林卓绵小声说。

"回去吧。"

回到实验室之后，林卓绵猝不及防，被从四面八方投来的八卦眼神砸了个结实。

范范一边用剪刀的尖端将小白鼠的皮毛沿着被剪开的缝隙向两边拨了拨，一边调侃道："你俩这进展还挺快，陈野望都特地跑实验室来找你了？"

林卓绵看了一下被自己放在桌角的塑胶卡片："我早上把校园卡掉他那儿了，本来想跟他一起吃中午饭的，没想到他这么快就还给我了。"

她说得很直白，范范听懂了："你故意的啊？"

林卓绵承认得很坦荡："故意的。"

范范"啧"了声："要不是知道，我都不信你没谈过恋爱。"

大约是察觉到林卓绵有一点低落，她上下打量对方一番，安慰道："没事儿，你长这么漂亮，他但凡长了眼都不会拒绝。"

"我觉得他不是只看长相的那种男生。"林卓绵说。

范范露出了不赞同的神色："不看长相？找对象不看脸不看腰不看腿，看什么？看内脏啊？"言毕还用剪刀碰了一下桌上的小白鼠，流里流气道，"来，看看你的内脏。"

林卓绵无奈极了，也不知道刚才是谁对着满桌乱窜的小白鼠花容失色的。

下课从实验室里出来，骆锦脸色发白，按着胃说她想吐，冉沛柔要扶她回宿舍。

范范笑嘻嘻地说："这是晕老鼠了。"接着又道，"我突然想起来小学的时候做那种观察鸡蛋的实验，鸡蛋回收上去，食堂接着就连做了几天鸡蛋，你说咱们这些小白鼠……"

骆锦身形一颤,马上要扑过来掐范范:"范念之,你给我闭嘴!"

范范转身就跑,林卓绵和冉沛柔站在一边笑。

忽然,身后有人叫她们。

林卓绵转头,是班长苏姚。

苏姚手里拿了个小本子,问:"下周校医院体检要从咱们学部找人帮忙,你们有人去吗?"

"这会儿体什么检?"范范问。

苏姚说:"哦,就是九月份新生体检,当时不是有人因为各种原因测不了吗,就集中到这时候补测。"

"算志愿时长吗?"冉沛柔立刻问。

苏姚点点头:"算。"

"行,那我报一个。"冉沛柔说。

她还想再拉一个人陪自己,转头问剩下的三个人:"你们去吗?"

"我也去吧。"林卓绵说。

苏姚给她们登记完,又找别人去了。

冉沛柔算了一下:"体检一般要帮半天忙,那就是算四个时长,咱们毕业要求是二十个。"

"你急什么啊,不还有两年才毕业,这个东西也不着急,而且我就不信,不做的话,学部还会卡着你不让你走人。"范范说。

冉沛柔推了下眼镜,诚实地说:"我想着明年就开始复习考研,我又不像你跟卓绵成绩好,肯定能保上。"

范范不爱听:"可别'毒奶(网络用语,意为反向加油)'啊,哪有肯定,绵绵肯定我不肯定。"

林卓绵"嘶"了声:"这又冲着我来了。"

她边说话边按手机,尾音稍拖,有些心不在焉,屏幕上输入框里的光标轻轻闪动。

海绵蛋糕:【师兄,是不是这周末该去做微观经济学的作业了?】

林卓绵身旁,骆锦打量着她,忽地问:"卓绵,今天陈野望是来找你的吗?"

林卓绵迟疑了一下:"没,他就是路过,我去打了个招呼。"

她喜欢陈野望这件事只跟范范提过,好像这些事情只有在关系特别好的朋友面前才能轻松地说出来。

大概还是觉得陈野望是离她原本生活比较遥远的人,喜欢他总归带有一些妄想成分。普通人不会把攀摘一颗遥远星球的念头挂在嘴边。

骆锦"唔"了声，也没再问。

林卓绵掌中的手机响动了一下。她有些心虚，等背着书包去了图书馆一个人坐下之后，才打开来看陈野望给她的回复。

Chen：【周六有空吗？】

林卓绵告诉他有空。

过了一会儿，陈野望发来：【九点在后主楼门口等我。】

林卓绵向他确认：【早上吗？】

陈野望：【你还想晚上？】

林卓绵眼皮一跳，打字没有语气，她无从知道陈野望只是普普通通地一问，还是带了几分别的味道。

她指尖在输入框上悬空了几秒。

陈野望先她一步发来信息：【是早上。】

林卓绵略带慌张地说了"好"，她也不知道刚才自己脑子里闪过了什么念头。

放下手机，她打开笔记本电脑，开始按陶教授的要求搜索P城的市场。只是无论菜市场也好，旧货市场也好，商场里的超市也好，看起来都不像约会的地方。

虽然这本来就不是约会。

林卓绵在网页上浏览了一会儿，想到或许陈野望也并不想浪费那么多时间，毕竟他只是作为助教帮她解决一下没人组队做作业的问题，所以还是去离学校最近的那家购物中心转一转最方便。

虽然心里要自己别太期待，但毕竟是跟陈野望单独出去，周六那天早晨，她还是站在镜子前面，试了好久的衣服。

范范叼着牙刷去洗漱，经过她几个来回，看她换了好几套，忍不住问："你结婚去啊？"

林卓绵顺着她的话胡说八道："怎么也得算相亲吧。"然后抬手晃了晃，"你看我戴这手链显胖吗？"

范范："你要不还是问问我，你背这包显不显鼻子挺吧。"

话虽然这么说，她还是站住仔细端详了片刻镜子里的林卓绵，然后真心实意地说："好看。虽然我觉得这个天儿穿短裙丝袜冷点儿，但是非常符合昨天我告诉你的指导思想。"

——找对象看脸看腰看腿的指导思想。

林卓绵也差不多决定就是这一套了,她把碎发往耳后别了别:"还能看出点儿别的吗,比如内在美什么的?"

范范理直气壮道:"你穿着衣服我怎么看?"

林卓绵捂紧了自己的衣领:"那我还是外在美吧。"

她出门的时候,骆锦和冉沛柔刚起床,只来得及看见她出去的背影。骆锦睡眼惺忪地从床上探出头来问范范:"卓绵穿这么漂亮干什么去啊?有什么活动?"

范范把牙刷丢进了漱口杯,坏笑着说:"相亲。"

朝后主楼走的时候林卓绵心里升起点紧张,一开始走得很慢,后来怕陈野望等,又加快了速度。

她心里在胡思乱想,不知道他会不会觉得她精心打扮去逛超市太隆重,但她又怕他注意不到她打扮了。

林卓绵知道自己长得还算漂亮,但她没有自信陈野望会因为这一点喜欢她。

这天云多,太阳不烈,地上铺着薄薄的一层光,是偏白的颜色。林卓绵从教八拐弯去后主楼,远远就看见他站在栏杆后的身影,挺拔得像一棵年轻的树。

她看了眼时间,离两个人约好的九点还差五分钟。

林卓绵停在他半侧面,叫了一声"师兄"。

陈野望抬眸:"来了。"

他的视线在她身上停了一秒,随后说:"走吧。"

林卓绵不知道陈野望有没有看出她今天比平常精致一些,跟在他身后的时候还在想这个问题,甚至没有注意到他走了一段路之后停了下来。

她没防备,不小心撞上了他的后背,下意识去抓他的胳膊才站稳。

他穿的卫衣质地很软,也薄,能感觉到布料下温热的体温,以及紧实的手臂轮廓。

男生清洌的声音在耳朵上方响起:"还是不看路。"

不是责备的意思,更像陈述事实。林卓绵却马上松开了手。她说:"那个,师兄,我不是故意的。"之前故意的次数太多,她也拿不准他会不会信。

陈野望"嗯"一声,稍稍抬手,林卓绵这才发现他带她来了后主楼背面的停车场。

很近的地方有辆车的车灯亮了一下,是辆黑色金属漆的卡宴。

"师兄，你有车啊？"林卓绵惊讶道。

但她转念一想，陈野望有车，好像也没什么值得惊讶的。

只是S大在P城寸土寸金的三环，校园占地面积很小，走路十五分钟内可以从这头到那头，车速不可以快，陈野望还住宿舍，她想不到他为什么把车开到学校。

能明白她的意思，陈野望说："平常就停这里，陪老陶出去方便。"

他这么说林卓绵就明白了。经管学院的老师会给一些企业做培训或者顾问的工作，陈野望的导师想必也是外务活动多的类型，能看出对方很偏爱陈野望，应该是会经常带他一起去这样的场合。

"上车。"陈野望朝车身偏了偏下巴。

林卓绵坐了副驾驶。

陈野望从另一边上来，系上安全带，发动了车。

他一边倒车，一边问："想好去哪儿了吗？"修长的手握着方向盘，微微发力，手背随之浮现淡淡的筋骨脉络。

林卓绵说了附近购物中心的名字，又道："那里有家超市。"

陈野望没说好也没说不好，侧眸一瞥她："是不是还没吃早饭？"

林卓绵点点头，整个早上都在化妆换衣服，当然没来得及吃。

"那就先过去。"陈野望说。

林卓绵捕捉到了那个"先"字，她怔了怔。

陈野望开车很稳，遇到有红绿灯的路口会提前踩刹车，停进车位的时候也是一次可以成功。林卓绵忍不住说："师兄，你开车比我哥强多了。"

"是吗？"陈野望道。

林卓绵给他描述了一下："他开车恨不能脚踩进油箱里，碰见什么情况就急刹，可能他们玩极限运动的人都那样，想把车当飞机开。"

陈野望熄了火，解安全带的时候说："你跟你哥哥关系挺好的。"

林卓绵从小跟林洛吵到大的，听到陈野望的描述时有些不以为然："也没那么好。"

陈野望没说什么，但林卓绵觉得他好像在这一刻想起了某些事。

他先带她去咖啡店吃了早餐，自己只要了一杯不含咖啡因的饮料，等她的时候拿出平板电脑处理了几封邮件。

两个人坐在靠窗边的位置，阳光清清淡淡地照进来，在桌上切出一道不刺眼的斜角。陈野望坐在亮的那一边，清冷的眉眼好看得像绢画。

吃完饭之后，林卓绵还记得要做作业，往超市的方向走。

不过她没什么经济学的眼光，出来的时候没收获任何作业的灵感，倒是买了一大袋零食和水果。

走了几步，她一扫旁边的陈野望，刻意放慢了脚步。

陈野望注意到了，问她："拎不动了？"

林卓绵期待地点头，手已经松劲了，往对方的方向靠。

陈野望看了她一眼，语气平淡："那你在这儿歇会儿再拎，我到车上等你。"

"……我突然觉得自己好像又有劲儿了。"林卓绵收回手说。

袋子并不沉，因为塞了很多充气的零食包装才会看起来鼓，她只是想让陈野望帮她，这样看起来就很像他是她男朋友。

其实刚才在超市里的时候，她伸手从货架上拿东西，余光里是陈野望黑色的卫衣袖子，一恍神也有这样的感觉。不过陈野望一开口，就打破了她的幻想。

"买这么多吃的，作业是不是也有想法了？"他问。

林卓绵沉默片刻，如实说："没什么想法。"

她打量着陈野望的侧脸，试探着问："师兄能不能给点儿建议？"

陈野望轻描淡写地说："不能。"停了一下，又说，"可以给你一些启发。"

林卓绵懂他的意思。虽然陈野望是跟她一组，但他毕竟是助教，假如给她提供了具体到内容上的帮助，这次作业也就变得不那么公平。

陈野望开口道："你有没有注意到，货架上的饮料大多是用圆柱形的瓶子包装。"

林卓绵一想，好像还真是。她猜测道："因为能比长方体的少盛一点儿，节约成本？"

陈野望"嗯"一声，又说："但冷柜里的饮料用方形盒比较多。"

"方形盒子的话，是为了节约冷柜的空间吧。"林卓绵说。

她又想到了什么："是因为冷柜的运营成本比货架高，所以常温的饮料和需要冷藏的饮料在制作包装的时候考虑的因素不一样？"

陈野望点了下头："成本效益原则。"

"我之前都没想过这些，"林卓绵觉得经济学好像也有了那么点意思，"师兄，你们平时就研究这些？"

"刚才跟你说的例子来自一本书，是美国一位教授写的经济学入门读本，叫《牛奶可乐经济学》。"陈野望顿了顿，"这本书是我刚上初中的时候看的。"

林卓绵发现她平时看不懂陈野望的情绪，可能是因为他说话比较隐晦，但仔细一琢磨，又能听出味儿来。

比如这书是他初中看的，还是"刚"上初中的时候。

陈野望继续说："我们金融专业的话，会接触更深一些的内容，像计量、投资和运筹这类知识。"

林卓绵想起第一次在课上见他，他电脑屏幕上跑的数据和搭出来的模型。她虽然是理科生，数学学得还可以，但对这些东西也称不上喜欢……所以经济学还是没什么意思。

两个人说着话，已经到了商场门口的停车场，陈野望开了后备厢，让她把零食放进去。

他们上了车，林卓绵注意到陈野望正在开往跟学校完全相反的方向。

"师兄，我们去哪儿？"她问。

陈野望通过后视镜观察路况的时候顺便看了她一眼："市场不是只有超市，我希望课代表的作业可以做得质量高一些。"

道路两侧的行道树飞快地后退，林卓绵将车窗放下来一段高度，风里裹挟着潮湿的气味，天光似乎比早晨暗下来不少。

她出门的时候看过天气预报，是晴转多云，现在再打开，依然是一样的文字陈述，大概确实是不需要带伞的天气。

陈野望的车在 P 城内环行驶了二十分钟左右，停在了一条街巷口。

林卓绵没来过，问陈野望这是哪里。

"唱片街。"陈野望说。

P 城内环的建筑年岁都久，就算翻新重修也不会改造成高楼大厦，全部是只有单层的平房，这条街不算长，从头到尾全部都卖唱片。

陈野望看起来对这一片很熟悉，走到街道三分之一的位置，推开某家店的门走了进去。

店员认得他，告诉他上次订的两张绝版黑胶已经到店里了，现在就可以取走。陈野望说："我走的时候拿。"

林卓绵忍不住问："师兄，你喜欢这些啊？"

"说不上喜欢，是给……"陈野望有一个轻微的停顿，"给别人带的。"

林卓绵"哦"了声："这样。"

她在心里想这个"别人"是男还是女，陈野望又说了一句："我家里有位长辈收藏这些。"

林卓绵暗暗觉得奇怪，明明是很孝顺的行为，不知道为什么陈野望说起来的时候却是面无表情的,情绪也称不上愉快。

这样说起来,她还是跟那位长辈沾了光,所以今天才能跟陈野望来这里。

陈野望没有再多提那些事情:"这附近原本是P城的音像市场,卖磁带和光碟比较多,后来生意不太好,就只留了这一条街卖唱片。你写作业的时候,可以从这个思路想想。"

或许是因为刚开门,店里人不多,店员正踩在A字梯上整理放在高处的唱片。

货架上的唱片有新有旧,封面都做得很漂亮,林卓绵随手拿起一张已经拆过封的,陈野望说:"里面有试听间,可以过去听听看。"

刚一走进试听间,林卓绵就发现这里的空间很狭窄,关上门以后只能堪堪站她跟陈野望两个人。她的肩膀跟他的挨在了一起,两个人衬衫和卫衣的布料相互摩擦,发出轻得几乎听不清的声音。

林卓绵偷偷瞟了正在拆唱片的陈野望一眼,没防备他正好抬眸,两人的视线撞了个正着。

她顿时偏开了目光,觉得试听间的气温在一秒内上升了好几摄氏度。

陈野望将唱片放上唱机,等到碟片开始慢慢旋转之后,让唱针落在了唱片的纹路上。

前奏响起来,林卓绵觉得陈野望有些意外似的看了眼手中的唱片封皮。

"怎么了?"她问。

陈野望没答话,过了一会儿,才转头看着她问:"你看过《爱在黎明破晓前》吗?"

或许是不想声音压过正在播放的歌曲,他把嗓音压得很低,凛冽的音色轻起来就像缭绕在山林间的冷雾。

林卓绵蓦地意识到,他们真的离得好近。

陈野望低头的时候,高挺的鼻梁像是会碰到她的脸,她不敢看他的眼睛,就只盯着他的衣领,领口随着他说话时声带的振动起伏。

林卓绵原本贴在墙上的手指蜷了起来,说"高中英语课看过"的时候,喉咙有些干涩。

她已经不太记得具体的剧情了,所以问陈野望怎么突然想起来这个。

陈野望没有回答,难得微微地挑了一下嘴角。

歌是英文的,林卓绵太紧张,只听清了一句。

——"No I'm not impossible to touch."

——"我非遥不可及。"

几年以后,林卓绵跟陈野望分手的第一周,她把他提过的所有电影,完完整整播过一遍,才明白这天他为什么这么问。

那部电影里,男女主角也是这样挤在一间小小的试听间里,听了他们今天听过的同一首歌。

太相似的经历,和同样曲终人散的结局。

不浪漫,像伏笔,他们会分开的伏笔。

而这时候的她,只是希望陈野望真的像歌里唱的,并非遥不可及。

歌曲播完,林卓绵想去抬唱针,而陈野望也在同一时间伸出了手,他的掌心猝不及防地覆在了她手上。

宽大的,温热的,有力的。

林卓绵的手腕颤了一下,而陈野望自然地收回胳膊。

片刻之后,他低低地问:"不会用吗?"

林卓绵回过神,才意识到自己的手仍旧停在唱针上,唱片的旋转细细碎碎地震着她的指尖。

她抿了下嘴唇,将唱针抬了起来。

音乐戛然而止,试听间一下子安静下来,让人更慌,更手足无措。林卓绵红着脸说:"师兄,我把唱片装起来。"

陈野望将封皮递给她,她往前一步,小心翼翼地拿起唱片时,意识到他站在她身后,呼吸就贴在她的耳骨上。越手忙脚乱越容易出错,林卓绵放好唱片,回身的时候想要不碰到陈野望,然而莫名其妙绊了一下,整个人就失去了重心。

陈野望下意识抬手,托住了她的腰。

空气仿佛在这一刹那静止。

他的手像能直接笼住她整个身体,指腹抵在她敏感的地方,隔着薄薄的皮肉,触到她最下面一根肋骨。

林卓绵的呼吸霎时间乱了。

陈野望先打破了沉默:"怎么这么瘦。"嗓音贴近,话到末尾变成气声,让人听到耳朵发软的地步。

"不是吃得不少嘛。"他又说,带着一点调和此刻暧昧氛围的意思。

林卓绵如梦初醒,艰难地在狭窄的空隙中站稳了身子。

陈野望垂下手,手指擦过她的腰身,林卓绵轻轻地战栗了一下,她攥着唱片,低垂眼睑从他身前去开门,迈步时纤细的小腿蹭过了他的长裤。

不用看镜子，林卓绵知道自己的脸和耳朵一定已经红得像发烧。

陈野望在她后面出来，关上试听间的门，发出很轻的一声响。

这间唱片店就像一座小小的迷宫，林卓绵又逛了一会儿，手里始终没放下那张唱片。

临走的时候，她去柜台结账。虽然没有唱机，但她想留下这个上午的记忆。店员给她包装好，让她扫收款码付款，她解锁手机的时候听见了扫码成功的响声。

"我来。"陈野望说。

林卓绵有种秘密被他看破的感觉，微微窘迫道："不用了，师兄。"

"算是给课代表的奖励。"他让店员将他订的两张黑胶和林卓绵的分开装，一起结了账。

两个人走出唱片店，林卓绵推开推拉门，水声倾斜而来。

"下雨了。"她吃惊地说，方才逛得太专心，唱片店的隔音也做得好，竟然没发现雨已经下得这么大。

陈野望回去问店员借伞，说下次来的时候还。

林卓绵听见了，她很希望下次跟他来的人还是自己。

虽然有伞，斜着刮过来的雨滴还是打湿了林卓绵的头发和裙摆。上车之后，雨势越发大起来，路都快要看不清。她担心地问："师兄，这么开车是不是有点儿危险，要不我们先找个地方避一避？"

陈野望一顿，没有马上给她回答。

林卓绵以为他开车专心没有听见，正准备再重复一遍，却听到他说："我在这附近有住处，你不介意的话，可以先过去待一会儿。"

雨落在前挡风玻璃上，发出偏钝的响声，又被雨刷扫落，风吹出雨水行动的轨迹，将窗外的景致模糊成正在溶解的色块。

好像能将整座城市倾倒过来的大雨，天气预报却坚持认为不过是晴转多云。

林卓绵想到上次林洛跟她说，不要贴上去，不要太主动。

但她迟疑片刻，还是轻轻地说了好，像是为了掩饰心绪的起伏，她问陈野望："师兄怎么住这儿？"

"高中走读，这里离得近。"陈野望说。

林卓绵没问他怎么不住家里，都这样说了，应该是因为在家里住得不愉快。

她假装没有意识到这个问题，像行路时避开一座显而易见的山，接着问：

"你是不是不常过来？感觉经常在学校看见你。"

陈野望的语气松弛了一些："住学校方便。"

林卓绵想到那次自己去图书馆还书，那么晚了还看见陈野望从经管的院楼走出来，他那么忙，确实还是在学校住更方便。

陈野望开了雾灯，在最近的路口转弯。

路上林卓绵看见了一所高中的校门，是 P 城一所大学的附中，很知名，录取门槛极高。

那就是陈野望的高中。

陈野望优秀得很标准，任何人都可以畅通无阻地想象到他那时候是什么样子的。

经常考第一名，是老师特别偏爱的那类学生，大概还要给他一个班干部的头衔，班长或者团支书之类的，打篮球的时候会吸引到整个学校的女孩子，她们前赴后继地喜欢他，然后被他冷淡而不失礼貌地拒绝。

但他放学以后却要回到只有一个人的家。

会有朋友来陪他吗？问他怎么不跟家里人住的时候他要怎么回答？考第一名会不会高兴，能够分享给谁呢？

林卓绵看着玻璃窗上倒映着的，陈野望的侧影，忽然觉得自己对他其实不太了解。

车开进最近的小区，在某一幢单元楼前停下，林卓绵打伞下车的时候，闻见了被雨水激发出的浓烈草木味。

陈野望把打开门禁系统 App（Application，应用软件）的手机递给她："你先进去。"

林卓绵怔了下，随即看见陈野望打开后备厢，把她的零食拎了出来。

陈野望的住处面积没有大得很夸张，装修得非常简洁，装饰也不多，疏淡整齐，缺乏烟火气，跟他给人的感觉是一样的。虽然他不常来，但房间还是很干净，甚至规整到有些像酒店，林卓绵猜是有人定期过来打扫。

陈野望将伞晾到阳台上，给她拿了备用的拖鞋。

林卓绵坐在玄关换鞋的时候，发现自己的发尾和裙摆都湿漉漉的。

"师兄，可以借一下你的吹风机吗？"她问。

陈野望指给她位置，又说："吹完去书房找我。"

林卓绵又期待又紧张地道："做什么？"

陈野望似是觉得她的期待没什么道理，理所当然地说："做作业。"

要不是他说,她都快把作业给忘干净了,而且好不容易有跟他独处的时间,居然还要做作业。

"那个,师兄,我没带电脑,"林卓绵努力让自己说的话听起来真诚一些,"能不能回学校再写?"

"可以用我的电脑。"陈野望说。

看她还有别的话等着,他又补充了一句:"或者手写。"

林卓绵被"唯二"的两个选项噎了一下,最后她选择了前一个:"那我用你的吧。"

接着她说了句"谢谢师兄",客观来讲,不太真挚。

吹风机的质量很好,风力足,声音也比普通的产品要低,林卓绵猜陈野望在书房的时候会认真地做一些读写的工作,所以只开了最低的风力,不想影响他。

她吹干头发和衣服之后,又对着镜子稍微整理了一下才走出去。

陈野望保持着看书的姿势坐在书桌前,连帽卫衣的衣领上方露出一截白皙的脖颈。

因为下雨,室内的光线稍暗,他开了一盏台灯。

陈野望听见她进门的脚步声,偏头将笔记本电脑解锁,单手端着放到了自己对面,那里多准备了一张椅子,地上还有她的整袋零食。

他的袖子落下去一点,露出手腕上一块突出的骨头。

"过来写作业。"陈野望的眉眼被光线映照得很清晰,有窗外的阴雨做背景,他的五官轮廓看起来更加深刻。

林卓绵坐过去,把手放在他用过的键盘上,新建了一个空白文档。

虽然清楚陈野望作为助教,不太方便跟她合作作业,况且一千字真的很少,她全部写完也要不了多久,但林卓绵还是想跟他多说几句话,于是轻咳一声道:"师兄,你觉得我们该怎么分工?"

陈野望翻书的手搭在正在阅读的那一页上,重复了一遍:"分工?"

林卓绵试图给自己寻找一些比较充分的理由:"我们不是小组作业吗?是不是应该至少讨论一下再写?"

陈野望挑了下眉:"我以为找到选题之后,我的工作已经完成了。"

想了想,他又说:"你先写,写完我再补充。"

林卓绵鼓了一下脸颊,说:"那好吧。"

她把目光挪回面前的电脑屏幕上,陈野望的手在她视野范围内,仍旧搭在书上。

一个人写也有一个人写的好处，比如她稍微歪一下头，就可以偷看到一眼陈野望，他专注起来肯定不会注意到她的。但不知是不是自己的错觉，林卓绵觉得陈野望翻书的速度好像很慢，到她把一千字都写完，他也没看完几页，而且脸上的表情看上去……略微有点无奈？

或许书的内容太难了，让他这么厉害的人也会觉得棘手。

"师兄，"林卓绵检查完一遍，确定没有输入错误之后，叫了他一声，"我写完了，你看看。"

陈野望用一个单音回应她，站起身走到她旁边。林卓绵一边剥一块橙子味的软糖，一边让位置给他。

他俯下身去看屏幕里的文档："坐着就行。"

林卓绵嘴里咬着糖，"唔"了一声。

陈野望靠近她的那条胳膊没有碰到她，用另外一只手抵着触摸板，从上至下地浏览文档。

光标一行行地穿越过去，林卓绵有种上高中的时候马上要查成绩的不安，怕陈野望觉得她写得太简单，不深入。

"师兄，你要是觉得不完整，再给我补充一下也行。"她说。

陈野望采纳了她的建议，光标停在文档的末尾，一闪一闪，他在打字。

两三秒钟之后，陈野望说："可以了。"

林卓绵凑过去看他写了什么——描述在唱片街经历的文章末尾多了四个字：情况属实。

林卓绵觉得自己被他消遣了，转过头带了点气说："师兄！"

陈野望正侧着脸看她，漆黑的眼睛里盛着不多的戏谑。

很近，能在他的瞳孔里找到她的倒影。

林卓绵一下子哑了声，睫毛颤了颤。

而陈野望也没有立刻出声，过了一会儿，他的眼神落在她唇上，毫无预兆地问："吃糖了？"

仿佛现在才闻到弥散在空气中的橙子味。

他本来就长得高，就算俯身撑着桌子的时候，看她的角度也还是居高临下的，问她话的时候虽然漫不经心，但仍然会让人感觉到无措和慌乱。

"你要吃吗？"林卓绵小声问。

陈野望看着她，没说话，只是视线从她的嘴唇上移到了黑白分明的眼眸。

空气变成了缓慢涌动的流体，让人连呼吸都不敢用力，感觉下一秒就要窒息。

林卓绵垂下眼眸，像在试听间里一样，看着陈野望的领口。只是马上她就意识到了不妥，陈野望的衣领没有紧到包裹住脖子的地步，此刻因为是俯下来的姿势，向她敞开了一小块下凹的空隙，露出包含锁骨在内附近一片的轮廓。

　　林卓绵正在手忙脚乱之际，听见了一声低低的气声，是从鼻子里发出的，像笑，又比笑多了些意味不明。

　　陈野望站起身，气定神闲地说："师兄不吃糖。"嗓音从容，跟她形成了鲜明的对比。

　　林卓绵憋了半天，憋出来一句："我想喝水。"

　　她只是想先平静一下，心跳得太快了，她不知道自己刚才是不是很失态，让四处乱看的眼睛把对他的所有念头倾泻得一览无余。

　　"知道饮水机在什么地方吗？"陈野望问。

　　林卓绵点点头，她刚才看见过。

　　陈野望说："去吧，杯子架最上面那个马克杯没人用过。"

　　触控式的饮水机有一点难用，林卓绵弯腰研究了一段时间才弄明白要怎么烧水，她不小心烧多了，水壶变得沉重，给自己倒过一杯之后，还剩下一大半。

　　于是她给陈野望倒了一杯。

　　不知道他习惯用哪个杯子，就拿了看起来最普通的玻璃杯。

　　林卓绵端着两杯水回到书房，放下之后想到陈野望的书桌应该很贵，不经烫，于是问他："师兄，你家里有杯垫吗？"

　　陈野望还没回答，她眼尖，发现书架上随意地叠着两三个磨砂质感的银色圆牌，薄薄的，大概就是他的杯垫。

　　林卓绵拿了起来："这个可以用吗？"

　　陈野望顿了一下，告诉她可以。

　　林卓绵把两块圆牌垫在了水杯下面，推给陈野望一杯。

　　陈野望说谢谢。

　　不久之后水凉下来，林卓绵捧着一口一口地喝，随手把杯垫拿起来看，觉得很精致，便搭话道："师兄，你的杯垫还挺特别的，上面还有英文。"

　　"嗯，写的还是第十三届金融模拟交易大赛特等奖。"陈野望说。

　　林卓绵愣了一下，陈野望好整以暇地看着她："那是我商赛的奖牌。"

　　林卓绵觉得不能怪自己，谁让陈野望就那么随便地把奖牌堆在书架上，看起来真的很像摞起来的杯垫。

但她捧着奖牌的动作还是变得小心翼翼起来，同时懊悔地说："师兄，你怎么不好好放着，这么重要的东西。"一边说着，她一边把对方杯子底下垫着的圆牌也收了起来，找了张纸擦干净之后，整整齐齐地码在了书架上，并仔细检查了一番有没有遭到损坏。

陈野望看着好笑，跟她说："没多重要。"

林卓绵仍旧是一副自责的神情。

直到陈野望朝壁柜送了送下巴："最上层那个盒子里都是，不知道里面有没有生锈的。"

然后他又若有所思地看着她说："不过之前没想过可以用来垫水杯。"

林卓绵心想，堆在那儿长锈，还不如垫水杯呢。

这场突如其来的暴雨并没有持续太长时间，仿佛要替天气预报员遮掩失误，很快便雨过天晴，地面的水影中倒映出湛蓝的天空。

林卓绵坐陈野望的车回到学校，在后主楼停车场下车跟他说再见的时候，觉得自己好像做了一场梦。

买的零食会吃完，但好在还有那张黑胶唱片，因为没有用处，所以会一直被她妥善保存。

但记下这一天的，不止这张唱片。

晚上林卓绵坐在宿舍里看专业书，躺在床上划手机的范范突然坐直了身体，像是看到了什么有意思的东西："哎，最近陈野望传绯闻的频率还挺高。"

林卓绵对这个名字格外敏感，下意识地抬起了头，骆锦和冉沛柔也好奇地问是什么绯闻。

"我在朋友圈里刷到的，说是陈野望跟一个女生同居了。"

骆锦夸张地叫了起来："编的吧。"

"要真是编，倒也有鼻子有眼的。这人说今天上午在咱学校附近商场的超市看见他了，他还是开车带女孩过去的，买了一大兜吃的，车开出去之后没回学校，是往陈野望在别区的房子方向开的。"范范念了一遍自己看见的内容。

冉沛柔迫不及待地问："有照片没？"

范范摇摇头："这人没敢拍，怕被发现，但是他说女生漂亮，好多人都认识，大家正搁评论区这儿猜呢，一个个跟热心网友似的。"

她放下手机，不怀好意看着林卓绵道："绵绵，怎么一直不说话？

你觉得是真的假的？那姑娘是谁啊？"

林卓绵不太自然地说："假的吧，陈野望看着不像那样的人。"

范范拖长声音"哦"了一声："你还挺清楚他是什么样的人。"

林卓绵急得走过去伸手朝上铺打了范范一下："别往里绕我。"

范范敏捷地往里一滚，笑得很开心。

冉沛柔不明就里，附和道："可能真是编的，我也觉得陈野望不像。"

由于陈野望平日里给人的形象太过冷淡，再加上也没见他跟哪个女生走得特别近过，骆锦和冉沛柔都断定这是假的。

林卓绵松了口气，对她们的判断力表示肯定。

过了一会儿，冉沛柔去阳台上洗衣服，看见林卓绵白天穿的衬衫和裙子在滚筒里，便提醒她过来取，顺便问了句："上午那么大雨，你出门没淋着吧？找到地方躲雨没？"

林卓绵说"找到了"的时候，表情有些许的不自在。

她晾完衣服回屋，正好跟站起来的骆锦打了个照面，骆锦突然被她吸引了注意："就跟沛柔聊了句下大雨的事儿，你的脸变这么红？"

范范翻了个身，挤眉弄眼地接嘴："她可能觉得雨下这么大能给她漂来几个帅哥。"

林卓绵没好气道："是，万一漂来得太多还挺麻烦。"

她坐回椅子上看书，阅读的间隙却不自觉地恍惚，上午的记忆像碎片一样来回闪过，掺杂在字里行间，给冷静客观的医学理论也沾上几分柔软。

放在桌面的手机响动一下，林卓绵拿起来，居然是范范。

范范：【今日批阅朋友圈有感，觉得你以后跟陈野望谈恋爱是不大自在的一事儿。】

范范：【一举一动都被广大人民群众盯着，你可考虑好你受不受得了。】

林卓绵哭笑不得：【你知道你这叫什么吗？麦子还没种出来就琢磨包什么馅儿的饺子了。】

她继续发信息：【对了，你知不知道陈野望……】她打字打到一半，不知道怎么描述更合适，最后选了最直白的问法，【他家是什么情况？】

下午她用浏览器搜索过，不过陈野望在网络上留下的痕迹大多是关于他自己的，参加的比赛、保研的名单、发表的论文、获得的荣誉，关于他的家庭只有少量的只言片语，说他家境优渥，但没有具体的指向。

范范：【我也不是特别清楚，听别人说琨海集团是他家的。】

琨海集团做商业地产起家，刚好赶上商品化住宅时代的发端期，一飞冲天之后开始进军各行各业，散开长成一座庞大的商业帝国，创始人束康时一直是财经新闻头版头条的常客。

林卓绵没想到陈野望的背景会这么夸张。

她迟疑着：【可是束康时不是姓束吗？】

范范能听懂她的意思：【他妈妈姓束，所以才有人往琨海联想，说他是束康时的外孙，不过陈野望太低调了，这件事也没印证过。】

林卓绵没说话，陈野望看起来确实不太愿意跟家里产生联系。

范范：【其实你也不用太大压力，束康时还有个儿子，不是说这种家庭思想都很传统吗？就算是真的，琨海最后应该还是要给他舅舅那边，所以我猜他谈恋爱也不会受太多限制吧。】

林卓绵抿了下唇，说声"嗯"之后，没再就这个话题继续跟范范讨论下去。

她目的性没那么强，不是关心陈野望有没有恋爱自由，只是想要更了解他一点。

睡前，林卓绵的小腹隐隐有些不舒服，但并没有影响到睡眠，她很快就睡着了，昏昏沉沉一觉起来，再没什么感觉，也就忘了这回事。

这天下午是她加入陈野望的陆冲社团之后，参加的第一次活动。

说起来她是真的怕摔跤，因为经常给校内的各种活动做医疗保障，知道伤了什么地方会有什么程度的后果，再加上家里还有一个伤口大全活标本林洛，她一想到摔倒有多么疼，就变得缩手缩脚，站在陆冲板上只敢用最安全的姿势缓慢滑行。

自告奋勇教她动作的喻腾都看笑了："不是，林师妹你平时不是挺虎的吗，怎么上了板连身子都不敢转？"

林卓绵觉得在陆冲板上转身这么高难度的动作不该用"连"这个字。

她踩在板子上，一边前后摇晃保持着平衡，一边状似无意地问："师兄，这次活动大家都来吗？"

喻腾笑嘻嘻道："其他人我不知道，望哥是快了，上午他导师给他们组发了篇文献，让他们看完在群里述评一下，他们组里的人求他最后一个发，不然他的内容在前面，对比太明显，后面的人容易招骂。"

他观察了一下林卓绵的动作，又说："要不你先学个 Carving[①] 吧，你不是不敢转吗，这个动作是往下蹲的，重心低。"

喻腾给林卓绵演示了一遍，林卓绵并不觉得下蹲看起来比转身更安全，不过因为喻腾的热心，她还是试了一次，结果腿一弯就觉得自己要往地上栽，

注：①在陆地冲浪板的转弯动作中，板沿的运动轨迹就像一柄刻刀在空气中划出弧形。

马上就单脚着地刹车了。

"林师妹，你得胆子大点儿，"喻腾看起来很无奈，"这不是穿了护具吗，摔就摔了，有句话叫困难像弹簧，你弱它就强，你得拿出点儿气魄来。"

林卓绵嘀咕道："我强它更强。"

喻腾正要说话，余光看见不远处一个熟悉的身影，立刻招了招手道："望哥，这儿！"

林卓绵回过头，看见陈野望迈着两条又长又直的腿走了过来。

他单手插在兜里停在她面前，低头端详她片刻："怎么愁眉苦脸的？"

"我教林师妹Carving呢，她不敢做，要不陈助教给想想办法。"喻腾说。

陈野望看着林卓绵，随意地问："学不会啊？"

林卓绵点点头，又怕陈野望以后不让她来了，顿时又摇头。

"能学会。"她信心不足地说，眼睛盯着地面，显然是发现这句话的可信程度比较低。

她的反应逗笑了喻腾，陈野望虽然没笑，但眼角却多了点自己都没意识到的柔和。

他看着那张下巴尖尖的小脸，放缓了声调："那换我教试试。"

林卓绵闻言，一下子抬起头，对上了陈野望的目光。

应当是因为午后三四点的暧昧光线晕染了他的五官轮廓，才会让他看起来比平常温柔一点。昨晚跟范范关于琨海集团和束康时的讨论一瞬间远去，林卓绵意识到那些对她来讲都是太遥远也太虚无缥缈的事情，唯一重要的，只是站在她面前的这个人。

陈野望看出林卓绵站在陆冲板上的时候不敢做大幅度的肢体动作，便让她先在平地上练习，给她纠正动作的时候手隔了一段距离，没有碰到她。

因为他个子高，站着不方便，所以都是蹲下来跟她说话，说着说着忽然停下来，林卓绵还以为是自己做得太不标准，让他无从下手，连忙问："师兄怎么不说了？"

"没有，"陈野望顿了顿，嗓音散漫，"就是觉得，这样很像在教小朋友。"

明明没带什么调笑的意味，林卓绵却不好意思了："要不我还是站在板子上练？"

陈野望不置可否："看你。"

林卓绵于是把陆冲板拖过来，她正要往上站，陈野望瞥见她的护膝松了，从运动裤的膝盖部分滑下来一点，没多想便伸出了手。

修长的手指快要碰到林卓绵的时候，他却如同意识到了什么，不着痕迹地停了下来。

然后他站起身，垂眸看着林卓绵说："自己系一下护膝。"

林卓绵依言去做，系好之后，她仰起脸大着胆子问："师兄，你刚才是不是想帮我来着？"

陈野望的喉结轻轻一滚。他望着面前的女孩子，看见那一双清澈的眼睛里，有股横冲直撞的勇气。

林卓绵以为陈野望不会承认，没想到他却在看了她一会儿之后，"嗯"了一声。

她还没来得及说什么，陈野望便添了一句："差点真的把你当小朋友。"

林卓绵觉得这句话有那么一点像用来撇清的借口，但陈野望怎么看也不是会找借口的人，所以她再一次重申："师兄，我十九岁，成年了。"神态很认真。

"这里的成年人都能学会刚才那个动作。"陈野望说。

林卓绵的气势变得没那么足了，她踩在板子上，想再试一次，刚往前滑出去一两米远，陈野望就叫住了她。

她懵懵懂懂地停下来，看见陈野望大步流星地走了过来。

今天降温，他比昨天多穿了一件黑白夹克外套，此刻外套被他脱下来，披在了她肩上。

陈野望的衣服长，直接盖到了她大腿一半的位置。

林卓绵一头雾水地问："师兄，我不冷啊，你是很热吗？"

陈野望欲言又止，沉默地看着她，像在构思语言。片刻之后，他说："先跟我过来。"然后转身走了。

不过他的速度比平常慢，林卓绵很轻松就可以跟上。

她不解地问："这是去哪儿啊？"

"没人的地方。"陈野望说。

刚才林卓绵往前滑的时候，他在她裤子上看见了一小块红色的污渍。反应过来那是什么之后，他本想直接跟她说，但广场上人太多，女孩子脸皮又薄，所以先给她遮一下，再单独告诉她。

"没人的地方？"林卓绵重复一遍，心跳立刻快了起来。

她没想到陈野望今天突然变得主动，一时间还有些不适应。

两个人去了体育馆外侧通往地下的楼梯转折平台，陈野望正要开口，林卓绵就抢先问："师兄，你是不是有什么不能被别人听见的话要跟我说？"

陈野望顿了顿："算是。"他俯身靠近林卓绵耳侧，轻声说了句话。

林卓绵听清之后,脑子"嗡"的一声,看也不敢看陈野望了。

确实是不能被别人听见的话,不过跟她想的不太一样就是了。

怎么这么尴尬的事情偏偏发生在她身上!

半晌,她勉强出声问道:"师兄,能把外套借我穿回宿舍吗?"

陈野望看了一眼体育馆对面只隔一条窄路的超市,问她:"需不需要我帮你买东西?"

医学部的女生宿舍离体育馆不算近,林卓绵想想自己这么一路走回去会很没有安全感,确实不如先在洗手间里换好再回去。但是让陈野望帮她买卫生巾,她又实在做不出来。

陈野望一眼就能看出来林卓绵在犹豫什么,便没有等她回答,只说:"在这儿等着。"

林卓绵还没来得及阻止,他就走了。

在原地等了不到十分钟,林卓绵就看见了陈野望从超市里走出来的身影。她赶紧低下头,直到视野中出现了他的球鞋,紧接着一只塑料袋被递到她面前。

林卓绵接了,小声说了句"谢谢师兄",又告诉他不用等自己,外套她会给他送过去,然后就抱着袋子匆匆跑进了体育馆。

陈野望看着她的背影,低头在手机上找出跟她的聊天页面,让她不用着急,下周上课的时候再带给他。

林卓绵过了很久才回复他说"好"。

陈野望发现自己能够想象到她的小表情,懊恼、害羞,又强撑着,不想被他看出来。

不过她似乎觉得特别尴尬,连着几天都没有再找他说话,像把头埋进沙子里就以为可以假装不存在的小动物。

转过周来,林卓绵跟冉沛柔一起去上次解剖课报名的新生体检补测帮忙。冉沛柔原本以为两个人能分在一组,没想到去了之后是按需补缺,她在内科,林卓绵在抽血室。

抽血室外面排的队最长,林卓绵的任务是坐在门口检查体检单。她发现今天上午这一批需要补测的新生是经管学院的。

她听见两个女孩子在叽叽喳喳地聊天,说今天负责带队的那个研究生师兄长得好帅。

后面马上有人告诉她们:"你们不认识吗?那是陈野望,特别厉害,本科的时候就发过好几篇SCI（科学引文索引）。"

　　林卓绵的眼皮跳了一下。

　　她检查的时候分心朝外面打量了一圈，果然在不远处看见了陈野望。

　　他实在长得出挑，哪怕校医院一楼来来往往那么多人，还是一眼就能注意到人群中他挺拔颀长的身影。

　　陈野望像是在帮身边的一个新生同前台值班的大夫沟通什么问题，眼神专注、神色从容，让人很有安全感。

　　"姐姐？"有人叫她。

　　林卓绵回了神，正在排队的一个男生把自己的体检表递给她。

　　她笑了一下："不好意思。"

　　男生看到她笑容的时候，整个人有一秒钟的停顿状态，说没事的时候态度不怎么自然。

　　正好这时负责抽血的大夫要换班，整个队伍的进度被按下了暂停键。

　　男生便跟林卓绵聊起天来："姐姐，你是医学部的吗？"

　　林卓绵说"对"。

　　男生问她："那你们平时都学什么啊？我高中的时候也特别想学医来着，但是我爸妈不同意。"

　　林卓绵给他讲了一些医学部的课程设置，男生听得认真，还问了她几个问题。

　　换班的大夫到位之后，队伍重新开始移动，男生突然从队伍里走了出来，站到林卓绵旁边说："姐姐，我想最后一个再抽血。"

　　队伍里有人向这边投来好奇的眼光。

　　男生浑然不觉，又说："抽血好疼，我怕疼。"

　　林卓绵说了声"哦"："那你放心吧，校医院的大夫抽过这么多人的血，"她停了停，"没有一个人不疼的。"

　　林卓绵："你要是想最后一个再抽也行，去队尾排，别在这儿杵着。"

　　男生没听出她的意思一样，从兜里摸出了手机，问她："姐姐，我能加你微信吗？"

　　还没等林卓绵说出什么拒绝的话，一道凛冽的声音便打断了他们："做检查就排队，做完把体检表交给我，不要浪费别人的时间。"

　　林卓绵转过脸，看见陈野望站在离自己一步之遥的地方，脸上没什么表情。

　　男生讷讷地叫了一声"师兄"，在陈野望的注视下，把手机收了起来。

林卓绵拿不准要不要跟陈野望打招呼，她怕他一看见自己，就想起周日社团活动时发生的事情。

但陈野望已经往前走了一步，低头看着她问："跟谁都能聊得开？"

林卓绵怔了一下。如果换作别人这么问，她会觉得对方是在吃醋，但陈野望没带什么情绪，听起来只是随口的一句话而已，甚至都不需要她的回答。

后面陆续有人递体检表过来，林卓绵便不能再分神琢磨陈野望的想法。她检查的时候，余光感觉到他在她旁边站了一段时间才离开。

过了很久，抽血的队伍开始稀疏，只偶尔有一两个人过来。林卓绵得了空，拿出手机，没忍住给陈野望发了消息。

海绵蛋糕：【谢谢师兄。】

Chen：【谢什么？】

海绵蛋糕：【你过来不是为了帮我吗？】

Chen：【带队要维持纪律。】

林卓绵盯着"维持纪律"四个字看了几秒，然后在聊天框里打下一行字发送过去：【维持纪律的内容也包括不让师弟加我微信吗？】

林卓绵忐忑地握着手机，等陈野望回复。

他这次回得不如之前及时，等到她又检查完一张体检表，暗掉的屏幕上才出现了最新一条消息浮窗。

Chen：【你想加？】

林卓绵怕他误会自己，毫不犹豫地说"不想"。

Chen：【嗯。】

对话停在了这里。

看着手机屏幕，林卓绵忽然意识到，自己好像被对方带跑了，他并没有回答问题。

而她也想不清，自己到底想要他怎么说。

不过她自作主张地觉得，哪怕陈野望是维持纪律顺便帮她解围，也还是帮了她。

多少有点在意吧。

一直零零星星有人来排队抽血，虽然一开始说来校医院帮忙只要半天，但因为抽血是体检的最后一个项目，所以林卓绵这里结束得比其他科室都要晚。

中途冉沛柔给林卓绵发了消息，说自己的工作已经做完了，准备吃完饭去打印一份下午公选课要交的作业,问她什么时候能结束。

林卓绵还要帮大夫把血液样本送到检验科,让冉沛柔不用等自己,先回去就行。

去二楼送完血样清点完数目,已经过了下午一点钟。

林卓绵从楼梯上走下来,刚一到转角的位置,就看见了站在分诊台前整理体检表的陈野望。

她放轻了脚步,走到离他不远的地方。

陈野望低着头把所有体检表摞成一沓,放进纸质的文件袋,接过大夫递来的中性笔后在袋身上唰唰写下极漂亮的"经济与工商管理学院"字样。

"师兄。"林卓绵叫了一声。

陈野望放下笔,侧过脸看她,用清淡的声音问:"才结束?"

大夫将纸袋收回去,告诉他可以走了。

陈野望说声"辛苦"。

林卓绵赶紧上前一步:"师兄,你吃饭了没?没有的话我们一起吧。"

她看陈野望没有拒绝的意思,便当他是默许,继而伸出胳膊,指着墙上的挂钟说:"这个时间食堂应该没饭了,我们去外面吃好不好?"

陈野望问她想吃什么。

林卓绵不知道陈野望下午有没有课,怕他急,便提议去学校东门外面的快餐店。

陈野望答应下来。

一点多的阳光晒得厉害,林卓绵从单肩的帆布包里拿出阳伞打开,她想把自己和陈野望都遮住,胳膊努力地往上举,差不多成了直线。

他太高了。

林卓绵在女孩子里已经不算矮,差四厘米到一米七,而陈野望比她还高大半个头。

陈野望见她费力,便说:"给你自己打就行。"

林卓绵没应声。

陈野望看了她一眼,然后伸手把伞接了过来,轻松地举在两个人头顶。

他骨节分明的手抬起来正好在林卓绵眼前,这么近的距离,她能看清他袖口附近的皮肤上有一粒小痣,非常淡,在衣服的阴影中若隐若现,不靠近几乎看不出来,但衬在冷白的皮肤上,不知怎么就有了一缕勾人意味。

很凉的风从他们之间经过。

林卓绵闻见风里陈野望身上不浓烈的香根草洗衣液的味道。

走了一段路之后,她悄悄往他身边靠了一步,就算被发现,也可以说是因为伞太小,她在躲太阳。

快路过经管的研究生宿舍时,陈野望接了一个电话。

林卓绵觉得他按下接听之前,看屏幕的眼神有点阴郁。

"舅舅。"他声音比平常低,不随意,平静到严肃的地步。

林卓绵马上想起了范范说的琨海集团,她下意识地认为自己应该回避,脚步一顿,没有跟上陈野望,而是留在了原地。

太热烈的阳光扑面而来,她的眼睛有些睁不开,看不清陈野望是什么时候停了下来,又是什么时候,回身看着她。

陈野望的通话时间不长,站在那里十几秒钟便放下了手,然后朝她走回来:"怎么了?"

林卓绵支支吾吾,她总不能说是怕自己听到什么不该听的豪门秘辛。

好在陈野望也没有追问,思忖片刻,问她道:"下午有课吗?"

林卓绵摇摇头。

"那不吃快餐了。"陈野望随后说了学校附近商场的名字,他把伞还给林卓绵,让她在经管的宿舍楼下等一会儿,他有东西要上去拿。

伞柄还留着他掌心的余温。

现在是学校里比较空旷的时刻,大部分人在宿舍休息,下午上课的还没有出门,林卓绵站在男生宿舍楼下,没有引起什么关注。

树叶被风吹得沙沙轻响,地面上的无数枚影子也跟着摇曳,看久了会以为自己正站在粼粼闪动的水波当中。

陈野望下来的时候,手里多了一个纸袋,袋子上印刷的 logo(标识)有几分眼熟。

林卓绵认出是那天他去唱片店取到的两张绝版黑胶。她想问陈野望待会儿是不是要见什么人,自己吃完饭需不需要先走,可担心触及他的隐私,最后还是什么也没问。

Chapter 04
罗密欧与朱丽叶

/你喜欢我哥哥。
小声点儿,这是我们的秘密。

商场中层挑空,从一楼可以看见地下一层新开了室内冰场,里面玩的以小孩子居多,很热闹,穿着彩色的衣服,远看像水晶球里的闪片。

陈野望让林卓绵挑一家餐厅,她随口说了两个,他选了其中开在冰场对面的那一家。

菜单不长,点过菜之后,店员端上来一小碟沙拉。

林卓绵用叉子杵了一下盘子正中用胡萝卜雕刻的玫瑰花:"这个特别难切,我之前在家的时候试着切过,把手给划了。"

陈野望倚在沙发座的靠背上,单手撑着桌面,掀了下眼皮:"你还会切菜?"

林卓绵理直气壮道:"会切我就不会切到手了。"

陈野望挑了挑眉,侧过脸去看不远处的冰场,眼神没有停在某一个地方,林卓绵觉得他在找什么人。

过了几分钟,他开口说:"那个穿蓝色外套的小朋友是我表弟,束嘉澄。"

真的姓束。

林卓绵顺着他的目光看过去,果然找到了一个正贴着冰场边缘滑行的小男孩,看起来只有八九岁大。

她试探着问:"你是来找他的?"

陈野望点头，将另一条胳膊也放上了桌面，两只手的手指扣在一起："澄澄今天学校放假，约了同学来玩，我舅舅不能及时过来，让我先接一下澄澄，在这儿等一会儿。"

他垂眸看了眼表："还有一个小时结束，吃完饭正好过去。"

语气很淡，听不出是无所谓还是不高兴，但应该不是高兴。

已经过了饭点，店里只剩下几桌客人，东西上得很快。

林卓绵看着对面的陈野望，有些恍惚，上次跟他来还是社团聚餐，两个人坐得远，在桌上的时候一句话都没有说。

陈野望似要抬眸，林卓绵以为自己过长时间的注视被他发现，连忙挑起话题。

"待会儿去找澄澄，你知道小朋友要怎么哄吗？"她问陈野望。

陈野望一瞥窗外："澄澄不用哄。"

然后他收回视线，声调平淡道："他有点怕我。"

林卓绵一怔，不知道自己是不是问错了问题。陈野望虽然看起来并没有生气，但她还是努力地找补了一下："怕你有时候也挺好的，不像我，从来不怕我哥，从小跟他吵到大。"

陈野望看上去缺乏这种经验，他喝了一口水，问她："那后来怎么和好的？"

"每次不一样。"林卓绵给他举了比较近的例子，"上个假期我在家里学化妆的时候，他说我化得跟鬼一样，气得我转身就回房间去卸了，他过来看我笑话，正好我在摘美瞳，把他吓傻了，说'哥跟你道歉还不行吗，你别把自己抠瞎了'。"

陈野望放下水杯，幅度不太大地笑了一下。

他笑起来的时候，能够轻微地中和周身的冷意。

林卓绵很少见他笑，脸上不自觉地发烫，觉得林洛还有点用。

吃完饭以后，两个人去冰场旁边接澄澄。

的确像陈野望说的，小男孩有些怕他，不过也不完全是怕，在看见他的时候，澄澄的眼睛亮了一下，显然是想亲近却没有办法的样子。

林卓绵弯腰跟澄澄打招呼。澄澄换下冰鞋之后好奇地看她，想问陈野望她是谁又不敢，就只一直偷偷地用眼睛去瞟她。

小孩子是最容易被好奇心折磨的生物，在冰场外的长凳上坐了一段时间，他便跑到了林卓绵旁边，拉拉她的胳膊，让她低下头听自己说话。

林卓绵觉得他很可爱，顺从地朝他那边靠过去。

"你是我哥哥的女朋友吗？"澄澄悄悄地问。

林卓绵咳嗽一声，也同样悄悄地回答道："还不是。"

这个答案比单纯的"不是"要稍微复杂那么一点，难住了小学二三年级的澄澄，他眨巴着眼睛，一副努力理解的样子。

终于有了一点头绪的时候，他又问："那什么时候是呢？"

"我也不知道。"林卓绵瞥了一眼陈野望，将声音压得更小，"得看你哥哥。"

澄澄这次理解得快了一些，他恍然大悟："你喜欢我哥哥。"

林卓绵脸红道："你小声点儿，这是我们的秘密。"

澄澄用力地点头。

陈野望忽然出声："你们在说什么？"

澄澄从长凳上跳下来，大声宣布："哥哥！我告诉你一个秘密！"

林卓绵很想捂住澄澄的嘴，怎么还拿她的秘密去给陈野望献宝呢。

陈野望顺口问："谁的秘密？"

林卓绵把一根手指压在唇边，给澄澄使眼色。

澄澄想了半天，瞄着陈野望的神情，试探道："哥哥陪我玩我就说。"

"要挟哥哥？"陈野望心平气和地看着澄澄，"那就别说了。"

澄澄没词了，小孩子还不知道自己在大人眼里的一览无余，只知道陈野望没有顺着他的意思来，扁了扁嘴，回到林卓绵身边坐好。

林卓绵摸了摸澄澄的头发，忍不住评价道："陈野望哥哥你有点凶。"

难怪澄澄怕他。

换了谁被他面无表情地盯着，再说一句回绝的话，恐怕都不会觉得他容易亲近。

"是吗，"陈野望漫不经心地偏过脸，"陈野望哥哥哪里凶？"

林卓绵忽然没声了。

不等她说话，澄澄就把她的手从头上拉了下来，认真地说："姐姐，你的手好热。"

他歪着脑袋端详她一番，又指出："耳朵也变红了。"

林卓绵飞快地把手缩回来，否认道："你看错了。"

她有些心虚，正准备观察一下陈野望的表情，耳际却感觉到了他起身时带起的一阵缓风。

接着是一声"舅舅"，跟他接电话时同样的语气。

她也跟着站起来，看到不远处走过来一个身形高大的男人，穿西装打领带,人到中年,体态却仍旧挺拔,眉眼与陈野望有三四分像。

男人身后还跟了个二十岁出头的年轻男孩,走路的姿势吊儿郎当,冷冰冰的视线扫过陈野望,经过林卓绵的时候停了一下,又收了回去。

"澄澄,过来。"男人朝澄澄招了招手,神色很是慈爱。

接着他又对陈野望说:"辛苦了。"

陈野望说"没关系",又将放在长凳上的纸袋递给他:"上次您说家里缺的那两张唱片。"

林卓绵将陈野望在唱片店里说的长辈跟面前的男人联系了起来。她注意到陈野望舅舅身边的男孩子的脸色因为两张黑胶碟变得不怎么好看,不屑地撇了撇嘴。

陈野望舅舅也意识到了,他低声道:"怎么见了你哥哥也不打声招呼。"然后他告诉陈野望,"下午带嘉烨在公司熟悉日常工作,顺便带他一起过来了。"

"爸爸!"澄澄插进话来,"我要带同学回家玩。"

没有问可不可以,一看就是被家里人宠上天,不担心会被拒绝。

确认爸爸听见了之后,澄澄转身朝冰场跑过去呼朋引伴。

入口处的工作人员没拦得住他,他没穿冰鞋,冲进去之后一不小心滑倒,匍匐在了地上,就在他斜前方,一个小女孩正滑行而来,鞋底锋利的冰刀正对着澄澄的脸。

林卓绵的心一下悬到了嗓子眼,在所有人都还没反应过来的时候,她已经跑了过去,想要把澄澄抱到一边。

快到澄澄附近的时候,她也摔倒了,只能就势跪在地上,伸手搂住了他。

与此同时,躲闪不及的小女孩也撞了过来。

在最后一刻,林卓绵把澄澄拽过来,冰刀只堪堪擦过澄澄的脸,留下了一痕血丝。

澄澄吓傻了,呆呆地看着她。

林卓绵的手也在抖,假如刚才她再晚一秒钟,这道伤口就会贯穿澄澄整个面部。某一张带疤的脸孔在她的潜意识中闪过去,她的嘴唇被抿得失了血色。

澄澄终于反应过来:"姐姐,我脸疼。"

林卓绵回过神,故作轻松:"受伤了能不疼吗,不过不用怕,不严重。"

"那会留疤吗?"澄澄问。

林卓绵替他检查了一下:"很浅,应该不会。"她顿了顿,又教育他,

"知不知道刚才有多危险,还有空担心这个。"

澄澄小小声地说:"我不想变丑,不然宁宁要嫌弃我了。"

林卓绵一边想这附近哪里能清创消毒,一边问:"宁宁是谁?"

澄澄不作声。

"那我现在也知道你的秘密了。"林卓绵笑了一下,轻轻拍拍他,缓解他的紧张情绪。

下一秒,一只手出现在她的视野中,手掌宽大,指节匀称修长,指甲边缘修得很整齐。

她怔了一下,仰起脸向上看去。

商场透明天顶的光照白茫茫地覆下来,只看得清陈野望英朗锋利的轮廓,看不清他的表情。她刚一搭上他的手,他就用一股不容置疑的力道将她拉了起来,指腹攥得很紧,林卓绵还没来得及感受他掌心的热度,便先下意识说了句"疼"。

陈野望却没有立刻松手:"你也知道疼。"

林卓绵的指尖无意擦过陈野望的脉搏,她迟疑着问:"师兄,你是不是担心我啊?"

陈野望没说话,却松开了她。

他垂眸,瞥见女孩子白嫩的手已经被他握出了淡红的指印,像被他欺负了一样。

陈野望转头去看摇摇晃晃从地上爬起来的澄澄:"以后别这么冒冒失失的。"

澄澄知道自己闯了祸,一声不吭地点了点头,然后把手伸给陈野望。

陈野望冷着脸拉住了他。

林卓绵也有样学样地把手伸出来。

陈野望看了她一眼,没接:"不是嫌疼吗?"

林卓绵想了想,给自己争取了一下:"可是我更怕摔倒。"

不过她觉得陈野望不会牵她,已经准备把手缩回来了。

在她的胳膊往后撤的同时,陈野望隔着衣袖,捏住了她的手腕,没有刚才那么用力。

林卓绵的瞳孔轻微地一缩。她今天穿的上衣是oversize(特大号)的卫衣,陈野望单手把她的袖口往下扯了扯,柔软的布料便裹住了她的手。

他隔着衣袖,用整个手掌包住了她,另外一边牵着澄澄,走出了冰场。

林卓绵刻意落后陈野望半步,让他的侧脸始终在自己可以看到的地方。

穿越飞快掠过的人群，她眼里只有他一个，跟他去哪里都可以。

走出冰场，陈野望的舅舅立刻俯下身来查看澄澄的情况，确认小儿子没有大碍之后，向林卓绵道了声谢。

他又状似无意地问陈野望："怎么也没听你介绍一下。"

"我师妹，林卓绵。"陈野望说。

"师妹？我还以为……卓绵你好，我是陈野望的舅舅，束文景。"束文景对林卓绵点了点头。

林卓绵拘谨地说"叔叔好"，跟对方说如果可以的话，最好尽快去附近的药店买一瓶碘酒，给澄澄清创消毒。

束文景答应下来，看起来非常挂心儿子的情况，就地跟他们告别，匆匆走了。

林卓绵放松了一点，对陈野望说："师兄，我们也回去吧。"

明亮的阳光落在街道上，枝叶半绿的树木夹在建筑物中间，路上车不多，林卓绵听见陈野望说："澄澄挺听你的话。"

她说："我觉得他本来就很勇敢啊，受伤了也没哭。"

"他平时不这样。"陈野望停了停，"你过去的时候，他跟你说什么了？"

过了片刻，他补充说："你对他笑的时候。"

林卓绵没想到陈野望记得这么清楚，她想起澄澄说的宁宁，语气带上了笑意："一些祖国花朵的小秘密。"

他一瞥她："不能分享给已经凋零了的陈野望哥哥听？"

"不能，因为我们互相交换了一个秘密。"林卓绵较真地说。

陈野望失笑："你们祖国的花朵，秘密都这么多的吗？"

再往前走出一段距离，他问："今天为什么帮澄澄？"

他开口的时候没有看林卓绵。

"真要说的话，其实没有为什么。"林卓绵道。

这显然是让陈野望感到意外的一个答案，因为几乎在她话音落下的同时，他侧过脸，看向了她。

林卓绵索性也说得直白了些："师兄，你觉得我是为了你才过去的，对不对？"

陈野望没说对，也没说不对。

"但今天换了任何一个小朋友在澄澄的位置上，只要我发现了危险，我都会过去。学医是为了以后救死扶伤，要是连不问亲疏远近一视同仁都做不到，我还有什么资格去救死扶伤。"她看着陈野望说。

稚气而真诚的一番话，像能窥见一颗年少鲜活的真心。

陈野望好似从女孩子明艳清澈的双眼中捕捉到了一簇细微的火焰，没那么炽烈，却让人一看就知道，能够烧得温暖而恒久。

林卓绵被他望得不好意思，稍稍错开了目光。

半晌，陈野望问："你有没有想要的东西？"

林卓绵没理解他的意思，疑惑地看着他。

陈野望添了一句："今天我该谢谢你。"

林卓绵明白过来，陈野望是不想欠她人情。毕竟帮了澄澄还牵扯到束文景，想必陈野望家里有很多她不清楚的、错综复杂的关系。

"我想要一个愿望，可以吗？"林卓绵问。

"愿望？"陈野望重复了一遍。

林卓绵点了点头："嗯，因为我暂时还没有什么想要的，想先攒着。"她马上又给陈野望下保证，"师兄你放心，我不会许什么过分的愿望的。"

陈野望不知想到了什么，用深邃的眼眸打量她须臾："先告诉师兄，什么算过分的愿望。"

林卓绵不知道是不是自己思想不健康，但陈野望这样一问，她下意识地想到了很多非常过分的愿望。

不过她清了清嗓子，并没有将自己的真实想法告诉他："比如我的愿望是再许一百个愿望。"

"这就是你说的过分？"陈野望问，"过分"两个字咬得稍微重一些。

林卓绵结巴道："不、不然呢？"

陈野望意味深长地看了她一眼，林卓绵觉得自己给出的答案好像跟他本来以为会听见的不太一样。

"好。"他说。

林卓绵没跟上："什么好？"

"你说换一个愿望，"陈野望顿了顿，"我答应了。"

这天有着非常好的天气，林卓绵跟在陈野望身边，觉得假如喜欢他像打开一款难度很高、没有攻略过的电子游戏，那她现在好像已经跌跌撞撞地过了第一章的关卡。

过关奖励是她自己要来的一个愿望。

学期过半，微观经济学的出勤率始终保持在一个比较高的水平线上，尤其是女孩子到得格外多一些。假如某节课预告了陈野望要上台替陶教授解题，那教室就会坐得更满。

林卓绵带了上周陈野望借给她的外套，打算下课之后还给他。

没想到这天有人抢了先，打响下课铃之后，她刚收拾好书包，已经有一个女孩子站到了讲台上陈野望的旁边。

林卓绵拎着装衣服的纸袋，慢吞吞地挪到了两个人附近。

女孩子在问陈野望曼昆版课本上的某一道思考题，是有备而来的，言谈间还不经意地提起了萨缪尔森和斯蒂格利茨，一个问题接着一个问题。

陈野望答得很简洁，他余光瞥见抱着袋子站在一边的林卓绵，林卓绵向他做了一个披外套的动作。

他微微一送下巴，示意林卓绵放在地上就行。

林卓绵假装没看懂。

陈野望没说什么，刚好给面前的女孩子答疑到了末尾，便问："还有问题吗？"

"还有最后一个。"女孩子拿出手机，"师兄，上次你因为我作业的格式问题在微信上找我，怎么后来把我删了呀，是不是误操作了？"

"我会定期清理微信好友。"陈野望淡声说。

女孩子又问："那能再加回来吗？我有很多问题要问，师兄你应该对我有印象吧，我上课回答过好多次问题。"

陈野望没说话，看了她一眼，仿佛在思考要不要答应。

林卓绵像捧了一杯加了太多柠檬片的气泡水在手里，感受得到星星点点酸涩气泡上升又消失的过程。

终于陈野望开了口："你叫什么？"

他从来不会让别人觉得他说话的时候不耐烦，但也是真的冷淡。

林卓绵这才反应过来，原来他刚才不是在想要不要答应。

陈野望的意思不难领会，女孩子失望地把手机收回去，说句"我知道了，谢谢师兄"，然后就消失在了教室门口。

林卓绵走过去，把外套放在了讲台上："这个还给你。"

陈野望合上面前的课本，"嗯"了一声。

林卓绵没走："原来不止我一个因为作业被师兄加了微信啊。"

陈野望抬起眼眸："意思是觉得作业出问题是什么好事？"

林卓绵急忙说"没有"。

陈野望将课本放进电脑包外侧，拉上了拉链："现在就你一个了。"

语气仍旧清清凛凛，只是在单纯地陈述事实，林卓绵却一下子定在了原地。

"现在就你一个了",意思是其余的人都像他刚才说的,被他删掉了,只留下她。

林卓绵知道她是课代表,留下她的号也正常,只是陈野望这么说,真的会给她一种自己最特别的错觉。

门外转进来一个瘦高和蔼的身影。

"一会儿跟我去趟办公室,刚接的这个风投项目我还得再跟你说几句……"陶教授话到一半,看见讲台上的林卓绵,愣了一下。

倒是陈野望先说:"这是课代表,林卓绵。"

陶教授"哦"了一声,带着笑跟林卓绵打了个招呼:"原来是小林啊,一直没见,光听野望提起来找了个课代表。你是哪个学院的?"

"医学部的。"林卓绵说。

陶教授推了一下眼镜:"医学部还这么喜欢经济学,真难得啊。"

林卓绵有点不好意思,但还是硬着头皮说:"是挺喜欢的。"

不过喜欢的不是经济学。

陈野望不知是听出这句话的关窍还是单纯觉得她大言不惭,侧过脸轻描淡写地一瞥她。

陶教授似是觉得现在的场景有趣,转向陈野望随口问:"在这儿给课代表交代任务?"

陈野望解释了一句:"刚才有人问问题。"

他将外套和电脑包一并用右手拎起来,对陶教授说现在可以走了。

两个人走出教室,幽长昏暗的廊道上,从出口的转角和高一层的窗外投下一片淡光。

陶教授笑呵呵地说:"还以为是你女朋友。医学部不错,以后家里小孩生病了,还能及时给看看。"

陈野望脸上浮现出一丝无奈:"您说到哪儿去了。"

陶教授拍了一下他的肩膀:"你也该谈个恋爱了,马上二十三了不是?无论学术还是以后的事业,都不能太一根筋地沉进去,其他什么都不管了。"

陈野望见老陶说起来又要收不住,便换了几分玩笑的口吻道:"等我谈了恋爱,第一个告诉您。"

林卓绵等了一会儿才从教室里出去,怕走得太快,再碰上陶教授,对方真的要跟她聊一聊对经济学的浓厚兴趣。

一本曼昆的《微观经济学》已经看得她头疼,她可编不出来什么萨缪尔森和斯蒂格利茨的经济学观点。

她倚在讲台边上玩了会儿手机，看见一个小时以前，志协的聊天群组里说周五是校级篮球赛的最后一场，问有谁愿意去做现场的医疗保障，名额有限，先到先得。

下面有人问最后一场是哪两个院系，很快得到了回答，是经管对环院。

过了不到五分钟，负责人师姐就说人够了。

林卓绵怀抱着一点希望，单独问了一下师姐能不能再多加一个人。

师姐：【已经多加两个人了，这场有经管的陈野望，再多去人，那边就要问我们是不是专门去看帅哥的了。】

林卓绵不好给对方添麻烦，只能遗憾地道了句谢。

师姐：【不过你要是真的看帅哥，志协的值班室抽屉里还有张余票，本来想在群里说一下谁想要谁去拿的，你要的话就给你了。】

晚上，林卓绵带着票回到宿舍，看见范范正翻箱倒柜地找东西。

"你丢什么了？"她一边放书包一边问。

范范苦着脸道："钥匙，快找一个小时了，总不能掉在桌子跟墙之间的缝儿里吧，我寻思着我也没带钥匙上床啊。"

"你拿扫帚扫扫？没准儿能扫出来。"林卓绵说。

范范嘀咕一句"有道理"，去阳台拿了扫帚进屋，扫了半天也没扫出来，正要放弃，林卓绵伸直了腿悬空道："说不定在我这儿呢，这边也扫扫。"

范范依言过去，刚扫一下林卓绵就忍不住笑了。

"得，算计我给你打扫卫生呢，"范范放下扫帚，伸手就去挠林卓绵痒痒，"你说你这人，小狐狸精，红颜祸水。"

林卓绵笑着往后躲，正好冉沛柔洗了澡出来，擦着头发好奇地问："卓绵笑什么呢？"

范范说："她笑我骂她。"

冉沛柔没理解，带着疑问"啊"了一声。

林卓绵一本正经道："你听她胡说八道，她骂我还笑……来，再骂两句我听听。"

旁边正用小电锅煮泡面的骆锦也跟着凑热闹："我听出来了，范范骂得你美滋滋的是吧。"

范范的手无意间揣进了林卓绵外套的口袋里，一下子捞出来一张篮球赛的门票。

她惊讶道："你怎么有这个？"

林卓绵抢了回来:"这可不给你啊。"

"看你那小气样儿,"范范"啧"了声,也从自己兜里掏了两张出来,"亏我还特地给你要了一张呢,我刚才是想着我这不白要了。"

骆锦说:"给我呗,不是经管跟那个什么哪个院吗,去看看陈野望。"

"人家叫环境学院。"冉沛柔补充,"你们都去啊,我也想去。"

"多大点事儿,我再去给你弄一张……"范范话音未落,宿舍里突然漆黑一片。

几个人沉默片刻,林卓绵迟疑道:"这是停电了?"

"我还以为我泡面锅炸了,把我炸瞎了。"骆锦说。

范范哀号道:"我要电啊,没电我还找什么钥匙。"

骆锦也跟着号:"我也要电,我这泡面煮一半呢。"

两个人刚说完要电,房间就亮了。

范范一个激灵,又喊了起来:"我要暴富!我要暴富!"

骆锦也跟着起哄:"我要变成女明星!"

许愿活动持续蔓延,冉沛柔说:"那我要满绩。"

林卓绵虽然不想跟着犯病,但还是小声加了一句:"我要陈野望。"

电来得这么快,其实只是跳闸,四个人的胡闹以倒垃圾路过的宿管阿姨来拍门告终。

"大晚上的吵吵什么呢,再这样你们隔壁就要来投诉了。"

范范收了声,倚在林卓绵上床的梯子上,笑得险些岔气。

骆锦重新开了泡面的小锅,等面煮好的时候拿起竖在旁边的手机,看着突然"哎"了一声:"刚才给我男朋友录煮面的视频,忘了关了,把咱们的瞎嚷嚷也给录进去了。"

范范连忙说:"别删啊,你截出来发群里,等我不高兴的时候翻出来看看。"

"真长见识,你还有不高兴的时候呢。"林卓绵说。

范范接着找钥匙去了:"那谁不高兴我翻出来给人家看看也成。"

冉沛柔提醒她道:"范范别忘了给我要张篮球赛的票啊,我等着跟你们一块儿去。"

校级篮球赛的最后一场因为陈野望一票难求,不过范范朋友多,学生工作也做得多,圈子比较大一点,最后真的在开赛前一天,给冉沛柔要了张票来。

"你知道为了给你要这票我费多大劲儿吗,看看,人都给焦虑瘦了。"

范范指着自己说。

林卓绵在旁边接嘴："是，我做证，她身上这衣服之前穿着紧，这会儿都大好几圈儿了。"

骆锦说了声"得"："你俩去开减肥班吧，光靠嘴皮子忽悠人的那种。"

S大的篮球总决赛办得声势浩大，吊了块大屏幕实时转播切特写，从校外请来专业的记者和摄像，还调了两个解说员坐在场外。

台下座无虚席不说，领导也都坐在主席台致了遍辞，范范听得直说："不知道的还以为咱搁这儿办开学典礼呢。"

林卓绵玩着手机跟她聊天："开学典礼打篮球，你赶紧回去看看是不是志愿报错成体校了。"

范范懒洋洋地往她身上一倚："那退学也晚了，我睡会儿啊，为换这座位早上起太早了。"

虽然一开始的四张票只有两张是连在一起的，但今天到了之后范范便四处活动着换座位，往后挪了两三排，好不容易把宿舍四个人凑在了一块儿。

林卓绵玩着玩着手机，忽然顿住了："等等，这什么情况？"

范范睁开一只眼睛。

"昨晚发宿舍群里那视频，我怎么在朋友圈看见了，还这么多人转发呢。"林卓绵打开视频，直接把进度条拖到了接近末尾的地方。

好在她那时候说话的声音真的很小，"陈野望"三个字里，前两个字被杂音盖过，非常模糊，最后一个没有完整地剪进去。

只要不往他的名字上联想，就完全听不清她在说什么。

骆锦也刷到了："我朋友圈里也有，你们谁给发出去了？我没化妆也没开美颜，幸好都没拍到清晰的正脸。"

冉沛柔说不是她。

范范又把眼睛闭上了。

林卓绵不轻不重地捏了她一把："装睡呢？"

范范笑嘻嘻道："不兴动手啊。不怪我，我就是转给一朋友看了，没想到她又转出去了。"

说到底不影响什么，视频看不清脸，也算挺有意思的一件事，就这么过去了。

篮球场外的更衣室里，经管的队员换好球衣正准备去候场，陈野望却发现喻腾还坐在长椅上低头看手机，看完了还咧着嘴笑。

他走过去，屈起指节敲了敲喻腾的屏幕："走了。"

喻腾抬起头："都换好了啊，行，走。"

他站起来的同时，把手机伸到了陈野望眼皮子底下，走出更衣室嘴还没合上："望哥你看，我朋友圈里刷到的，也不知道昨天晚上哪个女生宿舍跳闸，太好玩了。"

陈野望没接，喻腾便给他放了一遍。

第一遍播完，喻腾正要收回手，陈野望却把他的手机拿了过来。

喻腾不解："你想再看一遍？"

陈野望按了暂停，把进度条从最后一秒钟的位置向前推了很少的一部分。

画面被一只深绿色的电煮锅占据了前景，后面的人脸全部没有对上焦，但还是能看出正在说话的女生有着十分白皙的皮肤和柔和的面部轮廓。

她的声音极低，几乎听不到，出现的镜头也只有两秒多一点。

喻腾不懂陈野望在看什么，正要问，对方已经把手机还给了他。

这时他们刚好走上球场，陈野望一出现，体育馆里就响起了震耳欲聋的尖叫和掌声，其间还夹杂着他的名字。

观众席上这么一喊，喻腾顿时觉得，自己刚才在哪儿似乎也听见过这三个字。

还没来得及继续想，他的手机亮了一下，有人发消息。

他看完之后，高高兴兴地朝陈野望晃了晃："望哥，林师妹说祝咱们比赛顺利，她今天也来了，坐靠中间的第六排。"

"祝咱们？"陈野望重复了一遍。

喻腾说对，又推测道："她应该也给你发了，不过你不是上球场不带手机嘛，我给你一起回了吧，说我们都谢谢她。"

他回完消息，向林卓绵说的位置望了过去，看见她之后，朝她挥了挥胳膊。

陈野望也朝那个方向微微抬起了下巴，看见女孩子坐在人群中，笑盈盈地朝自己和喻腾比了个"加油"的手势，眼睛和嘴角都弯弯的。

他收回目光，径直向前走去，余光看见喻腾还站在原地跟林卓绵挥胳膊，好像机场的地勤人员在为即将起飞的飞机送行。

陈野望侧过脸，清了清嗓子说："下次上场，所有人不准带手机。"

喻腾琢磨，怎么觉得这句话好像是专门对他说的？

林卓绵不清楚刚才陈野望到底有没有看见她。经管院队上场的时候，她见喻腾带了手机，便动了点心思，给对方发了条消息，祝篮球队比赛顺利，顺便提了一句自己坐在哪里，希望喻腾跟自己打招呼的时候，陈野望也可以看到她。

两个人确实一起往她的方向望过，只是看见她的加油之后，陈野望脸上没有任何表情变化。

大概还是观众席上人太多，他没找到她在哪里。

裁判跳球的哨音一响，球赛拉开了帷幕。

林卓绵看出经管队做过队员的调整，上次打脏球的潘颂这次没有来，想必跟陈野望有关。

两支打进总决赛的队伍实力不相上下，开场的球权被经管拿到，陈野望将球击地传给队友，队友才过中线就被环院迎面堵住，情急之下起跳投篮，这么远的距离进三分非常难，果然篮球打板反弹，落进了环院手中。

环院两个队员一投一接，配合默契，反身冲进了经管篮下。

经管这边也有准备，喻腾等在底线，张开手防守。而陈野望从后面追过来，跟环院投篮的队员同时起跳，凭借身高优势，手掌向下一压，篮球直接偏过篮板掉在了地上。

欢呼顿起。

封盖算是一种比较挑衅的打法，可陈野望做起来完全不会给人这种感觉，只会让人觉得本应如此，他就是能够掌控一切。

林卓绵被范范猛地拍了一下，听见她在震耳欲聋的欢呼声中，大声跟自己说话："陈野望打球这么帅啊，绵绵你真有眼光。"

"这么多人呢，你就不能小点儿声。"林卓绵说。

范范不以为意："都看帅哥呢，谁有空管我。"

说是这么说，林卓绵还是往四周打量了一圈，看有没有熟人。视线转到身后的时候，她不小心和一个女生对上了视线——李曼。

李曼就坐她正后方，她之前一直没注意到。

李曼看了她几秒，目光转开，重新落在了球场上。

林卓绵知道李曼在看谁。

中场休息的时候，范范想去自动贩售机买水，林卓绵起身陪她一起，走出观众席之前，总觉得后面有一道目光在跟着自己。

体育馆室内外都有贩售机，范范不想排队，带着林卓绵七拐八拐，绕到了外面最远的那一个。快到的时候，她一下子顿住脚步，用胳膊肘碰了一下林卓绵。

陈野望正站在那台贩售机前面，双腿修长笔直，用戴了黑色护腕的手操作触屏。

从林卓绵这个角度，可以看到他额前的头发有一点湿和乱，眼神专注，鼻梁很挺。即便她不是第一次看他穿球衣了，也还是会因为那种清冷的英俊而放轻呼吸。

"你要买什么？"林卓绵小声问范范。

范范立刻明白了她的意思，一根手指头在空气里点了她半天："你见色忘友啊。"

林卓绵把她的手按下去："我请你。"

范范马上从善如流道："橙汁。我走了。"

林卓绵对着体育馆的玻璃墙壁看了一眼自己，伸手把碎发整理好，才悄悄走近陈野望，然后叫了一声"师兄"。

她看见陈野望手里拿了一瓶冰水，问："没有给你们准备水吗？"

"有人脚崴了，要冰敷。"陈野望说。

他看了林卓绵片刻，然后漫不经心地开口，问了她一个问题："昨天晚上你们医学部的宿舍楼，是不是跳闸了？"

林卓绵没想太多，下意识地答了句"是啊"。

她又问："师兄，你怎么知道的？"

陈野望没说话，只是抱起了胳膊，戴护腕的那只手松松握着透明的瓶装水，长长的手指搭在瓶身上，看她的目光像是别有深意。

林卓绵忽然反应过来："你看见那个视频了啊？"

而且还认出了她。

陈野望没否认："看见了。"

林卓绵看着他手里的那瓶水，声音更小了一些："那你听清我说什么了吗？"

陈野望眉尖一挑，不徐不疾地反问回来："你说了什么？"嗓音带着一点散漫，偏低的声线在此刻染上半分诱哄意味。

他从容不迫，低着头看她。

汗水打湿了球衣，衣服是刚晾干的，散出洗衣液干净的草木香味，好像能将人引入一座无法回头的森林。

林卓绵不确定陈野望是真的不知道，还是单纯取笑她。她语塞半天，想出了最拙劣的办法来躲闪："师兄，你是不是该回去了？不是还有人要冰敷吗？"

陈野望停了一会儿，仿佛在思量要不要放过她，最后还是"嗯"了声，没再追问，只意味深长地看了她一眼。

脚步声逐渐远去。

林卓绵慢吞吞地走到陈野望站过的地方，给范范买橙汁。

她没忍住偷偷抬头向体育馆的入口投去一瞥，陈野望刚好进去，隔着一道暗色玻璃门，整个人变得好像旧文艺片色调的影子。

假如每一段青春都作为影像呈现，那他一定是很多人的年少不可得，喜欢他是对日常生活的反叛，只是结局无一例外，不得圆满。

回到观众席上，林卓绵将橙汁扔给范范，看见骆锦和冉沛柔的座位空着，正想问她们是不是去上厕所了，没想到后排的李曼叫了一声她的名字。

她一愣。

算上跟范范去买早餐那次，她跟李曼也不过见了两面，都没有说过话，对方竟然已经知道了她是谁。

不过自觉跟李曼无冤无仇，林卓绵站起身，大大方方地说了声"师姐"。

李曼弯起嘴角笑笑："有件事想问你，能跟我出来一下吗？"

林卓绵猜到跟陈野望有关，她迟疑片刻，点了点头。

两个人来到观众席的出口通道，赛场上的喧嚣被隔绝在不远处，大理石的地面和墙壁泛着一层薄雪样的光，倒映着两个人的影子。

"前段时间野望他被人看见开车带一个女孩子去商场，说两个人在同居，"李曼摆弄了一下头发，说话不急不躁的，"那个女孩子，是你吧。"

林卓绵不知道她是怎么推断出来的，更没想到她会问得这么直白。

林卓绵本想告诉李曼，坐陈野望的车是为了作业，同居是谣言，可转念一想，对方并不具备来质问她的立场，她也没有义务提供一份详细可信的澄清声明。

于是林卓绵笑了下说："师姐既然这么关心陈野望师兄，为什么不直接去问问他呢，万一我骗你怎么办？"

李曼措手不及，被她噎了一下。

林卓绵放缓语气，耐心道："师姐跟他应该比跟我更熟，不是吗？"

李曼半天没出声，带着一脸若有所思的神色，重新审视起面前的女孩子来。

林卓绵不喜欢这种被打量的目光，直截了当道："师姐要是没别的问题要问，我就先回去了。"

李曼没拦她，只是在她转身的同时，语气很平淡地说了一句："你还是不够了解他，不知道他真正需要的是什么。"

回到观众席上，范范迫不及待地问："李曼跟你说什么了？"

林卓绵看见李曼已经从通道进来，便道："回去再说。"

上半场经管领先环院两分，到了下半场，两队不再保存体力，各自放开了打，陈野望连着投进几个三分球拉开了差距，还在比赛的最后一分钟，获胜已然没有悬念的时候，空接"大风车（扣篮）"帮队友补进了两分。

裁判宣布结果，经管的几个队员兴奋到站起来把手举过头顶鼓掌和吹口哨，陈野望唇边也逸出了浅淡的笑意。

"经管这次靠陈野望一雪前耻了，去年被打得落花流水，今年就总冠军。"范范说。

林卓绵一边鼓掌一边问："他大四的时候没参加吗？"

"他实习没腾出空来，就没上。"范范想到了什么，"那时候咱大一，要是当时他参赛了，你又正好去做志愿者，说不定早就认识他了，没准儿这会儿都把人追到手了。"

林卓绵觉得如果身后的李曼听见这句话，应该不会很高兴。

直到散场的时候，她才回头看了一眼。

李曼的座位空空的，比她走得早。

另一边，经管篮球队庆功宴。

"今天赢得这么爽，望哥不得喝两口啊。"一只玻璃杯被递到陈野望面前。

他拒绝了："下午组里有任务。"

喻腾笑嘻嘻地说："少喝点儿没事吧。"

"我喝水。"陈野望说。

"喝水多没意思，"喻腾拿过一边的酒瓶看度数，"水有六十多度吗……我去，六十多度，这谁拿的啊？"

陈野望眉骨微抬，回答了他前一个问题："刚烧开的水有一百度，想喝可以试试。"

喻腾说："不试了不试了，这可不敢试。"

这时候有人把比赛之后拍的捧奖杯合影传到了球队的聊天群组里，提议大家一起发一条朋友圈做纪念，很快得到了热烈的响应。

喻腾发着朋友圈，随口问陈野望道："望哥，你后来看见林师妹的消息没？是不是得谢谢她给了个好彩头。"

陈野望的手指顿了一下。

"你谢吧。"他说。

喻腾没注意到陈野望回避了赛前是否收到林卓绵消息的那一问，说了声行。

做完这些事情之后，他把手机放回桌上，正要夹菜，却发现陈野望的视线还停在手机屏幕上。

他仔细观察了一下，陈野望按着朋友圈页面靠近顶部的位置，下拉刷新了三次。

每一次刷新，都会收到非常多的点赞，但前两次陈野望点进去之后，又面无表情地退出了，唯独最后一次，在接近一屏的最新点赞列表上，他停了好几秒，像是终于看见了一个想要看见的人。

喻腾咽了一口口水，望哥，好像，有情况？

中午林卓绵跟范范买了饭带回宿舍，范范还记得李曼的事情，催着她讲。

"也没什么，就是你还记得上次在朋友圈里看见陈野望绯闻吗？"林卓绵问。

范范想起来了："他开车带人回家的那个？"

"你这说法怎么听着怪不正经的……"林卓绵嘀咕，"李曼也看见了，来问是不是我。"

范范"哟"了一声："所以真是你对吧。"

林卓绵站到宿舍楼前的门禁处刷脸："嗯，但那天只是去躲了个雨。"

范范把门拉开："不是，李曼这人还挺拿自己当回事儿的啊，她既不是陈野望女朋友，也不是他妈，管得还挺宽，有本事自己问陈野望去。"

林卓绵评价道："你跟我想得一模一样，所以我差不多就这么说了。"

"那她呢？为难你了？"范范接着问。

林卓绵摇摇头："这倒没有，说完我就走了。"

她没有告诉范范李曼最后加的那句话。

两个人拐进宿舍，骆锦和冉沛柔还没回来，林卓绵把热得发烫的圆形餐盒放到桌上，看见手机上来了一条新消息。

是喻腾说谢谢她赛前的祝贺。

她腾出手回了，回完之后揭开餐盒的盖子，高温的水雾被释放到空气中，她抖了抖指尖沾上的水汽，在等待餐盒变凉的间隙里，打开了朋友圈。

陈野望发了一张球队的合影。他被簇拥在照片正中，手捧奖杯，神色散淡地望向镜头，身后是观众席的人山人海。

林卓绵给他点了赞，脑海里却不知怎么回响起李曼说的那句话来。

又过了几天，她才有些明白对方的意思。

那天上午她从图书馆自习完，去了最近的食堂，路上的银杏树落了满地金黄的叶子，踩过去有种软韧的触感。

正是午间放学的人流高峰，食堂的队伍从窗口一直排到门边，从门口吹进来的风已经算得上冷。

林卓绵等了好半天，才终于轮到她打饭。

刷完校园卡，她端着托盘去找座位，这种时候在食堂里走路会变成一件比较惊险的事情，生怕前面有谁突然停下，或者左右两边的人撞过来。

林卓绵左顾右盼观察着情况，在人流中保持着平稳的速度前进，没防备身后被人不小心推了一下，她赶紧抓稳了托盘，这才险险没让碗里的汤泼出去。

但托盘的边缘却抵上了前面一个男生的背部。

对方转过身，林卓绵赶紧收回盘子道歉。男生长得高，她需要仰着脸才看得清，视线中出现了陈野望出色的五官。

林卓绵在道歉的末尾补上一句："……师兄。"

陈野望应了一声，垂眸看她："一个人吃饭？"

林卓绵觉得他是在邀请自己，说对的时候，眉眼都生动起来。

陈野望眼尾多了点促狭，声音却正经得很："看你要这么多，还以为两个人吃。"

林卓绵："……其实是两个人吃的，我肚子里有两个小人，一个叫要不别吃了吧，另一个叫多吃一点也没事儿。"

不过她还是跟到了陈野望旁边。

这个时间两个连在一起的座位是最难找的，林卓绵跟陈野望走了好长一段路，分开的单座不少，对面或者同排的却几乎没看到。

她自己都有些不好意思，正要提分开坐吧，陈野望忽然说："那里。"

她顺着他的目光看过去，发现靠墙根的地方有两个坐对面的男生马上就要吃完饭了，已经放下了筷子在背书包。

他们过去的时候，座位刚好空了出来。

食堂的采光不太好，白天也会亮灯，林卓绵在陈野望对面坐下，一抬眸意识到他正看着自己。

乌黑的眼珠蒙着一层浅光，眼神却并不专注，像在思考某个问题，而问题同她有关。

"师兄？"林卓绵叫了他一声。

陈野望回过神，淡淡地说："吃饭吧。"

林卓绵看出他在想事情，怕打扰他，一直没有出声。

过了一会儿，她听到他问："明天上完微观经济学之后，有别的安排吗？"

林卓绵嘴里有东西，鼓着脸颊摇头。

陈野望看她这样，却不说话了，仿佛刚做下的决定又产生了动摇。

陈野望不是会时常犹豫的人，林卓绵觉得他好像不是想约自己出去，她想了想问道："师兄，你是不是需要我帮忙？"

"是。"陈野望没遮掩，"我父亲想请你去一次家里。"

林卓绵呆了呆："啊？"

陈野望放下筷子，声线一如既往的清朗："带你去做作业那天有人看见了，说了一些捕风捉影的话给他。"

林卓绵立刻想到了篮球赛那天李曼问她的问题，猜到了"有人"是谁，也猜到陈野望的父亲为什么想见自己。

她轻声问："那师兄带我过去，是为了解释清楚安抚叔叔？"

"不是。"陈野望说。

他的语气克制，可尾音却是下沉的，林卓绵能感受到他在压抑某种情绪。

她想自己懂了他的意思："师兄要让我假扮女朋友去气叔叔啊？"

陈野望没有反驳她的说法，只道："我家的情况有些复杂。"

停了停，他又说："你可以考虑清楚再决定。"

坦坦荡荡，没有半分强迫她的意思。

林卓绵笑盈盈地说："考虑清楚了。我觉得我去的话，有外人在场，叔叔会对师兄客气一点。"

陈野望看了她好半天，才说："这次要什么，还要一个愿望？"

林卓绵叫了一声"师兄"，真诚地盯着他问："我帮你就非要还吗？"

陈野望像是没想到她会这么说，顿了一下，扬了扬眉："那上次的也一笔勾销？"

林卓绵马上道："那不行，答应就是答应了，不能反悔。"

第二天的微经课林卓绵上得不怎么专心，虽然她答应陈野望答应得很快，好像什么也不担心似的，但其实心里还是会忐忑，下课跟着他去停车场的时候路也会走神，在主干道上被飞驰而过的单车按了好几次车铃。

不知道陈野望是不是看出来了，在她上车之后，问她要不要吃糖。

她还没说话，陈野望已经略略探身过来，拉开了她面前的储物箱，从里面拿出一袋软糖给她。

橙子味的，她上次买过的那一种。

陈野望递糖给她的时候，两个人的手指不小心碰到对方，他平淡出声："紧张吗？"

林卓绵告诉他不紧张。

陈野望发动了车子，边打方向边问："不紧张手怎么这么凉？"

林卓绵说："可能有点冷。"

陈野望伸手开了空调，然后看她一眼，又说："不用太重视，就当去玩。那边的房子原本是我外公的，我母亲给布置得很漂亮，养了很多热带鱼，你喜不喜欢？"

"还行，我不挑食。"林卓绵的注意力被他说房子是束康时的给吸引，还在揣测其中的利害关系，说话便没过脑子。

陈野望挑了下眉。

林卓绵这才意识到自己说了什么，封软糖的塑料袋被她捏出了轻微的响声。

"看来还是紧张。"陈野望说。

林卓绵没想到陈野望家那么远，车开了快两个小时，一路到了近郊，又盘山而上，在半山腰的地方驶进一条宽敞的车道，开了十几分钟，停在一处庭院外。

庭院非常宽敞，覆盖着整片的草坪，正对着住宅楼的落地窗，草坪上还有一座镶有灯饰的白色大理石喷泉，正向外喷洒着源源不断的水流，衬着庭院后的晚霞与暮色，像一幅赏心悦目的插画。

陈野望熄了火，却没急着下车，看着前挡风玻璃外的景象，对林卓绵说："一会儿如果有任何让你觉得不舒服的地方，可以随时告诉我。"

他的表述不够直接，林卓绵追问："比如呢？"

陈野望偏过头来看她，忽然伸出手，替她将碎发理到了耳后，手掌顺着她的肩向下滑，快到腰际的时候，将她往自己的方向压了一把。

林卓绵没有准备，纤细的手指下意识地抓住了他的衣角。

"比如这样。"陈野望低低地说。

他在女孩子小动物一样干净的眼睛里看到了自己的影子，掌心察觉到她身体的僵硬，刚才被他绾过去的一缕长发正随着她的呼吸微微颤动。

林卓绵用了很久才找回自己的嗓音，她说"好"。

陈野望松开她，推门下车。

林卓绵的动作有些慢，他也没有催，站在车身一侧，等得很耐心。

陈野望家很大很空，看起来人气不太旺，一进门的时候有位上了年纪的女人过来迎他们。陈野望说："这是方姨。"

林卓绵跟对方打招呼："方姨好。"

方姨热情地给了她回应，又跟陈野望说："先生在楼上书房。"

陈野望"嗯"了声："不急，先带绵绵转转。"

林卓绵没听他这么叫过自己，睫毛一颤，不由自主地转头看他。

陈野望平静地迎上了她的目光。

而方姨听到这个称呼，露出了几分欣慰的表情："我就说你不是骗你爸爸，先生这两天在家里发脾气，说你假谈恋爱，是给他'上眼药'，一会儿好好解释解释，别让他再生气了。"

陈野望笑了下，没有接茬，只是低头对林卓绵说："去看看跟你说过的热带鱼。"

林卓绵只在海洋馆里见过这样大的鱼缸，有一整面墙那么宽阔，蓝色透明的水体中，游过一群漂亮的观赏鱼。

有鱼靠近缸壁，她用指尖隔着一层玻璃去碰，鱼马上被她吓走了。

"为什么害怕我啊？"林卓绵有些懊恼。

陈野望轻描淡写道："可能是因为你不挑食。"

林卓绵鼓起了脸颊："你怎么还记得。"

离鱼缸最近的影音室敞着门，整栋楼其他地方都整整齐齐的，唯独这一间乱得非常扎眼。

林卓绵多看了两眼，陈野望主动说："想看可以进去。"

室内的幕布没有卷上去，安静地垂落在房间前端，沙发上放着一条毯子，一半耷拉在地上。

房间看起来很久没有打扫过，靠墙的柜子上都积了一层经年累月的灰。

柜子里放着成排的电影光碟。

陈野望的眸色有些复杂："这些是我妈妈上大学的时候收藏的，现在没人用光碟了，她也挺想得开，都放在这儿没带走。"

见林卓绵愣怔，他说："我很小的时候她就从这里搬走了。"

林卓绵无意探究陈野望的私事，便转移话题道："看来阿姨很喜欢看电影。"

114

陈野望点点头，神色淡然："她学的是编导专业，结婚之前的男朋友是个导演，可惜被我外公拆散了。那时候谁都不知道我父亲家里的产业就剩下个空壳。"

林卓绵没想到陈野望会跟她说得这么详细。

"那你跟阿姨还有联系吗？"她问。

"有。"陈野望的声音骤然降温，也含着无奈，"她希望我能跟舅舅走得近些。"

原因他没有解释，但并不难猜。

就像范范说的，陈野望的舅舅束文景是琨海的继承人，上次在冰场上他已经亲口说过在让大儿子接触公司的事务。

陈野望很少提及琨海那边的背景，不仅是因为低调，也因为他跟外公一脉的联结并不紧密。他那样清高的一个人，根本就不愿意屈于人下，或许他并不想进琨海，却因为母亲不得不去做些表面功夫。

林卓绵没有经历过这样复杂的家庭关系，一时间不知该说些什么。她知道陈野望不需要自己的安慰，但除了安慰，别的她更加不擅长。

他似乎察觉到她的为难，主动打开柜子，取出一张光碟，用比较和缓的声调说："这个是莱昂纳多那一版《罗密欧与朱丽叶》，男女主角隔着鱼缸第一次见面，门口走廊上那个鱼缸就是我母亲看完电影之后改的。"

这时，两人身后传来一阵敲门声。方姨抱着一床被子站在走廊上，问道："先生说让今晚让林小姐留下，那这床被子我加到野望房间？"

陈野望皱了下眉，直截了当地替林卓绵拒绝了："她不在这儿住。"

方姨看起来很为难，迟疑片刻之后没有明确地答复，而是说："那我去跟先生说一声。"

她下一次过来的时候，说的是："你们先吃饭吧，晚餐已经准备好了，留宿的事情可以再商量。"然后又补了一句，"先生说他暂时不饿，等晚上另给他开一桌。"

就算是林卓绵也听出陈野望父亲表达的是不高兴的意思。

她跟陈野望坐在餐桌旁边，桌面很长，坐七八个人也绰绰有余，很难想象住这么少人的房子会需要这样大的一张餐桌。

陈野望家很好看，像花园，像宫殿，像景点，可就是不像家。

"师兄，叔叔是不是看出来了？"林卓绵压低了声音问。

或许他一开始就不相信他们是真的，所以才会让方姨来试探，要把她的被子加在陈野望房间。

而陈野望回绝得那么果断，几乎就是变相的坦白。

他没说是，也没说不是，只简单地道："不用怕。"

吃完饭之后，方姨过来提醒，说先生在楼上等他们。

"等不急？"陈野望掀了下眼皮。

方姨没敢搭茬。

陈野望带林卓绵上楼，木质的阶梯平整宽大，泛着油润的光泽，墙上做了书架，书脊被灯光镀上统一的色调。

书房敞着门，方姨走在最前面，轻轻在门板上敲了敲："泰宁先生，野望来了。"

进门那一刻，林卓绵被陈野望揽住了。

他的胳膊绕过她的后背，肩胛骨能感受到他有力的手臂轮廓。

陈野望垂眸看着她，低声哄道："绵绵，不紧张。"跟平常完全不同的语气，非常亲昵，也特别温柔，好像两个人真的是恋爱关系一样。

林卓绵本来还算镇定，这样一来，反倒真的紧张了。

陈泰宁正看手机，对着屏幕笑眯眯地说了几句话，然后才抬头看他们。他对林卓绵点点头，眼睛里残留着方才的笑意，因此看起来还算友善。

跟她想的不太一样。

陈泰宁将手机屏幕转向他们，对陈野望说："正跟你舅舅通视频电话，打个招呼。"

屏幕上出现了束文景的脸，陈野望说了声"舅舅"。

陈泰宁又将手机转了回来，对束文景假意埋怨道："野望今天带女朋友回家，我要让他们住一间，他还不领情。"

接着他又转向陈野望："是不是啊，野望？"

陈野望顿时沉下了脸："绵绵脸皮薄，你别当着她说这些。"

"不是在外面都同居了吗，一回家就脸皮薄了？要不是曼曼告诉我，我都不知道。要我说，曼曼跟你挺合适的，可惜你没眼光。"陈泰宁笑着说。

陈野望冷声道："谁给你好处让你去花天酒地，谁就合适。"

他触到了陈泰宁的痛处，对方一瞬间变了脸："是，我花天酒地，你跟你妈一样瞧不起我，还找个假女朋友来糊弄我，陈野望你说，你眼里还有我这个爹吗？"

陈泰宁的脸色非常难看，让人觉得下一秒他就会抓起书桌上的水晶镇纸，砸在地上摔个粉碎。

林卓绵没见过情绪翻转这么快的人，下意识地往陈野望身上贴过去一点,她感觉到他揽着自己的指腹也用了力。

突然,视频那头的束文景说了句什么。

陈泰宁僵在了那里,脸上的怒意像水泥一样凝固了。

束文景不紧不慢,又加了几句。

过了好一会儿,陈泰宁才不情愿地看向陈野望,开口道:"你舅舅说待会儿带澄澄过来,澄澄想跟你和你女朋友玩。"

林卓绵意识到束文景是在帮陈野望和她解围。

不知是不是跟上回在冰场上她救了澄澄有关。

方姨颤颤巍巍地插话:"野望带绵绵去楼下等吧,让先生歇歇。"

陈野望话也没说,手掌从林卓绵的胳膊上落下,拉起她的手,转身就走。

林卓绵睁大了眼睛看他。他的下颌线紧绷着,指尖有种不寻常的凉,攥她的时候格外紧。

林卓绵跌跌撞撞地被他牵着下楼,小心翼翼地去打量他,很容易就从他的眉宇间看出了不加掩饰的阴沉。

二楼远远传来一声巨响,不知道是什么,最后被陈泰宁拿来出了气。

陈野望带林卓绵去了后院。

林卓绵才知道这栋房子后面还有一座小院,院子里种满了白色山茶,灯光掩映其中,花季快过了,落了满地的白瓣,衬着夜色更加欺霜赛雪,风一吹过,就像条玉做的冰河在安静地流动。

两个人走上院子里用石板铺成的小径,陈野望放开了林卓绵的手。

"没见过这么不像样的家,是不是?"他问。

林卓绵没说话。

"其实我父亲很喜欢我母亲,"他自顾自地笑笑,"但是喜欢有什么好,他因为喜欢我母亲,把自己弄成现在这副醉生梦死的样子,我母亲因为喜欢那个导演,我小时候没过一天安稳日子。"

陈野望很少说这么多话,明明对他来说都是切身的家事,他却叙述得那么平静,好像不在意一样。

如果是从前,林卓绵真的会觉得他不在意,毕竟他那么优秀,什么都有了,看起来无坚不摧,不会因为任何人或事困扰。

可陈野望把这些事情记得这么深,应该并不是不在意的。

她想告诉他,其实喜欢是很好的一种感情,因为喜欢他,她觉得每一天都比从前更好,更有意思。

但这听起来很像不合时宜的告白。

所以她只是轻轻地握住了他的手。

陈野望没有甩开，但也没有回应。

他停下脚步，低头看着她，眸色在夜幕下晦暗不明："我家这样，你不害怕吗？"

林卓绵没有直接回答，而是对上他的眼睛，认真地说："师兄，小时候我哥不愿意我跟着他，特别喜欢吓我，故意带我去山洞或者隧道里探险，知道我怕鬼，就说里面有贞子什么的，想让我知难而退，但是去了一次之后我就知道里面其实什么都没有……我的意思是，虽然我不属于那种非常勇敢的人，但克服困难还挺擅长的。"

她不确定陈野望听懂没有，执拗地望着他，目光灼灼，像两块黑色的宝石。

陈野望沉默片刻，一瞥自己被她握住的手，忽然朝不远处抬了抬下巴："你认不认识那边那个穿白裙子头发朝前梳的女人？"

林卓绵愣了一下，马上钻进陈野望怀里，环住了他的腰，紧闭着眼睛颤声问："什、什么白裙子女人？"

陈野望从鼻子里笑了一声。

他抬起手，用一根手指点了点林卓绵的肩膀："你哥哥知道你这么大了还怕鬼吗？"

束文景是在半小时后到陈家的，还把两个儿子都带来了。

方姨引他和束嘉烨上楼见陈泰宁，澄澄不想上去，留在楼下缠着林卓绵带他去草坪上看星星，不要陈野望跟着，还问她有没有把自己的秘密告诉别人。

小男孩非常得意地告诉她："我听爸爸说姑父在跟表哥和姐姐生气，所以才说要过来让你们陪我玩的，姑父害怕爸爸。"

林卓绵拍了拍他的小脑袋，连这么小的孩子都把陈泰宁看得一清二楚，可以想象陈野望面对那人的时候会是什么感觉。

澄澄觉得自己知道很多她不知道的事情，继续跟她卖弄："爸爸还说姑姑和姑父都想让表哥到我们家的公司工作，他也觉得表哥很厉害，但是怕表哥不能安心做烨哥哥的左膀右臂，所以一直拿不定主意。"

"左膀右臂"四个字显然是他从大人那里原样搬过来的，说得很不熟练。

林卓绵哭笑不得，没想到自己被一个小朋友科普了这么多大家族的秘辛。

她回头看了一眼,陈野望正站在一楼的落地窗内看着她和澄澄,身形挺拔,站在一室奢靡锦绣的背景色中,显出几分寂寥。

"姐姐,我冷。"澄澄揪了揪她的裤子。

林卓绵收回视线,蹲下来柔声问:"那我们回去?"

"不想回去。"澄澄说。

林卓绵想了想,悄声道:"这样好不好,你去把陈野望哥哥叫过来,我就把我的外套给你穿。"

澄澄心领神会:"然后你穿我表哥的?"

"聪明。"林卓绵给他竖了个大拇指。

澄澄答应了这笔交易,像只小汤圆一样迈着两条短短的腿跑向了落地窗,用小手拍了拍玻璃,示意陈野望出来。

陈野望被他拽过来的时候问:"不是不让我过来吗?"

澄澄没有解释,只是期待地看着林卓绵。

林卓绵说到做到,很利索地把外套脱了给澄澄裹上,"小汤圆"变成了"大汤圆",在草坪上继续撒欢。

陈野望露出了然的神色。

而林卓绵假装没看见,过了一会儿,她跺跺脚,对陈野望说:"师兄,好冷啊。"

陈野望赞同:"是挺冷。"

林卓绵觉得他没懂:"师兄,你看没看过那种电视剧,就是在温度很低的时候,女生说完冷之后,男生会把外套脱下来给她穿,有时候不用说也会脱。"

陈野望心平气和地反问:"为什么冷还要分男女?"

陈野望反问得很有道理,林卓绵一时间居然想不到怎样反驳。

落地窗那边传来叩击声,两个人回过头,看见从楼上下来的束文景向里招了招手,示意他们过去。

林卓绵叫住了试图爬上喷泉的澄澄:"小家伙回去了。"

也因此错过了陈野望原本准备解开外套扣子的动作。

束文景并没有提及他同陈泰宁的交谈,只是坐在沙发上看着他们,神态放松地说:"刚才在里面看见你们三个,觉得以后野望结婚了,应该差不多就是这样。"

林卓绵脸上浮起一层薄红,悄悄一瞟陈野望。

束文景笑笑,又对陈野望说:"你爸爸这个人有时候比较偏执,毕竟上年纪了，有一些让你不舒服的想法，虽然不对，你为人子女的，也应该多理解，是不是？"

他对陈泰宁的评价不高，总体来讲是偏向陈野望的口吻。

一旁的束嘉烨无声地冷笑了一下。

陈野望不置可否，但也不曾同束文景一起臧否自己的父亲。

束文景让他坐在自己旁边，问了他一些学校的事情，又问他母亲的近况，言毕有些感慨地说："也有一段时间没来这边了，刚才经过你妈妈的影音室，想起来你小时候，她在里面经常一坐就是一整天，你也懂事，过去陪她看那些闷得不行的片子。"

林卓绵放在外套兜里的手机振动了下，澄澄坐不住，把手机给她拿过去，还在她左手边坐下，跟她一起看。

也不是什么隐私，是志协的师姐问她下周末有没有空，学工部那边派了个环保活动的指标，协会准备去回收旧书，活不重，就是在学校里来回跑着跟人交流有点麻烦。

师姐：【这次做完之后这学期你在志协就已经超额出勤了，后面结课周往前那一个月就不会再有活儿了，你们医学部不是期末"火葬场"嘛。】

医学生的期末复习的确像挟泰山以超北海，林卓绵回复对方说好，又谢谢师姐考虑得这么周到。

师姐又叮嘱：【要是没有特殊情况不要请假哈，学工部那边要我们提前好几天报名单，改来改去的很麻烦。】

海绵蛋糕：【嗯嗯，应该不会。】

回完消息之后，她忽然感觉到右边坐下一个人，惊讶地偏过脸，发现居然是束嘉烨。

她坐的这条沙发虽然不窄，但负载了三个人，每个人之间的距离就会变得非常近。

束嘉烨长得跟陈野望有一两分像，不会难看到哪里去，只是气质吊儿郎当跟混不吝似的，看人的时候目光带着痞气。

"你叫林卓绵？哪几个字儿？"他懒懒散散地问。

林卓绵不想跟他搭上关系，但束文景在旁边，她也不能摆出一副横眉冷对的样子。

澄澄开口道："姐姐，我也不知道你叫什么。"

于是她打字给澄澄看，束嘉烨在旁边"哦"了声："软绵绵的绵啊。"

语气不怎么正经，林卓绵没吭声。

这时候她听见陈野望对束文景说:"还要送绵绵回学校,再晚些就得下半夜才能到了。"

她一怔,随后想到他大概是叫顺嘴了,一时没注意。

束文景站起来说:"行,那你们先走,开车小心。"

这时候澄澄拽他陪自己去看热带鱼,他便对束嘉烨说:"嘉烨,送送你哥哥。"

陈野望本要礼貌地拒绝,束嘉烨却一反常态地答应了。

他看了对方一眼,没说什么,目光移到林卓绵身上:"走了,绵绵。"

林卓绵觉得这次好像不是叫顺嘴。

到门口的时候,陈野望让她走最前面,自己挡住了身后的束嘉烨。

束嘉烨"嗤"地冷哼一声,倚在门框上对陈野望说:"哎,你等等。"

陈野望单手插在兜里,转身看他。

"林卓绵的微信号给我。"束嘉烨说。

陈野望没说话,眼神却淬上了寒意。

束嘉烨被他看得浑身发毛:"你什么意思啊?你不是带她回来气陈泰宁的吗,又不是你真女朋友。"

不想在陈野望面前失了气势,他又硬着头皮说道:"就是你真女朋友又怎么了?你能泡我不能泡?你以后想进琨海,就得做我的狗腿子,你知道吗!"

陈野望平静地问:"束文景这么跟你说的?说我以后要做你的狗腿子?"

门框侧边的杯型壁灯将两个人的面容照得分明,束嘉烨看见陈野望的表情非常淡漠,没有一丝一毫被他激怒的意思。可他却突然感到恐惧,对面这人的瞳孔深不见底,仿佛即将掀起风暴的大洋,在风起的那一刻,就能轻而易举地将他吞噬。

他想起束文景对陈野望的评价,说对方虽然年轻,野心却很大,身上那股掌控感像足了当年白手起家的束康时,绝对不会是甘于屈居人下的类型。

束嘉烨被陈野望一句话噎得毫无还口之力,他只得待在原地,眼睁睁地看着对方迈开两条长腿走了。

林卓绵发现陈野望没有跟上自己的时候已经走出了一段距离,她停下来,看到对方跟束嘉烨站在门口说话,声音不大,听不清。

陈野望比束嘉烨高,说话的时候也没什么情绪波动,可对方却好像被他吓到了,视线躲躲闪闪,不敢看他。

这场对话只持续了不长的时间,陈野望很快就朝她走了过来。

林卓绵充满担心地问:"师兄,没事儿吧?"

陈野望看着她说没事。

车子驶下盘山道的时候,林卓绵坐在座位上,有点犯困,捂着嘴轻声打了个哈欠。

陈野望一边看后视镜,一边毫无预兆地问:"今天束嘉烨过去,你怎么一点反应都没有?"

"师兄不是马上就带我走了嘛。"林卓绵说。

陈野望没有结束这个话题的意思,像是觉得她的警惕性真的很低:"要是我没有,你知道他下一句会说什么吗?"

车里很安静。

"他会说,那你哪里长得软。"

陈野望的声音低淡清冷,因为疲惫尾音稍哑,面无表情地说着不太干净的话,却撩人得厉害。

林卓绵的手指蜷了蜷,她说:"你听见了啊?"

她还以为那时候他跟束文景聊得很认真。

这一段路的球形路灯坏了,视野昏暗,陈野望随手开了大灯,一滩柔和的光线照亮了平整的路面与远处的城市夜景。

林卓绵的耳边还回荡着他刚才的那句话,完全忘了那是提醒她的意思。

大概聪明的人都可以一心二用,陈野望可以边跟她说话边观察路况,当然也能同时顾着她跟束文景。

林卓绵突然"哎呀"了一声:"师兄,我想起来忘记去看你的房间了。"

是不怎么高明的转移话题方式,但陈野望还是搭理她了:"为什么要看?"

"因为很好奇。"林卓绵说。

陈野望在公路拐角转弯:"没什么好看的,我初中以后就很少回来住了。"

林卓绵坚持道:"那总会有你小时候玩过的玩具吧,不对,你是不是从小就开始看经济学的书了?"

陈野望说:"林卓绵,你要是害羞,可以不用说这么多话。"

林卓绵一下子失了声,原来他看出来了。

她抬手碰了一下自己的脸,热的。

回到学校已经过了晚上十一点钟,林卓绵有种自己是从童话舞会中归来的错觉,记忆自动过滤了不美好的部分,她想起的是后院的白山茶,天上的星星,和陈野望用好听的声音叫她"绵绵"。

她本来以为周末陆冲社的活动可以再见到陈野望,但是他没有去。

林卓绵问了喻腾才知道,陈野望真的很忙,一学期参加不了几次社团活动,这学期来过的那几次还全被她赶上了。

"他导师又给他接项目了,估计之后到期末都不一定能来,得看有没有时间。我们到研究生阶段,考试是少了,但是作业多,后半程基本每节课都是 pre(presentation,报告)。"喻腾说。

Chapter 05
期末答疑

/ 有人说你在追我。
他们没说错啊,那你要不要做我男朋友?

　　林卓绵下一次见到陈野望,是在下一周的微经课。
　　因为他到教室的早晚比较随机,她至今也没有找到规律,所以已经很久没能坐到他旁边过。
　　下课以后陶教授先走了,陈野望在讲台上关投影的时候说:"课代表过来找一下我。"
　　林卓绵反应了几秒才意识到他在叫自己,周围还有没走的人好奇地回头看了看,说原来这堂课还有课代表啊。
　　旁边的同伴也挺惊讶:"老师和助教师兄不是没说过要找吗,怎么突然就有了?"
　　其实林卓绵也想问,虽然她之前没好好听课,但陶教授绝对没有说过需要课代表的事情,怎么后来她一说陈野望就同意了呢。
　　于是走上讲台的时候,她顺口就问了:"师兄,你之前为什么一直不找课代表啊?"
　　"因为对课代表的经济学素养要求比较高,找不到。"陈野望说。
　　林卓绵沾沾自喜道:"那照这样说,师兄觉得我在经济学上很有天分?"
　　陈野望拔掉电脑上的数据线,对折几次放进电脑包,扬了下眉道:"是我现在把要求降低了。"

林卓绵忍不住道："师兄，其实你不用每次都这么诚实的。"

陈野望说："那你挺有经济学天分。"

林卓绵想，不如不说。

"你要不还是说你是因为我的美貌选了我吧，这样可信程度还高一点。"她诚恳地建议道。

陈野望的表情看上去是有些想笑，他伸手不轻不重地弹了一下林卓绵的额头："因为美貌选课代表，你就这么败坏你师兄的名声？"

这要是在家被林洛弹了脑瓜崩，林卓绵早就一巴掌招呼上去了，但换了陈野望做同样的动作，她就觉得他怎么样都好让人心动。

她摸了摸被他弹过的地方，又问："师兄找我是什么事儿啊？"

陈野望反手用指关节敲了敲电脑的盖子："周末跟我去院楼登一下上次平时作业的成绩。"

林卓绵具体追问了一下是哪天的什么时候。

陈野望说了，然后问她："周末安排得很满？"

林卓绵踌躇片刻，如实告诉对方："我可能去不了。"因为跟志协安排的旧书回收活动"撞车"了，而且她先前答应过人家不请假的。

不过她马上又说："师兄，你可以把表格和花名册给我，我登完了下次带给你。"

陈野望没有立刻说话，教室里的人已经走空，只剩他们两个。

窗外，秋天的风卷过玻璃，发出遥远的响声。今天的天气不够晴，阳光发白，照在陈野望脸上，勾勒出他线条起伏的薄唇和挺鼻。

"不用了，"他简单地开口，"成绩相关的表单不能外泄。"

林卓绵觉得他好像不太高兴。

但陈野望又没道理因为这么小的事情不高兴。

离开微观经济学教室的路上，她拿出手机，问了一下志协的师姐旧书回收的名单有没有报到学工部。

师姐回复：【昨天就报了呀。】

林卓绵也就不好意思为难师姐去帮自己改名单，只能这样了。

晚上回宿舍之后，她把这事儿给范范讲了一遍，然后严肃地问："陈野望会不会觉得我做课代表不负责任？"

范范一边拆手里的一包什么东西，一边说："我怎么听着像是他觉得你对他不负责任呢。"

想了想，她又评价道："我觉得这样也挺好的，不然每次他找你你都有时间，他就没有危机意识了。你看，现在是你在追他没错，但是总不能以后你俩谈恋爱了还是你处处让着他吧。"

林卓绵说："不行吗？我感觉他肯定不会无理取闹啊。"

范范控制住了想朝她翻白眼的冲动："那你想无理取闹怎么办？陈野望看着太理性了，要是你俩吵架了，他也不哄你，你看着他那张冷脸，不会气死吗？"

林卓绵思考了一下，诚恳地说："我看着他那张脸会觉得自己好赚，跟中了五百万似的，就气不起来了。"

范范："……虽然我的本意不是这样，但你的话好像也有道理。"

林卓绵终于看清她手里的东西是什么："粘鼠板？宿舍里有老鼠？"

范范往粘鼠板上粘了几块香辣小鱼干，分了一张给她："你那儿也贴一个。"

虽然林卓绵不想对着一块香辣粘鼠板看书，但是范范坚称昨天晚上她睡前听见了老鼠小声啃东西的声音，说要是宿舍里没有老鼠，她就改跟林卓绵姓。

晚上熄灯之后，林卓绵躺了一会儿，在黑暗中拿出手机，告诉范范：【我睡不着。】

范范发过来一个问号。

林卓绵回复：【你的小鱼干味儿都飘上来了，我闻着饿。】

她听见了范范在对床憋笑的声音。

二十分钟之后，林卓绵确认自己真的饿了，便轻手轻脚地下了床，坐在椅子上，极为缓慢地拆开一包薯片，边玩手机边用极低的声音在吃。

突然，一道手电光射向了她，伴随着范范压低了的声音："我就说有老鼠！"

骆锦和冉沛柔也没睡，三张床里的灯同时亮了起来。

林卓绵呆滞地抬起头，发出了一个带疑问的"啊"字。

范范跟她对视了三秒，关掉手电说："昨天你也吃东西了？"

林卓绵理所当然地点点头："另一包薯片。"

骆锦笑嘻嘻道："范范，你不是说没老鼠就跟卓绵姓？"

"我没说。"范范否认。

林卓绵说："林念之，你不要消极抵抗，你知道刚才我满嘴薯片被你用手电一照差点儿噎死吗？！"

冉沛柔拉开床帘："正好你们都没睡，我今天整理了两章病理学的复习笔记，你们有谁要跟我一起整理吗？到期末的时候大家能减轻点儿负担。"

宿舍里重新热闹起来，林卓绵把薯片吃完，洗手刷牙回到床上，听见范范宣扬自己那套歪理邪说——期末复习这种东西就是要结课周再开始，效率才最高。

志协做旧书回收活动那天起了很大的风，跟林卓绵一组的是方雁凡，两个人放在推车上的纸箱几次险些被风给吹飞。

方雁凡开玩笑说："师妹要不你坐里面压着箱子，我推你走得了。"

林卓绵说："那你看是不是再给我准备个碗，箱子上写行字儿，求好心人帮助。"

箱子放不稳，她索性让方雁凡推车，自己搬着纸箱往前走。

深蓝的箱子容量不大，表层有纯白色的活动标语涂鸦，不知道谁给想的，叫"如果旧书会说话"。

林卓绵嘀咕了一句："旧书会不会说话我不知道，今天的风可是挺会说的。"

方雁凡跟她闲聊："啊？这风吹这么刁还会说话呢？"

"对啊，说的是头都给你们吹掉。"林卓绵说。

方雁凡被她逗乐了，想起什么，带着揶揄问："你跟陈野望在一块儿的时候，也这样啊？"

林卓绵没想到对方还记得自己去找过陈野望的事情，在不那么亲密的人面前提起他，让她稍微有些不自然："……看情况。"

不是暗恋，但也不明目张胆。他是她日常生活里一块透明闪亮的拼图，却散发着非日常的弧光，联系着一整串的悸动、渴望、自我怀疑，和忽明忽暗的心事。

要怎么给每个人展示，怎么可以给每个人都展示。

方雁凡笑了笑，没说什么，又问她准备去哪里收旧书。

按照这次活动的规定，他们需要收集够一整箱旧书送到主楼的值班室，再由志协拿给学工部。

林卓绵考虑半天，原本她想的是去宿舍楼，但跟方雁凡一起，无论去哪边好像都不太方便，那就只剩下各个学院院系的办公大楼了。

两个人沿路去了最近的新传和环院，因为今天是周末，只有几个办公室里还有老师和勤工助学岗的学生，走了一圈，只拿到很少的几本书。

方雁凡建议道："要不去我们学院吧，上次我导师出了本书，出版社那边给了他一百本,他把带的学生都发了一遍也没发完,还让我跟陈野望帮他送人,到现在还堆了不少在办公室呢。"

林卓绵说:"好啊。"

去经管的路上经过学校小吃街,现在靠饭点儿了,方雁凡买了点好拿的东西,分给她一些,说先垫垫。

这一阵风小了些,地上银杏树落的叶子似乎又变厚一层,主干道上有单车飞驰而过,车轮带起落叶,像金黄水浪凭空而生。

经管院楼的玻璃门敞开着,太阳升到接近正南的位置,林卓绵走进去的时候,看见自己不长的一截影子。

她跟方雁凡搭上电梯,去找陶教授的办公室。

出电梯时推车的万向轮卡在了电梯的缝隙中,林卓绵没推动,方雁凡让她先站到外面,自己用力地推。

最后一次他推得太过用力,推车受到惯性作用,猛地向前冲过去一段距离。

林卓绵下意识地后退,却不小心踩到一个人的脚,后背也抵上了什么。

肩膀被一只手扶稳,一道平和的声音从她耳朵上方响起:"怎么冒冒失失的。"

是陈野望的声音。

林卓绵意识到她直接撞进了他的怀里。

她站稳身体,转过身去看陈野望的球鞋有没有被她踩脏:"不好意思啊,师兄,踩着你了。"

方雁凡把稳推车,开玩笑说:"是陈野望耽搁你脚落地了。"

陈野望跟他打了个招呼,目光经过回收活动的纸箱,又回到了林卓绵身上,意味深长道:"挺喜欢搬东西。"

林卓绵看他手里拎着电脑,应该是已经登完成绩了,虽然陈野望说过不用她了,但她不知怎么还是有一点心虚。毕竟她没有详细地解释过,从他看来,就好像是她逃避了课代表的应有责任,来做社团活动的任务。

陈野望看了眼表:"这个时间过来,你们吃饭了吗?"

方雁凡说吃了,让他去吃就行,不用管自己。

陈野望便看向林卓绵:"你呢?"

林卓绵认真地说:"吃了……还可以再吃。"

陈野望扬了扬眉,深邃的眼中多了几分似笑非笑的意味。下一秒,他开口:"那我在这儿等你。"

见林卓绵愣在那里，他又问："不愿意？"

"不是，"林卓绵回过神，"我待会儿过来找师兄。"

今天是什么日子，怎么陈野望这么捧场。

陶教授办公室的备用钥匙放在门框上，方雁凡熟门熟路地摸出来开了门。

靠墙的地方整整齐齐码了几扎书，方雁凡全都搬进了回收活动的纸箱里，附近有值班的老师看他们收旧书，也贡献了几本。

纸箱很快就满到了顶，方雁凡说早知道一开始就过来，他还能在学院老师跟前刷刷脸。

"师妹你先走，我给我导师扫扫靠墙那块儿的地，全是灰，"他顿了一下，笑容变得有些揶揄，"陈野望不还在电梯口等你嘛。"

林卓绵不太好意思地说了声"谢谢师兄"。

陈野望的确还在等她，电梯正对着落地窗，地面都被晒出了温度，他大概是觉得热，将外套脱了搭在胳膊上，灰色的V领毛衣里露出白衬衫的立领，清俊的五官被柔和的光线映照得很分明。

见她过来，他随口问："书都搬完了？"

林卓绵点头。

"这下老陶该高兴了，他之前想买盆兰花，可惜办公室没地方放。"陈野望说。

林卓绵好奇地问："那怎么不直接把那些书卖废纸啊？"

陈野望反问回来："换作是你，你把自己写的书卖废纸？"

好像确实不会，总不能自己承认自己写的书是废纸。

林卓绵发自内心地说："是哦。"

两个人去了上次偶遇的那间食堂，坐下之后陈野望看了一眼她的盘子："这次怎么吃这么少？"

林卓绵忍不住问："师兄，我在你心里是一个很能吃的人吗？"她想为自己正名，"其实也没那么能吃。"

陈野望没有直接回答，而是轻描淡写地说："前段时间在学校外面那家烤鱼店看见你跟你室友，周围人走了几桌了，你还没吃完。"

林卓绵愣了："有这回事儿？"

看清陈野望的表情，她才意识到他是编的。

林卓绵的脸颊稍微鼓了起来，有点气呼呼的样子。

陈野望笑了。

林卓绵看他笑,想起昨晚范范说过的,关于陈野望冷着脸不会哄人的推测,忽然觉得或许也不一定呢,他笑起来会让人觉得自己更赚了。

"怎么还走神,想起来了?"陈野望略带戏谑地问。

林卓绵的脸泛起淡淡的红,她总不能告诉陈野望自己在想他卖笑值多少钱。

"师兄,你上午登完成绩了吗?"林卓绵故作镇定地转移话题。

陈野望说"登完了",又说:"没有课代表帮忙,师兄登了一上午。"

林卓绵还心虚着,连忙说:"下次我一定来帮师兄,全都我做。"

陈野望提醒她:"到时候就期末了,确定自己有时间?"

林卓绵想着自己放了一整格书架的专业课本,硬着头皮说有,生生把一个"有"字说得跟壮士断腕一样。

陈野望"哦"了声:"既然这么有空,再帮我批几份作业?"

"也行。"林卓绵咬着牙说。

见陈野望还要开口,她险些两眼一黑,赶紧说:"不过师兄你要注意,我会画画。"

陈野望问她什么意思。

林卓绵说:"意思是我擅长画饼。"

她说完之后,空气沉寂了片刻。

陈野望看了她好半天,缓缓开口:"我该怎么说,谢谢师妹提醒?"

林卓绵觉得他是在用正经的语气说调笑的话,于是她也非常正经地说道:"不用谢。"

在无数DDL(Deadline,截止期限)的夹击下,结课周很快就到了,其他课倒没有什么,林卓绵唯一舍不得的是微观经济学。

从结课到见不着陈野望的逻辑链指向分明,她无意间想到之后,去上最后一次微经课前的午睡都变得有些困难了。

正好林洛发了条微信给她,说前几天有个喜欢收藏耳机的朋友要移居到另一座城市,正在断舍离,他买了副耳机寄到她学校,新的,没拆封,应该已经到了,让她查查快递。

林卓绵听他的看了一下,是已经到学校的快递柜了,她最近没买东西,不知怎么稀里糊涂错过了包裹入柜的短信。

林洛发来语音:"不是前几天给咱爸打电话说要买头戴耳机嘛,我给你买了,你哥对你挺好吧。"

林卓绵点评道："这次还行。"

林洛很不满意："听听你这话，跟哥以前不行似的。我跟你说，你要找男朋友，就先比比他有没有你哥对你好，知道吗？"

林卓绵说："比你长得帅就行了。"

林洛斩钉截铁道："得，那你这辈子找不着了，孤独终老吧，小姑娘。"

他们的聊天总会以一个人懒得搭理另一个人告终，林卓绵终结了对话，睡不着，顺手点进了林洛的朋友圈。

最新一条还是前段时间去哈拉湖时发的，一张满天星斗的照片，他说"今夜我在德令哈"。

林卓绵其实很羡慕林洛，他自由得像阵风一样，想去哪里就去哪里。而她却是不太一样的性格，规规矩矩地长大，按部就班地念书，怕疼，怕未知，活到十九岁最冒险的事情，就是喜欢上陈野望这样一个离她很远的人。

也许一开始喜欢他像喜欢一座雪山，清冷俊秀，许多人仰着头看，她大胆地靠近，却隔着那些晶莹剔透的冰壳，听见了山谷中的低鸣。

他平静地问她，自己的家是不是不太像样，说喜欢有什么好，富贵绮绣倒映在他眼中只是寂寥的表象。

而他也会保护她，问她害不害怕。

知道他凛冽外表下包藏着无限的汹涌，她仍旧愿意做朝圣的人，走上他的山脉，身负风雪，不辞路遥，只要能得他许可。

横竖也是睡不着，林卓绵下午索性早走了二十分钟，去快递柜先拿了林洛买给她的耳机才去教八上课。

教室里来的人不多，陈野望还没到，她看最后一排有空位，便找地方坐了。

中午没睡着觉，眼皮有些发沉，她趴在桌上歇了一会儿，听见身旁有人落座，迷迷糊糊看了一眼，是个不认识的男生。

打铃前，陶教授说前一节课他做个总结，后一节课让陈野望给大家画重点。

林卓绵很认真地听着，没注意到身旁的男生几次朝她转过脸，想跟她搭话。

课间的时候，她想出去接水，刚说了句"你好"，男生就兴奋地问："你有话跟我说？"

林卓绵不明就里地点了点头："对，我就是想说麻烦你让我出去一下。"

他坚持不懈地问："姐姐，你不认识我了吗？"

林卓绵看着他，真诚道："你看你这话说得，好像我们认识一样。"

对方被她噎得说不出话来。

林卓绵接完水，又在走廊上站了会儿，快上课的时候才回去。不知道是不是被穿堂风吹得清醒了一些，她终于想起那个男生是上回新生体检的时候，从抽血的队伍里迈出来跟自己搭讪的那个。

不过名字是真忘了，而且也不记得对方之前上过这门课。

她回去之后，还没开口，男生主动站了起来："这次是麻烦让你进去一下，对吧？"

林卓绵说："谢谢。"

坐下之后，男生继续说："姐姐，你忘了也没事儿，我是金融系大一的，叫霍源。"

"……甲？"林卓绵下意识地接嘴。

霍源笑了："不是那个元，是源头的源。"

上课铃响了，陈野望带着书走上讲台，林卓绵不是很有兴趣知道霍源的"源"到底是哪个字，但对方的嘴一张一合却停不下来了。

他兴致勃勃道："源跟你说了，霍，你应该知道吧，是霍去病的霍。姓霍的名人不少，都是我们老霍家的骄傲……"

林卓绵有点烦了，一烦就不太给人面子："是，霍金也是你们老霍家的骄傲。"

霍源呆了呆，而林卓绵已经从书包里拿出林洛送她的耳机，拆开戴在了头上，希望能让对方意识到自己并不想跟他说话。

隔着一层耳机，陈野望的声音变小了一些，她翻开课本，开始跟着他画重点。

可不知为什么，划着划着，陈野望的声音却越发清晰，到最后简直就像站在离她不到一米的地方说一样。

霍源咳嗽了一声，林卓绵不想理他。

直到熟悉的声音在附近响起："林卓绵。"

林卓绵下意识地抬头，看到陈野望就站在霍源旁边的过道上，面无表情地看着她。

还真的是离她不到一米的地方。

她不得不站了起来。

"耳机摘了给我。"陈野望说。

林卓绵顿了顿，拿下来递给他的同时小声说："我没在听歌。"

陈野望握着一边耳塞放在耳朵附近，几秒钟之后，他微微皱眉，问道："那为什么戴着？"

林卓绵总不能说是因为霍源跟她搭话太聒噪了，恰好此时教室没关严实的后门被风猛地吹开，她灵光一现，说："因为我耳朵冷！"

陈野望有几秒钟没说话，过了片刻，他把耳机放回林卓绵桌上，金属外壳与木质桌面相接触，发出"咔嗒"一声响。

然后他走过去，关上了教室的后门。

风声戛然止息。

霍源趁这时同情地对林卓绵道："姐姐，我刚才咳嗽是想提醒你的。"

林卓绵还没来得及说什么，就听见陈野望说了句很像高中老师的话："画重点的时候也不知道要认真听，全都会了？"

林卓绵摇头。

陈野望却继续问下去："凯恩斯主义和新古典主义时期对于经济周期的研究有什么不同？IS-LM 模型①说明投资变动对利率和国内生产总值有什么影响？"

他问的时候表情仍然平静，语气不带责备，仿佛他只是在跟林卓绵进行讨论。

霍源悄声说："姐姐，凯恩斯主义认为即使未达到……"

陈野望的目光落在他身上："你来上开给外院的公选课，就是为了帮助回答不出问题的同学？"

霍源识趣地闭上了嘴。

林卓绵这才想起，学期初的时候陶教授提过，这门课是面向全校同学的通识课，开设的主要目的是拓展外专业同学的学科视野，他们本院的经济学是另外专门开的，难度和要求都更高。

没想到陈野望记得住霍源是他们学院的。

林卓绵回忆了半天，也不记得这学期什么时候讲过凯恩斯主义、新古典主义和 IS-LM 模型，她只能诚实地告诉陈野望："师兄，我不会。"

陈野望没看她，转身走向讲台："不会就好好听。"

离下课还有五分钟的时候，陈野望划完重点，从第一排发下一沓 A4 纸，是这门课的助教打分表。

霍源递表格给林卓绵的时候，终于逮到了跟她说话的机会："姐姐，刚才陈野望师兄是在为难你，你不用放在心上，他问的是宏观经济学的内容，

注：①"希克斯-汉森模型"，由英国现代著名的经济学家约翰·希克斯和美国凯恩斯学派的创始人汉森，在凯恩斯宏观经济理论基础上概括出的一个经济分析模式。

你们这课根本不学。"

林卓绵接表格的手指一顿。

为难，看上去跟陈野望没什么关系的两个字。

霍源却有理有据地告诉她，那人是在为难她。

林卓绵心里泛起了一丝波澜，她有什么值得他为难，是因为无声的耳机，还是因为霍源同她说了话。

她的目光移到讲台上，他的视线也正投向她所在的位置。

林卓绵的呼吸有一瞬间的凝滞，她本能地低下了头。每一次都害怕被他看穿，却每一次都还肆无忌惮地揣测。

助教打分表是无记名的，她给陈野望每一栏都勾了满分，修改意见填了"无"。接着她换了自动铅笔，在表格最下面写"我期末会好好复习，不给师兄丢脸的"。

又在"我"字后面，此地无银三百两般画上一个添加符号——"作为课代表"。

她放下笔，觉得小小一块空白，被她写得像小学作文纸。

有一点幼稚，要不还是擦掉好了。

霍源凑过来想看："姐姐，你写这么多字，对陈野望师兄意见很大啊？"

林卓绵用手盖住纸面，不给他看，转头的时候却看见陈野望不知什么时候又走到了附近。

"写完了就交上来。"他手里已经有了一沓写好的表格。

没有太多情绪的一句话，林卓绵不知他听没听到霍源说的。

她把打分表交给他，用铅灰色字迹写的一行半字被夹在很多张白纸里，她用笔轻，不知道等他翻看的时候，还会不会有痕迹。

"姐姐，你一会儿有空吗？"霍源问。

林卓绵说没有，又说："你是不是打听过我的课表？"

霍源结巴了一下："也、也没怎么打听，就是有人说这门课上碰到过你，我就来看看。"

大概是因为制造偶遇露馅而不好意思，他解释了一句："姐姐，我就是想多了解了解你，没有恶意。"

下课铃打响，林卓绵已经在收拾东西。

霍源大着胆子道："你也多了解了解我嘛，你知道我是经管哪个系的吗？"

林卓绵背上书包站起来，霍源放她出去，听见她在经过的时候说了一句：

"你是跟我没关系的。"

霍源看出她有点不高兴，没敢拦她，站在原地看她走了。

林卓绵跟着人流走出教学楼，在快要掉光叶子的树下慢吞吞地前行，走到图书馆前面的十字路口时，被人拽了一下书包。

她转过头，范范笑嘻嘻地缩回手，走到跟她并排的位置："今天你那什么经济学是最后一节了吧，陈野望跟你有什么互动没？"

"问了我两个我不会的题。"林卓绵说。

范范看上去对这个答案不太满意："这就没了？没说结课以后你俩怎么见？"

林卓绵把被范范拽得快要滑落肩头的书包带往上拎了下，说："没了。"

一直以来她跟陈野望之间最名正言顺的联系就是这门公选课，两个人是课代表和助教，好像又不只是课代表和助教。这种不太分明的关系总让她觉得自己在向他靠近，但仔细想想，其实一眨眼就可以断掉。

"要不你再创造点儿机会？或者干脆表白算了。"范范建议道。

林卓绵居然认真地考虑了一下："但是还有期末考试，助教要监考的，要是表白失败，我再去考试多尴尬。"

"你说得对。"范范想了想，"那要不你问问他有没有期末答疑之类的，让他给你辅导辅导，这样你们还能多见几次。"

林卓绵采纳了这个建议，下午在图书馆的时候，给陈野望发了消息。

海绵蛋糕：【师兄，微经课会安排期末答疑吗？】

陈野望傍晚才回复：【暂时没有。】

林卓绵抿了下唇，飞快地打字：【知道了，谢谢师兄。】

陈野望没有再说话。

亮着灯的经管院楼，喻腾把电脑一推，松了口气："这小组作业终于做完了，望哥，咱去吃饭吧。"

他没听见对方的回应，将电脑盖子一按，看到陈野望一只手压在桌上，沉默地看着面前的一摞A4纸。

A4纸旁边是屏幕还没熄灭的手机，停在跟别人的聊天界面上。

"望哥？不吃饭？"喻腾又提醒了一声。

陈野望回过神来，起身淡淡地说："走吧。"

喻腾觉得他的情绪不太对，经过陈野望那边的桌子时，他看到那一摞纸是助教打分表，放在最上面的那张在表格底部有两行不太清晰的字。

陈野望刚才就是对着那两行字在发怔。喻腾突然这样想。

他望向对方的眼光多了些好奇，不知道是谁本事这么大，牵得动陈野望的心思。

结课之后紧跟着就是半个月的考试周，林卓绵在每门考试的间歇里见缝插针地温书，每天跟范范在图书馆待到闭馆才回去。

范范虽然平常学习不太上心，但期末从来不掉链子，每到这时候就格外用功。有时候两门考试离得太近，她中间索性就通宵复习，第二天一早让林卓绵叫她一起去考试。

这样过了几天，一次考试的时候，她抱怨道："这考试周怎么这么长啊，我好想出去玩。"

林卓绵认真跟她打算起来了："那不得先睡个三天三夜，再出去胡吃海喝，然后才出去玩。"

范范越想越远："有道理，吃点儿什么呢，我期末之前好像刷到过一家海鲜自助……等等，考场在哪儿来着？"

林卓绵的考试单放在书包里，她懒得拿，直接打开手机去看自己存下来的电子版。

忽然，屏幕顶部出现了一条信息弹窗。

林卓绵的注意力还在考场上，没看清短信的内容，只留意到是个陌生号码发来的短信。

她产生了一些不好的预感，没有再点开看，只是告诉范范："教二101，就是上课的那个教室。"

直到考完试，她才打开了那条短信。

【绵绵，你是不是学期快结束了，什么时候回家？】

没有落款，但是她知道一定是荀年，只有他才会突然给她发这样没头没尾的东西。

她没回，把手机关机了。

直到下午复习完，晚上跟范范去食堂吃饭的时候，她才重新开机。

果然多了五六个未接来电，还换了不同的号码。

林卓绵给最新的那个号码发过去一条短信：【我在考试，你再这样我就报警了。】

然后她拉黑了对方。

这次荀年来找她，算起来比上次间隔了很久，不知道是不是因为那回陈野望的威慑。

想到陈野望，她发了会儿愣。

她不由自主地点开跟他的聊天界面，两个人的对话还停留在她问他有没有期末答疑的地方。

微经的考试安排在考试周最后一天，还有七天才到。

坐在旁边的范范冷不丁出声："跟谁聊天呢这么认真？我这么个大活人坐你旁边，你理都不理。"

林卓绵的手抖了一下，手机直直地往下掉。

范范"哎"了声，眼疾手快地帮她捞住了，无意间一瞥屏幕，惊讶道："陈野望主动找你啊？"

林卓绵当她看错了："那是上次的，而且是我找的他。"

范范急了："不是，是刚才发的，我不是故意看的啊，他问你去不去他家！"

她的声音太高，穿透了食堂拥挤的人群，周围的人纷纷转头看向她们。

林卓绵赶紧把手机从范范手里抢回来，屏幕上千真万确多了一条消息。

Chen：【不是说帮我登成绩吗，现在会议室难约，可以去我那里。】

她好久没说话，范范在旁边"啧"了声："下周还有三门专业课呢，你书看得完？"

林卓绵说："那什么，我感觉半天还是抽得出来的。"

范范拿手指头点了她半天。

林卓绵跟陈野望约在周日，周一紧接着就有考试，她怕自己回学校之后复习不完，便在周六晚上熬夜把书背了一遍，第二天去后主楼停车场找陈野望的时候，脚步都有点发飘。

陈野望的车好找，隔着前挡风玻璃，她看见他坐在驾驶室里等她。

玻璃上倒映着朦胧的树影与云翳，他的大半面容隐没在暗处，只看得见锋利清晰的下颌线。

林卓绵试着拉了一下副驾驶的车门，没锁。

她坐上去，陈野望偏过脸，两个人对上视线，她叫了一声"师兄"，然后低着头系安全带。

大概是因为缺乏睡眠，注意力不太集中，用的时间稍微长一些，扣好之后，她听见他问："没休息好？"

林卓绵说昨天晚上看了会儿书。

陈野望握着方向盘，车子缓缓驶出停车位："还有几门考试。"

"四门，三门专业课，还有微经。"林卓绵回答他。

因为在冬天的室外走了不短的一段路，她说话时带上了浅浅的鼻音。

陈野望打开暖风，车内很快上升到了比较舒适宜人的温度，林卓绵解下围巾，放在膝盖上。

车里只剩下出风口很轻的气流声。

陈野望忽然开口问："上次课坐你旁边的那个男生，最近还找过你吗？"

林卓绵反应了一下才意识到他问的是霍源，她说："后来在图书馆碰见过一次，找我说了几句话。"

前面是即将转红的交通灯，陈野望提前减速，刚好在到达路口的地方停下。

他将骨感分明的手搭在方向盘上，袖口掉下去一点，露出白皙的手腕。

林卓绵知道，再往下会有颗非常淡的痣，平常藏在衣服里见不到，是上次他给她打伞的时候露出来的。

陈野望的嗓音从她左侧传来："你怎么不跟他说……"他说到一半，似乎觉得不合适，又停了下来。

停滞的时间过长，林卓绵下意识地转头看他。陈野望今天穿了黑色的羊毛大衣，更衬得人英俊挺拔。天色不够明亮，他的眼珠上蒙着一层偏暗的光，看不出情绪。

绿灯亮了起来。

陈野望往前开的时候，几片雪花落在玻璃上，又飞快地融化。

"下雪了。"林卓绵说。

雪势不大，P城干燥，少有大雪。

她忘记了追问陈野望想要她跟霍源说什么，那半句话也像一颗轻得仿若不存在的雪粒，消失在了冬天的空气中。

车停在陈野望家楼下，两个人乘电梯上楼，进门以后，林卓绵问他登成绩的具体步骤，他顿了一下才回答，让她觉得他好像忘了叫自己来是做这件事的。

陈野望把书房让给她用，给她开了电脑，又把花名册给她。

林卓绵跟他开玩笑："师兄，你不怕我给自己记满分？"

陈野望看她一眼："经你提醒，一会儿我会检查一遍。"

然后他又带着点好笑说："你的我已经登完了。"

这时他有电话，接起来之后说了声"陶老板"，走到房间外面，随手替林卓绵虚掩上门。

她隐约听见他说"私募""对冲基金""量化"之类的词，知道是他在做的项目。陈野望说话的时候永远那样有条不紊，让人觉得一切尽在他的掌控之中。

林卓绵对着电脑上的表格，认认真真将成绩誊到花名册上，无意间瞥见书桌上还摆着她上次用的那只马克杯。当时她洗过之后忘记放回杯子架上，不知道陈野望是不是这期间没再回来过，所以才会一直留在这里。

空气中有种好闻的味道，很淡，像草木调的无火香薰，林卓绵不记得之前来的时候有没有闻到过，也许有，但她那时太紧张，没有印象。

林卓绵手中的笔不知不觉停下来，她趴在胳膊上，睡着之前听见的最后一点声音是窗外的风。

这样的姿势睡不安稳，她迷迷糊糊醒过来是半小时之后的事情，觉得自己像是做了梦，梦里有人在叫她的名字。她把一边胳膊压麻了，从桌子上抬起来的时候不小心碰掉了笔盖。

不算重的一声响让她清醒了一些，推开椅子半跪在地上，去书桌底下找笔盖。

将那枚冰凉的金属外壳握进手心时，走廊上传来平稳的脚步声，又在书房门口停下了。

林卓绵抬起头，看见陈野望朝自己挑了下眉："就让你把杯子拿过去，这么不情愿？叫你不答应，现在还想钻到桌子底下躲起来？"

原来刚才不是做梦，陈野望真的叫她了。

着急从桌子底下站起来，她不小心让额角在桌沿上磕了一下，立即"嘶"地倒抽了口气，伸手捂住了。

很快她的手背就被轻轻压了一下："手拿开我看。"

陈野望温热的体温让她怔了怔，感觉到他一只手撩开自己脸侧的碎发，另一只手碰了碰她的皮肤，她的呼吸声变得稍微有些明显。

"疼？"陈野望低声问。

林卓绵不太自然地垂眸道："还好。"

虽然看不到他的脸，但她却能察觉出陈野望的目光移到了自己脸上，林卓绵眼神一慌，补充说："不疼了。"

她觉得假如陈野望再不把手拿远，她就要脸红了。

他看起来明白了她的意思，轻抵在她皮肤上的手放下来，淡声说："有点红。"

林卓绵故作镇定道："应该是热的。"

过了片刻陈野望才说话："我说你被桌子碰了的地方。"

林卓绵觉得自己的脸应该已经红了。

陈野望从鼻子里发出一个类似轻笑的气音，撩开她碎发的手正落到发尾，随手捻了一下。

近于无意识的一个动作，却让林卓绵的呼吸陡然加快了一拍。

她觉得自己整个人都变成了那缕头发，是被他轻而易举把控的，无法抗拒，难以跳脱。

再近一点，他的指节就可以碰到她的脸。

陈野望自然地垂下手，加了一句："脸也挺红的。"

他拿了桌上的马克杯去给林卓绵接水，她留在书房里发了会儿呆，才坐回去继续登成绩。

陶教授体谅大家期末作业多，最后两次作业的内容量都很少，每次五道选择题，所有人的成绩都是二十的倍数，不容易看错，登起来也很快。

林卓绵登完又检查了一遍，总共用了不到二十分钟。

她觉得陈野望可能真的很忙，二十分钟都抽不出来。

陈野望端着水杯过来："登完了？"

林卓绵点点头。

他将水杯推到她面前，把花名册拿起来，随手翻了翻，视线落在纸面上，却问她："带微经课本过来了吗？"

林卓绵愣了一下，捧着杯子说"没带"。

陈野望抬眸看她："前几天还问有没有答疑。"

林卓绵睁大了眼睛，如果她没有听错，陈野望的意思是要专门给她一个人补习。

她被温水呛了一口，将杯子拿远，捂着嘴咳嗽起来，再仰起脸看陈野望的时候，眼尾都咳得有些微红。

陈野望不自觉用指腹摩挲了一下花名册的页角，眼皮压下来，眸光落在女孩子握杯子的手指上，连指关节都泛粉了。

他想到那只马克杯是她上次留下的，她洗过之后忘记放回去，他不知怎么也没有去管，就让杯子留在了他的书桌上。

有时候看到就会想起来，那天她吃的软糖是橙子味。

林卓绵觉得陈野望看她的时间有些太长了，轻轻地说："师兄？"

陈野望"嗯"了声，顺手拿过一张白纸，问她都还能想起什么来。

"……需求曲线、边际效用递减、沉没成本、垄断？"林卓绵说。

陈野望没有立刻往纸上写字，林卓绵觉得他对自己的答案不太满意。

他转了下笔:"按主题说。"

林卓绵哑了声,曼昆那本书她是断断续续看的,毕竟不是专业课,脑子里根本没有形成一个完整的系统。

陈野望也没为难她,先落笔写了极漂亮的"需求和供给"五个字,拉出一个括号,给她提示,让她回忆相关的内容,接着用这种方法带她过了一遍整本书的知识,顺带又给她标了几个重点,告诉她这些虽然最后一节课的时候没强调,但也是值得记住的知识。

林卓绵眨了眨眼睛,毕竟从小到大都是作为优等生一路过来的,她不是听不懂陈野望的意思。

纠结片刻,她觉得对方是在考验自己,于是义正词严道:"师兄,你不要给我透题,虽然这就是门公选,但还是要公平对待每一个选课的同学。"

陈野望有些意外地一瞥她,说:"这些都不考,给你们划的重点只是针对整本书,期末全是开放性论述题。"

开放性论述题的意思是言之成理即可。

对于一门公选课来说,约等于不用复习。

林卓绵愣了愣,然后说:"师兄,你怎么不早告诉我?"

陈野望放下笔,单手撑着桌面低头看她,唇边是若隐若现的笑意:"你那么喜欢经济学,为什么要早告诉你?"

林卓绵说不出话来了,的确是她亲口在陈野望和陶教授面前说自己喜欢经济学的。

她小声说:"你明明知道……"剩下的半句话被她咬在嘴里。

陈野望问:"知道什么?"

语气并不强烈,让林卓绵觉得他是明知故问。

明明知道,她喜欢的不是经济学。

空气忽然成为轻软流动的液质,安静地将他们包围,陈野望用漆黑的瞳孔望着她,神色有点漫不经心,但又让她觉得,他什么都清楚。

林卓绵沉默片刻,换了轻松的语气说:"知道我期末周忙啊。"

要是现在说了,又被陈野望拒绝,她还怎么安心考试。

答应了就更不能安心考试了。

不知道是不是她看错,但陈野望的笑意的确减淡了一些,他定定地看了她一会儿,看得她有些紧张。

许久他才开口道:"那就好好复习专业课。"

坐陈野望的车回学校的路上,林卓绵有些不放心,又向他确认了一遍:

"师兄，期末真的全都是开放性题目吗？"

陈野望说是，又随口道："怕我骗你，想让你挂科重修？"

"也不是不可以，"林卓绵跟他开玩笑，"到时候师兄还让我当课代表，我就可以跟下一届的同学说，助教师兄特别喜欢我，让我留在这儿再上一学期。"

"行，到时候我滥用职权传得全校皆知，老陶再也不敢找我当助教了，毕业都成问题。"陈野望说。

林卓绵半真半假地感叹："我这么厉害啊。"

接着她又认真地思考起来："可要是真的重修，这门课该听的我都听过了，上课会不会很无聊？"

陈野望减速变道的时候侧眸一瞥她："怎么，还想听不该听的？"

他说话的语气很淡，但越淡越让人浮想联翩。

林卓绵抿了下唇，忍着耳热说："原来师兄还会讲不该听的吗？"

她看到他冷白修长的手指碾了一下方向盘的黑色皮套，想起今天那只手还捻过自己的头发，心跳无声无息地加快了几拍。

陈野望含着戏谑道："要是这么想听，考好了给你讲。"

林卓绵反应过来之后红了脸："谁、谁说我想听的！"

这天晚上，林卓绵在微观经济学的课程群里看到了陈野望发的群公告，他说让同学们不用担心，陶教授考虑到大家的期末压力，考试都是开放性的论述题。

下面有人发"谢谢老师"的表情包，说本来很忐忑，因为不知道考试会考什么，这样就放心了。

陶教授为人随和，在群里回复：【我跟你们助教师兄也很忐忑，因为不知道你们都会什么，所以才这么出题。】

林卓绵到下一周的周四才考完全部的专业课，只剩下了周五上午的微观经济学。

虽然确定了考试难度并不高，看样子陶教授也不会挂人，但她还是看了一晚上书，想把卷面答得漂亮点儿，让陈野望阅卷的时候有个好印象，知道他给她讲的东西，她都记住了。

她看书的时候，已经解放了的范范边打游戏边说："哎，你什么时候考完，十二点？我到时候去考场找你，咱俩一起出去吃顿饭呗。"

林卓绵说"行"。

考试周最后一天，许多教室都已经空了，微经考场那一层只安排了这一场考试。

陈野望作为助教，站在教室门口检查校园卡和作为准考证使用的考试单。林卓绵走过去排队入场，快要轮到她的时候，她突然想不起校园卡放在哪儿了。

昨天洗完澡，她把校园卡忘在了浴室，范范给她带出来的时候，她正在阳台上用洗衣机，便让对方随便给她找个什么地方先搁下，回去的时候也没想起来问。

林卓绵把书包背到身前，去拉最外侧的那一层。

陈野望检查得利落，队伍移动得很快，她还没找到校园卡，就已经排到了他面前。

她翻得有些着急，不过陈野望也没催，就站在那看着她找。

好不容易摸到一张长方形的卡片，她松了口气，跟手里的考试单一起交给他。

陈野望没接，林卓绵愣了一下，直到陈野望朝她抬了抬下巴："看看你拿的什么。"

她这才发现，自己拿出来的是，银行卡。

"贿赂我？"陈野望好整以暇地问。

林卓绵手忙脚乱地塞回去："不好意思啊，师兄，我再找找……"

"过来。"陈野望说。

林卓绵听话地往他那边走近一步，近到如果不是很用力地仰头，就会看不到他的脸。

陈野望抬手把她的帽子拎过来一些，从帽子里拿出了她的校园卡，指节擦过她的耳郭。

很短暂的触感，像细碎的电荷突然开裂。

他检查过之后，眸光在卡片右侧偏上的照片停留了须臾。

照片是林卓绵高中时拍的，五官没怎么变，看着比现在还要显小一些，干干净净的眼睛里是纯真的笑意。

他把校园卡还给她。

"谢谢师兄。"林卓绵想，回去一定找范范算账，校园卡放哪儿不好，放帽子里。

不过，陈野望是不是早就看见了，他个子那么高。

找到自己的位置之后，林卓绵留下文具，去讲台上放书包，监考的陶教授记得她，笑眯眯地说："小林同学好好考啊，以后在经济学上遇到什么问题还可以来问我，问你陈野望师兄也行。"

卷子上的题不难，切入口都非常容易理解，林卓绵答得很顺畅，唯独陈野望经过身边的时候会紧张。

她坐在第三排靠窗边的位置，考试时间差不多过半的时候，她抬头去看黑板上的挂钟，收回视线的时候，瞥见陈野望正站在教室最前方的窗前，一条胳膊撑在身后的窗台上，目光朝着她的方向，不知道是不是在看她。

低下头看了几秒钟的卷子，林卓绵又抬起头，偷偷地瞄了一眼。

猝不及防间同他对视。

陈野望顿了顿，做了个口型，是"专心"。

林卓绵做贼心虚一般垂下眼帘，她想想又觉得不对，明明是陈野望先看她，她才是理直气壮的那一个。

考试可以提前交卷，她一直留到最后，整间教室只剩下一小半人。

看着陈野望从容不迫地一排排收卷子，林卓绵有些恍惚，怎么会这学期才认识他。

陈野望收到她的时候，她将薄薄一册试卷递过去，听见他低声说："放假了。"尾音很轻，像跟小朋友说话一样。

她忽然产生了一种强烈的留恋，以后她不会再每周定时走进这间教室，也不能再将自己不够清白的眼神安全地藏匿在人群中。

陈野望站在讲台上检查完试卷，宣布剩下的人可以离开了。

林卓绵慢吞吞地去拎书包，范范已经探头到教室里喊她，一看见她就说："我不是提前到了嘛，你们考场有人交卷出来，你猜我听见什么了？"

还不等林卓绵回答，范范就兴致勃勃地说了下去："说你们考场有个人进场的时候拿银行卡贿赂陈野望，是不是真的啊？"

林卓绵："……是真的，多亏他秉公执法，接都没接。"

她们回宿舍的时候，正好碰上骆锦和冉沛柔拖着行李箱往外走，四个人站着说了几句话，这一学期就算这么结束了。

范范问林卓绵什么时候买票回家，林卓绵犹豫了一下："再等两天吧。"

范范"哟"了声："等谁，等陈野望啊？"

林卓绵没说话。想多在学校留几天是一方面，虽然也未必见得就一定能碰到陈野望。另外一个原因是，想晚些回去面对来找麻烦的荀年。

上回警告过他之后，他没有再来骚扰她，但她觉得，荀年不是会善罢甘休的人。

范范划拉了下手机:"明天晚上有个KTV局,你去吗?我一朋友过生日,正好赶上期末结束,大家都想放松放松,喊了不少人。"

林卓绵打了个哈欠:"到时候再说吧,我先歇歇,感觉考了两周快困死了。"

她的午觉一觉睡到了快晚上,一起来就看见宿舍群里宿管阿姨发的通知,说宿舍楼临时停水,估计得夜里十点左右才能恢复。

林卓绵放下手机,掀开床帘,室内一片漆黑,范范不在,不知道是不是跑外面躲停水了。

她睡了太久,没有胃口,不想吃饭,便背着电脑去了图书馆,打算看会儿电影或者综艺什么的,等闭馆回来的时候宿舍应该就有水了。

学期结束,图书馆里只有很少的几个座位上还有人。

林卓绵漫无目的地在书架之间穿行,去了一个非常角落的位置找单人桌。一排空座位的尽头,一个熟悉的侧影映入她眼帘,她不自觉停了下来。

直到那人察觉了她的存在,抬眸望向她,他身后是落地窗外一望无际的夜色,连绵的深蓝。

"师兄。"

陈野望似是觉得在这里看见她有些意外,随口问了一句:"不是都考完了?"

林卓绵在离他最近的座位坐下,说:"来休闲娱乐。"

虽然周围没有其他人,但两个人说话时的音量都不高。林卓绵看见陈野望在用代码搭建金融量化程序,手边还摆了一摞贴着图书馆标签的书。

"师兄在写期末论文吗?"她问。

陈野望说"做项目",他的指尖搭在键盘上,又按了几下,手背随动作浮现出纤长的骨骼轮廓。

林卓绵知道他忙,没再打扰他,自己戴上耳机,找了陈野望说过的那一版《罗密欧与朱丽叶》,安安静静地看了起来。

耳机是林洛送她的那只头戴式,有降噪的功能,戴起来听不太清旁边人的声音。她坐了一会儿觉得累,便趴在了胳膊上。

余光里是陈野望的手,不知道程序是不是已经搭好了,他按键盘的速度并不快。

林卓绵看完电影的时候已经快要到闭馆时间,她取下耳机放在桌上,脸稍微转过一个角度,看向了陈野望。

他处理数据的手停下了。

过了片刻,林卓绵听见他问自己:"什么时候回家?"

不知道他是不是发现她在偷看。

"还没决定,我想多留几天。"她说。

陈野望眉头微抬,偏过脸道:"留下休闲娱乐?"

林卓绵瞄了一眼他的屏幕,看到他的光标停在数据表格中间的位置,觉得他明天应该还会来,便道:"留下在图书馆学习,我很用功。"

她又问:"师兄明天来吗?"

"明天有事。"陈野望说。

林卓绵有一点失望地说"哦",猜错了。

陈野望看着她,好像想说什么,却被身后传来的一阵脚步声打断。

"望哥,我找着你要的那本英文期刊了,刚才去地下资料室开证明借的……林师妹也在?"

林卓绵回过头,看见喻腾手里捧着一本期刊,停在她和陈野望身后。

她叫了声师兄,正好这时图书馆的闭馆音乐响了起来。

整层楼的人几乎走空了,喻腾说话也没刻意压着声:"这么巧啊。"

三个人一起搭电梯下楼,喻腾告诉林卓绵,他跟陈野望还要去院楼跟另外几个人开小会,这次陶教授给陈野望接的项目比较大,所以从其他教授那借了几个学生来帮忙,他就是其中之一。

他们在图书馆附近的路口分开,陈野望看了眼表,问喻腾:"剩下的数据,你都'爬'完了吗?"

喻腾抓抓头发,说:"差不多了,用 for 循环[1] 运行的 url[2],再这么搞下去,我都能直接转码了。"

陈野望说:"直接改 size[3] 更简单。"

喻腾却好像有些心不在焉,他回头一望林卓绵的背影,放低了声音道:"望哥,林师妹是不是在追你啊?"

陈野望没说话,看了他一眼。

喻腾赶紧澄清:"不是我胡说八道,是前几天方雁凡问我来着,我都不知道有这事儿,想想才觉得像。"

见陈野望没否认,他又说:"我感觉林师妹挺好的,你别老让人家成天跟在你后面猜你的心思,喜欢就接受,不喜欢也说清楚。"

注:①编程语言,一种开界的循环语句。
②统一资源定位符。
③商业数学软件中的一个函数。

陈野望轻描淡写道："以前怎么没见你这么关心我的感情生活。"

喻腾停了停，半开玩笑般道："这不是觉得林师妹跟以前那些扑你的不一样嘛。跟你说啊，要不是她喜欢你，我都想追了。"

林卓绵回了宿舍，灯是亮着的，范范比她回得早，正在洗手间看来没来水。

她关门的时候想起了什么，顺口问范范道："你说的明天晚上那个局，是谁过生日？"

"新传一个师姐，去了就认识了。"范范来回转了几下水龙头，"玩玩呗，闲着也是闲着，正好这灰头土脸考半个月了，打扮打扮放松一下。"

透明泛白的水流出来，林卓绵在水声中说了句"行"。

第二天晚上她打开衣柜挑衣服的时候，范范眼尖，出声道："哎，那件白毛衣怎么没见你穿过啊，是不是上次咱们去逛街的时候买的？"

林卓绵把范范说的那件毛茸茸的衣服拿出来，拎了拎从锁骨到肩膀的一大块镂空："你忘了，买完就降温，在衣柜里搁了两个月了。"

"就穿它，反正外面裹个羽绒服也不冷，屋里有空调，"范范过来替她参谋，"下面再穿个浅色的牛仔短裙。"

林卓绵说："得，到时候人家问我是不是南半球来的，没搞清季节。"

范范不管，让她先穿上试试，试完之后两个人都觉得好看，林卓绵也没再往下换。

KTV离学校不算近，她们打车过去，司机选错了路，在附近被地图标红的路段上堵了十五分钟。到的时候不太早了，找到包厢的时候，隔着门已经可以听到里面的喧嚣人声。

范范开了门，里面有人跟她打招呼，她应了一声，转头说："就是这儿。"

林卓绵跟在后面往里走，光线暗下来，天花板上的球灯缓缓转动，落下阵阵昏沉的彩光，有人在唱一首最近流行的情歌。

范范突然咳嗽一声，抓着林卓绵的手，朝某个方位递了个眼神。

林卓绵顺着范范的目光看过去，整个人定在了原地。在正中间那个沙发上，陈野望穿了件墨蓝色的毛衣，正侧着脸听身边一个男生说话，瞳孔里倒映着霓虹光色，表情却很淡。

明明是别人过生日，他坐在那里，倒像最清贵的主角。

像是察觉到了她的注视，陈野望漫不经心地朝她的方向，抬起了头。

他眼中多了几分惊讶，忽而又生出一点不明显的笑意，伸手拍了拍身旁的空位，让她过去。

"人叫你呢，愣着干吗。"范范松开林卓绵，往她的后腰掐了一把。

林卓绵这才如梦初醒般回过神，走到陈野望旁边坐下，脱下外套叠好放在一边。

陈野望的眸光掠过她露在外面的锁骨与肩膀："我好像记得，昨天有人跟我说自己很用功，要留在图书馆学习。"

林卓绵不太自在地说："你记错了。"

"记错了？"陈野望眼里的笑意还没散，"看来师兄的记性不太好。"

他面前有只水晶威士忌杯，杯子里还有没融化的冰块安静地浮在液面上，像随时会沉沦的透明岛屿。

"你喝酒了吗？"林卓绵问。

陈野望说喝得不多。

周围投过来很多束好奇的、八卦的目光，隔着杂音，林卓绵听见有人在说她跟陈野望的名字。

过了一会儿，她的手机振动了下。

范范发消息给她：【我说呢，这师姐男朋友是经管的，陈野望同门师兄，难怪能请得动他。】

人来齐之后，师姐的男朋友把蛋糕推进来放在桌上，让她许愿吹蜡烛。

大家期末都憋疯了，给师姐过完生日就开始放开了玩，中间林卓绵被范范拉过去玩游戏，她对骰子一窍不通，输了之后喝下去两杯度数不高的酒。

坐她对面的男生说："总玩这个没意思，看看不会的人都被灌成什么样了，换一个换一个。"

林卓绵用胳膊支着下巴，昏昏沉沉之间，感觉有谁在她旁边坐下了。

有人叫了声"望哥"，她看清是陈野望在自己身侧。

刚才提议换游戏的男生拿个两个针的转盘过来，目光在林卓绵和陈野望之间打了个来回："那我们玩这个呗，哪两个人被指到，就说一件另外一个人的隐私，成吗？"

他的哥们儿笑着说："你变不变态啊，这么爱听人隐私。"

"那要是不知道呢？"范范兴致勃勃地问。

男生笑嘻嘻道："不知道就喝酒，行不行。"

他一面说着，一面已经开始转转盘，指针飞快地旋转，最后对准了林卓绵和陈野望。

在场人的视线全都集中到了林卓绵和陈野望身上,男生吹了声口哨:"望哥,你们谁先啊?"

"她先。"陈野望说。

林卓绵坐起来,慢吞吞地说:"我好像不知道。"

陈野望低头看她:"再想想。"

林卓绵很轻地皱了下眉,因为醉意,仰起脸打量陈野望的眼神微微涣散。忽然她伸出一根手指,点在陈野望的胳膊上:"这里。"

"什么?"陈野望低声问。

林卓绵的指尖顺着他的胳膊一路滑下去,来到手腕偏下的地方,有一点得意地说:"这里有颗痣。"

她放下手,撑在沙发上,嗓音轻软道:"该你了,师兄。"

陈野望看着她,不动声色道:"有人说你在追我。"

林卓绵怔了怔,对上他平静的眼神。她脸上有一层因酒而起的薄红,笑起来的时候,眼神晶莹,天真到有些勾人的地步。

"他们没说错啊,"林卓绵一只手攀上他的肩,"那你要不要做我男朋友?"

周围顿时响起一片欢呼声。

陈野望用力地攥住她的手腕,强迫她仰头看自己。

"林卓绵,你第一次跟我说话的时候,告诉我你有男朋友。"他说话从容不迫,如同陈述事实,一双眼眸漆黑深邃,看不出此刻的情绪,"那现在你是要我给你当小三吗?"

林卓绵极为缓慢地眨了一下眼睛,仿佛在用不太清醒的大脑极力理解陈野望的意思。

"我没有男朋友啊。"她说。

然后她又加上一句:"那时候是骗你的。"

说完之后,她就倒在了陈野望怀里,头发沾了细细的一缕在脸上,被不够均匀的呼吸吹得鼓动起来。

朦朦胧胧之间,她感觉有谁扶住了自己的肩膀,沉稳而有力,后来似是范范的声音遥远地传来,问她是不是喝断片了,最近吃了多少饭,怎么这么沉。

第二天她混混沌沌地在宿舍里醒过来,头疼得厉害,掀开床帘,看见范范跷着二郎腿在玩手机。

对方听见响动,抬起头看她:"可算醒了。"

林卓绵说话的时候嗓子有点干:"昨天咱们怎么回来的?"

范范把手机一扣,站起来去给她接水,背对着她道:"陈野望开车送的,没想到我还能跟着你蹭回男神接送服务。"

林卓绵一瞬间没说话。

过了片刻,她道:"问你个事儿啊。"

范范把水龙头关了:"你说。"

林卓绵抿了下嘴唇:"昨天晚上喝完酒玩游戏的时候,我是不是问陈野望能不能给我当男朋友来着?"

范范安静了一秒,爆发出大笑。

她乐得杯子里的水都晃了出来:"林卓绵,我还以为你忘了呢。不是,你真能啊,当着那么多人的面,连表白都跳过去了,这哪是找男朋友啊,你这是抢压寨夫人。"

林卓绵把床帘一关,就地躺下装死。

范范又说:"不过陈野望也够给你面子的。"

林卓绵闷闷出声:"但他没答应。"

"这不是也没拒绝嘛,"范范踩着椅子趴到上铺,又给林卓绵把床帘拉开了,"还把你送回来了。"

林卓绵喝了口她递过来的水,问:"那路上他说什么了吗?"

"说了,问我叫什么,是不是你室友,你平常是不是也喝这点儿就醉,麻烦我回来照顾照顾你。"范范从善如流地说。

她趴在林卓绵床边的栏杆上,打量对方一番,又说:"我真觉得你俩有戏,你别灰心啊,你喝成那样,他没准儿都以为你开玩笑的。"

林卓绵认真地说:"我没灰心,我就是觉得大庭广众之下强抢陈野望有点丢人。"

范范想了想,赞同道:"是挺丢人的。"

林卓绵试探性地给陈野望发消息,谢谢他送自己和范范回来,陈野望很快就回了,说没关系。

林卓绵斟酌半天:【师兄你在做什么?】

Chen:【批卷子。】

林卓绵原本是想告诉他,自己昨天说的不是醉话,但陈野望在批期末考试的卷子,她就不好说了。

毕竟批的卷子里有她的,假如挑这时候表白,就像故意让陈野望为难。

林卓绵放下手机,叹了口气。

小云来处

下午妈妈给林卓绵打电话,问她是不是考完试了,什么时候回来,又说林洛今年能休个长假,明天就到家了。

林卓绵怕林洛单独碰上荀年爆发冲突,马上说自己现在就买票,估计这两天就回得去。

她跟范范一说,范范也买了跟她差不多时间的机票,两个人好拼车去机场。

林卓绵到家那天是个工作日,落地的时候还不到下班时间,是林洛开车来接的她。

机场在郊区,林洛带她走高速回家,路上林卓绵问了他不少这几个月在外面的经历。他讲完之后,目光一扫林卓绵道:"你过完一期末还这么活蹦乱跳的啊?我怎么记得之前看过新闻,说你们学校有人期末背书背晕直接进医院了。"

林卓绵跟他胡说八道:"我们学医的一般背晕过去会自己再给自己掐活过来。"

"这考个期末还跟投胎好几次似的,"林洛一边说着,一边伸手想去捏林卓绵的脸,"来,给我看看我妹重新生出来之后是不是变丑了。"

林卓绵"嘶"了声:"你是不是有病,在高速上能不能好好开车。"

林洛把手缩回去,也没生气,说:"你们学医的说我有病,那我就是有病呗。"

他开了会儿,又想起来了什么:"对了,你那助教,叫陈野望那个,你跟人谈上没?"

林卓绵突然不说话了。

冬天太阳落得早,淡橙色的光芒斜照进车窗,林卓绵以前给林洛买的塑料小狗摆件被他放在靠近挡风玻璃的地方,正在被光线切割出的亮面中,一下一下地甩着尾巴。

林洛故作夸张道:"不是吧,把你拒绝了?他瞎啊?"

"没。"林卓绵说。

她把那天晚上去KTV给师姐过生日的事情给林洛讲了一遍。

林洛听完先吹了声口哨:"没看出来,我妹一回恋爱没谈过,上来就这么猛,比你哥奔放多了。"

要不是在车上,林卓绵就踹他了:"你想死吗?"

林洛笑了半天,笑完之后若有所思地说:"陈野望这人倒还行,你醉成那样他也没占你这现成的便宜,不过就是……"

"就是什么?"林卓绵追问道。

林洛想了想,用了种比较温和的问法:"你觉得他喜欢你吗?"

半晌,林卓绵不太确定地说:"可能有点喜欢吧。"

林洛懒洋洋地把手搭在方向盘上:"要不你再等等,你自己听听你这形容,我还可能有点喜欢咱家楼下那只小流浪猫呢。"

林卓绵本来想要骂他,但可能心里觉得林洛的话有道理,最后只是简单地"哦"了一声。

林洛又说:"不过你以后要是自己出去,可不准再喝酒了啊。"

Chapter 06
平安符

/ 你是不是心情不好？
现在没那么差了。

回家过假期容易让人忘记时间的存在，林卓绵头几天还提心吊胆，担心荀年来堵她，但对方一直没有出现，她的手机也再没有被陌生号码骚扰过，她短暂地把他忘在了脑后。

直到除夕这一天。

靠傍晚的时候，家里的门铃响了。

林卓绵跟林洛正坐在客厅里打主机游戏打得不可开交，他们的游戏角色正坐在海盗船上对准章鱼BOSS火力输出，谁也没站起来去开门，最后还是妈妈白舒琴一边嫌他们懒，一边走过去开了门，还嘀咕说是谁这天来串门。

"荀年？"

林卓绵听见妈妈愣怔中带着戒备的声音，手一顿，屏幕上的小船便被章鱼掀了个底朝天。

林洛比她更早反应过来，按着她的肩膀说你就坐这儿，然后自己走了过去。

荀年把手里拎着的几盒礼品放在地上，有些拘谨地看着白舒琴。

白舒琴虽然没反应过来，但还是说："你来就来，怎么还带东西，要不换鞋进来坐坐？"

荀年犹豫了一下，看到林洛冷冷的目光，没敢顺水推舟，只问："绵绵在家吗？"

白舒琴要叫林卓绵，林洛想阻止，而林卓绵已经走了过来。

荀年的眼睛顿时亮了，像是想到林卓绵对自己的警告，又解释般道："绵绵，我就是来看看你和叔叔阿姨，还有你哥哥，送点儿东西就走。"

林卓绵看林洛要开口，看着就不像好话，赶紧抓着他的胳膊摇了摇头，又把下巴朝门口刚贴的福字上送了送，意思是大过年的，别让爸爸妈妈跟着没了好心情。

林洛忍了忍，憋住了。

"谢谢你，新年快乐。"林卓绵对荀年说。

太久没有得到林卓绵如此态度平和的对待，荀年露出了欣喜的表情："新年快乐。"

林洛催促道："现在能走了吗？"

白舒琴推了他一把："怎么说话呢。"她说，"荀年，你等阿姨一会儿。"

门口只剩下三个人站在那里，林卓绵听见妈妈跟爸爸说话的声音。

林洛把林卓绵往自己身后让了让，义正词严地对荀年道："我不管你心里对你脸上这疤到底是怎么想的，但你别打我妹妹的主意，她以后要谈恋爱，要找男朋友要结婚，都跟你没关系，你听懂没有？你要是觉得我欠你的，你现在立马去起诉我，赔钱，坐牢，让你爸来打我，我绝对不说一个不字儿。"

"哥！"林卓绵着急道。

荀年却好像只听见了一句话，他眼中闪过一丝阴戾，又迅速被他掩盖过去："绵绵你要谈恋爱？你有喜欢的人了吗？"

这时候白舒琴匆匆走了过来，把一个厚厚的红包交到了荀年手上："来，你把这个拿回去。我知道你受苦了，但是我们也没别的办法，只能表示点儿心意。"

话是软话，意思却很明白，欠他的只能用钱还，没有别的选项。

荀年佝偻着腰躲了一下："我不要。"

白舒琴硬要塞给他，红包一下子掉在了地上。荀年没捡，转身就跑了："阿姨再见。"

林洛不客气地关了门，把红包捡起来随手还给白舒琴："小区保安都是吃白饭的吗，怎么什么人都往里放？"

"可能这几天走亲戚的多，就没查那么细。"白舒琴说。

三个人沉默了一会儿，白舒琴又道："本来我都不记得他长什么样了，看着那疤，硬生生又想起来了。"

林卓绵的手机忽地响动了下，进来一条短信：【你喜欢的是不是上次那个说自己是你老师的人？】

不用猜就知道是荀年。

只是林卓绵没想到他这么快就能把林洛说的话同陈野望联系起来。

她回复：【不是。】

白舒琴不想在除夕这一天旧事重提，只说："行了，你俩也别在这儿站着了，该干什么干什么去。"

跟林洛坐回到电视前，两个人的小海盗船已经被清空了血条，章鱼BOSS无声地潜入水中，屏幕停在是否选择重新开始的页面。

林卓绵的右手手指压在手柄按键上，心神不宁地问林洛："还要再玩一次吗？"

假如过往也有一次重新开始的机会，她会选在荀年受伤的那一天。

那时候她上高一，跟荀年同班。

荀年阴郁，不合群，再加上大家听说他爸爸是刚刚出狱的劳改犯，他从入学就被所有人孤立，一直自己坐在教室最后一排的角落。

有一次林卓绵看到有人往荀年的杯子里灌粉笔灰，她是班长，直接过去喝止了对方的行为，然后去找班主任，主动跟荀年同桌。后来就没有人欺负荀年了，荀年也慢慢愿意跟她说话，还会给她带零食。

那一年升高二的暑假要分文理科，林卓绵选了理，被分在重点班，荀年成绩差，他爸爸逼着他选了文。那段时间荀年的气压很低，林卓绵看着心里不落忍，跟他说以后还可以来找自己给他讲题，还邀请他假期来家里玩。

荀年来她家那天，她正跟林洛在楼下的便利店买雪糕。

便利店对面有家小饭馆，外面堆了一摞红色网格塑料箱，箱子里是喝剩下的玻璃汽水瓶，在炽烈的阳光下闪着光。

林洛兜里有把前几天刚买的弹弓，他起了玩心，过去跟老板买了几个废瓶子当靶子用。

他准头不错，弹两下就打碎了一个汽水瓶，但没想到下一秒就看见了跪在道路转角捂住脸的荀年，鲜红色的血迹从他的指缝间蜿蜒而下，像不断分岔的小路。

荀年是被一块飞溅的碎玻璃划伤的，伤口很深，贯穿了整张脸，医院的大夫说会留疤，要是再划偏一点儿，眼睛都不用要了。

过失致人毁容的，可以构成过失致人重伤罪，一般对行为人判处三年以下有期徒刑或者拘役。毁容的其中一项定义是，面部损伤后留有瘢痕，面积大于四平方厘米。林卓绵站在医院走廊上，看着自己查到的信息，握手机的手都在抖，觉得全是自己的错。

面对着半张脸都裹着纱布的荀年，她颤抖着声音说"对不起"，而对方却问她："绵绵，我们能不能永远当好朋友？"

她毫不犹豫地点头。

荀年笑了一下，说："你不用担心。"

林卓绵跟林洛把这件事告诉白舒琴，白舒琴顾忌荀年爸爸的身份，通过班主任跟对方家长沟通，她的意思是先看看能不能双方私下解决。

没想到班主任的回复却是，对方不要求任何赔偿，也不会纠缠林洛。

白舒琴给的赔偿也被原封不动地退了回来。

不知道荀年是用什么办法说服了他爸爸，但是假期回来之后，他手腕上就多了一条极细的伤痕。

开学之后，他越来越频繁地去理科班找林卓绵，甚至到了骚扰的地步。林卓绵没有对家里人说过，直到有一次，被放假回来顺路去学校看她的林洛撞见。

林洛让她报警，她却说等自己考上大学，荀年见不到她，应该就不会这样了。但现在看来，荀年并不是这么想的，以前他很少来林卓绵家，这次直接堵到了门口。

林卓绵同林洛打完一局游戏，合作通关的时候说了不少话，但两个人都有些心不在焉。

窗外的天色黑得像墨一样沉，林洛去拉窗帘，林卓绵站起来活动了一下肩膀和胳膊，听见林洛对自己说："绵绵，这事儿是你哥对不起你。"

林卓绵的动作停顿住，她认真地看着林洛，说："你答应我别去惹他，好好做你想做的，行吗？"

两个人之间少有这样严肃的对话，林洛走过来胡乱搓了搓林卓绵的头发："学校都没出，还想教你哥做事儿啊？"

晚上十二点整的时候，林卓绵一个人披了件羽绒服跑到阳台上，给陈野望发微信，祝他新年快乐。

她没指望陈野望能回，对方一定能在这个时候收到很多祝福，看不看得到她的都不一定。

外面在下雪，漫天漫地，她的手很快就冻红了。

忽然手机连着响动了两下。

Chen：【新年快乐。】

Chen：【还以为你再也不打算跟我说话了。】

林卓绵的心跳了一下，她问陈野望卷子批完了没有。

Chen：【批完了，但教务要开学才能录成绩。】

林卓绵：【这样啊。】

陈野望没再说什么，但林卓绵却觉得，他没有放下手机。

阳台的门从里面被拉开，林洛探了个头出来，又被冻得缩了回去："你搁阳台上鬼鬼祟祟干什么呢，赶紧回来，也不怕感冒。"

林卓绵马上把手机揣进了兜里："管那么多。"

林卓绵回去以后，坐在沙发上给范范也发了消息，祝她新年快乐，踌躇片刻，又问对方觉得自己要不要现在就跟陈野望表白。

范范想了想，发来语音："下学期当面说呗，反正不到一个月就开学了，你到时候打扮漂亮点儿，没准儿他看你好看，还能增加点儿成功率呢。"

"要是他真有这么肤浅就好了。"林卓绵说。

不过的确没多久就开学了，她走的时候林洛的假还没休完，他一脸得意地跟她显摆："还得上学去啊，大学生。"

"你休完不也得上班。"林卓绵不服气。

林洛很欠揍地说道："反正我上班也是玩。"

林卓绵不理他了。

送她过安检之前，林洛从外套口袋里掏了样东西出来给她："本来想过年的时候给你的，后来想你不是每次开学都不乐意回去嘛，就等这会儿再给，让你心情稍微好点儿。"

是一条细细的手链，上面串了一黑一白两片小小的扇形贝母，散发着宁静的光泽。

"进无人区之前跟朋友去寺庙里拜了拜，看这平安符挺好看，给你请了一对，链儿是我后来配的，你要是不喜欢，就自己再买一条。"林洛顿了顿，又补充道，"人家说这个可以两个人分开戴，管一辈子平平安安，你要是找男朋友了，可以拿下来单独给他串一根。"

林卓绵接过来："你整天在外面跑，怎么不自己留着？"

林洛笑嘻嘻地说："你哥我吉人自有天相，唯物主义者，不需要这些。"

林卓绵把护身符揣进随身的包里："不觉得你这句话自相矛盾吗？吉人自有天相的唯物主义者。"

然后她又向后面的爸爸妈妈挥手告别，转身去过安检。

林卓绵到宿舍的时候另外三个人都在，洗床单的洗床单，收拾行李箱的收拾箱子。

范范蹲在地上扔给她一袋吃的："我妈自己做的蝴蝶酥，跟她说不好带，还非让我拿，这都碎成'蝴蝶骨灰'了。"

晚上林卓绵跟范范一起去食堂吃饭，范范想起了什么，跟她说："哎，你不是想跟陈野望表白吗，他快过生日了，要不你给他买个礼物，然后拿给他的时候顺便说了，显得没那么突兀。"

"就这个月吗？"林卓绵问。

范范喝了口汤："下周三。上学期咱们去给那师姐过生日的时候，她男朋友顺嘴讲的，说他们导师会给师门里的人集体过生日，陈野望的生日在开学第一周，估计到时候攒着前后几个一起，我当时特地给你记了一下，结果你喝醉了，忘了跟你说。"

说完之后，她又随口问："你知道该送陈野望什么吗？"

林卓绵想到了林洛给她的护身符。

虽然陈野望不一定能成为她男朋友，收下了也未必会戴，但她还是只想给他。

第二天她把黑色的贝母拆下来，去学校外面配了一根同色线绳，没有多余的装饰，跟他的表叠着戴应该会好看。

林卓绵找方雁凡打听了一下，他们师门的生日聚餐安排在中午，那天她上下午都满课，只能挑晚上去找陈野望，没有提前约，想给他惊喜。

周三下午上完课之后，她下楼梯的时候碰见了喻腾。

喻腾跟她一起往下走了几步，闲聊一样问她知不知道陈野望今天过生日。

林卓绵有点不好意思地说："我知道，我想过会儿去找他，师兄知道他晚上在哪儿吗？"

"你是不是没提前问他，他一个小时之前就走了，跟我们说今晚不回学校住。"喻腾说。

林卓绵微微愣了下："不回学校住？"

喻腾"嗯"了一声，又道："你知不知道他在校外有个房子，我猜是去那儿了。咱学校宿舍小嘛，他有不少资料和原版书都收在那边，有时候会过去查东西。"

林卓绵迟疑着问："但他今天不是过生日吗？"

喻腾笑了:"望哥不怎么过生日,我本科的时候也跟他一个宿舍,他四年生日,基本每一年都陪着论文和项目过。"

晚上,林卓绵打车去了陈野望在校外的住处,在门口登记过访客之后,楼下正好有业主刷卡进门,带着她一起进去了。

陈野望家是空的,她按门铃,没有得到回应。

林卓绵给他打电话过去,陈野望接了,他说"喂"的时候有一点不明显的延迟,听声音像是在车上用车载通话系统。

林卓绵问道:"师兄,你晚上会回家吗?"

陈野望顿了一下,说"会"。

他放慢车速,美丽得如同电影布景般的庭院出现在他视野中。

门外的停车线里,有一辆银灰色的迈凯伦比他提前到。过年时他在束康时的大宅见过这辆车,是他母亲束文绮新换的座驾。

陈野望停下车之后,看见手机上有一条消息浮窗,是喻腾半小时前发过来的。

【望哥,林师妹说晚上想去找你,我跟她说你可能回去查资料了,不知道对不对。】

陈野望放下手机,他知道林卓绵为什么来找自己,也能猜到她现在在什么地方,只是今天这次跟陈泰宁和束文绮的会面是束文景安排的,他目前还不能忤逆对方的意思,也没有必要去忤逆。

电话还没有挂,他提醒林卓绵道:"我不一定什么时候回去。"

林卓绵很快地回答道:"嗯,我知道了,师兄。"

嗓音跟平常一样,明亮、轻快,就像简单温和的天气,是那种从小到大没什么烦恼的女孩子会有的声音。

陈野望看了眼时间,傍晚六点三十分。

天色很暗,有大团的云,看不出是不是在移动。

大约两个小时后,陈泰宁和束文绮在餐桌上爆发了冲突,完全违背束文景试图为陈野望弥合家庭关系的愿景。

二人相互指责无果,束文绮宣布自己同丈夫无法交流,愤然离席。陈泰宁就着醒酒器的边沿喝了一半,突然把透明的容器砸碎在了桌上,红酒飞溅,像腥风血雨沾湿了陈野望的衬衣。

后来餐桌上只剩下了陈野望一个,生日蛋糕还摆在桌上,看起来像精致漂亮的道具,他没有许愿,也没有人要求他切下第一刀,分享他新一岁的开端。

他面无表情地整理好衣服，披上大衣出门，发动车子，却没有下山，而是朝着空旷无人的山顶驶去。

P城二月底的夜晚仍然寒冷，他推开车门，猎猎翻卷的风扑面而来，猛烈地灌进怀中。

从山顶远眺，能看到远处市区连片的灯火，如同浩渺的银河里，群星在安静、温热地闪烁。

在他小时候，束文绮难得情绪平和的时刻会带他来山顶散步，有一次遇到一个穿黄裙子的女孩，她指给他看，问他像不像《爱乐之城》的女主角。

她还告诉他，如果可以的话，以后结婚生子，要跟自己喜欢的人。

其实那时候他听不懂这些，只是束文绮遗憾的表情实在让人印象深刻。

回忆到这里，陈野望无端想起林卓绵用指尖点着自己手腕，说那里有颗痣时的样子。手很软，说话的声音也很软，皮肤那么白，好像一碰就会融化。

现在是夜里九点半，等他回去就快要下半夜，林卓绵应该早就走了。

他在山顶站了一会儿，直到觉得自己又恢复成平日里那个冷静而克制的陈野望。他回到自己的住处，车开进小区，停在楼下。

陈野望打开门禁系统开门，搭电梯上楼。

走出电梯的同时，声控灯因为他的脚步亮起来。

他却停下了。

亮起的灯光让林卓绵一瞬间惊醒过来，等陈野望太久，她坐在地上靠着墙睡着了。

她睁开眼，以为自己看错了，过了几秒，才用含混的声音喊："师兄。"

陈野望走到她面前，穿着黑色的羊绒大衣，高大英俊，眉目清朗，只是衬衣上有一片深红的痕迹。

他看了她好一会儿，表情让林卓绵觉得自己做错了事。

她也觉得自己本来要等着祝他生日快乐却睡着了不太合适，小声解释道："我中午没睡着，又上了一天课，有点困。"

她拿出手机看时间，表情迅速变得懊恼："已经过十二点了……"

超过十二点，陈野望的生日过去了。

但他看起来并不在意这件事，打断了她问道："你一直在这里等？"

林卓绵点了点头，把收在外套口袋里的礼物盒塞到他手上，小声说："生日快乐，不过好像已经晚了。"

陈野望定定地看着她，过了片刻，替她开了门，低声说："跟我进来。"

他打开灯，把车钥匙放在壁柜上，拆开她送的礼物。

"这个是护身符，保平安的，我也有一个。"林卓绵说。

黑色线绳吊在陈野望白净修长的手指上，贝母在空中小幅度地摇晃，他低头看着她："不亲手给我戴上？"

林卓绵停了几秒钟，觉得陈野望说话的样子，好像跟平常不太一样。

她听话地接过来，将护身符系到陈野望的手腕上，认真地调节到合适的松紧，指尖无意间触碰到了他手腕上的皮肤，些微的热度传递过来。

林卓绵收回手，说"好了"的时候还有些恍惚，没想到他真的会戴。

陈野望垂眸看了一眼，林卓绵还没反应过来，一边手腕突然被他握住，接着整个人都朝着他的方向被拽了过去。

他怀里的气息一瞬间包围了她。

平日里冷感的香根草味道在这一刹那带上滚烫的意味，陈野望用另一只手捧住她的后颈与长发，含着她的嘴唇吻了下去。

不是温柔的那一种，他用力地将她压向自己，像发泄，也像赐予，攥着她手腕的那只手不知道什么时候箍在了她的腰侧，像是一使劲就能将她捏碎。

陈野望吻得强势，掌控欲十足，林卓绵透不过气，指尖抵上他的胸口，却碰到了那一片红酒痕迹。

异样的触感让她轻微地愣怔，手指下意识地压着那里来回蹭了两下，忽然差不多明白了不怎么过生日的陈野望今晚去了哪里，又为什么现在才回来。

她的动作让陈野望一顿，他同她拉开不到一厘米的距离，说话的气息还会拂到她唇间："别乱动。"

他的嗓音低哑，带着刚接过吻的温热。

林卓绵脸红了，她不敢看他的视线，垂下眼帘，小声问："你是不是心情不好？"

她的嘴唇比进门前要红，有淡淡的水意，陈野望看了片刻，还没开口回答的时候，林卓绵踮起脚勾着他的脖子，主动亲了上来。

他放在她后腰的手因为这个类似取悦的动作被抬高了一些，陈野望没说话，感受着她稚嫩的、纯真的触碰，闭了闭眼，将她往后逼了一步，压在壁柜上。

林卓绵猝不及防，后背被冰凉坚硬的木料硌住，她的呼吸乱了节奏，陈野望回应得比她激烈很多，原来他在这种时刻是这样的，不冷酷，也不淡漠。

好像溺进冰河，却发现河水是滚烫的。

现在是整座城市都入睡的时间，她明明醒着，也如同身处梦中，有他在的、引人沉沦的梦。

不知过了多久陈野望松开她，缓声说："现在没那么差了。"

林卓绵没听懂，茫然地看着他："什么？"

陈野望抬手用指关节碰了碰她的脸颊："刚才不是问我是不是心情不好吗？"

林卓绵眨眨眼，听明白了，脸开始发热。

突然她想到了什么，严肃地说："师兄，你打乱了我的计划。"

陈野望抬了下眉："什么计划？"

"我本来打算及时把礼物送给你，然后跟你表白的。"林卓绵说到"表白"两个字的时候，声音轻了一点。

陈野望"嗯"了声："步骤还挺分明。"

他又问："打算怎么跟师兄表白？"语气漫不经心，带了点诱哄的味道。

林卓绵轻易地着了他的道："就、就说喜欢你，然后问你能不能跟我在一起。"

看到陈野望像在忍笑的表情，她才意识到自己被他骗着表白了一遍。她想从他怀里挣脱出来："你放开，我不说了。"

陈野望看她不知是因为害羞还是生气而涨红的脸，突然又俯身碰了一下她的嘴唇。

林卓绵一下子停住不动了，耳朵尖也红得很彻底。

陈野望捻了捻她颊边的一缕碎发："计划成功了，绵绵。"

林卓绵猛地抬起头，睁大眼睛看他。因为他的话，也因为那个称呼。她仿佛不信似的，又向他确认了一遍："我们算在一起了吗？"

陈野望并没有因为她幼稚的发问而不耐烦："算。"

林卓绵好半天没出声，再开口的时候却让陈野望哭笑不得。

"原来师兄你这么好追啊。"她由衷地说。

陈野望的手仍旧把玩着她的头发："这算好追？跟谁对比出来的？"

林卓绵的胆子大了些："前男友。"

陈野望的手一停，林卓绵感受到了，期待地看着他，等他反应。

没想到他端详了她须臾，随后轻描淡写地评价道："你不太会撒谎。"

让陈野望吃醋的算盘落空，林卓绵败下阵来，眼神落到他衬衣上的酒渍:"师兄的衣服不换吗?"

"我去洗澡,你先睡。"陈野望说。

林卓绵迟疑了一下,慢吞吞地问:"我去哪儿睡啊?"

陈野望起先没往别处想,直到发现面前的女孩子看他的目光有些躲闪,于是他反问的语调也跟着意味深长起来:"你想去哪儿睡?"

林卓绵记得陈野望这里是没有客房的,她没作声,耳朵却烧了起来。

陈野望垂下手,轻描淡写地说:"行了,不用害怕,你睡卧室。"

"那你呢?"林卓绵追问道。

陈野望的眉尖挑了起来:"想让我也睡卧室?"

林卓绵不说话了。

陈野望看她的反应好笑,简简单单道:"我睡沙发。"

他又想起什么,随口问:"明天早上有课吗?"

林卓绵说有,八点的专业课。

"医学部这么喜欢安排早课,"陈野望拿出手机定了闹钟,"那记得早点起床。"

他给林卓绵拿了备用的洗漱用具,又取了一套自己的睡衣放在床上,说如果她需要的话可以穿,然后就关上门出去了。

林卓绵是第一次进他的卧室。他用的是没有任何图案的灰色床品,平整干净,没有褶皱,室内散发着浅淡的无火香薰气味。

陈野望的睡衣太大,她就只穿了上衣,纽扣即便系到最上面那一颗,还是会露出锁骨和锁骨下面不小的一片皮肤。

二月底严格来说还是冬天,睡觉是要盖不算薄的被子的,但林卓绵躺在床上没一会儿就觉得好热,把被子推到腰际,无意间抿了下唇上被陈野望亲过的地方,立刻回忆起他的一呼一吸,细微的表情变化,还有传递给她的温度,她才意识到自己为什么睡不着。

她拿出放在枕边的手机,还剩百分之二十的电量,不知道撑不撑得到明天早晨。

关灯前她看过,陈野望床头的充电器跟她的手机不是同一个型号,充不了。

林卓绵趁手机还有电,给范范发了一条微信:【我谈恋爱了!】

范范经常熬夜,今天也在线,很快就给她回了:【陈野望终于回来了?】

之前她在门口等的时候,范范隔一会儿就问她见没见到陈野望,跟她说实在不行先回来,别一个人在外面待到那么晚。

林卓绵回复：【回了，十二点左右回来的。】

范范看起来不太满意：【他就让你一直在那儿等？等到十二点？】

林卓绵替陈野望说话：【他跟我说了可能回来得很晚。】

范范那边显示了好一会儿的"对方正在输入"，像是欲言又止，但最后她只说：【算了，谁让你喜欢他。】

她又发来一句：【受累打听一句，他现在没在你旁边吧？】

林卓绵回复：【没，他去睡沙发了。】

范范：【是经过了复杂的思想斗争，还是挣扎都没挣扎就去睡沙发了？】

林卓绵没懂：【睡个沙发为什么还要进行复杂的思想斗争，又不是去睡下水道。】

对方好半天没回她，让林卓绵觉得正在进行复杂思想斗争的其实是手机另一端的范范。

不过范范并没有跟她展开深入讨论：【你睡吧，明天再说。】

跟范范聊完天之后，林卓绵的手机电量果然没能撑到第二天早上，闹钟没响，她正睡着，忽然听见很有节奏的敲门声。

伴随着陈野望清冷的声线："绵绵，起床了。"

林卓绵的意识开始回笼，她迷迷糊糊地下了床，慢慢走到门边，半闭着眼睛拧开门把手，用刚起床的声音问他："现在几点？"

陈野望没有第一时间给她回答。

面前的女孩子只穿了一件他的睡衣，衣领已经歪到了一边，半个肩膀都露在外面，一根小巧精致的锁骨在乌黑的长发下若隐若现。

睡衣底下是白皙纤细的双腿，膝盖和脚踝泛着淡淡的粉色。

林卓绵没听见陈野望的声音，睁开眼睛时看到他的目光停在她身上，她一下子想起来自己现在穿着什么，脸立即红了。

陈野望看她一眼，伸手将她的衣领正了过来："什么睡相。"仿佛不用猜就知道她衣冠不整是因为昨晚睡觉的时候不老实。

接着他又说："收拾好，送你去上课，早饭路上吃，不然来不及。"

他看林卓绵还站在原地，朝她抬了抬下巴，示意她抓紧时间。

林卓绵回过神来，跟他开玩笑："师兄，你刚才好像养小孩的家长。"

陈野望不置可否："师兄可不白养。"

林卓绵卡着点进了教室，一眼看到帮她占了座的范范，在助教点名之前，她把自己塞到了座位上。

范范"哟"了声："还以为您不来了。"她一边说，一边递了个带数据线的充电宝给林卓绵。

林卓绵笑眯眯地接过来："谈恋爱哪能耽误学习。"

范范撇撇嘴："得了，看你那样，这节课能听进去一半不错了。"

趁助教还没点名，她迅速盘问了一遍林卓绵昨晚具体的细节，听对方讲到是陈野望先主动的时候表情舒展了一些，但听着听着，又提出了异议："陈野望怎么这么冷静啊，还有空想你第二天是不是上早八，感觉他一点都不兴奋。"

林卓绵认真地跟她讨论了一下："那怎么才叫兴奋？"

范范理所当然道："要是我肯定当场这样那样啊。"顺便配合着做出一副龇牙咧嘴的神态。

"那他还是别兴奋了，我想象不出他做这表情。"林卓绵继续说，"你上学期不还觉得他对我挺好的吗，怎么这会儿又开始挑三拣四了？"

范范说："废话，那时候是为了鼓励你，现在人已经成你男朋友了，我作为你姐们儿，不得站你这边对他高标准严要求？"

陈野望送完林卓绵之后顺路去了一趟院楼，陶教授昨天让他有时间的时候过去取一份资料。

他到的时候八点刚过，老陶还没来，他先去办公室拿了东西，出门的时候正好碰见一脸疲倦的喻腾。

对方说了声"望哥"，又说："你现在有空吗？我导师让我过来帮系里面试科研助理，这一大早的困死我了，你能不能过去帮着带带眼？"

陈野望说"行"，把老陶办公室的钥匙放回门框上。

他抬手的时候，露出了腕上的黑色线绳，小小的贝母轻柔地闪着光。

喻腾盯着看了几秒："望哥，你手上那个是手链？"语气有些意外，因为看着不像是会出现在陈野望身上的东西。

陈野望收回手，说："护身符，女朋友送的。"

他的声音很平静，喻腾却重重地一愣，过了片刻，才将不少事情联系起来："林师妹给的？你俩……"

陈野望从容不迫地看着他。

喻腾懂了，"啧"了一声："那你这还是喜欢人家呗，一开始还嘴硬什么都不说。"

陈野望没否认，但也没在这个话题上继续停留，转而问他是什么项目在招科研助理。

喻腾拿出手机打开文档给他看，陈野望翻了两下说："知道了，老陶之前拿来让我帮忙找过能参考的模型。"

"我说那模型看着那么完善，还以为哪个专家做的，不过望哥你也忒忙了。"喻腾说。

陈野望跟喻腾去了面试的会议室，外面已经有七八个研一的师弟师妹在排队。

半上午的时候，陈野望放在桌上的手机响动了一下，他拿起来，收到了林卓绵的消息。

海绵蛋糕：【师兄，我查你们专业的课表了，你下午是不是有课，我能陪你去上吗？】

陈野望对着几行字看了好一会儿，直到喻腾在旁边咳了一声，凑过来低声问道："这个你觉得怎么样？"

会议桌另一端坐着的男生正紧张地等着他们宣布结果。

"你觉得呢？"陈野望反问道。

"还凑合吧，但感觉不如之前那个姑娘，先给个八十五分成吗？"喻腾说。

陈野望说"可以"。

喻腾没急着打分："我还以为你觉得他挺好呢，刚才他说到最后，你那表情跟什么一样。"

"什么？"陈野望淡淡地问。

喻腾绞尽脑汁地思索，寻找合适的形容："嗯……有点像过年的时候我爸看我那刚学会走路的小外甥女，眼神特别柔和，想赶快过去抱她的那种感觉。"

他大概是觉得自己说得很形象，一时间忘了控制音量，越说声音越大。陈野望抬眸一瞥桌对面表情僵硬的男生，对喻腾说："你吓着师弟了。"

林卓绵是第一大节专业课下课后给陈野望发的微信，他可能是手边有什么事情在忙，过了几分钟才回。

Chen：【今天起那么早，下午不困？】

林卓绵说有点困，但是想见他。

Chen：【那你到时候过来，教七315。】

范范在旁边围观了林卓绵给陈野望发消息的过程，看到陈野望的回复之后忍不住说："女朋友陪上课，这多高的待遇，他怎么不表示一下热烈欢迎呢？"

她撺掇林卓绵道:"你问他愿不愿意你去,让他说两句好听的。"

林卓绵也有些想听陈野望说好听话,于是打字问对方:【你想不想让我陪你去上课?】

陈野望:【听实话吗?】

林卓绵顿了一下,小心翼翼地发来:【实话不会是不想吧?】

Chen:【是不想。】

林卓绵咬了下嘴唇,而陈野望紧接着又发过来一句话:【怕分心。】

正要下坠的心情陡然转折,林卓绵的心脏轻轻地漏掉一拍。他的意思是,会因为她而分心,但就算这样,她想去,他也还是答应了。

刚刚还在嫌陈野望不说好听话的范范也露出了一副被震撼到的表情。她心服口服道:"我错了,陈野望这样的学霸,干什么都比我们普通人高级。"

打量两眼林卓绵的表情,她又说:"你能不能有点出息,人两句话就把你吃定了?"

林卓绵回过神,告诉陈野望说:"那我坐最后一排,你就当我不在。"

下午林卓绵是快上课的时候才走进了陈野望的专业课教室,是个大阶梯教室,但需要上课的人没有那么多,只坐满了前面四排。

她在教室末端坐下,看见陈野望在第二排靠窗的位置,窗帘拉着,阻断了室外的光线。从她的角度,可以看清他的侧脸和挺直的鼻梁。

这堂课以交流讨论为主,教授做了简单的开场之后便请学生上台展示。

陈野望从容不迫地走上讲台,俯身打开提前拷贝到电脑上的演示文稿,抬眸站直的那一刻,他看到了坐在最后一排的林卓绵,眸色轻微地一动,视线在她身上停留片刻,然后云淡风轻地开始梳理一篇英文文献。

看得出他是讲东西习惯脱稿的那类人,没有任何背诵的痕迹,有时候遇到中文没办法准确表达的术语,会思考一下,用英文阐释一遍。

他提出了很多自己的观点和评析,讲得一旁的教授频频点头,时不时附和几句,参与讨论。

前半节课结束之后,陈野望要下台,还被教授叫住,站在讲台旁边跟他聊了一会儿。

陈野望个子比上课的教授要高一些,会低头去迁就对方,他边听边回答,忽然教授问:"坐最后一排的小姑娘是你女朋友?"

他微微怔了下,直到教授笑眯眯地指出:"你一直在往那边看,从刚才在讲台上的时候就是。"

林卓绵看着陈野望跟他的教授说话，距离远，听不清内容，只看到陈野望听见某句话之后顿了顿，然后朝她的方向看了一眼。

这时一道人影挡住了她的视线："你是医学部的林卓绵吧，怎么跑我们班来上课了？"

林卓绵说来蹭课听。

"你不是本科生吗，直接来旁听研二的课？"男生说着就要在她旁边坐下。

陈野望的声音打断了他们："绵绵。"

男生挺惊讶地回过了头："望哥？这是你……"

"女朋友。"陈野望说。

对方大概没想到他回答得这么直白坦荡，在原地站了好几秒钟才缓过神来，有些尴尬地说了句："不好意思啊，望哥，我不知道。"然后郑重地对着林卓绵叫了一声，"小嫂子。"

林卓绵被这个称呼喊得手足无措，脸"唰"地红了。

男生走后，陈野望把手里的电脑放到桌上，在林卓绵旁边坐下："怎么不应他？"

指的是那声"小嫂子"。

"有点不习惯。"林卓绵说。

陈野望侧眸一瞥她："还是习惯被别人搭讪？"

他的语气很淡，但林卓绵觉得这不是一个适合聊下去的话题，于是转而问道："你不是怕分心吗，怎么还坐过来？"

但陈野望没那么轻易地放过她："因为我不坐会有别人坐。"

林卓绵想跟他争辩，一转脸却看到前排许多人聚在一起讨论什么，间或有人抬起头来看她跟陈野望，刚才那个叫她"小嫂子"的男生被围在中间，正连比带划地讲话，喻腾也在边上凑热闹。

她记得，这天之后她跟陈野望谈恋爱的事情便在学校里传开了，所有人都在这个冬春含混的季节，知道陈野望交了女朋友。

之后林卓绵跟陈野望做了很多普通情侣会一起做的事情，一起上自习，去她在社交媒体上看到的餐厅吃饭，在电影院的黑暗里牵手，在围栏上开满蔷薇的操场散步。

其实都是非常普通、平凡，她自己也可以做的事情，但有了陈野望在旁边，一切就都变得不一样了。

她没怎么关注过旁人对她跟陈野望谈恋爱的看法，直到某一个周末跟

168

室友去学校里的咖啡店玩桌游，坐下之后才发现，她们隔壁那一桌是李曼和李曼的朋友。

对方应该是立刻就看到她了，不然也不会那么快就将话题转到她身上。

有人问李曼知不知道陈野望谈恋爱的事情。

李曼把玩着从咖啡杯上拿下来的杯套，说知道。

那人马上问她是否不介意。

"不介意啊，我觉得他们长久不了，陈野望的心思不在谈恋爱上。"李曼说。

范范咳嗽一声，抬高了音量："背后说别人，不知道小声点儿啊？"

那一桌人的聊天声骤然停下。李曼转头看了林卓绵半天，云淡风轻地说了句"不好意思"，很快就跟一桌朋友离开了。

范范嘀咕道："还算有点眼力见儿。"

骆锦安慰林卓绵："都知道李曼追陈野望没追上，她就是撒气。"

冉沛柔附和道："还有人稍微凭着点儿印象就瞎说呢，这周我去上思政课的时候还听见前排有人议论，说觉得卓绵跟陈野望谈不了多久。"

桌上突然安静了。

范范给冉沛柔递了个眼神，她才意识到自己说错了话，有些不安地看着林卓绵。

林卓绵反倒没事儿人一样问："好多人这么觉得啊？"

范范没直接回答："你这么想，一直生人勿近的高岭之花被摘了，就好比公共财产成你一个人的了，广大人民群众估计没缓过来，觉得你占大便宜了，暂时产生点儿不正确的认识也是正常的。"

林卓绵点了点头："在觉得'我占大便宜了'这一点上，我跟广大人民群众的意见还挺一致的。"

晚上她去经管院楼的会议室找陈野望一起上自习，她不像陈野望能连着分析一晚上数据，看一会儿书就要起来走走，休息一段时间。

陈野望习惯约的这间会议室在走廊最尽头，带落地窗，能看到不远处的图书馆，和被路灯照亮的绿树，轻柔的晚风从窗户抬起的缝隙中徐徐地吹进来。

林卓绵在窗边站了一会儿，又坐回到陈野望旁边，好奇地去看他的屏幕。

陈野望给她讲了几句自己正在做的东西，她半懂不懂地听着，捂着嘴打了个哈欠。

"困了？"陈野望偏过脸，"困你就先……"

"回去"两个字还没说出来，就被林卓绵打断了，她此地无银三百两地说不困。

陈野望的电脑屏幕上开着微信，林卓绵匆匆一瞥，意外地发现很上面的位置有一个熟悉的头像，是跟林洛的聊天框。

她问道："师兄，你跟我哥聊过天？是他找你吗？"

陈野望不知为什么，过了片刻才说"是"。

"你们都聊什么了？"林卓绵问。

陈野望想了想说道："聊你。"

林卓绵想当然地问："他是不是说我坏话了？你别听他的，都是他抹黑我。"

陈野望玩味地看着她："有什么坏话是怕我听的？"

林卓绵愣了一下："不是吧，他把我在幼儿园的时候给小男生送过折纸爱心的事儿跟你说了？"

陈野望挑了下眉："还有呢？"

林卓绵小声说："还把爱心涂成了粉色。"

陈野望失笑："绵绵，你哥哥可没跟我说这些。"

林卓绵这才意识到自己被陈野望误导了，她有些尴尬地鼓了鼓脸颊，小声问："那你们聊的是什么？"

"你哥哥知道我们谈恋爱了，让我好好保护你。"陈野望说。

"他管得好多。"林卓绵评价道。

陈野望笑了下，握着她的手，捻了两下她手背上的皮肤，不动声色地将微信界面关掉。

林洛找他，说的是林卓绵那个高中同学的事情。

他对那人印象深刻，因此林洛一提起，他马上就想起来了。

林洛没对他提什么要求，讲完之后，只是让他多留意荀年，别让对方伤害自己妹妹。

陈野望答应下来。晚上他送林卓绵回去之后，拨通了束文景的电话，说有一件事，想烦请对方插手帮忙。

那之后快两年时间，林卓绵没有再收到任何来自荀年的讯息，短信没有，骚扰电话也没有。

大四放寒假回家的时候她还跟林洛说过，不知道荀年为什么突然就销声匿迹了。

林洛那时候正陪她坐在客厅里看电影,闻言有些出神。过了几秒,他说:"荀年的工作被调走了,跟他爸爸一块儿。"

林卓绵觉得奇怪:"他的工作还能调走?调到什么地方去了?"

林洛似是觉得没办法解释,摆出一副不耐烦的表情说:"我哪知道,我又不是他工友,好像挺远的吧。"

他拿起手边的热咖啡喝了一口,短暂地沉默片刻,又说:"调走了好。"

林卓绵很轻地说"嗯"。

林洛看她一眼:"开学就大四下学期了啊,你们学医的就是辛苦,还得比别人多念一年,你之后有什么打算没?"

"还能怎么打算,接着往下念呗。"林卓绵说。

"也是,进大医院都得学历高。"林洛放下杯子,"你应该差不多能留在你们学校保研吧?之前几年不都是专业前几名?"

林卓绵没把话说得太满:"这学期回去还有不少专业课,之后都要算入排名的。"

林洛吹了声口哨:"没事儿,你哥相信你,你那小脑袋瓜也就擅长死念书了。"

林卓绵伸手推他:"我告诉爸妈,你骂我。"

林洛往旁边一躲,又问:"那陈野望呢,他也继续念书?"

"他导师想让他留下,但是他准备出来工作了。"林卓绵如实道。

林洛朋友多,虽然一开始林卓绵没有告诉过他陈野望家里的情况,但他自己差不多也打听清楚了:"进他家集团?"

林卓绵摇了摇头:"不是,他想创业。"

"自己开公司啊?"林洛有些意外,不过想想也觉得合理,"他那性格确实不像能屈居人下的。"

他打量了一番林卓绵,忽然问:"你俩这也谈了有两年了,他说没说过之后怎么办?"

林卓绵没懂:"什么怎么办?"

林洛轻描淡写道:"比如等他稳定下来之后,你俩能不能订个婚之类的。"

林卓绵吓了一跳:"你说什么呢?"

顿了顿,她又说:"这些都还早着。"

林洛的看法跟她很不一样:"那至少先规划一下吧,他作为你男朋友,不得负起责任来?"

林卓绵不想跟他讨论这个问题:"就是谈个恋爱,你怎么说得那么复杂,还负责任。"

"我这不是为你好嘛!"林洛想到了什么,眉头微微拧了起来,"他没欺负你吧?"

林卓绵听明白他什么意思,涨红了脸,从身后抓起一个抱枕就砸了过去:"林洛,你是不是想死?!"

林洛眼疾手快地捉住:"你哥这不是关心你嘛,你看你怎么这么暴躁,你也拿这东西扔陈野望?"

"你能不能别瞎问了。"林卓绵语气生硬地补了一句,"没有。"

林洛放了心:"这小子还行。"

但他又想到了别的地方:"不过不应该啊。他不是喜欢你吗,这事儿连提都没提过?你不知道,这么大的小伙子都……"说到这里,他及时打住了。

林卓绵面无表情地看着他。

林洛咳嗽一声,转移了话题:"先不说这个,过几个月我要跟朋友的登山队进雪山,到时候在P城出发,我提前过去,带你玩玩。"

"行啊,那你到时候过来找我。"林卓绵说。

假期回去之后,林卓绵跟陈野望见面的时间变得很少,那是陈野望在S大的最后一个学期,本身临近毕业事情又多又杂,再加上陶教授接受了他要创业的选择,带他去了不少商务场合,帮他拓展人脉。

好不容易陈野望在周末空出小半天,林卓绵没课,买了一盒乐高积木,便问他能不能陪自己拼。

陈野望开车带她去自己住处,刚到楼下,就接到了老陶的电话。

老陶说晚上临时组了个酒局,去的都是他的老朋友,不少是P城商圈的大人物,让陈野望没有急事的话,务必过来参加。

陈野望熄了火,一瞥林卓绵,问道:"老师,我什么时候去?"

老陶大概觉得他问得奇怪:"你是有什么事儿吗?没事儿就现在过来。"

陈野望没有立刻说话,直到林卓绵做了个口型说:"你去吧。"

他抬手碰了碰她的脸,对老陶说了声"好"。

林卓绵在陈野望家的客厅里一个人断断续续地拼完了大半盒乐高,还剩了最后几页说明书上的内容,她没舍得拼完,想等陈野望回来一起。

没什么事情做的时候林卓绵会很容易睡着,陈野望开门的声音她也没听见，是他来给她盖外套的时候，她察觉到了，才醒过来。

陈野望在她身侧坐下，拿起她剩在桌上的零件："留给我的？"

林卓绵闻到了他身上淡淡的酒意："你累就算了。"

陈野望说"没事"。

这些东西比起他做的那些量化分析要简单多，但他的态度却很认真，低垂眼眸看说明书的时候，眼神非常专注。

他耐心地按照说明书上的步骤，帮林卓绵拼完了最后的几个部分。

林卓绵想去给他倒杯蜂蜜水解酒，刚站起身，就被陈野望拽住了手腕。

他向后拉她，她不得不坐在了他腿上。

"陪我一会儿。"陈野望从背后抱她，把脸埋进她的颈窝，他声音偏哑，伴随着低沉的呼吸。

林卓绵微微转过脸问："你是不是喝醉了？"

陈野望不回答，深深地呼吸着她身上清新好闻的气息。

林卓绵感觉到他温凉的薄唇贴在自己颈侧，心跳有些乱，身体也控制不住地发软，往后躲了一下。

陈野望抱她的手顿时紧了紧，半晌，才用压抑的声音道："绵绵，你做什么？"

林卓绵眼皮一跳，感觉到了陈野望的变化，她慌乱地转过身想解释："我、我不是……"

陈野望叹了口气，手指拍了拍她的腰侧，忍耐着说："你先下来。"

林卓绵却在这个时刻想起了林洛对她说的话，她小声问："师兄，你喜欢我吗？"

陈野望离她很近，看清她白皙的耳垂正在泛红。

"绵绵，你别闹，"他别开目光，伸手替她绾了一下头发，"这跟喜不喜欢没关系。"

林卓绵却好像误会了他的意思，认真地看着他说："没关系吗？那你这样，是因为喝醉了吗？"

陈野望被她清澈的眼神看得心里发紧："不是。"

他又低声说："总觉得你还小。"

他看林卓绵不作声，以为她听懂了，想把她从腿上抱下来，却突然被她亲在了唇角。

陈野望一怔，林卓绵靠近他耳边，问他："你从来都没想过？"

他没想过她用偏清纯的一张脸说这样的话会这么要命，陈野望停了一会儿，投降一样承认道："想过。"

想过的。

他开始吻她的脖子，然后是耳朵，问她想清楚了没有，她含羞地点点头。

....

夜深人静，林卓绵趴在陈野望的胸口，漆黑微湿的发尾散落在他肩头，听他一下一下的心跳声。

陈野望抬起她的下巴跟她接吻。过了一会儿，她听见他说："绵绵，你搬过来。"

第二天起床之后，林卓绵没有找到自己穿过来的衣服，只能披着陈野望的睡衣去问他。

陈野望正坐在沙发上用平板写什么东西，闻言说："不能穿了。"干干净净的语气，触控笔也没停，说的却是十分暧昧的话。

林卓绵回想了一下，好像的确不能穿了。

"那怎么办？"她问。

陈野望抬起头说："我去给你买。"

林卓绵看到他在看自己的小腿，也低头去看，发现上面还留着他的指印。

她咬了咬嘴唇，告诉他："师兄，你知道吗，我哥说你们这个年纪的男生都不是什么好人。"

陈野望第一次在她这里挨骂，大概觉得新鲜，笑了一下，继续写他的字："绵绵，你这样，我下次可能会更忍不住。"

一辆冰蓝色的轿车在S大东门停下，车门打开，林洛一条胳膊搭在车厢顶上，另外一只手举着手机，给林卓绵打电话。

通了之后，他道："我到你们学校门口了啊，你是不是还在睡懒觉呢？"

林卓绵有些慌张地问："你怎么不提前跟我说就来了？"

"给你个惊喜呗。本来今天要跟我朋友那登山队开行前会的，结果队长临时有事儿开不了了。"林洛随意地说。

林卓绵"哦"了声，又迟疑着说："我不在学校。"

林洛没想太多："那你在哪儿？我过去找你。"

电话那端变得安静，过了一会儿，林卓绵报给他一个地址。

"宵湾花园？"林洛重复了一遍，"这是旅游景点吗？还是饭店？怎么听着跟个小区一样。"

"……就是小区。"林卓绵说。

林洛愣住了，随即便反应过来："陈野望的住处啊？"

林卓绵有些心虚地"嗯"了一声。

林洛听见她那边隐约响起一道清朗磁性的男性声音，跟她说昨晚又踢被子了。

是谁不言而喻。

林洛一瞬间变得咬牙切齿起来："林卓绵，你给我等着，陈野望也在是不是，你让他也等着。"

林卓绵觉得自己好像应该说点儿什么，但想了半天只憋出来一句："你开车慢点儿啊，别把车当飞机开。"

林洛恶狠狠道："得了吧，你哥我驾照十二分就等着攒今天打包一块儿用了。"

林卓绵知道他只是话说得狠，肯定不会找陈野望的麻烦。

果然，最后林洛只是把车停在了小区门口，语气不太好地叫她下来。

林卓绵得寸进尺，问林洛能不能叫上陈野望一起出去，被林洛坚决地拒绝了。

她坐上车之后，林洛瞥了她手腕一眼："另一个护身符给陈野望了？"

林卓绵点了点头，像显摆一样告诉他："他到现在都戴着呢。"

林洛从鼻子里哼了一声。

林卓绵忍不住说："不是你让我给我男朋友的吗？"

林洛现在听不得她说那三个字儿，露出非常不爽的表情："那是当时，现在开始别跟我提他。"

林卓绵悄悄给陈野望发微信：【我哥怎么会这么生气啊？】

Chen：【因为觉得妹妹被我抢走了。】

海绵蛋糕：【那你要不要考虑还给他？】

Chen：【考虑了一下。】

Chen：【不太想还。】

林卓绵把脸偏到车门那一侧忍笑，紧接着就听见林洛冷酷地说："把手机关了。"

林洛带她去的是 P 城新开的海洋馆，两个人在门口买好票，一起走了进去，林洛脖子上还挂了一个拍立得。

入口是拱形的玻璃甬道，两侧游过颜色各异的热带鱼，像一场缤纷的风暴，带起细微的水流起伏。

林卓绵刚想说陈野望在郊区的家里也有热带鱼，想到林洛今天对陈野望的态度，还是及时地打住了，改口问道："你这次进雪山，危险吗？"

"有什么危险的，我又不是第一次去无人区，就是这次海拔高点儿，没问题。"林洛满不在意道。

海洋馆很大，有三层，林卓绵停在企鹅区，指着站在假山上的企鹅说："养企鹅怎么不用冰啊？"

"这是常温企鹅，我去非洲的时候见过。"林洛说。

企鹅区对面就是海洋馆的纪念品销售商店，林洛过去买了一只毛绒企鹅公仔，塞在林卓绵怀里。

林卓绵愣愣地抱着看他，林洛拿起拍立得给她拍了一张照片。

她反应过来之后，告诉林洛："你知不知道这样抓拍十张里面有九张都没法看。"

然后要求林洛把照片送给她或者就地销毁。

林洛装模作样地拿着看："我觉得还行吧，就是眼睛没睁开，表情也有点儿呆，哟，头还是歪的。"

林卓绵急了："你给我，不许看了。"

林洛把照片举高："急什么，我还想拿给陈野望看看呢。"

"你敢！"林卓绵跳起来去抢。

这次林洛让她抢到了，看清照片的那一刻，林卓绵意外地发现并不难看。

照片里她揽着有她半个人高的企鹅公仔，望向镜头的时候，微微有些惊讶地睁大了眼睛。

林洛趁她愣神，把照片又拿了回去："既然你这么强烈地要求，我就不给陈野望了，这张照片只有你哥有。"

林卓绵迅速地改变了想法："要不还是给吧。"

"不给。"林洛说。

他拍了一下林卓绵的后脑勺，语气比刚才温柔了一点："我拿着进雪山，就当带你一起去了。"

那张照片在几个月后回到了林卓绵手中，她也是那时候才知道，林洛没有跟她说实话。

这次雪山之行其实危险系数极高，不像他说的那么轻描淡写，实地参加的每一个人，都签了生死状。

企鹅公仔被林卓绵带回了陈野望家，陈野望正坐在沙发上看书，瞧见之后问："哥哥买的？"

林卓绵在他旁边坐下，大方地递给他："借你玩。"

陈野望一瞥企鹅漆黑圆亮的眼睛，将书放到一边，伸手捏了捏它的脸颊："怎么跟你有点像。"

林卓绵不可置信道："我有这么胖吗？"

陈野望环着她的腰把她搂过来："没说长得像。"

林卓绵似懂非懂地看着他，轻轻摸了一下他的下眼睑："你这里有黑眼圈。"

"昨天刚交论文初稿，还跟老陶讨论了创业的计划。"陈野望说。

他修长的手指轻而易举地扣进她的指缝，把她的手压在沙发上，偏过头用温凉的嘴唇碰了一下她耳下的皮肤。

林卓绵觉得痒，叫了声"师兄"。

陈野望一边应着，一边继续往下亲。

林卓绵的气息变得急促："师兄，你现在怎么这样？"

"我哪样？"陈野望的声音在她锁骨附近响起，低沉带哑。

林卓绵没过脑子就说："欲求不满。"

陈野望没想到她会这么说，顿了顿，随即轻笑了声："你还挺明白。"

林卓绵恼羞成怒地推他，指关节都开始泛粉。

她觉得自己没说错，自从第一次之后，陈野望就不再跟她避讳这件事。

林卓绵每次去等他开组会，看他神色冷淡地站在师弟师妹面前梳理文献，她都会有种错觉，觉得她认识的是另一个陈野望。

陈野望握住林卓绵的手，将她带回来的企鹅公仔垫在了她腰后。

"不用这个。"林卓绵小声说。

但陈野望误解了她的意思，把她抱到自己膝盖上。

林卓绵放弃了跟他解释，拽着他的衣领把他拉下来。

窗外是P城短暂春天中一个平常而温柔的夜晚，林卓绵感觉到陈野望侧过脸吻了一下她膝弯一侧的皮肤，然后跟她说，绵绵你好漂亮。

他的眼尾微微发红，像高山上的清雪终于被红尘染上颜色。

"师兄，你以后会不会更忙？"林卓绵用指尖描摹陈野望的眉眼，"我好想我们一直都不毕业。"

"怎么这么不专心。"陈野望说。

林卓绵往上躲了一下，原本要说的话变成了支离破碎的音节。

过了一会儿，陈野望说："不用想那么多，这些在我这里都不是问题。"

林卓绵能听明白他什么意思："我想靠自己。"

陈野望笑了一下，哄着她道："好，绵绵靠自己，师兄哪有绵绵厉害。"

林卓绵看着他被灯光勾勒得越发英挺深邃的五官，她一直不曾问过，他现在有没有开始觉得，喜欢其实是很好的一件事，不像他以前见过的那样，充斥着欺骗、背叛，而是纯粹的，干净，有时候会让人觉得是可以触碰到的，像光一样的实体。

　　如果可以的话，她会想让自己跟陈野望的故事就停在那一刻，不必迎来之后的急转直下，和并不好看的收尾。

　　几天之后，林卓绵陪陈野望去经管学院领毕业年级的资料，刚转过主干道的十字路口，就看见树下站着一个熟悉的身影。

　　林卓绵没想到时隔两年，她会再一次在 S 大的校园里见到苟年。

　　苟年没怎么变，正用那张阴沉的脸向人打听什么事。

　　林卓绵本来想拉着陈野望避开，但对方却站在那里没动，直到苟年看过来，发现了他们。

　　他生怕林卓绵跑了一样，站在他对面的人还在说话，他就已经快步朝她走了过来，脸上的伤口一如既往的触目惊心。

　　"绵绵。"他用阴沉沙哑的声音叫她，目光落在了面前两个人交握着的手上。

　　陈野望的手大而宽，能够轻而易举地将林卓绵的手包在掌心。

　　他们是什么关系，一目了然。

　　苟年大概是想起了两年前林卓绵的否认，眼中流露出了嘲讽的神色："绵绵，原来你还会骗人。"

　　林卓绵心一沉，下意识地挣脱了陈野望。

　　"苟年，"她用尽量平静的声音跟他说话，"我们两个的事情，你不要扯上别人。"

　　苟年目露凶狠，往前走了一步。

　　陈野望皱着眉，把林卓绵护到自己身后。

　　苟年不屑道："你没听见吗，她说我们两个的事情，跟你没关系。"

　　陈野望没说话，目光却凛冽得如坚冰。

　　苟年到底还是怕陈野望，安排他从工厂调走的外地车间主任被他诈出了话，告诉他在背后运作的人是琨海集团的总经理特助。

　　车间主任还告诉他，这份比原来高得多的工资他想领到什么时候就领到什么时候，永远不会辞退他，还会年年上涨，唯一的要求是不许他再回到 P 城和他的家乡，也不能再联系林卓绵。

一听见林卓绵的名字,他就确认了这件事同谁有关。

打工混社会的这些年,他认识了不少三教九流的朋友,虽然最开始连陈野望的名字都不知道,但还是让他打听到了对方同琨海的关系。

苟年盯着林卓绵,嗓音狠戾道:"绵绵,我来就是想告诉你,你别觉得能丢下我。"

说完之后,他转身就走了。

林卓绵听见陈野望的声音在侧上方响起:"他专程来找你,就为了说这个?"

"他就是这样的人。"

她抬起头看清陈野望紧紧锁着眉,神情凝重。林卓绵担心他知道太多会去找苟年,被对方缠上,抿了抿唇说道:"师兄,你能不能答应我,不问这件事?"

陈野望性格强势,林卓绵本来以为他不会答应,没想到他看了她片刻之后,说了声"好"。

他抬眸望向苟年消失的方向,意识到调动对方的工作只不过是权宜之计,要想让对方彻底消失在林卓绵身边,还需要别的手段。

去院办领完资料,陈野望就接到了束文景特助的电话,对方向他表达了歉意,说束总之前安排的那件事似乎有些波折,没想到过了两年,苟年突然从车间里消失了,没有跟任何人说,也没人知道他去了哪里。

"我知道。"陈野望站在院楼大厅,看见站在透明玻璃门外等他的林卓绵,"方特助,这件事可能之后还要辛苦您配合我一下。"

林卓绵跟陈野望同居之后没有退学校的宿舍,有时候还会回去。这天她开门的时候有些心不在焉,拿出钥匙开了半天的锁,直到范范从里面把门拉开:"门没锁,你也不试试?"

她回过神来,说了声"没注意",把钥匙收回去。

苟年那句"你别觉得能丢下我"还在她耳边。

"周六晚上有空没,陪我去跟天文社的人吃个饭呗。"范范说。

林卓绵随口问:"天文社?你还参加天文社了?"

范范笑嘻嘻道:"不是,就我那天路过他们社团活动的教室,看见里面有个师弟在科普一个什么洛希极限,简直是我的'取向狙击',我半路冲进去旁听了两个小时,师弟可能被我感动了,邀请我参加他们的聚会。"

"你的'取向狙击'?师弟长得特别帅?"林卓绵问。

"你看你说的,我哪有那么低级趣味,我是被知识打动的,这叫'智性恋'。"范范一脸义正词严,"当然,师弟长得也还行,高高白白的,单眼皮,戴了个半框眼镜,笑起来的时候还有酒窝。"

林卓绵不信:"智性恋同学,我就问一句,那个洛希极限你听懂了吗?是不是光顾着盯师弟的酒窝看了?"

"管我听没听懂呢,师弟主动邀请我就是最大的胜利。"范范笑眯眯地看着她,"绵绵你就陪我去呗,给我当个僚机,制造点儿机会。"

林卓绵答应下来,又说:"不过那天下午我要跟陈野望出去,傍晚才能回来,没问题吧?"

"我是没问题,你家陈野望可不一定,陪你出去玩结果晚上你还回来,他忙活一天连点儿奖励都没有。"范范意味深长道。

林卓绵无奈道:"你说小师弟要是知道你满脑子这些东西,会不会躲着你走?"

周六跟陈野望的约会严格来说是陶教授安排的,他有两张朋友送的歌剧票,自己对这些东西没什么兴趣,觉得陈野望会喜欢,便送给了陈野望,让陈野望跟女朋友去。

歌剧是法语原版的《浮士德》,林卓绵坐在观众席里,跟陈野望一起看浮士德同魔鬼做交易,爱上玛格丽特,又杀死了玛格丽特的哥哥,跟她分道扬镳。

剧院里灯光昏暗,舞台一侧的屏幕上滚动着黑底红色的字幕。林卓绵不小心碰到了陈野望的手指,他没有看她,只是攥住了她的手。

在黑暗中,林卓绵转头去看陈野望,他冷清的眼睛里是文艺复兴时期舞台上繁复华丽的场景,气质却半分也没有热闹起来,偌大的观众席里,他仿佛是最淡漠的那一个。

陈野望感觉到了林卓绵的注视,捻了捻她的手背,低声说:"别走神。"

中场休息的时候,林卓绵的手机突兀地响动起来,是个陌生号码。

前些天刚刚见过荀年一次,所有关于他的记忆像做过很多次的噩梦重新席卷而来,林卓绵几乎凭直觉就确定了来电人是谁。

她看了陈野望一眼,将手机藏到了身后,对他说:"我去买瓶水。"

没有等他说话,她就匆匆沿着过道走出了观演厅。

她走到卖水柜台旁边的角落,按下了接听。

荀年的声音毫无意外地传进她耳朵:"你终于接我电话了,绵绵。"

林卓绵攥着手机的指关节有些泛白:"你没有自己的生活吗?这么多年了,荀年,你不累吗?"

苟年没有回答，而是阴恻恻道："绵绵，你说要一直跟我做好朋友，怎么谈了恋爱都不跟我说。"

"我……"林卓绵话还没说完，手机突然被一只手拿走了。

她愣了一下，转过身，看到了面无表情的陈野望。

他对着林卓绵的手机一字一顿道："我是她男朋友陈野望，是我追的她，强迫她跟我谈恋爱，你要是有胆子，就直接来找我。"

说完他就挂断了电话，把手机也关机了才还给林卓绵。

林卓绵不安地看着他，叫了声"师兄"。

陈野望问她："为什么受了欺负不跟我说？"他跟她说话从来没用过责备的语气，这次也一样，不是质问，只是平静的陈述。

林卓绵拉住了他的衣角，什么也不说，只是轻轻晃了晃。

陈野望拿她没办法，跟她对视一会儿之后叹了口气，碰了碰她的脸颊："算了，先回去吧。"

他又叮嘱道："手机暂时不要开了。"

林卓绵说"好"。

看完歌剧之后，陈野望送她回学校。她陪范范去参加天文社的聚会，跟他说不知道什么时候能结束，今晚她跟范范在宿舍住。

陈野望"嗯"了声，让她回学校之后再把手机开机，给他发微信。

事后林卓绵把那晚自己的轨迹反复回想了很多遍，明明每一秒她都可以打开手机，她却偏偏那么听陈野望的话，直到跟范范回了宿舍，才按下开机键。

最先出现在她屏幕上的，不是苟年骚扰她的记录，而是四个小时前，林洛发过来的一条短信。

【绵绵，哥哥可能回不去了，好好照顾自己和爸爸妈妈。刚才我报警没有信号，不知道这条短信能不能发出去。】

林卓绵耳边轰然一响，呼吸开始颤抖。

她险些握不稳手机，给林洛的号码打电话——不在服务区。

反反复复打过几次，都是不在服务区。

范范还在兴致勃勃地跟骆锦和冉沛柔讲她的天文社师弟："……他真的太有意思了，拿个纸杯钻了两个眼儿，给我讲乌克兰的古代人怎么观测太阳。"

说了一会儿，她发现林卓绵一直站在宿舍靠门口的地方没搭腔，便叫了对方一声："绵绵，你站那儿干什么呢？等等，你脸色怎么那么差，回来的路上冻感冒了？"

林卓绵来不及跟她说话，推开宿舍的门，给白舒琴打了电话："妈，你快跟爸试试能不能联系上我哥，他可能出意外了。"

中途陈野望给她打电话，她挂断了，他又发微信给她，问她到没到学校。

林卓绵没有回。

大约一个小时后，白舒琴得到了林洛的消息。

她告诉林卓绵，晚上九点，带林洛进山的登山队确认他失踪，紧急向当地警方报案，目前正在搜救。

林卓绵沉默着，一句话也说不出来。林洛给她发短信是六点钟，比被登山队发现他失踪整整提早了三个小时，她耽误了林洛三个小时的救援时间。

假如林洛出意外，她不知道该怎样面对自己，也不知道该怎样面对陈野望。

林卓绵在宿舍楼下的长椅上坐到半夜，终于等到了白舒琴的电话。

一接通，就听到了对方压抑的哭声。

从记事起，她就不记得妈妈哭过。

林卓绵浑身冰凉，心脏像一块沉重的铅块，在体内不断地下坠。

"洛洛的……找到了。"白舒琴哭着说。

中间两个字被她刻意地压低，然而林卓绵还是听清了——遗体。

白舒琴哽咽道："是在断崖底下找到的，警方说要是再早一点，说不定还有生还的可能……绵绵，你怎么知道洛洛有危险的，他什么时候跟你说的？"

林卓绵觉得自己的喉咙发干，好半天之后，她才艰难地告诉白舒琴："六点。"

白舒琴似是愣了一下，过了几秒才慢半拍似的问："晚上六点？"

林卓绵泣不成声地说"是"。

电话两端沉寂下来。

白舒琴仿佛不知道该怎么问，最后只是干巴巴地道："绵绵，你怎么没看见？"

林卓绵安静了片刻，小声说："我手机关机了。"

白舒琴追问道："怎么就今天关机了呢？没电了？"

林卓绵不说话，想起下午在剧院大厅的角落，陈野望看着她问，为什么受了欺负不跟他说。

尽管残存的一丝理智反复告诉自己,这件事不是陈野望主观意愿造成的,就算陈野望不说,她也有可能在荀年打来电话之后,把手机关机,但此时此刻占据她全部思绪的,是陪她从小一起长大,虽然平时跟她吵吵闹闹,但在她受了欺负之后,一定会第一个站出来替她出头的哥哥,林洛。

她不知道林洛在雪山上,是怎样艰难地找到了信号,才终于给她发出了这条短信,又是怎么在一分一秒的等待中,逐渐体力不支掉下了断崖。

那个脾气急躁、喜欢把车当飞机开的,每次路过P城都一定要来看她的林洛,那个因为知道她离开家会难过而送她护身符要她一辈子平平安安的林洛,那个因为她跟陈野望同居而气急败坏但最终也没舍得冲她发火的林洛,那个在海洋馆里说"你这张照片只有我见过"的林洛,永远离开了她。

她没有哥哥了。

陈野望打来的电话全被她挂断了,短信和微信也都没有回,他不知怎么联系上了范范。范范去楼下找她,指了指自己的手机,压低声音说:"陈野望。"

林卓绵摇了摇头。

范范只得对着手机说:"师兄,绵绵不想接你电话。你别担心,她人没事儿……"

挂了电话,范范坐到林卓绵旁边,伸手揽住了她的肩膀:"发生什么事了,能跟我说吗?"

林卓绵满脸泪痕地靠在范范身上,刚说了"我哥哥"三个字就说不下去了……

那是林卓绵人生中最为暗淡的一段时间。

林洛的遗体被送回了家乡的殡仪馆,她赶回去参加了葬礼,得知林洛在随登山队登顶的途中,发现了一串动物脚印,很可能是未经发现的新物种,他跟着脚印一路到了断崖,脚下穿的冰爪出现了松动,一不小心坠下了断崖。

警方根据林卓绵收到的短信推断,林洛在刚摔下去的时候还有意识,但由于气温太低,又受了重伤,失血过多,耽误了最佳救援时机,这才逐渐失去了生命体征,他随身的物品也被河水冲走了,目前还没有找到。

处理完所有事情后,林卓绵回到学校,但她没有再回过陈野望那里。他到宿舍楼下堵她不让她走,周围的女生投来羡慕与好奇的目光,林卓绵心里却没有一丝悸动。

陈野望低声说:"绵绵,你多少天没跟我说一句话了,真打算一直不理我?"

他眼下有淡淡的阴影,脸上是疲惫也遮掩不住的年轻英俊。

明明只过了不长的时间,林卓绵却觉得自己离他好远。她移开视线,看着远处主干道上来来往往的人,张了张嘴,却发现千头万绪,好像都无从说起。

"你能不能给我一点时间?"林卓绵很慢很慢地开口,"师兄,我需要想清楚一些事情。"

陈野望看了她良久,抬手想抱她,却被她躲开了。

他那只好看的手停滞在半空,顿了顿,又收了回去。

林卓绵知道,站在陈野望的角度一定觉得她莫名其妙,但她什么也没解释,没有说林洛去世了,也没有说跟那天他关了她的手机有关。

她不想他愧疚,但也做不到轻描淡写地翻过这一页。

她不怪他,怪的是自己,怪那个对陈野望死心塌地、言听计从的自己。

林卓绵现在才发现,发生这件事之后,她变得跟其他人一样,也不相信自己能同陈野望一直走下去了。

她有半学期没再去教室上过课,浑浑噩噩像具行尸走肉一样活着,坐在阳台上长久地发呆,不跟任何人说话,反复翻看手机里同林洛的聊天记录。

学期过半的时候,志协的师姐私聊她,问她怎么这么长时间都没有出勤过活动,又说这周末 P 城山地救援队会来给他们做一次山地救援的科普讲座,顺便招募学生志愿者,机会难得,如果她想参加的话,可以过来听听。

林卓绵盯着"山地救援"几个字看了很久,跟师姐说"好"。

Chapter 07
不过分的愿望

/ 不是只有你能为她受伤。
无论她走到哪里，都像有他陪着。

科普讲座在 P 城近郊的绫山实地进行，由 P 城山地救援队的副队长陆思进亲自讲解。

陆思进找了块开阔的地方，指着头顶突出来的一块石崖说："山地救援最常见的意外情况就是从岩石或者树上摔下来，你们都是做过急救志愿者的，有没有人告诉我，摔伤导致的脊椎损伤应该怎么处理？"

一道清澈的声音在人群中响起。

"把伤患固定在平坦坚硬的担架上，尽量避免晃动，立即送往医院。"

陆思进循声望去，看见离他不远的地方，站着一个女孩子。

女孩子皮肤白皙，乌黑的头发扎成马尾，清丽的面孔看起来有几分憔悴，像是很长时间没有好好休息过。

"你叫什么？"他问。

她说："林卓绵。"

陆思进点了下头，没说什么。

讲解结束以后，陆思进说救援队正在招募大学生志愿者，想报名的人可以找他填表。

林卓绵走了过去。

陆思进掀起眼皮打量她片刻："细皮嫩肉的小姑娘能干得了这个？刚

才来找我的可都是男生。"

"我是学医的，比他们都专业。"林卓绵眉眼坚定，不卑不亢。

陆思进扬了下眉，递了张表给她。

后来林卓绵听陆思进说过对自己的第一印象，他说那时候只听她说了那么一句话，他就知道这个小姑娘虽然看着乖，其实骨子里劲劲儿的。

没过几天，陆思进就在救援队的志愿者工作群里发出了紧急公告，说刚才接到游客求救电话，有人在夜间爬山的时候摔伤了。

当时是夜里十点钟，林卓绵到现场的时候，之前志协报过名的人里，只有她来了。

陆思进还记得她，准确地叫出了她的名字。他指了指自己的手表："知不知道现在几点，林卓绵？"

林卓绵语气平平地答道："不知道还能求助场外观众吗？"

陆思进看着她，突然"嗤"地笑了一声，说："行，不是学医的嘛，脚踝骨折怎么办懂吧，你，过去给那游客做紧急处理。"

林卓绵没动。

"紧张啊？"陆思进吊儿郎当地问。

林卓绵迟疑着说："我没真的上手过这样的情况，怕有意外。"

"知道你没真上手过，"陆思进朝伤者的位置抬了抬下巴，"那边有专业的盯着你，你以为我会放心交给你一个？"

那之后几乎每一次救援队的活动林卓绵都会去，有时候甚至逃课。陆思进问过她这事儿，不过也没制止她，只说能考上Ｓ大的都不是一般人，不会不明白道理，让她自己把握。

对林卓绵来说，参加山地救援就好像赎罪，她心里因为林洛的离开遗留下一个深刻的、宽广的空洞，仿佛只有每次从山上下来，肩颈隔着衣服被救援绳索磨出通红的伤口，她才偿还了林洛一点点，而与他有关的那个空洞，也因此发出了回响。

一次从校外执行完任务，已经是深夜，陆思进开车送她回学校，林卓绵走到图书馆附近的时候，迎面撞见了从经管院楼走出来的陈野望。

陈野望怔了一下，而林卓绵低下头，想装作没看见，从他旁边走过去。

路过他的一刹那，她被他抓住了手腕，陈野望问："去哪儿了，怎么现在才回来？"

林卓绵想从他手里挣脱出来："有人受伤了。"

"谁受伤了？"陈野望紧追不舍地问。

林卓绵不说话，陈野望看见她衣兜里有张露出一半的胸牌，抬手抽了出来——P城山地救援队临时工作证。

陈野望举起来，在她面前晃了晃："这就是你这段时间在我面前消失的理由？"

工作证深蓝色的挂绳垂落下来，林卓绵伸手攥住，避而不答道："师兄，能还给我吗？"

陈野望没松手，用漆黑深邃的眼眸凝视着她："绵绵，那天晚上到底发生什么了？"

林卓绵的手腕被他握得发疼，她垂下眼帘，一副不会开口的模样。

跟陈野望说了又有什么用，她没办法放下，林洛也不会回来。

陈野望看她这样，不舍得发火，放缓了声调："跟我回家好好说，行不行，绵绵。"

这是一个宁静的夏夜，在很近的地方有盏路灯投下一块圆形的光斑。

林卓绵的目光停在自己脚下的一小块地面，她叫了一声"师兄"，又说："我之后不想住你那里了。"

陈野望看着她，淡声问："你这是在跟我发脾气？"

林卓绵咬了咬嘴唇，仿佛为了证明自己说的不是假话，加了一句："最近的课有点难，住宿舍方便讨论。"

陈野望没接茬，林卓绵不知道他去教室找过她，清楚她这段时间根本没去上过课。

他松开手，工作证从半空掉下来，挂绳还吊在林卓绵手里，长方形的塑料牌子在空中晃了几下。她用的还是校园卡上的那张照片，笑得纯真无瑕，跟现在的她很不一样。

林卓绵固执地望着陈野望，他终于开了口："那你记得回来拿需要的东西。"

她松了口气，点点头，把胸牌又放回衣兜，从陈野望身边走了过去，纤瘦的身影被路灯的光短暂地照亮了一瞬，很快又没入了黑暗中。

虽然答应了要去拿东西，但林卓绵一直没有付诸行动，陈野望问过她几次，她都说最近没时间。

他最后一次跟她提这件事的时候，她正在救援队的基地整理后勤物资，手机放在附近的担架上。

陆思进站在她旁边，正跟一个老志愿者聊自己明年下半年要被调动到G城的事情。

他瞥见林卓绵的手机上有电话进来，顺手敲了敲置物架的钢板："有人找。"

林卓绵停下手里的动作，从担架上拿起手机，看清来电显示的时候微微地一顿。

陆思进觉得她看起来不太想接。

但林卓绵还是接了，走开几步，轻轻叫了一声"师兄"。

"什么时候来拿东西？"陈野望说。

她习惯性地要用没空做理由搪塞过去，但陈野望接着说，他之后可能要卖房子，让她尽快过来。

林卓绵愣了下："怎么想起来要卖房子？"

陈野望的理由看上去很正当："创业需要启动资金。"

林卓绵一只手搭在面前的置物架上，冰凉的触感碰在指关节上："好，我晚上过去。"

她说完就想挂电话了，而陈野望却问："你还在救援队？"

林卓绵说"在"。

他沉默了须臾："以后打算一直做这个吗？"

林卓绵"嗯"了声："可能吧。"

陈野望没说话，但也没有挂断。

两个人听了一会儿彼此的呼吸声，陈野望突然说："不舍得挂？"

他很少说这种类似调情的话，林卓绵假装没有听懂，抿了抿唇说："那我挂了。"

放下手机，她发现老志愿者不知什么时候已经走了，陆思进正倚着架子看她，手里抛一把尖嘴钳玩。

"有人追啊？"他问。

林卓绵说："男朋友。"

陆思进挑了下眉："看来感情一般，你连接个电话都怪不乐意的。"

他又问："他同意你来干这个？"

林卓绵继续埋头整理，不想多说："跟他没关系。"

晚上她在基地吃过饭，打车去了陈野望那里。

陈野望刚洗完澡，来给她开门的时候头发上还带着潮意，身上有很干净的沐浴露味道。

他穿了一套黑色的睡衣，领口最上面的两颗扣子是散开的，露出了锁骨和一点肌肉的轮廓。

林卓绵别开视线:"师兄,我来拿东西。"

她在陈野望这里住的时间不长,却放了很多小物件,但她这次来,只是想把林洛在海洋馆给她买的那只企鹅公仔带走。

她明明记得自己放在书房里,现在却怎么也找不到。

陈野望靠在门口,单手插在兜里看她,她转过身问他知不知道在什么地方。

他没回答,却说:"就放这儿不行吗?"

"不是要卖房子吗?"林卓绵平静地看着他。

陈野望跟她对视。过了片刻,他把手放下来,问她:"绵绵,你真觉得我把你叫回来是为了让你搬东西走?"

林卓绵眸色一闪,她低下头,想离开书房:"我去别的地方找找。"

陈野望握上门把手,用胳膊拦住她。

林卓绵没办法地站在那里,陈野望离她近,她感受到他身上散发的温度,脸上流露出一丝慌乱,抬眼飞快地一扫他,又垂下了视线。

陈野望叹了口气,两只手捧起她的脸,让她直视自己:"我听说了你哥哥的事情,为什么不告诉我?"

林卓绵听他提起林洛,浑身僵了一下。

没想到他这么快就打听到了。

陈野望继续说:"绵绵,你知不知道你这样让我很担心。"

林卓绵的眼圈泛了红。她能看出陈野望将自己这段时间的表现归结为林洛去世受了刺激,但他不知道,对她造成最大打击的,其实是那一条她延迟了几个小时才看到的短信。

林卓绵将手搭上陈野望的小臂。

"师兄,"她努力压制声音里的哽咽,"你把那只企鹅给我,好不好?"

手上用力,她挣脱了陈野望,一滴眼泪落在地板上。

陈野望无言地看着她。半晌,他走进书房,打开书架底部的柜子,拿出了被防尘罩包好的企鹅公仔。

林卓绵把玩具紧紧抱进怀里,深吸一口气,对陈野望说:"师兄,我走了,你要是卖房子的话,剩下的东西就都丢了吧。"

后来她想起来,其实那天就该跟陈野望说分手的。

一直拖着没有提,是因为舍不得。

她带着公仔回了学校,走进宿舍的时候,原本范范她们正在讲什么笑话,看见她进来,立刻噤了声。她们都知道她心情差,不想刺激她。

林卓绵走到阳台上，抱着怀里的企鹅，无法控制地想起林洛带她去海洋馆那天的每一个场景，眼泪又不知不觉流了满脸。

"绵绵。"范范在身后叫了她一声。

林卓绵用袖子擦干净眼泪，若无其事地问："怎么了？"

范范小心翼翼地观察着她的脸色："快期末了，下周就结课，你记得考前要复习，平时成绩你是扣了缺勤分，不过复习好了不影响。"

林卓绵起先没出声。过了几秒，她说："我不想念了。"

范范吓了一跳："不念了？你说什么呢？"

"不就是保研嘛。"林卓绵说。

范范郑重其事地扳过她的肩膀："不就是保研？你知不知道假如你不念了，本科毕业证也没有，你前三年好好学习的努力都白费了，你看看现在哪个三甲医院不要博士，你怎么找工作？你觉得你哥希望你变成肄业生在家待业？"

林卓绵的睫毛颤了颤。

范范认真地盯着她的眼睛："听我一句，绵绵，考前看几眼书，背几页重点，好歹考及格，别拿不到毕业证，这样靠之前的成绩往上提提也差不多能保研，行吗？别让你哥走了还放心不下你。"

最终林卓绵如期走进了考场。考前范范抓着她逼她背的重点都起了作用，她会答的题超过一半，看起来至少不会挂科。

最后一门考试结束之后，她走出考场，看见陈野望站在教学楼门口等她，身后是盛夏郁郁葱葱的树荫、湛蓝的天空，和强烈的阳光。

他穿了身西装，看起来像刚从哪个商务场合赶过来。

林卓绵走过去，陈野望从她肩上把她的书包摘下来："考完了？"

语气散淡到让林卓绵觉得几周前没有发生过自己语气生硬地让他把东西都扔了的事情。

"考完了。"她说。

陈野望没有问她大半个学期没去上课最后考得怎么样，只说："带你去看看我的公司。"

林卓绵怔了怔："已经选好地方了？"

她的记忆还停在陈野望说要创业的时候，不知不觉间，错过了这么多。

陈野望却丝毫不介意的样子："离学校不远，等你留下读研，过来接你也方便。"

"是做什么的？"林卓绵问。

"户外产品，"陈野望看了她一眼，"以后会推广到各地的救援队。"

这样无论她走到哪里，是不是还跟他在一起，都像有他陪着。

陈野望带她去了跟S大在同一个区划的环保产业园，拔地而起的高楼大厦外墙上，挂着"星北户外"的牌子。

公司还没正式开始运转，整栋楼尚且空荡，林卓绵跟陈野望搭电梯去最顶层，看他的办公室。

林卓绵站在落地窗边，望着外面的城市天际线，轻声祝贺陈野望。

他沉默地看着她，忽然抬手想碰她的脸。

林卓绵下意识地躲开。

陈野望顿了顿，收回手，低声说："头发粘脸上了。"

林卓绵用手背撩开，从沙发上拎起书包，匆匆说句"师兄，我想走了"，转身离开了他的办公室。

她开门的那一刻，陈野望叫住了她："绵绵。"

林卓绵停下脚步，听见他问："要不要送你？"

她很轻地摇头。

林卓绵能够意识到陈野望是在包容她，包容她面对他时的逃避、罪恶感和变化不定的情绪，仿佛觉得只要度过这一段时间，她就能恢复成从前那个林卓绵。

不行的。

在S大剩下的一年时间过得飞快，大五开学之后，医学部出了专业成绩排名，上学期所有刚及格的专业课推着林卓绵的排名往下坠，刚好停在了可以保研的倒数第二名。

S大的医学部生源非常好，她这个名次，是不能留在本部的。

九月份开了推免系统，林卓绵没有参加夏令营，选择很有限，范范一直在帮她盯还没有招满的学校，在为数不多的机会里，她选了离P城最远的Z大。

因为记得陆思进说过之后会被调动到G城的山地救援队，Z大就在那里，他教了她很多，她还想继续跟着他做志愿者。

接受待录取通知之后，她在某次去救援队基地接受培训的时候，跟陆思进说了这件事。

陆思进嘴上没把门的，什么都说："为了我啊？"

"我想跟你学东西。"林卓绵望着他，"如果可以的话，毕业之后做正式的队员。"

陆思进看了她一会儿，答应了。

跟陈野望交代的时候比较难一些，她是在电话里说的，陈野望听了之后直截了当地问她："你现在在什么地方？"

林卓绵说在学校。

陈野望丢下工作开车来找她。

在她假装没带手机骗他请客的那家咖啡店里，陈野望坐在她对面问："绵绵，这么大的事情，为什么不跟我商量？"

林卓绵说："我也没跟我爸妈商量。"

陈野望并不买账："你是越来越会对付我了，你还当我是你男朋友吗？"

林卓绵摩挲着温热的咖啡杯，慢慢地开口："师兄，要是你觉得……"

"我觉得什么？"陈野望打断了她，"绵绵，你明知道我不是那个意思。"

林卓绵不说话了，她知道陈野望不是想跟她分手的意思，但她有种预感，他们的故事，快要结束了。

陈野望看着她那张低眉敛目的小脸，气不觉消了些："不是怪你，只是以后再有这样人生节点的选择，记得要跟师兄商量。"

林卓绵不觉恍然，下一个人生节点吗？是找工作还是结婚呢？那时候她还在陈野望身边吗？

之后不久，林洛的遗物被发现，在他断了一根背带的随身包里，放着那张已经被泡皱了的拍立得。林卓绵拿到照片之后，放进手机壳跟手机后盖之间，再也没有取出来过，她人生中最好的时候就停在了那张照片上。

那之后她像是终于想起要珍惜还跟陈野望同在一座城市的时光，偶尔会去公司看他，但经常赶上他开会，不想耽误他的休息时间，她慢慢就不去了，反而是陈野望经常拿一些产品设计图来找她，问她的意见。

两个人之间像有一根拔河的绳子，她每次故意往他那边送的时候，陈野望总会适时地松手，来来回回，就这么过完了她本科的最后一个学期。

盛夏又来临。

她是倒数第二个离开宿舍的，之前每走一个人，所有人就会难过一次，到最后只剩下她跟范范，生离死别一样。

顶着午后炽盛的太阳，范范送她到校门口："本来我保研留本校都没点儿毕业的感觉，你说你，非得让我体验体验这惆怅劲儿是吧？"

林卓绵勉强跟她开玩笑："是，临走再硌硬硌硬你，不然我以后没机会硌硬了。"

也许是这句话太像以前的她，范范听完之后直接怔了一下。许久，她才说："绵绵，要是回头有什么不高兴的时候，别忘了跟我说。"

林卓绵说："行，那高兴的时候我就一个人藏着。"

范范打了她一下，突然带了点儿哽咽说："你少跟我贫，不然之后我找谁贫去啊。"

林卓绵张开胳膊抱住范范。

范范拍了拍她的背："你说陈野望看见你抱我抱得这么紧，是不是得吃醋？对了，他不是说送你去机场吗，怎么还没来？"

林卓绵看了眼时间："可能忙忘了，我打个车走吧。"

范范赶紧说："别啊，可能就是路上堵车了，你再稍微等等，就当在这儿陪我会儿。"

林卓绵等到了能等的最后一分钟。

陈野望没来。

范范有些担心地看着她："要不你去个电话问问？"

林卓绵说不打了，正好有辆蓝色的出租车经过，她挥手叫停，司机开了后备厢，下来替她搬行李。

一小时前。

陈野望记得今天要送林卓绵去机场，提前空出了下午的时间。即将出发的时候，他办公桌上的工作电话响了起来。

他接起来，对面响起一个嘶哑沉重的声音："是陈野望吗？"

"是我，请问您哪位？"陈野望说。

那人没有回答，却阴恻恻地笑了起来。

陈野望皱了下眉，叫出了对方的名字："荀年。"

荀年应了声："你不是说让我有胆子就来找你吗？陈野望，四十分钟之后见。"然后报出一个地址。

"非要这个时候？"陈野望淡淡道。

荀年答非所问："今天绵绵要回家了，你要是不来……"

陈野望不让他说下去："我现在往那边赶。"

"记好了，只准你一个人来，来了之后到天台找我。"荀年恶狠狠地说完，便挂了电话。

陈野望定了定神，荀年给他的时间非常紧张，他必须要马上出发才赶得上。

他边下楼，边给束文景的特助去了个电话："方特助，之前拜托您帮忙做的准备，可能要用上了。"

方特助早已改口叫他"小陈总"，叮嘱他千万小心，又问他跟没跟林小姐说过。

"没必要。"陈野望言简意赅道。

来不及做更多事，他驱车赶往苟年给他的地址。

在车上的时候他本想给林卓绵打个电话，让她先走，最后却并没有拨出去。

现在这个时候，他不能分心，不能出差错。

陈野望虽然是P城人，但苟年约的这个地方他没有去过，只隐约知道是个厂区，到了之后才发现，是一座四面大开没有窗玻璃的废弃工厂。

他沿着旋转楼梯一级级走上去，听见耳边的风声。

终于登上天台，尽头有个人正背对着他，望向天边。

听见他的脚步声，苟年转过身："终于来了，陈大少爷。"

陈野望从容不迫地站在他对面："你找我做什么？"

苟年端详着陈野望，面前的人穿着白衬衫和黑西裤，长腿宽肩，衬衫的袖子挽起来，露出了薄薄的手臂肌肉线条。

他的目光移到陈野望英俊深刻的眉眼处，笑了下："你知道我有多羡慕你吗？"

苟年开始给陈野望讲自己跟林卓绵的过去，陈野望已经在林洛那里听过一遍同样的故事，苟年的版本显然增添了许多美化与幻想的成分，但他还是耐心地听完了，为了给方特助那边争取一些时间。

苟年说到最后，恨恨道："我跟她做了那么久的好朋友，她才认识你几个月，就跟你在一起了，陈野望，凭什么！"

他把自己的脸凑到陈野望面前，指着那道疤说："这道伤是我给她扛下来的，你又为她做了什么？你知道当时我爸打我打得多惨吗？要不是我，林家能安生到今天？"

陈野望冷冷地看着他："林洛已经去世了，你还想怎么样？"

苟年突兀地笑了一声："我想怎么样？我想要绵绵这辈子只属于我一个人。"

陈野望攥住他的手腕，眼底浸着寒意："苟年，你知不知道你自己有严重的精神问题？"

"行啊，你挺厉害，还拿到我的诊断书了。不过那又怎么样，"苟年的目光突然变得凌厉,"所有拦着我的人都得死!老天爷开眼,帮我解决了林洛,剩下一个你,我亲自动手。"

他一辈子没有在除了林卓绵以外的人那里得到过尊重和爱,她是他短暂青春中的一场旧梦,压抑黑暗春夜中的一阵缓风。他这人活得不漂亮,不介意为了留住她变得更丑陋一点。

不会放她走的,她必须属于他一个人,成为他的私家珍藏,再不面世,谁也抢不走。

苟年挣脱陈野望的钳制,从怀中掏出一把刀,朝他扎了下去。

陈野望没有躲。

苟年愣了一下,手中的刀不自觉偏了方向:"你……"

刀尖顺着陈野望的手臂刺下去,鲜红血液涌出的一瞬,陈野望不着痕迹地拧了下眉,他用另外一只手死死握住了苟年。

苟年手一晃,刀落到地上,被陈野望一脚踢到了墙角。

苟年还没回过神,已经被陈野望反绑双手,用膝盖抵着后腰压在了地上。

天台入口的楼梯处传来杂沓的脚步声。陈野望听见方特助的声音在身后响起:"小陈总,小陈总您是不是受伤了?"

"让律师过来。"陈野望低声说。

苟年挣扎了几下,费力地转过脸:"陈野望,你答应不带人来的。"

"我不是什么好人,没有绵绵那么善良。"陈野望低喘了口气,"现在你有两个选择。第一,故意伤害罪入狱;第二,去精神科住院接受治疗。"

苟年没说话。过了很久,他问:"有区别吗?"

陈野望用力地抵着他,绷着脸说:"如果你是问你还有没有机会见到绵绵,那就是没区别。"

他的血顺着手臂上的青筋流到了苟年身上,也沾染到了林卓绵送的护身符,黑色的贝母在血流中微微颤动。

苟年说了句话。

陈野望松了口气,偏过头对身后的人道:"入院知情同意书。"陈野望早早就联系了苟年的父亲,为了儿子好,苟年的父亲也已经在同意书上签了字。

苟年签字的时候,方特助带来的医生正在为陈野望包扎伤口,对方咋舌:"看他年纪轻轻的,怎么下手这么狠,要是再深一点,小陈总这胳膊得废了。"

陈野望起先没开口,直到方特助的人押着苟年下天台的时候,他才出声叫住了对方。

苟年侧过头，陈野望盯着他侧脸那道疤，没什么语气地说："不是只有你能为她受伤。"

对方的身体僵了一下，慢慢地将头转了回去。

被方特助扶着下楼梯的时候，陈野望接到了林卓绵的电话。

"需要我回避吗？"方特助体贴地问。

陈野望低低道了句谢，握住手机往回走了几步，把林卓绵的电话挂断，重新拨了视频回去，想看到她。

林卓绵没有怪他不去接自己，只说："师兄，我到机场了，刚才过的安检。"她注意到陈野望身后不同寻常的背景，"你这是在哪儿？"

"临时去看工厂选址，没来得及跟你说。"陈野望说。

林卓绵觉得他的嘴唇有些苍白，脸色也不怎么好看，正要问他是不是身体不舒服，机场广播就开始提醒登机了。

陈野望隔着屏幕用指腹碰了碰她的脸："去登机吧。"

林卓绵点头。

在她挂断之前，陈野望又叫了她一声："绵绵。"

林卓绵隔着屏幕看他。

"一路平安。"他说。

林卓绵不知道陈野望去考察工厂选址是不是真的那么紧急，但今天是她离开P城离开S大的日子，他却只是轻描淡写地说了一句，一路平安。

很久之前李曼说过的那句话在她耳边响起——陈野望的心思不在谈恋爱上。

或许吧。

林卓绵挂断了视频。

暑假结束之后，林卓绵准时去Z大报到。

G城的夏天炎热漫长，像是永远也过不完，走进新宿舍的那一刻，林卓绵还有些恍然，仿佛刚从一个梦中苏醒，又好像此时才是真正的梦境。

开学不到一周，就有分在同一所附院的男生托她的室友来打听她是不是单身，室友在听林卓绵说有男朋友的时候还有些惊讶，因为她一直没有提起来过，也没见她经常同谁打电话。

"他在P城创业，比较忙。"林卓绵说。

室友觉得好奇，想看她男朋友的照片，她不好意思拒绝，找出之前约会的时候两个人拍的合照给对方。

室友夸张地"哇"了一声："这比明星都帅。"接着又半开玩笑道,"这么帅的男朋友,你们异地,不怕被别人抢了?"

林卓绵笑了笑,没接茬。

十一假期之前,陈野望问能不能来G城看她,她听出对方嗓音中的疲惫,问他最近是不是又熬夜加班了。

陈野望停顿一下,说熬得不多。

林卓绵觉得他没说实话,不过她并没有挑破,而是委婉地拒绝道:"我假期要去救援队报到。"

陆思进八月份正式到任G城山地救援队担任队长,让她有时间的时候过去办一下志愿者手续,开学第一个月她太忙,一直没抽出时间,跟对方说十一假期的时候过去。

陈野望的声音里情绪不多,只是问:"一天也空不出来?"

"要是能空出来,我就买机票去找你。"林卓绵说。

陈野望在电话那头沉默几秒,说了声"好"。

假期过半的时候,林卓绵真的去找他了。她没有提前跟陈野望说,坐在他公司楼下咖啡厅靠窗的位置,等他下班。

那天下了不大的雨,水珠沿着落地窗滑下来,外面的世界变得水汽氤氲。

快到下班时间的时候,她隔着落地窗看见了一个熟悉的身影。李曼穿着高跟鞋和长风衣,站在窗外离她不远的地方,举着一把伞,手里还拎了一个保温桶。

林卓绵怔了下,随即便想到了她在等谁。

没过多久,穿着西装的陈野望随着人流从大楼中走了出来。

林卓绵拿起手机,想给他发消息。

陈野望站在人群中仍旧气质出众,停在李曼面前的时候没什么表情。

李曼把保温桶交给他,明眸带笑说了句话。

陈野望不接,李曼便直接塞进了他怀里。

林卓绵看着他们,忽然觉得自己一直以来拖延着不说分手的行为,很没有意义。

陈野望的为人她最了解不过,她没跟他提分手一天,他就会履行作为男朋友的义务一天,不会跟任何异性有出格的接触。

不管他心里是不是还喜欢她。

而她却因为自私,逃避他,又不想放开他,这对他来说,想必也是种折磨。

何况现在对他来说是很关键的时期。

有时候做出一个决定只需要几秒钟，不管是在便利店的货架上挑选一瓶饮料，还是开始或结束一段关系。

她最终没有告诉陈野望自己来看过他，跟范范见过面后，就飞回了G城。

时间在这座城市如同停滞，十月份的空气像保鲜膜紧紧裹住人的皮肤，窒息一样的湿热。

林卓绵站在跨江大桥上，看着从不远处的码头开出的小型游轮正在江水中拖出长白的尾迹。

她给陈野望打了电话过去。

他很快就接了，清朗的声线送至她耳边："绵绵，怎么了？"

"你还记不记得，"林卓绵轻轻开口，"欠我一个愿望。"

陈野望说："记得。"

"师兄，我想好了。"林卓绵说。

她听见陈野望那边有人递文件给他签字的声音，陈野望将手机拿远些，"嗯"了一声，接着是笔尖落在纸面上的沙沙声。

他写字很漂亮，那一手铁画银钩，签文件的时候想必更是干脆利落。

就算没有她，他也会前程似锦，高歌猛进，盛大人生永不落幕。

"想好要什么了？"陈野望问。

林卓绵垂下眼睑，看着江面上的层层波澜："嗯，我们分手吧。"

空气仿佛凝固住，她接着说："师兄，你当时答应过我的，会帮我实现一个愿望。"

陈野望没回答，而是问她："绵绵，你大四的时候跟我说需要时间想一些事情，想了这么长时间，这就是你得出的结果？"

林卓绵眼前又浮现出她去P城找陈野望的那个雨天，她闭上眼睛，跟他说是，早就想好了，只是不知道该怎么跟他说。

"好，"两千公里外，陈野望的嗓音很淡，"我答应你。"

然后他就挂断了。

林卓绵站在桥上，觉得膝盖发软，扶着栏杆蹲了下去，有种下一秒就会失足落入江水中的错觉。

钝痛感从心脏处开始蔓延，假如心动的开始是窦房结，那此刻的痛觉又是不是有起源。

陈野望说好的声音迟迟消散不去，不假思索，毫无留恋。

看来他真的没那么喜欢她。

或许当初无论是谁，只要像她那样孜孜不倦地向他靠近，穷尽心思，百折不挠，他就会接受。

"陈总，陈总？"

秘书提醒的声音让陈野望回过神来，他问："还有事吗？"

秘书见他脸色难看，说话不觉也有些胆战心惊："是这样，董事会那边还是不太赞成您把总部迁移到 G 城的决定，企划部虽然已经做了计划书，但他们希望陈总您能再考虑考虑。"

"我知道了。"陈野望的目光落在被他压到桌面的手机上，"那就先按他们的意思推迟。"

当年林卓绵跟他说，想要的是一个不过分的愿望。

可最后她提了一个这么过分的，他还是答应了，因为看得见她的挣扎，她的厌倦，她的抵触，不想再困住她。不知道她现在是不是觉得轻松，是不是很感激他。

几天之后，林卓绵收到了一份从 P 城寄来的快递。

重量很轻，寄件人只有一个"陈"字。

她打开纸封，是她送给陈野望的那条护身符。

他还给她了。

分手分得这样干净绝情，一点念想都不肯留下，似乎也能够印证，他对她没有几分感情。

不过仔细想想，陈野望的确没有主动对她说过喜欢。

G 城的盛夏好似永不终结，她跟陈野望的往事，却只能止步于此了。

人的一辈子可能会很漫长，但起决定作用的只有几步，林卓绵觉得，自己的这几步全是偶然，全是行差踏错。

比如同意调任 P 城山地救援队，刚出第一个任务，就遇上了陈野望。

林卓绵通过他的好友申请，轻声说好了。

做完这件事之后，她便将手机揣进工作服的口袋，看也没看陈野望，端起桌上串好的蔬菜，去篝火旁给看火的队友帮忙。

火星跳跃闪动，林卓绵伸出手，让温热的气流缠绕住自己，坐了好一会儿，才觉得身上暖起来。

不远处，主办方的工作人员开始放映露天电影。

这种场合没有几个人会认真看电影，英文的对白和音乐不过是氛围的点缀，时不时有人在幕布前经过，画面变得破碎残缺，所以过了几分钟林卓绵才发现，电影是多年前她跟陈野望在线上会议室看过的那一部《英国病人》。

那天下雨，水声连绵，他偏冷的声音被电流过滤，带着漫不经心的磁性。过了这么多年，她依然记得很清楚。

从陈野望坐下之后，就不停有人过来给他敬酒，隔着那些形形色色的身影，林卓绵看到他神色自若地同人谈话，仿佛根本没有注意到幕布上放的是什么内容。

他大概早就忘了。

过了一会儿，有个背着吉他的女孩子跑过来，看打扮应当是今天的参赛选手。她大大方方地对陈野望说："陈总，你能不能过来听我唱首歌？"

周围顿时响起一片善意的起哄声。

有人问她："唱什么歌啊？"

女孩子笑盈盈地说了一首情歌的名字。

起哄声变得更热烈，林卓绵看见陈野望在众人的簇拥下起了身，跟着女孩走过去。

没有谁会一直等着谁的。

忽然，她身边多了个人影，陆思进手麻脚利地给铁网架上的彩椒片翻面："妹妹干吗呢，这都要煳了，你要给咱们全队下毒啊？"

"你怎么不去听人家唱歌？"林卓绵说。

陆思进瞥她一眼："哟，隔这么远听得还挺清楚。"然后闲闲地说，"人家请的是陈总，又不是我。"

林卓绵没接茬，把剩下的蔬菜翻了面，擦擦手说："我去山上走走。"

陆思进在她身后叮嘱她："大晚上的，你可注意安全啊，别出一趟任务还把自己折进去了。"

林卓绵沿着山路慢慢往下走，沿路有灯，不会暗到看不清路的地步。

白天还引擎轰鸣的赛道此刻变得空旷安静，世界上像只剩下她一个人。林卓绵不知不觉就走到了出车祸的红檀道赛段。

变形的越野车已经被交管部门用拖车运走了，路旁的五角枫树被撞得有些歪斜，一整片树皮掉了下来，露出里面浅色的韧皮。

她伸出手，碰了碰树身的伤疤。这是她这些年经手的事故中程度比较轻的那类，但今天她的心绪却比以往任何一次都要起伏难平。

山野间的雾气还没有散去，晚风带着安静的潮意。

林卓绵突然听见身后传来的脚步声，她骤然觉出山中的静，汗毛也立了起来。

然而她转过身之后，却看见了一个熟悉的身影——陈野望。

路灯为他投下斜长的影子，他清俊的眉眼在夜里显得很深邃，冲锋衣的领子比平常的衣服要挺一些，更衬得他下颌线条分明。

陈野望一只手插在衣兜里，迈着两条长腿朝她走过来。

林卓绵觉得他像是跟着自己过来的，一转念又觉得不可能。她不知道该怎样开口叫他，现在不在人前，再喊陈总，太自欺欺人。

一时间两个人都没有说话，呼吸融进无边的夜色里。

林卓绵觉得陈野望很厉害，明明是他先站到自己旁边，却可以从容到一句话都不讲。

到底还是她先开了口："你怎么开始玩这些了？"

汽车越野，极限竞速，她做医疗保障的时候见过类似的赛事里，有选手运气不好，当场车毁人亡。

陈野望侧过脸来看她，目光压抑："我不能玩这些？"

林卓绵不知道他这么问是不是还有别的意思，沉默几秒，说："危险。"

陈野望起先没说话，过了片刻，他开口说："你倒是尽职尽责。"

语气平静，假如他们不认识，没有那些过往，林卓绵真的会觉得陈野望是在夸自己。可惜她还是不那么会猜他的心思，不懂这句话后面，掩藏着的到底是什么样的情绪。

陈野望并没有在这里停留太久，很快他就接了个电话，沿着山道又向下走了一段。

林卓绵没有办法，只好顺着相反的方向又回到了露营地。

她回到救援队那张桌子的时候经过了吧台，看见先前邀请陈野望听她唱歌的女孩子正坐在一张高脚凳上，旁边有个朋友在安慰她："……就是不巧嘛，陈总应该是突然有紧急情况要回电话，所以才光听了个前奏就走了。"

女孩子后面说话的时候林卓绵已经走远了，所以她并没有听见对方无奈道："他听前奏的时候心思也根本不在我身上，一看就是在想事儿。"

晚会结束之后，林卓绵坐救援队的车回到了基地，整理好救援包的同时，她的手机响了下。

范范：【我到你们基地门口了，你麻溜儿出来，我回去还有场比赛要看。】

林卓绵回她说马上，跟陆思进讲了一声就走了。

范范的车停在基地门前，看见她出来之后摁了下喇叭。

林卓绵拉开车门坐上去："其实我自己坐地铁或者打车回就行，也不算多远。"

"这不刚提的车嘛，我爸妈庆祝我走上工作岗位给买的，我不得趁新鲜劲儿多显摆两圈。"范范笑嘻嘻地说。

范范是当年宿舍里书念得最久的人，大约是因为聪明，又真的适合学医，虽然没别人努力，但一路晃晃荡荡也做了不少课题发了些论文，顺利地读了博士，毕业之后进了P城一所著名的三甲医院。

林卓绵调回P城的时候，她刚租好房子，便强迫林卓绵先住到自己那里，看房的事儿不着急。

范范看林卓绵系好安全带便发动了车子："今天怎么样，比赛上有人出事故吗？"

几年前林卓绵研究生毕业的时候，告诉她打算进入G城山地救援队做一名正式队员，她很惊讶，但也只能尊重对方的选择。

"有，不严重。"林卓绵说。

范范拐进主干道的同时看了她一眼："怎么感觉你今天心事重重的？"

林卓绵没有反驳，她望向窗外，说："我看到陈野望了。"

范范猛地加了一脚油门，林卓绵没防备，后背随着惯性撞在了靠背上："你驾照是自己考出来的吗？"

"不好意思不好意思，脚下不小心劲儿使大了。"范范嬉皮笑脸地道歉。

紧接着她看了看林卓绵的脸色，又问："那你俩说话了吗？"

林卓绵点点头："说了几句。"

范范"哦"了声，正好遇到一个红灯，她把车停下来，状似无意道："我这么多年了也一直没问，你们最后到底是怎么回事儿？"

她对于林卓绵跟陈野望分手这件事没有什么清晰的记忆，只记得读研的时候某次跟林卓绵聊天，顺口问起陈野望，林卓绵顿了几秒，跟她说分了，然后再没说别的。

林卓绵并不是很会隐藏情绪的人，那短短的两个字听上去思虑万千，有茫然，有无措，也有平静的痛苦。

所以范范觉得，两个人的分手，没有那么简单。

但那时候林卓绵的状态看起来很不好，她没敢多问，一拖就是这么长时间。

林卓绵微微仰头，仿佛在很专注地看路口的交通灯："就是觉得不合适了。"

范范不接受这个解释："觉得不合适，你还会那么难受？"

关于这个问题，林卓绵也不能给出一个很好的回答。

最初她以为，跟陈野望分手只是很简单的一件事情，两个人达成一致，像给彼此一个交代。可毫无来由低落的情绪，和过得异常缓慢的时间，以及随时随地都会涌入脑海的回忆，都无时无刻不在提醒她，陈野望对她来说，远比她想象的要重要。

她删掉了他所有的联系方式，想让自己也能跟他断得一样干净，可是不行，没有用，她会想起同他有关的一切，曼昆，电影，陆地冲浪，咖啡因不耐受，用黑色中性笔做的笔记。

陈野望没那么喜欢她，所以可以很快走出来，而她不行，她总会在某些时刻，非常轻易地想起他。

毕业之后加入救援队的过程不是太顺利，父母都不支持她，觉得这份工作太危险，不想在失去儿子之后，又因为意外失去女儿。

但她有自己的坚持。

正式入职救援队之后，陆思进带她去西藏参加冰雪救援演习，在积雪终年不化的多拉雄山口，他忽然说："上次我看我表弟的语文课本，有篇古文说'苍山负雪，明烛天南'，你听过这话吗？"

他们面前的雪山高大巍峨，青山披白，反射日光，似乎确能烛照一半天空，林卓绵蓦地觉得，那很像陈野望。

同样强大淡漠，持重无言。

不过她这辈子除了打开财经新闻版面，应该再也没有机会见到他。

然而命运曲折离奇，她没想到在二十八岁这一年，陈野望又重新出现在了她面前。

调回P城的事情是陆思进跟她提的。

她在G城山地救援队当了三年志愿者，两年正式队员，跟陆思进作为急救医疗专家一道入选过对非洲的国际驰援行动，参加的国内大小型自然灾害救援更是数不胜数。陆思进从前在P城的老队长退下来之后，向上面的领导推荐了他，正好P城即将承办重大高山体育赛事，缺人手，领导便让陆思进挑几个人一起带回去，其中点名提到了她。

陆思进没强迫她，只说P城是大都市，影响力大，他们往后想推广山地救援事业，机会要更多些。

林卓绵答应了。

　　这些年来，她的生活里好像也就只剩下了救援这一件事，顺着往下走好像也没什么不对。

　　飞机落地P城的时候，她有种熟悉又陌生的感觉，机场同她五六年前在S大念书的时候没什么差别，仿佛她还是那个一回学校就要背着书包去上专业课的学生。

　　但她自己知道，回不去了。

　　"问你话呢。"

　　范范的声音把她拉回了现实，交通灯变绿，范范踩着油门又冲了出去。

　　她想到范范问自己为什么会难受，很认真地想了想，对范范说："可能是因为在他身上花了太多时间。沉没成本，你知道吧。"

　　不仅仅是时间，还有感情。

　　无论是一个普通不起眼的人还是一件稀松平常的事，只要倾注了足够多的情感和时间，就都会变得特别起来，所以告别的时候怎么会不难受。

　　范范哼了声："是，连他教的经济学都没忘，还沉没成本。"

　　她没有揭穿林卓绵这个过于抽象的说法其实只是在掩饰自己的喜欢，伸手开了音响，开始放最近爱听的重金属。

　　而林卓绵拿出手机，对着比较靠上位置的那个聊天界面发愣。

　　陈野望一直留着她的微信。

　　陈野望怎么会一直留着她的微信。

　　林卓绵这天晚上久违地失眠了，躺在床上翻来覆去，满脑子的思绪，搅得她心神不宁。

　　第二天两个人一起坐在桌前吃早餐，范范手里捧着杯豆浆，划拉着手机，忽然说："哎，周末有个S大的同学聚会，你去吗？"

　　"什么同学聚会？"林卓绵随口问。

　　"我在校友群里看见的。就是攒了个局，大家一块儿玩一玩打发时间。"范范翻了翻接龙列表，"骆锦和冉沛柔都去，咱俩也去吧？"

　　冉沛柔考研本专业"上岸"，跟范范又做了同学，读完之后去考了药监局。骆锦本科毕业没几年就跟男朋友结婚了，现在在P城一家新媒体公司做专业完全不对口的运营工作。

　　林卓绵说"行"，范范便把两个人的名字填上了。

　　早上时间比较紧张，林卓绵没让范范送，自己打了车。

　　这天不知怎么路上很堵，司机看着地图绕了另外一条路，林卓绵不常来这里，对方越开她却越熟悉。

是陈野望带她来过的唱片街，远远地甚至还能看到那家黑胶店的招牌。

后来陈野望带她去还过伞，说假如她喜欢的话，之后可以在家里买一个唱片机放着。

只是时过境迁，那时候试听间里的光线，暧昧交织的温热，他的眼神和触碰，都已经变得好模糊。

司机载她到了基地。林卓绵付过钱下车，走进楼道的时候有些心不在焉，直到陆思进张开手在她面前晃了晃："这是怎么了，上个班没精打采的，来来来，看看这个。"

他把手机举到她面前，屏幕上是P城红十字会新近开通的官方视频号，有直播回放，也有精心制作的短视频，播放量都不低。

"咱们也弄一个这个怎么样？昨天我跟领导汇报了一下，上面的态度还挺支持的，要是流量起来了，招募志愿者跟募捐都方便，能给队里减轻不少负担。"陆思进道。

林卓绵说"挺好的"，想想又加了句："我本科室友有一个在做这个的，我到时候去取取经。"

这些天打急救电话的不多，偶尔有几起小事故，也很快就解决了，林卓绵过了一小段平静的日子，直到周末跟范范去参加同学聚会。

办同学聚会的餐厅离范范家不近，两个人估计的时间不太准确，稍微晚了几分钟才到。

往包间赶的时候，范范觉得这个场景很熟悉，兴致勃勃道："哎，你记不记得大二期末那次，咱俩去给一个师姐过生日，也是晚了，那天你还喝多了，玩游戏的时候跟陈……"提到陈野望，她的舌头打了个弯，把话又吞了回去。

林卓绵笑了下，没说什么，替她推开包间的门。

不少人认识她们两个，多年不见，热情地打了招呼，给她们安排座位，让她们跟骆锦和冉沛柔坐在了一起。

林卓绵入座之后把薄大衣脱下来放在身后，一抬头，正好看见了坐在她侧前方的陈野望。

他平静地看着她，眉眼中没有什么情绪。

林卓绵的动作顿了一下，她没想到他也来了，明明在名单上没看见。

席间两人并没有交谈，上赶着想要同陈野望说话的人太多，只要她不主动找话题，就可以安安生生地只跟身边的三个人聊天。

她还记得陆思进想做新媒体账号的事情，问了骆锦一些问题。

骆锦口头简单说了几种方案，林卓绵往手机上记的时候，对方看了一眼陈野望，悄声对她说："我们公司之前跟星北合作过，陈野望跟你分手之后，一直是单身。"

林卓绵知道她什么意思，放下手机，摇摇头说："我跟他不可能了。"

骆锦劝她："怎么就不可能了，有什么事儿是说不开的，我觉得你们之间一定有误会。"

林卓绵忽然轻而坚决地说："没有误会。"

骆锦和冉沛柔都是一愣，而范范看着林卓绵的表情，打断道："不是，你又不是绵绵她妈，这么关心她的感情问题做什么。"

"我不是她妈怎么了，我这马上也快成当妈的了，不能关心关心啊？"骆锦说。

林卓绵听着她俩拌嘴，一瞬间还以为自己回了本科的宿舍。

这时候坐在离她们不远处的一个男生不知在跟谁聊天，非常惊讶地蹦出一句："你说什么？陈师兄谈过恋爱？"

他这一声正好是插着整桌人聊天的空隙说出来的，清晰到让包间完全安静了下来。

有知道林卓绵同陈野望关系的人打圆场道："你入学的时候，你陈师兄都毕业了，你不知道也正常。"

偏偏男生好奇心很旺盛："陈师兄女朋友什么样啊？"

开始有人偷偷往林卓绵的方向瞟，想看她的反应。

陈野望淡淡地说："分手了。"

男生执着地追问："为什么分手？"

陈野望随手拿起打火机，用修长的手指漫不经心地转着："不喜欢了。"

"不喜欢了"，林卓绵听着这四个字，觉得自己当初的选择是正确的，他那时候的确是不喜欢她了。

虽然对陈野望这样的回答是有心理准备的，但真正听到的时候，林卓绵心里还是悄然浮起一丝苦涩。

那男生的理解同她一样，显然觉得不会是有人不喜欢陈野望了，"哦"了一声，很有经验似的说："那确实是该分手，不然拖着也是对别人不负责任。"

"不负责任？"陈野望重复一遍，听不出是什么语气。

但看他的表情，并不是想将话题继续下去的模样。

有会察言观色的，立刻转了话头，跟陈野望谈起了星北近年的迅猛发展。

那些落在林卓绵身上的目光这才渐渐散开。

林卓绵又坐了一会儿，觉得包间里人太多，让她感到气闷，便跟另外三个人说了声，自己披上大衣推门出去，到户外透气。

她并没走远，沿着街道散了会儿步，街口有年轻人支了立麦在唱歌，引得不少人驻足，她也跟着听了大半首歌，然后在歌声中慢慢往回走。

远远地，她看见餐厅门口站着一个颀长挺拔的身影，对方指间有一星火光，在夜色中明明灭灭。

她走近了才看清，是陈野望在抽烟。

林卓绵这才想起，方才在席上，他手中把玩的火机，原来是他自己的，他学会抽烟了。

陈野望也看见了她，不过并未开口说话，眸光散淡地掠过了她。

林卓绵朝他点了下头，垂眸想从他身边走过去。

陈野望却突然用空着的那只手拽住了她的手腕。

熟悉的触感与温度。

林卓绵不知道他要做什么，有些慌张，下意识地喊了声"师兄"。

陈野望低声问："不叫陈总了？"

林卓绵没来得及开口，先被袅袅上升的烟气呛了一口，眼圈都红了，望向陈野望的时候，便带了几分楚楚可怜的意思。

陈野望的手下不自觉加了力道，林卓绵被他攥得发疼，小幅度地挣扎了一下。

她难得说了句重话："我想怎么叫就怎么叫。"

陈野望没有放开她的意思，随手摁灭了烟，不太能理解似的看着她："林卓绵，你怎么这么理直气壮？"

林卓绵喘了口气，看着他问："不是不喜欢了吗？"

他也说了，不喜欢了，何必现在摆出一副质问的姿态。

她没想到陈野望听完这话，怔过一下之后，倒放开了她。他深深地看了她一眼，自嘲般道："是不喜欢了。"

林卓绵从他身边走过去的时候，听见他用极低的声音说，林卓绵，你真厉害。

整晚两个人再没说过一句话。

聚会结束之后，林卓绵坐范范的车回去，从停车位向外开的时候，看见陈野望的司机把车开过来，停在餐厅门口接他。

陈野望上车的时候，两辆车刚好擦肩而过，林卓绵的目光下意识地偏向他那侧。

陈野望坐上车之后有些心不在焉，司机叫了两遍"陈总"，他才回过神。对方问他是不是直接回去。

陈野望闭上眼睛捏了捏鼻梁，说："宵湾花园。"是林卓绵跟他同居过的那个房子。

司机讲了声"好"，同时偷偷从后视镜瞟他，觉得他今天状态不对。

车停在楼下，陈野望开门下车，秋末冬初的风贴着他的脸刮过去，有种带寒意的实感。

离他跟林卓绵分手，已经过去五年。

房子里的陈设一直没有变，当时她买的那些小物件，他都还留着。

沙发上有她喜欢的小动物抱枕，阳台上是她亲自选的花，她随手摘下放在盥洗室里忘记拿走的手链，她买的几本小说。帮她拼完的乐高还放在柜子上，就算加了防尘罩，还是有些褪色了。

陈野望在沙发上坐下，或许是因为今晚喝了酒，思绪纷乱，他想起很多在这座房子里同她的回忆，一恍神还是那时候她坐在他怀里，温顺接受他亲吻的模样。

放在沙发上的手机开始持续不断地响动，来电显示是束文景。

他按了接听，散漫随意地叫了声"舅舅"。

或许是他的嗓音有些发哑，束文景问他："你感冒了？"

陈野望顿了顿，不着痕迹地说："晚上有个同学聚会，喝完酒之后吹风了。"

"同学聚会啊。"束文景过了一会儿才再度开口，"野望，你明天有没有空？陪舅舅去给你弟弟挑枚订婚戒。"

陈野望想起束嘉烨好像是快结婚了。

琨海从交到他这个表弟手中之后，发展得并不好。束嘉烨实在没有做生意的天分，几年时间把琨海的股价亏掉百分之二十，束康时那边很不满意，束文景没办法，想到要跟P城另一家大集团慕凡实业联合，正好慕凡的老总有位千金，束文景便牵线搭桥，安排了束嘉烨的婚姻大事。

陈野望知道束文景约自己应当有别的正事要谈，只是不好开口，才找了这么一个理由。

最近P城商圈有谣言，说星北缔造两年赴港上市，市值翻了八倍的商业神话之后，束康时有意将琨海移权至陈野望这个年轻有为的外孙手中。

或许也未必是谣言，但对陈野望来说没什么分别。

他猜束文景联系自己，大概就是为的这个。

"有空。"他说。

与其遮遮掩掩，倒不如摆上台面一次说清楚，他对于进入琨海，没有半分兴趣。

束文景似是松了口气，跟他约好时间地点。

挂掉电话，陈野望没有关手机，从相册里找到了一段视频。

视频只有两秒半，主角是林卓绵，焦点没有对在她脸上，只能隐约看清人影，她用很低的声音说"我要陈野望"。

陈野望还记得这条视频是在参加学校的篮球赛时，喻腾拿给自己看的。时间久远，后来他很是费了些劲儿，才重新找回来。

陈野望按了暂停，用指关节碰了碰镜头里十九岁的林卓绵。

为什么那时候想要，后来就不喜欢了。

坐在范范的车上，林卓绵打了个喷嚏，伸胳膊去开暖风。

"怎么这么冷？"

她开暖风不熟练，范范抽空帮她弄了："你穿那一点能不冷嘛！"

林卓绵在G城待久了，G城冬日短暂，好像大半年都在过夏天，她好几年没有买过冬天穿的衣服，甫一回到P城，还有些不适应。

范范也想起林卓绵那一箱子短袖T恤，"啧"了声："明天去逛街，给你买两身衣服，越往后越冷。"

P城的商场这几年并没有很大变化，范范陪林卓绵在某栋百货挑了几件厚外套，从楼上下来的时候，经过了一家海瑞温斯顿的专柜，门店透明的橱窗里，璀璨的钻石戒指正在深蓝色的天鹅绒衬底上闪闪发亮。

范范说想进去看看，林卓绵便陪她进了店门。

两个人像看展览一样走过几个橱窗，店员见林卓绵漂亮，能够吸引别的顾客，便主动说可以给她试戴。

林卓绵摇摇头，说自己没有结婚的对象，不用麻烦了，店员就很热情地说，提前试一下戒围也是好的，还让范范一起试试。

摘摘戴戴几次，林卓绵没什么兴趣，让范范先试着，自己在店里随便走走。

走到拐角的时候，她听见有位店员在比较靠里的安静位置向顾客介绍商品："这款订婚戒是我们品牌的经典设计，目前这款展示品的主钻是一克拉,您有需求的话,我们还可以提供克拉数更高的主钻……"

她无意间侧过脸一扫,却看到坐在店员对面那张单人沙发上的,是陈野望。

天花板上的顶灯照在陈野望脸上,他低垂眉眼看着店员手中的钻戒,睫毛在眼下投下一小片浅灰色的阴影。

他来看婚戒。

林卓绵还没来得及收回视线,陈野望已经在这一刻抬起了头,两个人的目光在半空中交错了一瞬。

他的眼神无比平顺地从她身上滑了过去,仿佛她只是一个无关紧要的路人。

林卓绵离开那个拐角的时候,店员又拿起另一种款式的戒指为陈野望讲解,还问他更喜欢哪一颗。

束文景临时有事,来得晚些,那时戴黑手套的店员已经在陈野望面前的天鹅绒衬布上放了三四枚婚戒。

"有看得上眼的吗?"束文景问陈野望。

陈野望将下巴朝一枚镶钻细圈送了一下:"这个还可以。"

店员马上说:"陈先生很有眼光,这种镶钻的款式没有爪托,是最不影响日常工作生活的,不会在一些危险情况下勾到衣服和头发。"

束文景笑了:"慕凡的千金想来也不会经历什么危险情况,应该还是更喜欢大克拉数的。"

陈野望停了一下,不知想到了谁,然后才说:"是,我不太了解。"

束文景在他旁边的沙发上坐下来,状似无意道:"今天怎么了,感觉状态不对。"

陈野望轻描淡写地笑了下,不置可否。

束文景看出他不想同自己多说,坐下来仔仔细细看戒指,不多时便选好一对,并嘱咐女方那枚戒指的钻石要店里能提供的最大克拉。

停了停,他又让店员把方才陈野望看上的那枚连同对戒一起定下。

店员问陈野望戒围。

陈野望忽然说:"刚才在外面试过戒指的女孩,她的戒围是多少?"

店员连同束文景都怔了一下。

陈野望比画了一下:"大概这么高,皮肤很白,穿了米色的外套和褐色的靴子。"

店员于是叫来外面的同事,确定了林卓绵的戒围。

束文景也知道陈野望这么多年没再谈过恋爱，迟疑着问："是你读研时的那个女朋友？"

陈野望说"是"。

束文景仿佛明白了什么，说："她回来了，你之前跟 G 城要的那个人就是她。"

"是她自己同意回来的。"陈野望淡声说。

束文景笑着说："好好好，人不是你要的，是自己回来的。"

店员请他们稍等，自己去开单。陈野望叫住她，让她用自己的卡，又对束文景道："戒指算是我给嘉烨的贺礼。"

束文景有些感慨："老爷子倒真是没看错你。"

这句话说得没头没尾，陈野望却能听懂束文景的意思。他一直有野心，对事业是，对林卓绵也是，想要的，都要得到。

陈野望不动声色地说："运气好而已。"

束文景摇了摇头，又说："你当年真是很有远见，把文绮给你的股份全都折成资金创业，当时她还怪你冒险，现在看看这份家业被嘉烨糟蹋到什么地步了。"

陈野望没接话。

"野望，"束文景步入了正题，"老爷子的意思是，一家人不说两家话，现在琨海状况不好，慕凡那边答应接上资金，你要是愿意，也是大有可为。"

"舅舅，你可能忘了，我姓陈。"陈野望说。

这话说得不给面子，束文景却没生气，笑了下说："我猜你也是这个答复。"

陈野望开车回去的时候，带字母浮雕 logo 的包装袋放在副驾驶上，颜色很深，却很醒目。

刚跟林卓绵分手的时候，陈野望想过两个人此生不再见的可能。

林卓绵看着清纯乖巧，其实性子有些执拗，一旦做了决定，是很难改变的。

但他做不到在面对那个能把她调回 P 城的机会时无动于衷。

并不是强迫她，给她留下了拒绝的余地，是她自己愿意回来的。那就证明她并没有那么抵触 P 城，也没有那么抵触他。

同她见了两面，陈野望更加坚信了自己的判断。

只是林卓绵现在学会了伪装，学会了隐藏心事，他不想逼她，所以不能操之过急。

Chapter 08
山地救援工作者

/ 要是可以永远过十九岁就好了。
  林卓绵，你以前对我可没这么客气过。

过了周末，林卓绵回基地上班。陆思进动作快，已经让手底下的志愿者按前天晚上她从骆锦那里问到的方案简单做了个短视频平台的账号，众人在基地会议室开会，策划具体的内容。忽然，有人指着窗外说："陆队你看。"

林卓绵跟陆思进一起抬起头，看到一辆黑色的车停在基地门口，车内的人正降下车窗，同保安讲话。

林卓绵刚在周末的同学聚会上见过那辆车。

"别是哪个领导视察来了，我去看看。"陆思进说。

他边往外走，边回头让剩下的人赶紧把屋里收拾收拾，再去他办公室拿点儿茶叶，泡两杯茶准备上。

林卓绵犹豫一下，开口道："是陈野望。"

陆思进扬了下眉，又嘱咐一句："那泡两杯好点儿的茶。"

林卓绵赌气一样说了声"行"。

这天的阳光颜色发白，从窗外照进来，把桌上一盆植物照到绿得近乎透明的地步。

新来的小志愿者不知道陆思进的茶叶放在什么地方，找了半天没找到，回来跟林卓绵说自己不敢翻陆队的抽屉，怕他生气。

林卓绵便让她留下烧水，自己去了陆思进的办公室。

陆思进上周刚收拾过东西，办公室里看着整齐了不少，林卓绵看见他把平日里放茶叶的罐子搁到了柜子最上面的那一层。

柜子做得比较高，她踮起脚拿还有些费力。

林卓绵正要伸手去够，忽然办公室的门从外面被推开，伴随着陆思进不满的一声："怎么动作这么慢？"

她没回头，简简单单地说："谁让你放这么高的地方。"

身后传来了由远及近的脚步声，紧接着一个人的呼吸拂过了她耳朵的上方。

林卓绵不习惯陆思进站得离自己这么近，正要躲开，一只骨骼分明的手就擦过了她的手背，替她取下了高处的茶叶罐。

那只手她认得，手指修长，皮肤冷白，手背上有淡色的青筋。

林卓绵侧过身往旁边退开一步："谢谢陈总。"

她闻见他身上浅浅的香味，不是从前学生时代洗衣液的香，而是很淡的香水气息，还是草木调的，但多了一缕侵略性。

陈野望把茶叶罐递给她，林卓绵去接，他却没有放开。

陆思进插话进来："别老叫陈总，生分，叫师兄多好。"

林卓绵不说话，松了手。

陈野望轻掀眼皮，陆思进赶紧来接茶叶罐："陈总，我来。"

"我拿着就行。"陈野望说。

陆思进带陈野望去了会议室。他是明白人，没问对方突然造访是为了什么，只是坐下跟陈野望聊了聊队里最近的发展，还拿出新开的短视频平台账号给陈野望看，陈野望很给面子地下载软件并成为第一个关注者。

忽然，陆思进的手机响起来，他想按掉，瞥了一眼之后却硬生生收回了手，嘀咕了一句从前P城救援队老队长的名字，对陈野望说："不好意思，陈总，先让卓绵陪你一会儿，我接个电话就来。"

陈野望"嗯"了一声，目光落在了林卓绵身上。

会议室的门被关上时，林卓绵注意到志愿者们不知道什么时候都走了，房间里只剩下她跟陈野望两个人。

陈野望将纤薄的手机放在桌上，拿起林卓绵方才泡的茶喝了一口，淡声道："你跟你们队长关系不错。"

"陆队很照顾我们。"林卓绵说。

陈野望笑笑，没有接话，将白色的陶瓷杯放在桌上，从靠背椅上很轻松地站起来，走到林卓绵旁边，回身靠住桌沿，低着头看她："既然这么照顾你,怎么不听他的叫我师兄?"

林卓绵放在身侧的手蜷了蜷。

"绵绵,"陈野望替她把一缕碎发别到耳后,放轻了声音,"是不是还忘不了我?"

林卓绵的睫毛因为他的话轻轻地一颤,她微微张开嘴唇想说话,陈野望却已经抬手握着她的下巴俯身吻了过去。

呼吸一瞬间被他堵住,他毫不犹豫地咬着她的嘴唇。

林卓绵被吻得透不过气来,手放在他肩上,想把他推开,却被他抓住了手,指腹轻柔摩挲着她的腕部。

门外传来了脚步声,门把手因为受到下压的力发出了"吱呀"声。

情急之下,林卓绵终于含混不清地叫了一句"师兄",仿佛是从五年前传来的回声。

陆思进进门的时候,会议室里的场景同他离开的时候差不多,陈野望正低头喝水,而林卓绵表情怔怔地不知道在想什么。

他坐回去的时候一瞥她:"脸怎么这么红,暖气太热了?"

林卓绵没说话,而陈野望抬眸轻描淡写地看了她一眼。

陈野望在基地没有待太久,被陆思进带着参观了一圈之后就离开了,临走前要了救援队的银行账号,林卓绵觉得那时候陆思进一定费了很大劲儿忍笑。

陆思进送陈野望出去的时候,她没跟过去,远远站在后面,看见他从容地坐进车里。

身后有两个志愿者小姑娘在说悄悄话。

"……真的长得好帅。"

"那你怎么不上去要个微信?"

"你没听陆队说他是星北户外的陈总吗?而且他看着冷冰冰的,我可不敢。"小姑娘说。

林卓绵有些恍神,无论什么时间,无论在哪里,陈野望永远都让人觉得遥不可及,无情无欲,但方才在会议室里,他却主动亲了她。

她站在原地发愣,两个志愿者小姑娘走了一个,剩下的是方才让她帮忙找茶叶的那个。

对方蹑手蹑脚地走到她身后,拍了一下她的肩膀:"卓绵姐。"

林卓绵回过神来,小志愿者笑嘻嘻地说:"姐,你在想什么呢,这么认真?"

不等林卓绵答话，她又说："是不是想男朋友？"

林卓绵摇摇头。

小志愿者开她玩笑："那就是前男友？"

林卓绵愣了一下。

过了片刻，她说："假如你以前的男朋友说了不喜欢你，但是马上又表现得像对你有兴趣一样，那这是什么意思？"

小志愿者夸张地"啊"了一声："那这不是渣男嘛。"

"渣男。"林卓绵若有所思地重复了一遍。

"卓绵姐，"小志愿者担心地看着她，"不会是你遇到渣男了吧？"

林卓绵停了一下，说不是自己遇到的。

对方这才放心，嘀咕道："卓绵姐，你长得漂亮，人又好，一定要找一个配得上你的男朋友。"顿了顿，又补充道，"就跟今天过来的陈总一样。"

林卓绵闻言，脸上的表情变得有些不自然。

小志愿者没注意到，跟她打声招呼就回去了。

建好视频平台账号之后，陆思进就多了个举着手机到处拍的乐趣，把基地里里外外都拍了个遍，还会记录队里每一天的情况，走到哪儿就随便逮一个人入镜，美其名曰寻找"流量密码"。

这天林卓绵去档案室借了一本救援资料回来看，抱着牛皮纸盒慢慢走过基地的长廊，冬季的阳光从窗户中落进来，与窗棂的影子交织在一起。

忽然她听见有人叫了她一声，下意识地抬起了头。

陆思进收回手机，笑嘻嘻地说："刚才看你走过来的时候挺有意境的，录了一段。"

林卓绵随口问："最近的视频浏览量高吗？"

"不怎么样，"陆思进调转手机给她看，"最多的就几百。"

这跟他最早的期待相差太多，林卓绵便安慰道："说不定下一条就爆火了。"

她只是随口一说，没想到一天之后，真的变成了现实。那天她正给一群志愿者讲解基础的急救知识，突然有一个人看着手机说："卓绵姐，你上热搜了！"

林卓绵愣了一下，对方把手机递给她。

热搜第一的词条是#山地救援林卓绵#，她点进去，看见营销号转载了一条视频，点赞已经有二十万。

视频里她穿着前几天的那套衣服，白毛衣配牛仔裤，缓缓从走廊那头走过来,有人叫她一声,她便抬起了头。

博主配的文字是:【这不就是现实生活中的小说女主脸吗,居然是山地救援工作者,我火速去关注救援队官方账号。】

林卓绵还没反应过来,陆思进已经给她拨了电话:"看见你那视频没,我问过上面的领导了,今天晚上你用救援队的账号开个直播,给大家介绍介绍咱们的救援工作。"

"对了,"他又想起了什么,"陈总也关注着咱们的账号呢,你好好表现。"

林卓绵还没想好该作何反应,陆思进便挂了电话,不给她任何拒绝的余地。

她放下手机的时候已经被一群小志愿者团团围住,所有人七嘴八舌地议论起她走红的事情,还有人说要跟她合影,拿去跟别人显摆。

陆思进下午回基地,刚到就问晚上的直播预告发了没有。

小志愿者跟他说发了,刚发了没十分钟点赞就破了万。

晚上,陆思进陪林卓绵守在救援队基地里开直播,林卓绵按照白天拟的提纲,介绍了救援队的历史,又分享了一下自己辗转各地的救援经历。讲完之后,看见直播间里有粉丝问她眼妆是怎么化的,感觉好自然。

林卓绵顿了顿,然后如实告诉对方:"昨天晚上没睡好,这是黑眼圈。"

还有粉丝发来:【绵绵,山地救援是不是很危险啊?会不会遇到野狼什么的?】

林卓绵读完评论,回复道:"遇到了也没什么好怕的,因为我比较有本事。"

粉丝好奇:【什么本事?徒手搏斗?】

"不是,"林卓绵摇头,"我跑得快。"

坐在镜头外的陆思进往旁边偏了偏脸,忍笑。

林卓绵按了静音,问他笑什么。

结果陆思进一本正经道:"我没笑,就是牙花子有点热,晾出来晒晒。"

他瞥了一眼屏幕,对林卓绵说:"别忘了募捐的事儿。之前咱们账号发预告了,队里所有的直播收入都会用作执行任务的经费,到时候会公示所有的收支明细,你也不用有什么压力。"

不少粉丝在公屏上问她的感情状况。林卓绵看到的时候,不知怎的就想起前几天志愿者小姑娘说陈野望是渣男的事情。

"几年前谈过一次,现在分手了。"她说。

屏幕上立刻有人替她惋惜,不理解世界上怎么有人舍得跟她分手,还有人认为一定是她前男友辜负了她，给她出主意，说她现在火了，完全可以先假装撩拨渣男，等他上钩之后再把对方踹了。

林卓绵知道粉丝是开玩笑，顺势跟着说："那大家点点赞，给你们直播撩完就跑，报复渣男。"

直播间的许多人给她买礼物，右上角的打赏排名不断更新。几秒钟之后，屏幕上出现了无数火箭一同炸开的特效，是同一个人给的。

火箭是平台打赏体系里价值最高的礼物，打赏排名的第一位也因此固定下来。

那个 ID 是真名，林卓绵看到之后，重重地一顿——陈野望。

陆思进也看见了，小声对她道："我就跟你说陈总也看吧。"

林卓绵用来直播的是队里的一部备用手机，自己的手机放在手边，她仿佛有什么预感般地扫了一眼。

下一秒手机铃声真的响了起来，来电显示是一串号码。

那串号码虽然删掉好多年了，但林卓绵依旧背得出，是陈野望的。

她有些慌张，按掉了。

他又打过来。

林卓绵只好跟屏幕上的粉丝说自己要接电话，暂停了直播。

她按下接听，陈野望的声音似笑非笑地从听筒那端传来："怎么撩？"

她对陈野望说："我不知道你在看。"

陈野望重复了一遍："不知道我在看。"

不用他重复，林卓绵也知道自己这句话说得有些无赖，为了防止他误会，她马上澄清道："我没想撩你。"

陈野望停了停，用漫不经心的口吻问她："只反驳这点，意思是觉得我确实是渣男？"

林卓绵想着他的所作所为，说不是的时候，显得有点违心。

陈野望从鼻子里笑了声，但不含多少笑意，他问："绵绵，你委屈什么？"

陈野望一直以为林卓绵当年甩了自己之后，她多少该有些愧疚，没想到她持有的竟然是相反的看法。

林卓绵不知道怎么跟他说，她不知道陈野望问的仅仅是她当下这一刻的感受，还是问五年前那场不够好看的分手。她发现自己在他面前没办法做一个得体的前女友，不能做出合适的反应，说不出合他心意的话，也无法用漂亮的脸色从从容容地跟他打招呼。

窗外P城的夜色已经非常深，天空蓝沉，像静谧的深海。

空气也仿佛深海的水压，挤迫着她的感官。

陈野望问得轻描淡写，并不是在指责她，但回忆跟他有关的往事，对她来说从来不是轻松的事情。所以最终她只是说："我没有委屈。"然后挂断了电话。

会议室里很安静，陆思进靠在椅子上跷着二郎腿道："打完了？"

林卓绵说："打完了。"

陆思进点了下头，又随口问："前男友啊？"

林卓绵"嗯"了声，不准备细说，把手机放下，重新打开了直播。

刚才有关感情状况的话题已经过去，粉丝开始了新一轮的花式表白。

林卓绵跟粉丝互动的间隙，看到陆思进意味深长地看着自己。被她发现之后，他也没觉得有什么，放下二郎腿摆了摆手，示意她不用管自己，继续直播。

这场直播再次登上了热搜，粉丝纷纷追到救援队的账号底下，强烈要求尽快确定下一场直播的时间。

林卓绵没有什么爆红的实感，只是走在路上经常会被人认出来，有人给她拍照，会让她觉得有点烦恼。

范范倒是很乐见其成："咱们念书那会儿我就觉着你长得比那些女明星还漂亮。绵绵，你要不考虑一下，转行进娱乐圈得了，我给你当经纪人。"

"我要是转行，网友要骂我有心机用救援队做跳板了。"林卓绵说。

范范"哟"了声："你还挺清醒，不错不错，没有在流量中迷失自我。"

林卓绵本来以为这股意外的热度再过一段时间就会退去，她也能回归正常生活，但没想到几天之后，她就被舆论推到了风口浪尖。

那天上午，基地接到了一通求救电话，有游客在远郊的山上迷路了，不算是很严重的事故。

林卓绵正收拾急救包，要出门的时候，却被陆思进拦住了。

"你先别去了。"他说。

林卓绵问为什么，陆思进没有回答，招招手让其他队员带着志愿者先走。

她注意到其他人看自己的目光也有几分躲躲闪闪，问陆思进："你是不是有什么事儿没告诉我？"

陆思进思考了片刻，像在考虑怎么开口。

过了须臾，他说："这事儿要是从根儿上说，还是怪我。"

这时候林卓绵的手机上连着来了好几条消息。

范范：【绵绵，你看这个营销号。】

范范：【我朋友圈里好多人转，你赶紧上网澄清一下。】

范范：【#官方账号也作秀？当颜值成为流量密码#】

最后是一条微信推送，光看题目，林卓绵大概就能想到里面写的什么内容。

她低头打开，陆思进也瞥见了："有朋友跟你说了？"

林卓绵快速浏览了一遍，推送的内容跟她猜得差不多，是指责队里为了流量不择手段，找了一个美女假扮队员，精心策划炒作，攫取流量。

P城救援队虽然也接受体制内的统一管辖，但严格来说只是民间组织，靠队里发工资的专业队员并不多，其他大部分都是志愿者。撰写者知道这一点，含沙射影地指责相关行政系统里有人跟救援队勾结，靠这场炒作活动牟利。

虽然是空穴来风的无稽之谈，但谣言总是比真相跑得快，推送的浏览量已经破了十万。

"能不能让我用救援队的账号澄清一下？"林卓绵问。

陆思进露出为难的神色："上面的意思是先让子弹飞一会儿，人家一说我们立刻就回应，怕他们有人拿你当枪使，有什么后手。"

他看林卓绵表情，连忙道："我知道你现在心里不好受，但越是这种时候，咱们越得沉得住气。你放心，队里绝对不会让你蒙受不白之冤，这件事最后一定能解决的。"

林卓绵知道陆思进夹在上面和自己之间难做人，没为难他，说了句"行"。

她没再关注网上的舆论，但是到了下午，范范又转给她一条微博。

那条微博里详细记录了她加入救援队后参加重大救援活动的时间线，并在每一个节点里附上了有她出镜的救援照片。

横跨七年时间，有很多事件林卓绵自己都淡忘了。

不知道是谁，替她记得这么完整。

范范：【你看热搜，给你澄清的词条在慢慢往上升。】

范范：【发这条微博的博主很有名的，他以前是评论员，退下来之后开账号当大V（身份获认证的微博意见领袖）了，经常做一些深度调查，不过他一般不掺和这种有点网红性质的事儿，不知道为什么这么给你面子。】

林卓绵看着范范告诉她的话，想了想，又在评论区里发了自己打码序列号的医学学位证书和毕业证书，配了四个字：【不是作秀。】

给林卓绵澄清的微博很快爬升到了热搜第一的位置。

跟时间线清晰的微博图文和她晒出的证书相比，那条充满揣测的推送变得毫无说服力，评论区几乎呈现出向她一边倒的态势。

【绵绵是学霸，我爱了。】

【怎么会有人连这种随便抓拍的新闻照片都这么好看啊。】

【美女姐姐居然还参加过援助非洲的救援活动，好漂亮好优秀！】

林卓绵带着手机去陆思进办公室找他，敲门进去的时候看见他正在打电话，便站在门边等了一会儿。

陆思进看见她之后没说太多，三两分钟就结束了。

他把手机往桌上一扔，两条胳膊撑在办公桌上，吊儿郎当地抬头望向门口的林卓绵："还是沉不住气，自己跑去拿毕业证给人看了，是吧？"

林卓绵承认得很坦荡："对，反正已经有人帮我澄清了，我再把证据补足，不信他们还能出什么后手。"

陆思进看了她几秒，忽然笑了一声，他好整以暇地问："你知道是谁帮你澄清的？"

林卓绵说了那个博主的名字。

陆思进姿势不变，眉毛一挑："真以为自己面子那么大啊？"

林卓绵听得懂他的意思，试探着问："是别人找的他？"

陆思进指了指自己的手机："老宋刚给我来的信儿，说这事儿不用担心了，还问我什么时候跟星北的陈总有这么深的交情。"

林卓绵一愣。

"给你澄清的那个前评论员不是普通人请得动的，上回老宋那边想找他给写个宣传稿，都不用他亲自写，署个名就行，人都不干。"陆思进意有所指道。

林卓绵站在原地，想到的却是那条详细梳理她以往经历的时间线，里面有些照片是不曾出现在公开的新闻报道里的。

分开的这些年里，他一直在关注着她。

陆思进朝她抬了抬下巴："哎，你跟陈总真的就是普通师兄妹？之前在学校里从来没见过面儿的那种？"

还有句话他没说，老宋让他调回P城的时候点了林卓绵的名字，他当时没多想，现在看来，或许也跟陈野望有关。

林卓绵一时说不出话来，而陆思进若有所悟般看了她一眼，倒也没逼她交代，只是挥挥手道："行了，事儿也解决了，到时候你别忘了谢谢陈总。"

她从陆思进办公室走出来的时候，思绪纷繁万千。

陆思进给她放了天假，让她回去休整休整心情。

林卓绵正好这几天在看房子，挑到一套比较适合的，便跟中介约了第二天过去。

打车过去的时候，她经过了S大附近的那处产业园。看完房子也才半上午，她从单元楼走出来，决定去星北找陈野望，当面谢谢他。

只是要怎么开口，她还没有想好，总不能说谢谢他对前女友的特别关心。

上次来星北，是陈野望带她乘电梯，去了最顶层的办公室。

但现在她刚走进星北的主体大楼，就被前台的小姑娘拦住了。对方礼貌地问她来意，听她说是找陈总之后，又问她是否有预约。

林卓绵说没有，又说自己可以等一会儿，等到他有空。

小姑娘有些为难道："陈总的日程排得很满的。"

小姑娘打量一番林卓绵，忽然认出了她："你是不是那个救援队的林卓绵啊？我昨天还在热搜上看过你。"

小姑娘的声音有些大，周围的人纷纷看了过来。

林卓绵略微尴尬地点了点头。

"那你稍微等一下哦，"小姑娘给她想了办法，"我问问陈总秘书。"

室外的阳光透过大门投下一片光影，从一层的落地窗可以看到外面郁郁葱葱的人造草坪，草坪上有星北热销的户外帐篷，旁边散落着白色的飞盘。

林卓绵仿佛看得见当年那个考完试被陈野望带过来的自己。

那时她看见的是空无一人的大楼，但当初她就知道，陈野望想做到的事情，都可以做到。

小姑娘给秘书打了电话，等待对方回复的间隙里，她好奇地问林卓绵："绵绵姐，你跟我们陈总是什么关系啊？"

林卓绵不太自然地说是朋友。

小姑娘随即露出八卦的神色，对她说："陈总的女性朋友可不多。"

大概是整天待在前台也没有跟人聊天的机会，她滔滔不绝地告诉林卓绵："前几年有一位舞团的李曼小姐经常过来找陈总，还给陈总做吃的带过来，我听说李小姐家里也是做生意的，之前跟陈总爸爸还有联系，但也没用，陈总应该是不喜欢她而且跟她说清楚了，那之后她再也没来过，好像去年结婚了。"

顿了顿，她又感慨道："陈总的眼光好高，李小姐长得还挺漂亮的，家里条件好，又会做饭。"

林卓绵认真地跟她讨论："是好高。"

"对吧对吧。其实我挺佩服这种一个人在家把饭做好，摆得特别精致，然后自己吃或者送别人的。"小姑娘说。

林卓绵赞同道："要是我一个人在家，一般就只能点外卖或者饿死。"

小姑娘总结了一下："好羡慕陈总。"

林卓绵"嗯"了声："要是李小姐能看上我，我跟她一起过也行。"

忽然，一道清冷嗓音在她耳边响起："你想跟谁过？"

林卓绵回过头，陈野望不知什么时候站到了自己身侧。他只穿了深灰色的条纹毛衣配衬衫，没披外套，不知道是不觉得冷还是下来的时候在想别的，忘记带了。

毕竟是在背后八卦他，林卓绵有些心虚，没控制住，不由自主地叫了声："师兄。"

陈野望的眼神刹那间变了变。

过了须臾，他说："去我办公室。"

前台的小姑娘睁圆了眼睛，绵绵姐跟陈总的关系果然不一般，陈总都没问是什么事儿，就直接带她回办公室，而且甚至没有让秘书下来请人，是亲自过来领的。

电梯间里很安静，平滑泛冷的大理石墙面倒映着林卓绵和陈野望的影子，有一点轻微的反光。

陈野望按了电梯，侧眸看着林卓绵："你上次来还是上学的时候。"

林卓绵说："都过去这么久了。"

陈野望又道："后来你去读研，国庆节的时候说有空回来找我，结果是敷衍我，那几天我一直在公司加班，每天都在等你。"

林卓绵抿了抿唇。

电梯来了，她在走进闸门的那一刻，轻声说："其实我来了。"

陈野望怔了怔。

"那天下雨，当时你们公司楼下那家咖啡店味道一般，不如现在这间连锁的。"

两个人站在电梯里缓缓上升，林卓绵的余光里是陈野望针织毛衣上不明显的暗纹。

他没有接话，但林卓绵觉得自己知道他想说什么。

她在陈野望开口之前转移了话题："我今天来是为了谢谢你。"

222

电梯大门缓缓打开，陈野望用手挡住门，林卓绵先走出去，再一次闻到了他现在用的香水，带有侵略性的草木气味。

她还记得他办公室在哪里，不用他带路也可以找得到。

陈野望跟她并肩走着，忽然问："谢什么？"

林卓绵迟疑片刻："谢谢你维护救援队的声誉。"

"林卓绵，"陈野望叫她名字，开口时看起来没有太多耐心，"我对你们救援队的声誉没什么兴趣。"

林卓绵的脚步有一秒钟的迟滞，不过她很快地说："陈总不希望公司被自己资助过的救援队牵连到丑闻里，我理解。"

陈野望被气笑了，停在自己办公室的门前："五年多了，绵绵，你怎么还是这样？"

他放慢语气，一字一顿道："就知道躲。"

五年前遇到困难的时候逃避他，现在假装听不懂他说话。

林卓绵被他戳中心事，垂落在身侧的手指收缩了一下，然而她还是故作镇定道："陈总不开门吗？"

陈野望深深地看她一眼，抬手紧紧地攥住门把手往下一压。

林卓绵还没反应过来，就被他揽着腰推了进去，后背抵在了坚硬的门板上，硌得她肩胛骨生疼。

她听见他用脚推上门的声音。

陈野望把头埋在她颈窝里，用力地吸了一口气，林卓绵的皮肤一阵战栗，她拉住他的衣角，呼吸变得不稳。

男人压抑的声音从她颈间传来："绵绵，你知不知道躲是没有用的。"

他狠狠咬在她锁骨上，林卓绵拉他衣角的指关节泛了白，却没有吭声。

"那天亲你的时候不躲，现在咬你也不躲，"陈野望宽大的手托着她的腰把她抬向自己，"对我还有感觉？"

两个人贴得太近，第无数次在重逢后超越了普通的社交距离，林卓绵咬着嘴唇垂眸道："师兄，你别这样。"

"我哪样？"陈野望从容不迫地接话。

他掐着她的下巴强迫她看向自己，往昔淡沉的声线如今危险而勾人地陈述着一个他觉得显而易见的事实："绵绵，你想要我。"

你想要我。

四个字仿佛触动了林卓绵的神经，她的眼皮跳了一下。

"我们已经分手了。"她的下巴被陈野望攥得生疼，连说话的嗓音都带上了几分干涩。

他看上去并不在意，但下一秒门后传来了轻轻的叩击声。

"陈总，陈总？这里有份文件需要您过目。"

林卓绵无声地看着他，脖子上还带着淡淡的红色吮痕。

陈野望掐她下巴的手紧了紧，须臾，他朗声对门外道："我知道了。"然后松开了林卓绵。

进门的下属看也不敢看林卓绵，把文件交给陈野望之后就赶紧离开了。

陈野望靠在宽大的办公桌边，随手翻开装订好的文件，林卓绵以为他没在看自己，放下手的时候却听见他说："再往右拉一拉。"

她对着手机屏幕看了一下，领子的确有些偏向左侧，露出了一半锁骨的形状。

林卓绵正好衣领，看陈野望还在看文件，便转过身想去开门。

"要去哪儿？"陈野望头也没抬地问。

停了一下，他又漫不经心道："不是来谢谢我吗，刚才就算谢完了？"

这话说得不正经，林卓绵的脸颊洇开淡淡的红，说："不是那种谢法。"

陈野望有一刻没说话，眼神略微游移，仿佛在回味被她否认的谢法。

"是也可以。"他说。

林卓绵觉得自己今天好像不该来。她垂眸看着深色的木地板："我请你吃饭吧。"

陈野望抬了下眉，将文件放到身后的桌子上，抱着胳膊道："一顿饭就打发我？"

林卓绵不得不问："那你想要什么？"

陈野望高深莫测地看着她，几秒钟之后他说："先欠着吧，没想好。"

这天林卓绵回家的时候，身上多了一份租房合同、一处吮痕，还有欠着陈野望不知道要什么时候还的一笔债。

范范听说她找好房子之后对她表示了强烈的谴责，说她这么着急搬走，可见自己这个多年好友在她心里根本不占多少分量。

直到林卓绵跟她说自己下个月才住进去，那之前还有很久要在她家借住，并答应周末请她吃顿好的，她才罢休。

原本跟范范的这顿饭定在周六，但那天早上林卓绵刚一起床，就接到了一个陌生号码的电话。

从前因为苟年，她每次收到这样的电话都会很警惕，但自从本科毕业之后，她好像就再也没见过他。不知道他是不是因为知道林洛去世，明白自己手里没有可以牵制她的砝码,所以才自觉自愿地消失了。

范范还在睡觉,林卓绵便带着手机去阳台上接。

天气不算好,雾沉沉的,像是马上就会下雪。

来电的是个年轻女性,说话的口吻温和而程序化,像是每天会打几十通类似的电话:"您好,我是市一院精神科附属疗养院的负责人詹盛美。"

林卓绵觉得是诈骗,正要挂断,对方却接着问:"请问是林卓绵林小姐吗?"

她停下来,将信将疑地"嗯"了声。

詹盛美彬彬有礼地说:"是这样的,林小姐,很抱歉地通知您,苟年苟先生于昨晚九点三十六分在本院逝世。您是他确认过的临终联系人,如果您方便的话,请尽快来领取他的遗物。"

"你说什么?"林卓绵以为自己听错了,"苟年他怎么了?"

詹盛美非常得体地重复了一遍:"我理解您悲痛的心情,但苟先生的确已经在昨晚去世了,请您节哀顺变。"

林卓绵怔怔地站在阳台上,P城已经进入了寒冷干燥的冬季,风刮得很大,把她披在肩上的漆黑长发卷起来,像一张乌色的幡。

过了很久,她说:"我知道了,我今天就过去。"

去疗养院的路很远,前面四分之三的路程林卓绵搭了地铁,最后一段路不好走,没有可以直达的交通工具,她打了辆出租车。

汽车疾驰在马路上,前挡风玻璃上忽然落下了白色的雪粒。

司机问她:"姑娘,你看人去啊?"

林卓绵说:"算是吧。"

司机"唔"了声:"那地方的疗养费忒贵,听说是按天计费的,跟五星级大酒店差不多。"

林卓绵愣了下:"这么贵?"

出租车停在疗养院门口,纯白色的建筑矗立在落雪中,看上去沉静而安详。

林卓绵走进去,在放了一束浅粉色鲜花的前台,找到了一位护士,报了苟年的名字,问她知不知道该去什么地方领遗物。

护士敲了几下键盘,看着电脑屏幕上出现的表格,跟她说了一个房间号,又问她想不想去见苟年最后一面。

林卓绵摇摇头,说不必了。

她按照护士给的号码找到对应的房间,房门是敞开的,白色的床上铺着淡蓝的床单，很平整，像是才整理过。

桌上零零星星放了几样东西，应当就是荀年的遗物。

林卓绵走近前去，拿起一册厚厚的笔记本，翻开来看，密密麻麻都是字，每隔几页，左上角都会标记日期。

是日记。

林卓绵看着最开始那一页的日期眼熟，仔细回想了一下，发现是自己本科毕业离校的那天。

这意味着荀年那时候就开始在这里住了。

荀年的日记像是只写给他自己看的，笔迹歪歪扭扭，还掺杂着不少错别字，林卓绵辨认得很困难，觉得有个字像"陈"，但又不能确定。

门外有人影经过，大概是注意到了房间里有人，又后退几步折了进来。

"您就是林小姐吧？"对方问她。

林卓绵听出了她的声音："詹负责人。"

詹盛美笑笑，指着桌面上的几样物件道："他留下来的东西不多，大概有意义的也就是您手里那本日记了。"

林卓绵环视了一遍房间，窗外是缝隙极窄的铁栅栏，墙壁做了软包，荀年记日记的笔是特制的，无法用于自杀。

她忍不住问："他是怎么死的？"

詹盛美露出了一个遗憾的表情："脑血管瘤，发现得比较晚了，而且他对治疗表现得不太配合。"

林卓绵放下日记本，又问："是谁在给他付钱？"

"您不知道吗？"詹盛美有些疑惑，"是现在星北户外的陈总。"

顿了顿，她又小声说："荀先生被送来那天我们对他做了一些基本情况的记录，他虽然有严重的精神疾病，但说话还是清晰的，他告诉我们……"詹盛美停顿了一下，"说陈总是您的男朋友。"

林卓绵想到了什么，她将日记第一页上的日期展示给詹盛美看，开口时声音带了几分颤抖："荀年是这一天来的吗？"

詹盛美让她稍等，自己去系统里核对一下再回来告诉她。

病房重新恢复了宁静，林卓绵立在房间中央，看到窗外遥远的青色群山。没想到时隔这么多年，那个梦魇般的男孩会以这样的方式退出她的生命。

詹盛美回来的时候，手里还带了一样东西。

她先是给了林卓绵一个肯定的答案，说荀年的确是在那天入院，此后又递给她一部手机，说这是荀年入院时上缴的，病人不可以配备通讯设备。

"刚充过电,应该还可以开。"詹盛美说。

手机以十分缓慢的速度开机,在品牌 logo 的界面上停了很长时间才逐渐加载出初始桌面。

林卓绵打开通话记录,看到荀年打的最后一通电话也是在那个日期。

跟陈野望。

她的心脏突然剧烈地跳动了一下。

林卓绵最终没有把荀年的遗物带走,只是拜托詹盛美按照无人认领的流程处理。

对方同意了,但问她要不要临走前再仔细看看,毕竟荀年这个人从此消失在世界上了。

林卓绵无意窥探荀年生前的隐私,但詹盛美这样说了,她便重新拿起他的手机,点开了相簿。

相簿里的照片不多,很多是不知道他从哪里搜集来的她学生时代的影像,其中有一段很短的视频,她看着眼熟,随手点开了。

拍摄地点看起来很像S大那条昏暗的走廊,镜头很晃,但她立刻辨认出了自己。

她身上披着一件衬衫,视线朝向身侧的一个人。

是研一给她当助教的陈野望,英俊、凛冽、锋芒毕露。

那天荀年来找她,是陈野望帮她解了围。

林卓绵凝视着镜头中的自己,忽然明白了为什么荀年那么轻易地就将她喜欢的人联系到了陈野望身上。

她看他的眼神,直白得如一封年少时的情书。

镜头很快就偏掉了,紧接着扬声器里传来陈野望清冷逼人的音色:"我是她老师,现在全班同学等她一个回去上课,你要是再纠缠下去,我就叫保安了,知道扰乱教学秩序是什么后果吗?"

像是从她十九岁时传来的回声。

林卓绵把视频传到了自己手机上,然后离开了疗养院。

室外寒风凛冽,她把围巾拉高到了下巴位置。

陈野望为她做的,似乎比她想象中要多。

从疗养院回来之后,林卓绵原本是想去找陈野望的,但她现在跟他这样不清不楚的关系,让任何有关当年的事情都变得不好开口。

她脖颈上的吮痕慢慢地变淡,洗澡的时候在镜子里看到,林卓绵会不自觉地停顿几秒,像放空,又像脑海里确实闪过了一些什么。

没过几天,P城山地救援队接到了一次紧急任务委派。

由P城出发南下入藏的一支登山队遭遇雪崩,被困山区,登山队员一大半都是P城本地人。虽然当地已经出动了救援力量,但队员的家属又向他们发出委托,希望他们也能作为特派医护参与搜救活动。

据目前获得的消息推测,登山队被困的位置在一处雪崩频繁的峡谷周围,进出山体的隧道口已经被积雪封死,P城救援队抵达的时候,堆积区的通道才刚打通。

救援队跟随当地救援力量进山搜救,山里的雪深度很深,但是是最近才积的,质地还很松散,所有人深一脚浅一脚地行进,非常吃力。

接近营救点后,大救援组打散成小分队,各自在恶劣的搜救环境中对被困人员留下的痕迹进行初步搜寻。

搜救行动开始的时候是下午四点,等他们终于发现了被埋在雪下的登山队员,已经是晚上七点钟。

被救出的有十一个人,四人昏迷但尚有呼吸,剩下七个人里,五个意识尚算清醒,只是都被冻伤了,还有两人暂时丧失了生命体征。

救援队向外抬人的时候,一个脸已经冻紫了的伤员哆哆嗦嗦地说:"还、还有一个。"

扶着担架的陆思进猛地抬头:"你说什么?"

那人用不太利索的嘴说:"还有一个人,他不在我们这儿,搭我们的车自己上去了,是个记者,爬到悬崖上,说要架一个摄像机记录雪崩……"

话音未落,林卓绵就已经转身朝山上更高的地方跑过去。

陆思进吼了一声:"林卓绵,你回来!"

林卓绵没反应。

身边的队员接过他手中的担架,他几步就赶上了在齐膝高的雪地里向前跋涉的林卓绵。

雪山海拔高,临近入夜,气温又低,人的体力消耗极快。陆思进一把拽住林卓绵的衣领,没舍得扯她,就只让她面对着自己,语气变得很粗暴:"你不是第一天做救援工作了,知不知道……"

他的声音骤然停下。

因为看见林卓绵已然泛红的眼眶,和挂在下巴上的晶莹泪水,陆思进明白了,他低声说:"那不是你哥,你不要命了。"

加入救援队很久之后,林卓绵终于肯告诉他自己加入的原因。陆思进知道人都有不能揭的伤疤,林洛的事儿他听就听了,但从来没有再在林卓绵跟前提。

这是第一回。

林卓绵不说话,用袖子擦了把脸。

陆思进在她面前蹲下,从地上抓起一捧雪,仰起头看着她的眼睛:"看见没,这地儿是雪崩带,没准儿马上就会第二次雪崩,可能是一天以后,也可能就是一个小时以后。你跑山上去,被埋了谁能发现?你知道晚上这儿多少度?零下二十度!"

停了停,他又道:"肯定会派人去救的,就是不知道方位,搜救困难点儿,在这边调直升机还要给军区打报告上去,不过干了这么久了,有些时候你还是得认,我们不是每一条命都能拽回来的。"

他说的林卓绵都知道,但她还是说:"我想去。"

这种搜救难度很大,而对于被困的人来说,时间就是生命。她只知道自己从前耽误了林洛四个小时,失去了自己在这个世界上最亲的人,现在不能再愧对别人了。

陆思进咬了咬牙,骂了句脏话,一甩胳膊将一捧雪都扬了。

细微的雪末飞散在空气中,像一场雪只落在一瞬间。

林卓绵觉得他要骂自己了,但她管不了那么多,转身继续走。

陆思进用力地踩进雪地里,一言不发地跟在她旁边。

林卓绵和他较劲儿似的,听着他的脚步声,越走越快。

陆思进忍不住说道:"你发什么疯!一会儿劲儿都泄了,让我背两个人下山?"

林卓绵的脚步一顿,她没反应过来似的问:"你也去?"又说,"你不用管我。"

她没再哭了,白皙的皮肤在天寒地冻中被风吹得发红。

陆思进问她:"妹妹,不知好歹是吧?你是我一路带过来的人,我眼睁睁看你去送死啊?"

林卓绵沉默片刻,忽然说:"等你来参加我葬礼的时候,把你那茶叶往我坟前撒点儿,上次喝完觉得还行。"

陆思进被她气乐了:"能不能说点儿好的?"

两个人沿着被积雪掩埋的山路上了山,很快就到了山间的一片台地,意外地发现这里有一处在 GPS 定位系统上没有显示的村庄。

村子很小,只住了不多的几户人家,村口有一摞叠在一起的扁形石块,下宽上窄，像一座塔，高处还有几串色彩缤纷的经幡正在安静摇曳。

一个老妇人坐在经幡下用炉子烧水。

"这儿还能住人。"陆思进嘀咕了一句。

林卓绵没应声，她发现地上有几个不明显的足印，像是有人走过之后，又被覆盖了。

她指给陆思进看："应该就是从这儿走的，我们接着往上。"

两个人刚走两步，那个老妇人突然大声喊叫起来，听上去像是要让他们停下。

她气喘吁吁地朝林卓绵和陆思进奔过来，一脸警惕地看着他们："现在是山神休息的季节，不能上去，不然山神会发怒的。"

"山神发怒？"陆思进重复了一遍。

林卓绵推断道："应该是雪崩。"

显然是不太科学的迷信说法。

她转身要走，老妇人却一把抓住了她的胳膊，不断重复着山神发怒的说法。

陆思进刚要开口，林卓绵就冲他摇了摇头，她攥住老妇人的手道："奶奶，我是去救人的。"

她语气温和，却又不容反驳。

陆思进觉得林卓绵身上那股劲儿又冒出来了。

果然，下一秒她就说："我不信神。"

老妇人呆立在了原地，任由林卓绵将胳膊从她手中抽了出来。

林卓绵同陆思进继续向高处行进，地形越发复杂，而隐隐约约的脚印已经完全看不见了。陆思进喘了口气，劝道："我们先回去，这么找能找到的概率太小了……"

话音未落，他就一个趔趄，被积雪掩盖下的一块岩石绊了一下。

陆思进捂着膝盖，皱了下眉。

林卓绵知道他膝盖上有之前救援活动中留下的旧伤，抿了抿唇道："陆队，你回去吧。"

她很少这么正式地管陆思进叫陆队，陆思进知道她什么意思。他没办法地看着她，冰天雪地里，女孩子一张小脸同六年多以前加入救援队时如出一辙地坚定。

陆思进叹了口气："林卓绵，我要早知道你有这么不听劝的一天，我当时绝对不让你报名。"

难得林卓绵还有心情笑了一下:"谢谢陆队。"

陆思进晃了晃随身的无线电设备:"每隔半小时给我报一次平安。"

林卓绵说好。

剩下的路都是她一个人走的,她走着走着,忽然有种感觉,似乎这么多年的救援生涯,就是为了今天能够独自走上这条路。

林洛当年是不是也这么走过呢?

两个人的轨迹仿佛隔着这么多年,重合在了一起。

假如林洛那一年没有去世,现在就已经过了而立之年了。

他结婚了吗?会不会生一个孩子叫她"小姑姑"?生的是男孩还是女孩呢?他还在做那份工作吗?过年放假的时候还有没有时间陪她打游戏?提起陈野望时还会气急败坏吗?

陆思进说如果早知道现在,不会让她加入救援队,倘若她也能够未卜先知,那今天的一切,就都会不一样了。

夜色阴沉,山上又下起了茫茫大雪,如云海奔涌席卷而来,林卓绵猝不及防,被一股巨大的力量推下了山谷。

她这才后知后觉地意识到那不是下雪,而是雪崩,短时间内事故现场再次发生的小规模雪崩。

陆思进过了半个多小时都没有收到林卓绵报平安的声音,他试图用无线电设备联系她,一直是无人应答。

他立即联系了当地的救援联系人,告知了目前的情况,不出所料挨了一顿训。陆思进生生受下了,问对方能不能调架直升机来找人。

联系人告诉他:"刚才为那个记者联系过了,现在陆航旅有一次紧急飞行任务,而且飞过来还要研究航线和预案,没那么快的。"

陆思进放下无线电设备,又从衣兜里摸了手机出来。

事态紧急,他也顾不上什么了,直接拨了陈野望的电话。

雪山上信号不太好,他来回走了几圈才打通。

那边一接起来,他立刻就说:"陈总,卓绵现在有危险,你看你有没有法子能调一架直升机过来。"

陈野望声音一沉:"她在什么位置?"

与此同时,林卓绵被雪推着下坠,极速失重让她有种自己此刻正身处另外一个世界的错觉。

她闭上眼睛,心想:哥,我来找你了。

下坠的过程比她想象的要短,她砸在一处斜坡上,厚重的雪层给她提供了缓冲，她滚落下去的时候速度稍稍减慢了一些。

坡底的雪堆接住了她。

停下的那一刻林卓绵还没有反应过来，她愣愣地看着头顶沉寂阔大的夜空，小腿传来剧烈的疼痛，是刚才在某块突起的岩壁上磕了一下，不知道有没有骨折。

她感觉了一下，身上其他地方也有伤口，不过大多只是擦伤、撞伤，没那么严重。

林卓绵想到什么，挽起一截袖子露出手腕，头盔上的探照灯已经灭了，她就着微弱的月光，看清腕部细链上那枚小小的白色贝母已经在她的皮肤上压出了一小片红痕。

她的护身符还在。

"哥，是你在帮我吗？"林卓绵小声问。

回答她的只有无尽的风声。

林卓绵强撑着坐起身，无线电设备不知掉在了什么地方，绑在身上的救援包还在，她拉开拉链，取出一支应急手电打开。

坡底没有河，还算安全，不远处有个山洞，洞里似乎有微弱的光线在闪烁。

林卓绵心中一动，她将手电光的亮度调到最低，然后一瘸一拐地朝山洞慢慢挪过去。

她能感觉到气温比自己刚抵达时低了很多，寒风似乎能钻透她的救援服，她的骨关节开始变得僵硬。

林卓绵坚持着走到了山洞附近，她朝洞里晃了晃手电，喊了一声"有人吗"。

过了几秒钟之后，山洞口传来重物落地的声音，一块石头被扔在了洞口，像是在回应她。

林卓绵不顾身上的疼痛，立刻走了进去，看到地上坐着一个年轻男人，后背倚在墙上，整个人都没什么劲儿，正费力地睁开眼睛看她，面前有用枯枝生的一小团火。

她报出了那支登山队的名字，又问："你们是一起来的吗？"

男人点了点头。

林卓绵半跪到他身边，一边给他检查，一边问："还能不能走？"

"没知觉了，我是爬进来的。"男人苦笑着指了指自己的腿。

林卓绵迅速下了判断："可能是神经损伤，等出去之后要马上到医院检查。"

男人没接话。过了一会儿，他问："能出得去吗？"

原本这种情况下林卓绵是可以努力带他下山的，但现在对方不能走，她自己也受伤了，体力消耗严重，再加上刚才是被雪崩推下来的，找路会比较困难，种种不利因素加在一起，希望的确很渺茫。

林卓绵也没什么信心，但她不能给对方泄气，便道："可以的，再等等，一般这种情况会调直升机，只要确定好航线就很快能过来。"

但过来了能不能找到他们也是未知数。

男人轻轻说了个"嗯"，把自己的手电筒交给林卓绵，头朝后仰，又疲惫地闭上了眼睛。

两个人都没再说话，要保存体力。

林卓绵借了对方一点火种，去了离洞口比较近的地方，将手电用石块架起来，朝向天空。这样直升机飞过的时候，有更大可能注意到他们。

林卓绵抱着腿，把下巴放到了膝盖上，祈祷两个人能多撑一会儿，等到救援。

随着时间的流逝，气温越来越低，她把能找到的可燃物全部放进了火堆，在地上蜷缩成一团，咬着牙坚持。

就这样撑了五个小时。

虽然有火焰传来热量，身上的救援服也有足够的厚度，但她还是感到四肢的温度正在逐渐流失。林卓绵知道，假如人的体温低于二十一摄氏度，就会产生低体温症，出现幻觉，陷入昏迷，直到死亡。现在已经是第二天的凌晨了，陆思进见她没有报平安，应当早已经联系当地救援力量的负责人了。

林卓绵觉得眼皮发沉，尽管一再提醒自己不要睡着，她的意识还是变得有些涣散。

她渐渐感觉不到雪地的冰冷，朦朦胧胧间仿佛回到了十九岁那年微观经济学的课堂上，她还在为小组作业被队友放了鸽子而烦恼，下课之后路过P城的林洛来教室找她，她站在讲台前，陈野望正耐心地低着头听她问要怎么办才好。

林洛翻开她的书看到的全都是黑色水笔书写的陈野望名字，陈野望说可以跟她一组陪她做作业，林洛坐在餐厅里让她不要贴上去，她匆匆告别林洛，飞奔向经管学院的会议室去给陈野望送饭……

要是可以永远过十九岁就好了，要是时间能够停在十九岁就好了。

遥远无际的夜空中传来引擎的轰鸣，一架直升机冲破寒夜，逆风而来。

陈野望用修长的手指擎着防噪耳机上的麦克风，眉头紧锁，薄唇紧绷，望着窗外，忽然低声对身侧的机长道："那里有光。"

机长顺着他的目光看过去，确认无误之后在地图上标定了位置，告诉陈野望说："应该就是这里，陈总您坐好，我们马上要下降了。"

下一秒，直升机便降低高度进入峡谷，紧贴雪山飞行，朝着山洞口的微光驶去。

机长找到机降点低空悬停，后排的两名搜救人员正要降下吊篮，陈野望突然说："我下去。"

"陈总，他们是经过专业训练的，您不用担心。"机长接着又道，"林小姐是多年救援工作者，应变能力也没有问题。"

"我知道，"陈野望闭着眼睛捏了捏鼻梁，"但我等不了。"

机长迟疑了，他知道陈野望昨夜有多焦急，但他还是提醒了一句："陈总，现在下面零下二十度，地势很陡，可能会有危险。"

"好。"陈野望毫不犹豫地说。

机长还想说什么，但看陈野望的神情，知道对方不会动摇，再加上这架私人直升机是陈野望自己的，他作为持照飞行员只是为对方工作，只好同意了。

陈野望跟两名救援人员一起落地，他大步流星地奔向山洞，救援人员都被他落在了身后。

熟悉的身影出现在他眼前。

林卓绵头盔下一张小脸冻得雪白，抱着膝盖蜷缩在一簇篝火旁边。

整夜悬空的心脏在这一刻落回胸腔，然后一阵紧缩，他忘了周围的温度有多低，直接将自己的大衣脱下来，跪在地上把她裹紧，拥她入怀。

骨骼分明的手上青筋错杂，用了很大的力气。

他摩挲着她的背部，轻声唤道："绵绵，绵绵。"

林卓绵合着的眼皮颤了颤，她的手指下意识向前碰了一下陈野望，微微张开嘴，发出了两个不成型的音节："师兄。"

陈野望捧着她的脸，嘴唇贴在她的耳郭上，嗓音哑得吓人，气息却是滚烫的："绵绵，跟我回家。"

这句话如同一张沉网，将林卓绵从变换不清的潜意识中打捞了上来。

她的眉尖轻轻地动了一下，纤长的睫毛往上抬，睁开了眼睛。

天地间雪色晦暗，她看见陈野望泛红的眼眶，那张从来平静的脸上，第一次有这样强烈的、浓墨重彩的情绪。

她分不清这是做梦还是现实，只是用接近冻僵状态的手指，贴上了他的胸口："师兄，我好冷。"

陈野望更紧地将她箍进怀里，替她挡住漫天寒意。

身后的救援队员提醒他："陈总，直升机油量有限，不能悬停太久。"

林卓绵仿佛意识到了这不是梦境，断断续续地说："师兄，我找的那个人也在这儿，就在山洞里面。"

"有人去找了。"陈野望把她抱起来，像从前在一起的时候那样温柔地哄着她，"师兄带你回去。"

林卓绵没出声，胳膊却勾上了陈野望的脖子。

被他的体温和气息包围，她终于不必再提心吊胆地恐惧。

太漫长太冰冷的一夜终结于陈野望暖热的怀抱，并不算是太差的一种结尾。

明明已经不再是少年，明明也独自走过了那么长的寒凉岁月，她怎么还是这么容易地就耽溺于他、臣服于他。这就是她一直躲、一直逃避、一直不敢面对的理由，其实最清楚不过，最明显不过。

经历了漫长的昏迷，林卓绵再醒过来的时候是第二天晚上。

她觉得身上很疼，喉咙也干涩得厉害，眼神过了几秒才聚焦，意识重归大脑之后，她蓦地意识到，自己在一个很熟悉的地方，是陈野望在宵湾花园那套房子的卧室。

怎么会什么都没有变，好像她真的重新回到了学生时代。

她怔了一会儿，手肘撑着床想坐起来，刚活动了一下，就被一个人制止了。

"别动。"冷清的声音。

林卓绵这才发现陈野望就躺在自己旁边，倚着床头，宽大的手压在一本书上，应该是刚才在读的。

林卓绵有些不自在，她垂下眼眸，想说话，却发不出声音。

她指了指自己的嗓子。

"想喝水？"陈野望问。

林卓绵点头。

"忍着。"陈野望轻描淡写道。

林卓绵难以置信地抬头看他。

被她那双清澈如小鹿的眼睛看着，陈野望忽地用手掐住了她的脸："林卓绵，你昨天连命都不要了，现在跟我说想喝水？"

陈野望不明白，只是过了几年时间，当初那个连站在陆冲板上都怕摔倒的女孩子，怎么现在连生死都可以置之度外了。

中午直升机落地P城，他把她送到医院，医生说她在低温环境里待得太久，要是救出来得再晚些，不光身体机能受损，人都保不住。

好在她身上没什么皮肉重伤，小腿有软组织挫伤，卧床休息一段时间就能够恢复，可以随时出院。

林卓绵被陈野望攥得吃痛，纤细白皙的手指去推他的小臂。

"我没有不要命。"她小声替自己辩解。

陈野望深深地看着她，许久，忍不住叹口气，松开她，下床去给她倒水。

林卓绵发现他递给她的还是当年那个只有她用过的马克杯，水温不冷不热，柔软轻缓，好似旧梦重温。

她喝了几口水之后，问道："那个记者怎么样了？"

陈野望的表情看起来是不太想告诉她的模样，然而被她执拗地盯着，他顿了顿，还是说："没伤到骨头，虽然暂时失去了腿部知觉，但能通过药物治愈。"

林卓绵松了口气。

陈野望看着她继续小口小口地喝水，忽然问："值得吗？"

这么多年了，值得吗？

林卓绵的动作停了一下，她没看陈野望，看着跟雪山同样洁白无瑕的杯壁，点了下头。

接着她又道："我替他谢谢你。"

"不用。"陈野望的语气和神色都很平静，"我没那么无私伟大，不是为了他。"

林卓绵捧着杯子的手蜷了蜷。过了片刻，她说："我也谢谢你。"

从P城去到藏区雪山要跨越几千公里路程，她知道直升机能够那么快调过来，一定是他私人的渠道。

陈野望说："林卓绵，你这条命是我救的，以后再想挥霍冒险，全都要先征得我的同意。"

林卓绵低着头，像是没想明白该怎样反应。

过了几秒，她说："你好霸道。"

不等陈野望发话，她又环顾了一遍房间，慢慢地说："你没卖房子啊？"

陈野望当然记得当年托辞要卖房子才骗得她愿意回来一次的事情，他"嗯"了声，"没卖"两个字说得毫不心虚。

林卓绵决定忽略陈野望理直气壮地承认当初骗她的行为："那你一直住在这儿吗？"

陈野望很直接地问："你是不是觉得我跟你一样没心没肺？"

见她不吭声，他才又说："从那天在聚会上看见你之后。"

他这样说，林卓绵便想起了那个他攥着她的手腕不让她走的夜晚，他说不喜欢了，他第二天还去看婚戒。

林卓绵觉得心口有杂草丛生："你去买戒指了。"

陈野望听懂她的意思，抬了下眉道："束嘉烨要订婚，是束文景约我去给他买。"

林卓绵怔了下。

"不记得束嘉烨了？"陈野望说得轻描淡写，"当时问你哪里长得软的那个。"

"那不是他说的，是你说的。"林卓绵纠正道。

"记得挺清楚。"陈野望说。

他从林卓绵手里接过被她喝空的杯子，指腹摩挲着她嘴唇沾过的地方："那还记不记得，你在这张床上都是怎么喊我的？"

林卓绵一下子不作声了，耳郭却洇开了浅浅的红色。

"你知不知道我回来住的这些天，在这个房间里都想了什么、做了什么。"陈野望的嗓音没有一丝一毫的起伏。

林卓绵不明白为什么他用清冷的嗓音能把这种话说得那么坦荡，她却连听着都不够坦荡。

陈野望的视线有如实质，一寸寸扫过她的眉眼、嘴唇、下巴和纤薄的肩背。

林卓绵这时候才意识到，自己被包扎过伤口的身体上穿着的是一套柔薄的家居服，她耳朵的颜色又加深了一层。

"衣服是你给我换的吗？"她用非常轻的声音问。

陈野望随手将杯子放到床头柜上，似笑非笑地说："你是真纯情还是装的？当初坐在我身上不下来问我想没想过你，现在又害羞了？"

他每一句话都说得直白露骨，林卓绵有些手足无措，同时又无法控制地想起他所说的那些往事。

陈野望紧盯着她："你躲了那么久，不还是落我手里了。"

室内突然变得很寂静。

林卓绵也是在这一刻,才后知后觉地反应过来,陈野望对她是有情绪的,他在生气。

"师兄。"她用很小的声音叫他。

没有立刻想好要说什么,她有一个短暂的停顿,然后又说:"我有点累。"

陈野望绷了绷唇,没再说什么。

他走出房间,又很快地回来,递给林卓绵一台手机,说:"从你救援包里找到的,充过电了。"

林卓绵接过来,看到屏幕上很多未接来电和微信消息。

"你爸妈和范念之那边,你们队长都报过平安了。"陈野望道。

林卓绵点点头,开始给他们回消息。

她就这样在宵湾花园住下来。每天都有医生过来替她检查,饭也是医院做好了送来的,其实她觉得自己住在医院会更方便,但除了她之外的所有人好像都并不介意这样折腾。

日子变得缓慢而平和,林卓绵拥有了很多时间,有时候甚至会觉得在雪山上命悬一线的那一夜是一场错觉。

范范在换班的时候带了水果和一台游戏机来看她,陈野望去公司了,家里只有林卓绵。

坐在沙发上,范范环顾四周,感叹道:"啧啧啧,原来咱们陈男神当年家里是这样的。"

其实这样说不太准确,因为房子里的很多陈设都是林卓绵大四住过来之后才买的,但她并没有纠正范范。

范范给她削了一个苹果,找了个碗边切边说:"你看,人有缘分还是绕不开。"

林卓绵慢吞吞地吃了一块。

范范看着她:"绵绵,不是我说,陈野望都为你做到这份儿上了,你还有什么顾虑啊?"

"这苹果还挺甜。"林卓绵说。

"别给我转移话题,"范范把水果刀放下,"你现在能告诉我当初到底因为什么跟他分手了吗?"

这是第二次被范范问这个问题,但现在林卓绵觉得好像没有那么难以回答了。

"你还记得那之前有一个周末,我自己出过一趟门吗?"她问。

范范说记得。

林卓绵下定决心一般开口:"我一直没跟你说过,我有个高中同学叫苟年。"

她把这些年来一直埋藏在心底,只有她、林洛、苟年和陈野望四个人知道的事情讲了出来。包括那天在剧院看《浮士德》,陈野望是怎样挂了苟年的电话,让她不要开机,她又是怎样错过了林洛最后的消息。

范范听完之后愣了好久才出声:"这么大一件事儿,你怎么这时候才跟我说。"

"说了也没什么用,还让你跟着瞎担心。"林卓绵说。

"不过,"范范观察着她的表情,"绵绵,我觉得这个事儿吧,毕竟不是陈野望主观故意的,你不能……"

她斟酌着词句:"不能都算在他头上。"

林卓绵摇摇头:"我从来没觉得是他的错,我就是迈不过这个坎儿。"

范范拍拍她的背,轻轻地叹息一声。

晚上陈野望下班回来,看到茶几上的水果,随口问:"有人来过?"

林卓绵窝在沙发上玩范范带给自己的游戏机,分不出神,就只含含糊糊地应了一声。

过了一会儿,她无意间抬起头,看到他还站在原地。

"师兄?"她带着疑惑叫了他一声。

陈野望这才收回视线,将手里拎着的饭盒放到桌上:"别玩太晚了,待会儿吃饭。"

下班回来有她在家里等,她不知道这是他幻想过多少年的画面。

林卓绵说了声"好"。

又打过一个章节,她放下游戏机,想去洗手吃饭。

洗手间的门是关着的,她脑子里还是方才游戏中的画面,一时没有反应过来。

直到门从里面被拉开,温热的水汽扑面而来,泛着微微的草木香,只围了浴巾的陈野望意外地看着她。

他微潮的头发垂落在眉眼上,因为沾了水更显得漆黑英俊,瞳孔蒙着一层淡光,深邃到有些勾人。

林卓绵脸上发烫,目光迅速从他脸上移开,转身要走:"我没听到你在洗澡。"

手臂却在下一秒被陈野望握住。

"游戏就这么好玩？"他淡声问。

林卓绵咽了口口水，不敢看他身上薄而均匀的肌肉，就只盯着他的胳膊，刚要开口，却瞥见了一条淡淡的伤疤。

她愣了一下，伸手去碰他的小臂："你这里怎么了？"

陈野望顺着她看的方向低下头。

那道在废弃工厂天台上留下的伤疤。

他一闭眼似乎还能回想起自己将荀年按在地上，血流了满地的景象。

"不小心划了一下。"他说。

林卓绵是学医的，怎么会看不出事实并非他所说的那样。

"这是刀伤，"她下了判断，"人为造成的。"并且是很久以前受的伤。

林卓绵想不到陈野望会跟谁发生这样的冲突，她凝视着他的疤痕，电光石火间，想到了什么。

她迟疑着开口："是荀年吗？"

荀年不是那么好对付的人，怎么会那么听陈野望的话，让他去住精神科的疗养院他就去。

她早该想到的，陈野望做事向来周全，哪里会得罪人到要捅他一刀的地步，除了荀年。

林卓绵见陈野望的眸色微微一晃，知道自己猜准了。

"我去雪山之前，疗养院通知我去领他的遗物。"她缓缓开口。

陈野望皱了下眉，言简意赅道："不该通知到你的。"

大概是过了太长时间，当初负责这件事的位置上换了人，才按一般流程通知了荀年登记的遗物领取人。

"我看到了他的日记，"林卓绵用掌心按住了陈野望的疤痕，"是我毕业离开S大的那一天，对不对？你跟我说去视察工厂选址的时候。"

陈野望看着她，半晌，说"是"。

林卓绵的睫毛颤了颤，她还记得自己在机场，他平平淡淡对她讲完一句一路平安，那一刻对她来说多难过多失落。

往事如同潮水连绵涌来，引发的却是与当年全然不同的心情。

"你不疼吗？"她低声问。

疼的话，为什么不告诉她？

陈野望的喉结滚了滚，没有回答这个问题。

林卓绵睁着一双黑白分明的眼睛，神情无辜单纯地看他，他按着她的腰，低头咬住了她的嘴唇。

林卓绵没有躲。

第二天起床之后，林卓绵接到了陆思进的电话，他说正事儿之前先问："一早上给你打了两次都不接，没听见？"

林卓绵说起晚了。

"行，你现在是病号，多睡会儿也挺好，有助恢复。"陆思进说。

林卓绵心虚，没接话。

陆思进又问："还住陈总那儿？"

林卓绵"嗯"了声。

陆思进不知想到了什么，忽然放低了声音，用轻描淡写的口气说："你也真行，我说陈总怎么从一开始就那么给面子。"

林卓绵知道，那天陈野望调直升机过来找她，又从医院把她带回家，没有人会看不明白。

陆思进不是那种热衷于探听隐私的人，说了一句也就回归了正题："你雪山救人的英勇事迹上新闻了，那个记者家里给基地送了面锦旗来，还有人想上门采访，我都给你拒了。现在外界不清楚你的情况，挺担心的，上面怕有人传谣，让你这两天有空在家里开个直播，跟大家见见，成吗？"

林卓绵答应了。

陆思进问她什么时候有空，她说都可以，反正待家里也无聊，光打游戏去了。

"那我跟领导商量商量，你做好准备，估计就是今晚或者明晚。"陆思进说。

他用的还是平日里给她布置任务的口吻，干脆利落的，林卓绵下意识地说行。说完之后她有些恍惚，很长一段时间没有去基地或是接他电话，那种随时随地背包出任务的生活都像是上辈子的事情了。

陆思进大概也产生了类似的想法，他停了一下，问她："以后还回队里吗？"

"回啊。"林卓绵说得很肯定。

陆思进的语气放松了些："我还以为陈总舍不得你再出来了。"又半开玩笑道，"我这两天可担惊受怕的啊，生怕陈总找我兴师问罪，质问我当时怎么由着你胡闹。"

林卓绵笑了下。

与此同时她忽然想到，陈野望从来没有对她加入救援队这件事提出过任何不满，无论是多年前她冷落他的时候，还是这次她险些丢了性命的时候。

他是非常冷静理智的人，可好像她无论去做任何疯狂危险的事情，他都不会在那之前就阻止她。

晚上她得到陆思进的通知之后，向陈野望借了书房，陈野望听她说要直播，很自然地问要不要帮她洗一下头发。

林卓绵怔了怔，然后轻轻说了声"好"。

之前她一直是自己洗澡洗头发的，但昨晚两个人就好像打破了某种默认的界限，陈野望向她靠近，而她没有拒绝。

陈野望调好水温，修长冷白的手指撩起她的长发，一点点打湿，产生的触碰像微小的电流，沿着发丝抵达林卓绵的头皮，引发了细细密密的战栗。

在清浅的水声中，他随口问："头发这么长，出任务的时候麻不麻烦？"

"扎起来就还好，不过如果是长期任务，晚上吹头发时间长了，第二天又要早起就挺难受的，不能洗的话也难受。当时去驰援非洲的时候是旱季，特别缺水，好不容易碰上下雨，都要拿一个桶去接水，留着之后洗澡用。"林卓绵说。

陈野望听得很认真，其实她走过的每一步路，他都在关注，但具体的细节却没有办法知道得这么详细，只是清楚那些年她吃了很多苦，他想得到的，想不到的，心疼的，希望自己能在她身边却没办法的。

那时候他离她千里万里，鞭长莫及，哪里想得到有一天还可以离她这么近，捧她一头温软黑发在手中。

"其实剪短了会方便一些，但是我觉得还是这样好看。"林卓绵说。

陈野望挑了下唇角，他把洗发水的泡沫在掌心揉开，耐心地给她涂上又洗净。

水声持续，林卓绵隐隐约约听见他说了句话，听得不那么清，好像是说她怎么样都好看。

洗完头发之后，陈野望又用最低一档的风力帮她吹干，林卓绵对着镜子看，问身后的他道："你觉不觉得我的气色不太好？"

一直没出门，不见阳光，脸色比以前更白，唇色也很淡。

陈野望边给她吹，边抬眸往镜中看了一眼，同她的目光相触了几秒钟，说："不觉得。"

林卓绵认为这句话有敷衍的成分，但她又小声安慰自己："谁从零下二十度的山上摔下来又冻一晚上，气色都好不了。"

陈野望又看她一眼。

林卓绵觉得他的表情像是在忍笑。

想起了什么，她问陈野望："我以前好像在你这里放过口红唇膏之类的东西，是不是？"

陈野望还没回答，她就又否决了自己的想法："不过你应该都扔了。"

"没扔。"他说。

林卓绵一愣。

"不过口红有没有保质期，"陈野望提醒她，"我不太懂这些。"

林卓绵沮丧道："有的。"她看起来像只垂头丧气的小动物。

陈野望抬腕看了眼表："几点直播？"

林卓绵说："九点。"

"现在才八点，我去给你买。"陈野望说。

林卓绵睁大眼睛问："不麻烦吗？"

陈野望给她吹完最后一缕头发，推上吹风机的开关放到柜子里，俯身看着镜子里她那张下巴尖尖的小脸，替她将柔顺的头发别到耳后："林卓绵，你以前对我可没这么客气过。"

他的指尖触感微凉，碰在耳朵上有一点痒。

林卓绵垂下睫毛："就是觉得为了这一件小事儿犯不上。"

"好，那麻烦，我不去了。"陈野望说，手停在她肩上。

林卓绵抬眼看他，神情迷惑天真，如同重返十九岁。

"满意了？就带着你觉得不好的气色见关心你的人？"陈野望问。

林卓绵好半天没说话。

过了会儿，她举起手，钩住陈野望的指尖，然后带着下定决心一样的神情道："那你还是觉得不麻烦吧，好不好？"

林卓绵本来只是想要一支普通的口红，涂上去显得气色稍微好一些就可以，但陈野望带回来的却是一个非常大的盒子。她打开之后发现是一个口红套盒，里面有大概三十支不同的色号。

"怎么买这么多啊？"她忍不住说。

陈野望倚在书房门口看她："有喜欢的吗？"

林卓绵说浪费，问他怎么不让柜台的人推荐一支给她买。

陈野望回答得很是理所当然："问了，她问我你皮肤怎么样，我说长得很白，她就说涂什么色都可以。"

林卓绵放弃了同陈野望在这个问题上争执下去，随便找了一支，去盥洗室里对着镜子薄薄地涂了一层。

林卓绵开直播的时候，陈野望去到客厅，用平板点开了P城山地救援队的直播间。

她柔和漂亮的脸孔出现在屏幕上。

林卓绵向镜头打招呼，随后很认真地说："我首先想跟大家说的是，你们不要把太多注意力放在我身上，更值得关注的是所有的救援人员，还有我们的救援事业。我一直以来都只是最普通的一个山地救援工作者，可能因为恰好长得比较符合大家的审美，所以才侥幸得到了这么多喜欢。"

陈野望看到有很多粉丝在发言区跟她表白。

林卓绵一边看留言一边说谢谢，又继续讲下去："我去雪山那天，现场不光有我们的队友，还有当地的救援力量，大家都很辛苦，当时的情况也很危险，他们的付出应该被所有人看见。"

陈野望看着直播间里跟自己只有一墙之隔的她，觉得当年的那个小姑娘好像真的长大了。

他放在身边的手机忽地响动起来。

陈野望将膝头的平板电脑放下，瞥了一眼书房紧闭的房门，拿着手机去阳台上接。

来电的是束文景。

对方客气地同他寒暄了几句，然后说："周六嘉烨订婚，我明天让人送请柬去星北，你有空的话可以过来参加，酒店是新开的，就在你爸妈家那座山的山顶，窗外的景色很漂亮。"

顿了顿，他又道："我给卓绵也留了个位置。她养了这么久的伤，也应该带她出来散散心。"

陈野望说："好。"

第二天他收到了束文景派人送来的请柬，暗红的哑光纸上写了些很雕琢考究的词句，落款是束嘉烨同慕凡集团那位千金的名字。

陈野望用了比较长的时间看那份请柬，但注意力并不在两位新人身上。

看完之后他随手放在一边，拉开书桌最靠近他的那个抽屉，从里面拿出一只黑色的戒指盒，是上次去帮束嘉烨看戒指的时候，他给自己和林卓绵买的那一对。

细圈镶钻的款式，店员说日常生活带着很方便，也不会在危险情况下勾到头发和衣服。

不知道林卓绵会不会喜欢。

他犹豫一下，又把戒指盒放了回去，还不是时候，怕吓着她。

忽然有人敲门，陈野望朗声说进来。

市场部的负责人拿了份文件放到他桌上，跟他汇报说是关于下一季度代言人的选择问题，部门内部出现了很大的分歧。

陈野望翻开文件，等对方开口。

"是这样，我们上一季度的代言人合约快到期了，有人说这次要不就不找明星了，想试试请山地救援队的林卓绵小姐来，这个方案的问题在于虽然现在林小姐的人气很高，但是因为不知道她的商业估值，难以预判实际效果。不过，目前有一半的人都赞成，我就拿来问问您。"负责人说。

陈野望有一个短暂的停顿：“林卓绵？”

负责人连忙道："对，您应该知道吧，就是最近特别火的那个山地救援员，长得好看还很有气质，好多人都说她长得像学生时代的初恋，我……"

"你什么？"陈野望好整以暇地问。

陈野望表情很淡，但负责人却嗅到了一丝微妙的气息。他想起之前听公司里那些小姑娘议论过，说林卓绵跟陈总是认识的，还主动来过星北找他。她刚出事受伤的那几天，陈总都没来上班。

这么一想，负责人的舌头硬生生拐了个弯："我觉得他们都是瞎说，他们学生时代哪有这么漂亮的初恋。"

他发现虽然陈总听了之后没说话，但看自己的眼神比刚才要友善。

"就定她。"陈野望说。

负责人愣了一下。

而陈野望已经将文件合上还给了他："还有别的事吗？"

"没了。"负责人回过神来，揣度着陈野望的心意，"那跟林小姐那边的沟通……"

陈野望语气没什么起伏地说："我跟她谈，你们先不急着拟合同。"

负责人连声说"好"，同时心里想到，陈总同这位林小姐果然是不一般的关系。

Chapter 09
窦房结

/ 她是我见过最优秀的女孩子。
是陈野望，我跟他复合了。

　　已是隆冬时节，陈野望下班的时候赶上了一场大雪。
　　林卓绵不喜欢医院的营养餐，身体机能差不多恢复之后就没有再吃，都是他从餐厅里面打包一些清淡口味的饭菜回去。现在下雪路上在堵车，怕她饿着，陈野望便打了电话回去，跟她说着急的话先自己点个外卖。
　　林卓绵那边好像在摆弄什么器皿一类的东西，发出"叮叮当当"的声音。她的声音听起来有些远，手机像是并没有被她放在附近。
　　"我知道了，师兄。"她接着问他，"你大概还有多久到家？"
　　"到家"两个字让陈野望恍惚了一瞬，他看了眼时间："应该还要三十分钟左右。"
　　林卓绵说"知道了"，又说自己会点外卖。
　　雪下得越发大，在车灯的光束里细细碎碎地落下来，路过的商场有的已经在橱窗里摆上了圣诞装饰，青绿的圣诞树上环绕着彩色的灯串，流光溢彩，在夜色中散发着柔和宁静的光晕。
　　陈野望穿越这座城市的冬夜，走进家门的时候，林卓绵正戴着厨房手套从厨房里端出一个白色的盘子。
　　桌上已经摆了好几个菜，卖相不算好看，应该都是她做的。
　　她听见他开门的声音，下意识地抬头看过来。

"不是说点外卖吗？怎么自己做了？"陈野望问。

"觉得在家里待得有点儿无聊，想试试能不能学学东西，"林卓绵把盘子放下，从手上把宽大的手套取下来，"不过可能不太成功。"

她迟疑着看向陈野望："你要尝尝吗？"

陈野望看着她没说话。

林卓绵便很快地给自己铺了个台阶下："算了，还是等我多做几次熟练了再让你试，外卖也点了，应该快到了，你吃那个吧。"

陈野望却朝她抬了抬下巴："给我拿双筷子。"

林卓绵看了他一眼，陈野望觉得她的心情似乎因为这句话变好了。

她给他拿了筷子，看他身上还穿着大衣和西装，便问他不换衣服吗？

陈野望自己脱了大衣挂在进门的衣架上，解西装扣子的时候看林卓绵乖乖站在面前等自己，上下打量她片刻，他捉起她的手，放到了自己的领带上。

"会不会解？"他低声问。

陈野望刚从室外进来，指尖还有些凉，林卓绵的手被他执着，下意识地往回缩了一下。

男人的视线落在她脸上，她垂下眼睫说不会。

"我教你。"陈野望说。

他带着她给自己解领带，像她十九岁的时候替她梳理微观经济学的知识点，耐心，却又掌控感十足。两个人贴在一起的手背和掌心逐渐升温，热意像能溶进血管，跟随血液循环输入心脏，林卓绵觉得手腕微微地发软，心脏也跟着跳快了。

很简洁的一个领带结，林卓绵平时看他解得很快，却不知道为什么这次要花这么多倍的时间。

黑色领带衬得他的手修长白皙，他慢条斯理地解开，因为握着她的手，引导着她一起，又多了几分缠绵。

解开之后他问："会了？"

林卓绵说"嗯"。

陈野望用指腹轻轻蹭过她柔软的手背："刚才说在家无聊，周末带你出去转转好不好？"

林卓绵惊喜地仰起脸，问他去哪儿。

陈野望觉得她可能对束嘉烨的订婚宴没什么兴趣，决定在结束之后再带她去别处转转，于是问："你想去什么地方？"

林卓绵很认真地思索了一会儿，想到这些天在朋友圈里看到有以前的同学说S大开放了校友预约，便道："回学校看看行吗？"

陈野望没有立刻答应，林卓绵注意到他的表情看起来像是想到了一些不愉快的事情。

虽然觉得那时候像天之骄子一样的他不应该有这样的表现，但她还是将自己的感受问了出来："你是不是不想回去？"

陈野望看着她，过了一会儿才说，没关系。

这三个字听起来并不只有表面上的意思，但他没有给林卓绵问出来的机会，只是换好衣服之后坐到餐桌旁边，尝了一口她做的菜。

林卓绵有些紧张地问："怎么样？"

陈野望沉默片刻，说："挺好吃的。"

"真的吗？"林卓绵惊讶道。

陈野望点点头，征求她的意见："这盘都给我，可不可以？"

林卓绵犹豫着问："你不觉得咸吗？我觉得我做的时候好像放盐放多了。"

陈野望神态自若地下筷子："正好。"

像他这样专业严谨的人做出的判断从来不会让人怀疑，假如林卓绵没有半夜撞见他起来喝水的话，大概真的会认为自己在掌控咸淡方面有着直觉一样的天赋。

陈野望一边吃饭，一边跟她提起公司代言的事情。

林卓绵起初答应陆思进开直播只是为了增加救援队的影响力，没有什么其他的想法，所以陈野望说起这件事，她第一反应就是自己不行。

"有什么不行。"陈野望轻描淡写地说。

林卓绵说她不觉得自己是公众人物，怕这样频繁地抛头露面会引起大家的反感，到时候给救援队带来负面影响就不好了。

"那天你在直播上说不希望别人过分关注你，应该把更多的注意力分给你们救援队，"陈野望放下筷子，"但你有没有想过，你跟你们队里不是截然分开的关系，大家关注你也并不只是因为你……"

他顿了顿，目光扫过林卓绵漂亮清秀的脸孔，慢条斯理地说："长得漂亮。"

林卓绵的眸光闪了闪，原来那天他离开书房之后，还去看了她的直播，而且记住了她说过的话。

她没有当即答应，而是半开玩笑道："那你不怕我漫天开价吗？"

陈野望挑了下眉:"在师兄这儿住了这么久,还没把你养熟,就这么欺负人?"

林卓绵觉得他没资格提这两个字,明明他才是最会欺负她的那个。

"你才欺负人。"她说。

陈野望非但没有生气,眉眼间还多了点笑:"那你说说,我是怎么欺负你的?"

脑海中闪过的画面让林卓绵脸颊微红,她一瞥陈野望,飞快地转移了话题:"师兄,如果我接受代言的话,能不能把代言费捐给各地救援队?"

陈野望一口答应:"我让他们写到合同里。"

后来拿到那份合同,林卓绵才知道陈野望给她开出了多高的一个价格,比星北之前请过的所有当红明星都要高,然后以她的名义全部捐了出去。

但这天陈野望什么都没说,这件事好像只是饭桌上一件平凡的小插曲,两个人达成一致之后,就过去了。

周六,两个人去参加束嘉烨的订婚宴,车子开出内环,林卓绵裹着外套靠在车窗上,望着外面的近郊风景,说了句觉得这条路眼熟。

陈野望"嗯"了声:"带你来过。"

他这样说,林卓绵忽然想起,这是去他父母家的那条路。

当年这个话题曾是陈野望的雷区,林卓绵总是避免谈及,但如今看他的神色,好像已经不在意了。他早已不是什么琨海集团的少爷,有了自己的商业版图,不必再受家里的牵制。

在分开的这五年里,他们都变得跟当初不一样了。

陈野望的车驶上山道,现在是冬天,道路两侧没有绿叶和鲜花,只有清清冷冷无声的落雪。

半路上经过了他家那栋漂亮的小别墅,故地重游,林卓绵还记得那个自己第一次跟他来这里的傍晚。

那天她站在开满山茶花的院子里主动牵了他的手,天上有星星,他低头看她的时候,眼眸漆黑而安静。那时候他们都很年轻,她笨拙地、小心翼翼地去靠近那个骄傲冷淡的陈野望,仿佛拜访一位年轻的国王,希望他城池的大门有一天可以向她敞开。

后来,他真的让她走进去,她却又逃了出来。

没想到他却始终在等她回到那里。

山顶酒店门前的停车场几乎没有空位,整个酒店都被装饰得如梦似幻,每一个窗台都铺满鲜花,如同童话故事里的城堡,看得出束文景为慕凡集团的千金铺了多大的排场。

陈野望带林卓绵走进去,在入口处签到,束嘉烨和他的未婚妻站在门外,跟每一位进来的宾客打招呼,束文景也在旁边。

看见陈野望和林卓绵,他热情地迎上来,同他们握手,还问林卓绵身体恢复得怎么样了。

林卓绵对束文景的印象还停在多年前那位虽然看起来亲和但气质很是倨傲的长辈上,此刻猛然见到他如此热情,难免不太适应,偷偷瞟了一眼陈野望。

陈野望笑笑,对束文景说:"绵绵快好了。"

束文景让束嘉烨带陈野望和林卓绵去安排好的座位,束嘉烨满脸不情愿地答应了。

他一扫林卓绵,说:"我还记得你。"

陈野望皱起眉,正要说什么,束嘉烨又转向他道:"怎么样,得意吗,陈总?现在整个束家都恨不得你才是老爷子的亲孙子,我就是丧家之犬,人人喊打。"

"束嘉烨,"陈野望停下了脚步,没有什么表情地看着他,"你还记得那次在陈泰宁那儿,你跟我说什么吗?"

他紧盯着对方,一字一顿道:"你说假如我进琨海,还不是要做你的狗腿子。"

束嘉烨没想到陈野望把多年前的一句话记得那么清楚,愣在了原地。

陈野望居高临下地看着他:"你怕我进琨海跟你争权,我就把股份全都卖了,半分束家的资源都没有动用过,你有什么脸跟我说这些?我又为什么要因为胜过你而得意?"

束嘉烨被他噎得说不出话来。

陈野望已经看到了自己跟林卓绵的座位,牵住她的手,让她跟自己过去。

束嘉烨忽然在二人背后出声:"陈野望,你有种,你是没用过束家给你帮忙,那你还记得被你送上法庭的恩师吗?他可是因为你连教职都丢了。"

林卓绵很清楚地感觉到陈野望握住她的手一僵。

她也听到了束嘉烨方才说过的话,陈野望的恩师,指的应当是陶教授。

亲手把他送上法庭是什么意思?

她愣愣地看向陈野望,想到的是前些日子自己说想回S大看看时,陈野望凝眉的神情。

陈野望转过头，很平静地看着束嘉烨道："你知不知道，对自己不了解的事情妄加猜测叫造谣。"

束嘉烨恨恨地盯着他，脸上咬牙切齿的表情同酒店里的气氛格格不入。

半晌，他一转身走了。

陈野望神色如常地入座，周围有人同他打招呼，他一一回应，非常得体。只有林卓绵知道他方才牵着自己的时候，一瞬间收紧的掌心不是假的。

不知道出于什么考虑，束文景把陈野望和他父母安排在了三张桌子上，陈泰宁和束文绮看见儿子之后分别过来同他打招呼，对林卓绵的态度也很客气平和。

林卓绵觉得当年在陈野望家见证过的一切都好像梦一样散掉了，那样沉重窒息的关系，仿佛都在陈野望摆脱束家之后变得轻盈起来。那时候所有人都希望他臣服于家族中的威权，却不知道他自己也可以成为权力本身。

束文绮从随身的手包里拿出一只白色的方形首饰盒递给林卓绵，微微笑着说："我听文景说今天你会来，也不知道你喜欢什么，上次去逛街的时候看见这个牌子新出的项链觉得还不错，就给你订了一条。"

林卓绵不知道对方送自己礼物代表什么，正犹豫该不该收，就听见陈野望说："拿着。"

她转过脸，看到他眼底的笃定。

那边束文绮还等着，林卓绵只得接了过来，同时不好意思地说："谢谢阿姨，今天来得仓促，也没给您带什么东西，等以后我去家里看您。"

束文绮离开之后，不远处跑过来一个中学生模样的男孩子，停在林卓绵旁边，叫了她一声"绵绵姐姐"。

林卓绵看了他几秒，从他的眉目间辨认出几分熟悉："澄澄？"

束嘉澄兴奋地点头，又说："绵绵姐姐，我在新闻上看见你了，你好酷。"

林卓绵站起来，伸手比了下束嘉澄的个子："这才几年，你都长得比姐姐还高了。"

束嘉澄笑嘻嘻地说："我想跟陈野望哥哥一样高。"

陈野望一只手压在桌上，忽然出声："她是'绵绵姐姐'，我就是'陈野望哥哥'？"

束嘉澄一向很开窍，立刻揶揄陈野望道："哥，你是不是吃醋啊？"

陈野望的表情一如既往的平静，气定神闲地说："对，所以你不要再喊她'绵绵姐姐'。"

束嘉澄像是没想到陈野望会这么诚实，愣了一下，然后老老实实地更正道:"林卓绵姐姐。"

林卓绵说:"你别听他的,想怎么叫就怎么叫。"

酒店里热气开得足,她脱了外套挂在椅背上,陈野望一扫她雪白的膝头,将自己的西装给她盖在了腿上。

"我不冷。"林卓绵说。

陈野望撩了下眼皮,只道:"盖着。"

订婚仪式盛大华丽,复杂到有些冗长的地步,林卓绵中途出去透气,在楼梯转角的窗台附近吹风,听到比她低一层的转折平台上,有两个记者模样的人在议论束嘉烨的这场婚事。

"……还以为今天束董会来,我好不容易混了一张请柬,没想到白跑一趟。"

"束老爷子没脸来吧,琨海原本是多大的一个商业帝国,这几年被他这败家孙子糟践到什么地步,现在沦落到要靠跟人联姻补亏空。"

"你这么一说,我突然想起来。今天星北的陈总不是也过来了吗?你知不知道他是束董的外孙,我听说束董想让他回琨海掌权,但到现在都没动静,看来是被他拒绝了。"

"陈总这人也真是雷霆手段,之前他赔本跟人抢标,结果没过多久他那个对手就因为资金链断掉暴雷,好像还把他大学时候的导师给牵扯进去了,不知道他以前清不清楚他导师跟那家企业有牵扯,要是知道的话也算大义灭亲了……"

两个人的声音越来越小,伴随着走下楼梯的脚步声。

林卓绵回到席上,订婚宴快结束的时候,她拉了拉陈野望的衣角,对他说:"师兄,我不想回学校了。"

陈野望偏过头,随口问:"怎么又不想回去了?"

"有点累。"林卓绵找了个他一定会答应的理由,"我觉得出来待久了身体不太舒服。"

陈野望果然说"好",还问用不用带她去检查。

经过了订婚宴上的喧闹,坐车回去的时候就觉得车厢内格外安静。

林卓绵坐在座位上,手里捏着束嘉烨夫妇的订婚伴手礼,是一瓶无火香薰,透明的玻璃瓶里漂浮着绿色的尤加利叶和白色的干花,厚重的液体随着汽车行驶缓缓晃动,发出淡淡的白茶香味。

窗外是近处的山景和远处的城市天际线,雪已经停了,在地上积了薄薄的一层,车轮压过去的时候会留下两条平行的痕迹。

天上有很淡的云，是冬季高远的天空。

原本只是随便找理由说的累，但参加完仪式已经是下午两三点钟，林卓绵这段时间习惯了睡很久的午觉，这天坚持了这么久，靠在车座上看了一会儿陈野望开车，倒真的困了。

她没提那两个记者说的话。有时候人活在世界上，就是会有很多身不由己的，那么多为难他误解他的人，她不必再去做其中一个。

转过周来，林卓绵接到了租房中介的电话，说房东问她这么久都没搬过去，还准不准备住了。

林卓绵发现自己回答这个问题的时候迟疑了很久，她都快要把这件事给忘记了。

签好合同之后，她本来打算慢慢把东西搬过去，没想到很快就接到了雪山救援的任务，之后就一直在陈野望这里住到现在，住到快要忘记她原本的生活轨迹是怎样走的。

"林小姐？"电话那边的中介催促她回复。

林卓绵回过神来，用不是很肯定的语气说："要住的。前段时间在养伤，没来得及搬。"

中介充满同情地"哦"了一声，说："那不着急，我跟房东说一下，反正你的房租已经交过了。"

林卓绵算算日子，自己的伤已经养得足够久，也该回归正常的生活了，她给范范发消息，说自己明天过去收拾东西，要搬到新租的房子里面。

范范正好有空，直接回电话给她，非常惊讶地问她怎么还打算搬。

"不是早就定下来了吗？"林卓绵跟她说话的时候也像在说给自己听。

范范心直口快道："那陈野望怎么办？"

林卓绵沉默须臾，说："我总不能一直不明不白地住他家里。"

"不明不白？"范范愣了愣，"我还以为……"

她仿佛不知道该怎么措辞，停了半天才斟酌词句道："还以为你们已经说开了。"

林卓绵明白范范的意思。她不是没想过要跟陈野望讲清楚当年的情况，但那桩旧事的确让人很难开口，她要怎么说，说林洛的意外虽然同他没关系，但她那时候就是过不了这一关吗？

那现在放下了，又是因为什么呢？是时间太久抚平了记忆里那些痛苦的褶皱，还是因为他在那个雪夜赶来救她让她决定跟他冰释前嫌。

好像字字句句，她都把自己放在了原谅者的位置上。

但陈野望是不需要被她原谅的,从他的角度看,他当初并没有做错任何事。

理不清的念头像一团乱麻放在林卓绵心里,她有时候会希望在他家养伤的平和日子永远没有尽头,但有时候,也希望这样的平和能够被打破,给她一个结果。

范范之前给过她钥匙,她去收拾东西的时候,对方已经出门了,房子里空荡荡的,只有她一个。

林卓绵从 P 城带来的东西并不多,加上范范陪她新买的厚外套,也只装得满一个中等大小的箱子。

她收拾好之后又仔细检查了一遍角角落落,然后在抽屉里发现了一件被她遗落的物品。

是当年陈野望在唱片店买给她的那张黑胶碟。

这张碟片被她放在身边很多年,没有地方播放,却跟着她跨越了很多公里的路程,从北到南,又由南至北,竟然从来都没丢过。

好像这些年里她对他的感情,无处安放,却又如影随形。

傍晚,林卓绵又把这些日子放在陈野望那里的东西都整理好了,陈野望下班回来的时候,看到她正坐在地毯上,把最近买来的游戏卡带一盒盒排列好,放到一只纸盒子里面。

他边挂外套边问:"怎么想到要收拾东西?"

林卓绵白皙的手指顿了下,她若无其事地说:"师兄,我要搬走了。"

林卓绵不知道为什么,说完这句话之后,她心里升腾起一点淡淡的心虚,像小时候不小心打碎了家里的碗,站在一摊碎片前面,背后是白舒琴开门回来的声音。

她直觉陈野望听到之后不会高兴,果然,他看向她的时候,微微拧起了眉。

林卓绵听见他问自己为什么要搬走。

她说:"房子之前就租好了,没想到会受伤,耽误了这么久。"

这是实话。

陈野望站在玄关处的灯光里,黑色的西装同素白的墙壁形成了鲜明的对比,低头看她的时候,光源被挡在身后,瞳孔变得暗而深。

他一步步地走近她。

陈野望本来个子就高,林卓绵又坐在地上,她忽然觉得客厅变得狭小,让她无处逃遁。

"东西都收拾好了?"他问。

本来也没有多少东西,林卓绵"嗯"了声:"快了。"

她觉得陈野望眼底涌动着一种很复杂的情绪,他看起来是想要跟她说什么的,但最后他却只问了一个很奇怪的问题:"是不是如果今天我回来之前你就收拾好了,你走的时候都不会跟我说?"

"要说的。"林卓绵不假思索道。

她觉得他没必要这么问,她毕竟是在他这里借住,不会没礼貌到什么都不说就走。

陈野望没有接话,可是也站在那里没动。

林卓绵想起自己买的游戏手柄没有收到箱子里,起身去沙发上找,找到的时候她听见陈野望说:"什么时间搬,我送你过去。"

因为是背对着他,所以她不知道他说这话的时候,用的是什么表情。

她告诉了陈野望自己的新地址。

从陈野望那里搬走没几天,林卓绵就回基地报到了。陆思进起初不肯给她派活儿,但在她的坚持下,还是开始让她随队出任务。

林卓绵回到了自己正常的生活节奏里。

过了一周左右,队里收到了星北寄来的代言合同,林卓绵交给陆思进,陆思进又往上递给了分管他们的领导,经过一系列审批手续,得到了同意的回复。

陆思进拿着盖过章的合同给林卓绵,她说等自己下班去寄,陆思进却道:"这么重要的东西,给你批半天假,你直接送过去。"

林卓绵出门的时候是下午两三点钟,一天里气温最高的时刻,虽然已是隆冬,但下了出租车走在户外也并不算冷。

星北大楼外的草坪上还有没融化的积雪,反射着细细碎碎的阳光。

前台还是上次见到的那个小姑娘,她一见林卓绵就说:"姐,我帮你拨电话给陈总秘书。"

林卓绵说不用,让她帮自己转交合同就行。

但对方说:"姐,这是陈总吩咐的,上次你来过之后,陈总秘书就跟我说,以后你来,我要直接打电话给他。"

不好意思给对方的工作造成什么困难,林卓绵只好答应了。

小姑娘打了电话给陈野望的秘书,很快她就告诉林卓绵,在这里等几分钟,陈总有个会,马上就结束了。

虽然只见了两面,但她看得出林卓绵好相处,便大胆地跟林卓绵聊起了八卦:"姐,你受伤那几天陈总都没来上班,是不是在照顾你啊?"

林卓绵迟疑一下,点了点头。

小姑娘"哇"了声,又道:"你知道吗,姐,陈总之前一天假都没有请过,还经常自己过来加班,我们都以为他就是那种断情绝爱的工作狂来的。"

林卓绵回想了一下自己在陈野望家养伤时他的所作所为,显然跟"断情绝爱"四个字扯不上什么关系。

好像跟不了解她和陈野望过去的人聊起他来就是会比较放松,林卓绵开始结合实际胡说八道:"其实他也没怎么照顾我,我睡着的时候他一直在工作,我醒了让他给我倒杯水他都不肯,让我忍着。"

小姑娘用另一种声调"哇"了声,不过这次说的是:"姐,你真不容易。"

一道清朗的嗓音蓦地响起:"我怎么不知道你这么记仇?"

林卓绵看见面前的小姑娘一瞬间收敛起了脸上的活泼表情,叫了一声"陈总"之后就噤若寒蝉地低下了头,做自己的事情去了。

她转过身,陈野望正站在离她一步之遥的位置,一只手放在兜里,另一只手垂落下来,没什么表情地看着她。

林卓绵往外走了几步:"你怎么过来也不叫我?"

总是听她的墙角。

陈野望脸上终于多了点变化:"叫你做什么,不是说得很开心吗?"

林卓绵不说话了,跟他慢慢走到了一层大厅的僻静角落。方格玻璃组成的隔断与面向室外的落地玻璃形成了一个狭窄的三角形,将他们和大厅里的人来人往分离开,空气中有浅淡的清洁剂香味。

陈野望端详着林卓绵,看到她手里的合同,突然问:"怎么不直接寄过来?"

林卓绵说是陆思进让自己过来的。

她不知道是不是自己的错觉,听见她的回答之后,陈野望不着痕迹地顿了下,似乎对这个答案并不满意。

林卓绵攥着手里的文件袋,想到合同上那个有非常多位的数字:"师兄,我仔细看过合同内容,谢谢你。"

她说得隐晦,但她知道陈野望会明白。

他没有说不客气,只道:"过几天市场部那边会联系你去摄影棚拍摄代言需要的素材,之后应该还有一次采访,你做好准备。"

他说的是工作上的事情,林卓绵很认真地听着,答应下来。

她将文件袋交给陈野望的时候，不小心碰到了他的手，还没来得及缩回来，他就握住了她。

"手怎么这么凉？"他低声说。

他的手很大，包裹住她的时候，有种无法逃脱的力道，掌心的热度是无比鲜明的存在，林卓绵忽略不了。

毕竟是在他的工作场合，林卓绵很怕有人无意间走到这个拐角，撞见陈野望不合时宜的举动。她没回答陈野望的问题，而是说："师兄，要是没什么事情的话，我就先走了。"

陈野望没有拦她，"嗯"了一声之后，替她把羽绒服外套的领子拉高了一些。

林卓绵从星北户外大楼门前的平台沿阶梯逐级走下去，快到拐弯处的时候，她停顿片刻，转过了脸。

陈野望还站在原地，隔着一重玻璃看她。

玻璃很干净，清晰地映出他高大挺拔的轮廓。

见她停步转身，他似是微勾唇角笑了一下，接着对她做了个口型，是"注意安全"。

一刹那间林卓绵有种错觉，仿佛回到了大学时刚跟陈野望谈恋爱的那段时间，那时候他送她回宿舍，跟她告别的时候，好像也是这么笑的。

陈野望望着林卓绵消失在转角的背影，觉得从她回P城之后自己一步步接近，现在终于来到了两个人之间最后的那一道坎。

他总觉得关于当年的分手，林卓绵有什么事情没有告诉自己。

送完合同之后，林卓绵又回基地里待了一会儿，这天没有收到任何求救电话，到了时间她就准时下班了。

刚走出大楼，她就看见基地院子的门口停了一辆纯黑色的汽车，外观和牌照都是她认得的那辆。

车窗里伸出一只手，指间夹了支燃到一半的烟。

她经过的时候，听见车内传出一声耳熟的"绵绵"。

陈野望下车在附近的垃圾桶上灭了烟，说："我送你。"他替她拉开副驾驶的车门，没给她留拒绝的余地。

隔着挡风玻璃，林卓绵看见了从救援队大楼走出来的陆思进，他远远朝两个人点了个头。

林卓绵租的房子离救援队很近，三站地铁而已，开车虽然要绕一小段路，但也很快就到了。

陈野望在她搬家的时候来送过她，路记得很清楚。

车开到楼下，林卓绵说谢谢，手放到车门上却没有着急开，过了几秒，她问："你要上去吗？"

陈野望微抬眉尖："觉得我来接你就是为了这个？"

他问话的时候并没生气，看了林卓绵片刻，他伸手摸摸她的头发，然后从后座拿过一个公文包，取出一份合同说："这个是一式两份，你应该留一份在自己那里的。我回去之后又有个会，结束了才看到你把两份都拿给我了。"

林卓绵脸颊不自觉地发红，不知道该说对不起还是谢谢。

陈野望看了她几秒，把合同轻轻放在她腿上："回去吧。"

他来接她其实不仅仅是因为合同，也是白天觉得不够，想再见她。

第二天林卓绵去基地的时候，陆思进让她跟自己去资料室整理志愿者档案。

救援队里超过一半的成员都是志愿者，流动性很大，档案需要定期整理，林卓绵对着最新一版名单核对资料表时，听见陆思进问她："你跟陈总以后是不是会结婚？"

林卓绵愣了愣。

陆思进又补上一句："昨天看见他来接你下班，感觉他对你挺上心的。"

林卓绵避而不答，只说："你怎么管那么多。"

陆思进锲而不舍道："你跟没跟你爸妈提过陈总，他们怎么说？"

林卓绵手里翻动资料表的声音出现了一个停顿。

执意加入救援队是她有生以来跟父母产生过的最大分歧，他们最生气的时候甚至说过要当作没有她这个女儿的话，那之后她跟他们的联系就越来越少了，直到这次受伤期间他们开始主动给她打电话，双方的关系才算有了松动的迹象。

但她没有提过陈野望的事情，她爸妈也只是知道女儿大学期间谈过一个男朋友，后来分手了。

"太早了。"林卓绵说。

她继续整理档案，但这次不知怎么很难集中，总是记不住自己核对到的是哪一份资料表。

陆思进看了看她，倚在放档案的架子上，吊儿郎当道："你大学时候爱搭不理的那个男朋友，就是陈总吧？"

林卓绵没想到他还记得。

见她没否认，陆思进又说："就在隔壁那屋，你接了他个电话，怪不乐意的，后来你跟我到 G 城之后，我有一次想起来问你，你说分手了。"

"回来之后看见他，你还装第一次见，"陆思进仿佛是觉得好笑，"结果他后来还那么帮你，林卓绵，我要是陈总，会觉得你特没良心。"

说到这里他想到了什么，看向林卓绵道："哎，你知不知道当初到底是谁跟 G 城救援队要的你？"

林卓绵抬起头："你不是说是领导点的名？"

"我本来也这么以为，"陆思进站直了一点，"结果前几天跟分管咱们的老宋吃了顿饭，他喝多说漏嘴了，说是当初陈总托他问的，还说不给你压力，你要不想回来就算了。"他夸张地叹了口气，"你说你当时拍拍屁股走了，人家可是一直记着你。"

林卓绵突然意识到，她生命中的每一个转折点，陈野望都没有缺席过。

陆思进换了稍微正经的语气同她说话："你们的事儿应该没我想的那么简单，但是我觉得，只要不是原则性问题，都有可商量的余地，拖着不解决没有任何意义。"

林卓绵"嗯"了声，见他还想再说什么，赶紧制止道："咱们队里的人知道陆队现在这么啰唆吗？"

过了几天，星北那边通知她去摄影棚拍摄产品宣传片，采访也安排在同天下午。

大概是因为从学生时代起林卓绵就时常受到关注，她面对镜头的时候并不紧张，拍摄进行得很顺利，星北请来的专业摄影师也夸她自然。

她换的几套登山服是同一个系列的，听说是星北还没发售的新品，每一件上面除了星北的品牌 logo 以外，还有一个小小的铅灰色图案。

毕业这么久，林卓绵还是一眼就辨认出，那是窦房结的解剖图。

不是教材上用的那种标准绘图，而是手绘的。

很多年前的一幅画面忽然在她脑海中闪现，在 S 大那间浸润着咖啡香气的咖啡店里，她上课时用过的草稿纸从书包里掉出来，被陈野望从地上捡起，问她画的是什么。

是窦房结，心动的开始。

林卓绵轻轻地用手指触碰了一下防水面料上的图案，感觉到自己的心跳声。

她以为下午的采访只有自己一个人，没想到推开录影棚的门，看到一身西装的陈野望正坐在沙发上用平板电脑看文件。

听见她进门的脚步声，陈野望抬眸望向她。

应工作人员要求，林卓绵还穿着上午拍摄时的外套，陈野望的目光在她胸口的窦房结图案上停了几秒。

她坐到他旁边，问他："师兄，你也跟我一起吗？"

"嗯，联合采访，这样效率高一些。"陈野望说。

主持人很快就过来了，因为只是出于商业宣传目的进行的录播，所以比林卓绵以往接受过的采访气氛要轻松一些。

采访的开头，主持人先提了几个常规的问题，比如问陈野望为什么想到要请林卓绵代言，这次代言对品牌有什么样的意义等等。林卓绵知道陈野望一贯能够游刃有余地应付这样的场合，她听他用不徐不疾的语调回答问题，面面俱到，无懈可击。

后来主持人请他介绍这一季新品的设计理念，因为听说他本人也参与了新品中一个系列的设计。

"我看到之前设计师在个人微博上发布过，说登山服上的图案是您画的，是吗？"主持人做过准备工作，熟练地向陈野望递出话头。

陈野望看了一眼林卓绵，说："是我前女友画的。"

主持人一怔，露出了很有兴趣的表情，毕竟面前这位商业天才虽然有一张能够媲美明星的脸，但一直十分低调，很少出镜，更遑论提起自己的感情经历。

现场工作人员的目光也纷纷集中过来。

陈野望向秘书微抬下巴，对方会意，递给他一个塑封袋，透明的薄膜里，有一张边缘略微泛黄的道林纸。

他将纸张递给主持人。

主持人仔细看过之后，又拿给林卓绵。

林卓绵接过来的时候，指尖有些颤抖，这张草稿纸就像能够连通过往与当下的钥匙，她拿在手里，如同还能够触摸到当时的心情。

主持人之前给过采访提纲，但当时她以为陈野望参与设计只是一个营销的噱头，所以并没有在这一部分涉及太多问题。陈野望给出的回答让她觉得意外，她便临场发挥，改变了提问的方向，问陈野望："陈总的前女友是医学生？"

陈野望说："是。"

八卦总比官样文章一样的正经问答来得吸引人，主持人看陈野望并不反感提到前任，接着问下去："是个怎样的人呢？"

林卓绵发觉自己很紧张，她跟陈野望谈恋爱的时候，其实从没问过他是怎么看待自己的，因为觉得他太过耀眼，答应跟她在一起，像一种恩赐，她没有更多的要求。

陈野望毫不犹豫地说："是我见过的最优秀的女孩子，我能走到今天，都是因为她。"

这是林卓绵没有想过会在他那里得到的评价。

主持人抓住了他话里的信息点："也就是说，陈总您当初选择户外事业，是因为受到了前女友的影响？"

陈野望说"是"，又说："她经常在户外活动，我创业的时候她还在念书，两个人快要分手了，我想，假如以后我不能陪她继续走下去，至少我的产品还可以。"

主持人笑着调侃了一句："感觉陈总对前女友还是念念不忘呢。"

陈野望也笑了下，不置可否的模样。

主持人注意到林卓绵一直没有说话，担心她觉得受了冷落，又问她道："其实我对林小姐的职业选择也很好奇，林小姐长得这么漂亮，又是从很知名的学校毕业，是怎么想到要走上山地救援这条路的？"为了活跃气氛，她半开玩笑地说，"不会也跟陈总一样，是因为前任吧？"

看林卓绵没有出声，陈野望以为她不想回答，嘴唇微张想要制止主持人。

然而下一秒，林卓绵就开口了："是因为我哥哥，他登山的时候意外去世了，那天他在等待救援的时候给我发了短信，但我没看见。"

她攥着话筒的指关节有些用力："因为这件事，我还迁怒了当时的男朋友，觉得我没有收到短信，很大一部分原因跟他有关。"

林卓绵没想过，原来在陈野望面前把这件事讲出来，并不难，似乎每讲一句话，这些年她背在肩上的重负就少一分。

在这个过程中，她能感觉到他的目光紧紧追随在自己身上，关注着她的每一次停顿，每一次因为情绪起伏而变得不稳的呼吸。

她觉得他目光中的含义比自己想得要复杂，在录影棚里明亮的灯光下，他的瞳孔漆黑而深邃。

大概关于那时两个人的分手，他们都有不同的误解，不同的感受。

主持人有所触动，问道："那林小姐是一直为了哥哥在工作吗？"

"一开始确实是，"林卓绵慢慢地回忆，"但后来因为这份工作，我见到了很多别人难以见到的风景，也帮助了很多身陷危险的人，我渐渐觉得山地救援本身也是一项值得热爱的事业。"

"没想到林小姐从事救援的初心是这么让人遗憾的一件事。"主持人惋惜道。

陈野望突然开口："我也有遗憾。"

他盯着林卓绵，一字一顿道："几年前我想过要把公司总部迁到我女朋友所在的城市，但因为她跟我分手，我以为她厌倦我，就推迟了计划。"

黑沉的目光像能把人吞进去。

林卓绵意识到那时候的自己一直在误会他，他一直都把她纳入在他的人生规划里。

主持人此刻也察觉出了两个人之间不同寻常的氛围，她的目光在陈野望和林卓绵之间打了个转，一下子明白了过来。

但她没有点破，只是接着陈野望的话拉回了正题："但从星北现在取得的成就来看，陈总当初的选择，未必不是正确的。"

采访结束后，主持人离开，工作人员整理现场，林卓绵被陈野望堵在了临时休息室门口。

他低着头看她，低低地问："绵绵，你之前不告诉我，是在怕什么？"

林卓绵说怕他觉得自己自以为是。

"什么叫自以为是，"陈野望抬手去碰她的脸，"你的想法，哪一次我不能理解。"

她去做山地救援，他没有阻止，她要跟他分手，他也答应了，还有什么是不能做的。

林卓绵跟他对视，看到他眼中自己的倒影，她忽然觉得先前的纠结其实没有意义。陈野望并不在乎那些原谅与被原谅的姿态，他要的只是她这个人。

"绵绵，对不起，你哥哥的意外，我有责任。"陈野望低声说。

他把她的手放在掌心，碰到了那片小小的白色护身符。陈野望看了一会儿，对林卓绵说："上次你说要谢我，我让你先欠着了，还记不记得？"

林卓绵点点头。

"我想好了，"陈野望轻轻摩挲着她的手，"你把另外一个护身符给我，行吗？"

他的暗示显而易见。

"可是当时你都还给我了。"林卓绵忍不住道。

她原本没想过要从他那里要回来。

陈野望说："你哥哥给你的东西，我怕你不想留在我那里。"

他的掌心温热,好似山巅积雪也终于为她融化,林卓绵的眼睫微颤,轻轻说了句好。

陈野望揉揉她的头发:"我还有工作,要回公司处理,能不能跟我过去,等我一会儿?"

前两次去星北,林卓绵都没有很仔细地看过。这回等陈野望处理工作的时候,她才终于漫游在这座大楼里,在心里默默对比跟当年有什么不同。

从陈野望办公室走出去,在走廊拐角转弯,正对着林卓绵的是一个门窗锁闭的房间。

门上挂着一块牌子,写着"经济风险监测系统实验室"一行字。

林卓绵记得这是陈野望毕业前,跟陶教授一起做的最后一个项目。

项目的最初构想是陈野望提出来的,后来被陶教授纳入了自己的课题组。陈野望毕业前,项目才刚开了个头,他对这个项目很是看重,跟陶教授说好等公司稳定下来,会设立专门的实验室继续做下去。

而现在这个项目看起来已经关停了。

林卓绵不由得想起自己在束嘉烨订婚宴上听到的那些话。

她知道陈野望曾经在这个项目上花费了多少心血,他以前说过,如果监测系统能落地,能够覆盖到百分之九十以上的经济风险点,假如被除了星北之外的企业甚至是政府部门采用,会有更大更划时代的意义。

这个项目对陈野望的意义不像那些积累经验和资历的课题,而更像是他的作品。

现在把专门建设的实验室关掉,可想而知陶教授的事情对他造成了多大的影响。

林卓绵在实验室外面站了一会儿,身后忽地传来一阵脚步声,陈野望的声音在离她很近的地方响起:"怎么还不回去?"

林卓绵转过身,看清他平静的面孔,她忍不住说:"师兄,这个项目你不打算继续做下去了吗?"

陈野望顺着她的视线看过去,蜻蜓点水般掠过实验室门口的那块牌子。

林卓绵听见他轻描淡写地"嗯"了声:"不做了。"

她下意识道:"可是当时你花了那么多时间……"

陈野望没有直接回应她,而是说:"绵绵,你还记不记得你上经济学的时候,学过一个概念叫沉没成本。"

林卓绵说:"记得。"

陈野望点点头:"太过沉浸于沉没成本,就会继续原来的错误,造成更大的损失。"

这天的天气并不好,偏阴的淡光从云层中漏下来,在他英俊的脸上形成了好看的明暗关系。

林卓绵坚持说:"我觉得不是错误。"

陈野望似是愣了一下,看了她几秒,意味不明地一笑,是不准备继续说下去的意思。

这天他送林卓绵回家的时候,她问他要不要上楼,他没有拒绝。

范范是第一个知道林卓绵跟陈野望复合的人。有天晚上,她给林卓绵打电话,林卓绵没接,第二天早上才给她回。

在那通电话里,她听见一个低沉的男人声音在问林卓绵这么早是跟谁通电话,接着是林卓绵捂住听筒含含糊糊地说了句什么。

等她的嗓音重新清晰起来之后,范范立刻问:"绵绵,你老实交代,这什么情况?"

林卓绵静了静,说:"是陈野望。"

过了片刻,她补上一句:"我跟他复合了。"

范范强烈要求她出来跟自己吃顿饭,想要知道更多细节。

正好周六P城救援队在范范工作的医院组织体检,那天上午范范排了值班,林卓绵便跟她约在中午。

体检完就快到饭点儿了,林卓绵去范范办公室找她,两个人坐电梯下楼。

刚到一层,还没走出多远,林卓绵突然停下了脚步,而她正前方从楼梯上下来的一个男人也站住了,不太确定地叫了她一声:"林师妹?"

"是我,喻腾师兄。"林卓绵说。

喻腾笑嘻嘻道:"我刚才就看着像你。"

范范对喻腾没什么印象,林卓绵小声提醒道:"当时跟你一块儿看电影的那个。"

"就是说话特气人的那个……哎,姑奶奶你别掐我。"范范躲开林卓绵打算掐她的手。

喻腾乐呵呵地看着她们,林卓绵问道:"师兄,你来看病吗?"

"来看人。"喻腾回头朝楼梯抬了抬下巴,"事务所有个同事病了,我刚给他送了点儿东西过去。"

三个人站着寒暄了一会儿,虽然当年范范被喻腾气得够呛,但时过境迁,说起来也都成了值得怀念的回忆。

喻腾打量着她们,说:"你们这是打算吃饭去啊?我也还没吃饭,我请你们。"

坐上喻腾的车,范范"啧"了声,看着他方向盘上的车标,半开玩笑道:"学金融的就是赚得多啊。"

林卓绵听陈野望说过,喻腾毕业之后进了一家很知名的会计师事务所,现在已经做到了中高层的位置。

喻腾笑了笑,问她们想吃什么。

到餐厅坐下之后,喻腾说:"我看见新闻了,说林师妹要给星北当代言人。"

林卓绵直觉他想问自己什么,果然,喻腾又说:"你跟望哥……"

范范嘴快:"我今天找她就是说这事儿的,他俩复合了。"

"我就说!"喻腾用茶水隔空跟林卓绵碰了一下,"祝贺你们。"

喝了口水,他有些感慨地说:"你是不知道,你当年跟他分开之后他精神状态有多差,一点私人时间都没留给自己,天天泡在公司,我都担心他身体能不能撑过去。"

喻腾说着说着,更多的回忆被勾了起来:"望哥这些年过得也真够不容易的,后来他导师老陶出了那事儿之后,他……"说到这里,他猛地刹了车,看向林卓绵跟范范,试探着问,"你们是不是不知道这个?"

"听说过一些。"林卓绵说。

她想到陈野望公司那间紧闭着的实验室,问喻腾:"他跟陶教授一起做的那个项目是什么时候停掉的?"

"前几年。老陶都那样了,他接着做心里也不好受。"喻腾语焉不详地说。

林卓绵追问道:"那陶教授现在在哪儿,真的在监狱吗?"

喻腾有些没办法地看着她,停了停,说:"林师妹,我不确定望哥他想不想让你知道这事儿,不好乱说。"

这时一旁范范忽然插嘴问道:"为什么不想让绵绵知道,他导师进监狱跟他有关系吗?"

喻腾断然否定:"不关他的事儿。老陶是经济犯罪,望哥他不知道也没参与过。"

接着他又望向林卓绵,诚恳道:"师妹,我不知道你听说了多少,但是外面那些人不知道内情,他们说的不一定是真的,无论听说了什么,你都要相信望哥。"

林卓绵答应之后,他又说:"说实话,我也觉着望哥那项目不做了挺可惜，他当时那么多事儿，又是毕业论文又是公司的，还为这项目熬了几个大夜，挤时间找文献建模型来着。"

这些林卓绵都知道，那时候也是对她而言改变了人生轨迹的大四下学期，除了喻腾说的这些，还有她也让陈野望分心。

剩下的时间里三个人没再提起这件事，只是喻腾问了些林卓绵这几年的经历，范范大大咧咧，喻腾在场也不会放不开，只管让林卓绵讲怎么跟陈野望和好的。

一顿饭吃得很愉快，喻腾开车又把她们送回了医院，临走的时候还跟范范交换了联系方式，说以后有空再请她们吃饭。

看着林卓绵，他又加了句："等你跟望哥结婚，别忘了发请帖给我啊。"

范范只值半天班，下午就开车带林卓绵去逛街了。

晚上两个人坐在商场里吃饭的时候，范范看林卓绵拿手机发消息，随口问了句："跟陈野望聊天呢？"

林卓绵点点头说："他问我们什么时候结束，过来接我。"

范范"哎"了声："不是，我发现我大学那会儿对陈野望的印象已经完全被他颠覆了，谁能想到咱们的陈男神当年眼高于顶谁都看不上，背地里居然这么黏人。"

林卓绵听她用"黏人"形容陈野望，再想到陈野望平时那张没什么表情的冷脸，不禁啼笑皆非。

范范想起了什么："对了，今天喻腾说那事儿，你怎么想的？要不你直接去问陈野望，我觉得他不至于不告诉你。"

"我本来不准备问，"林卓绵有些苦恼，"但我觉得他不该放弃那个项目，上次在他公司的时候提过一下，但他好像不太想说。"

范范皱起眉头沉思冥想了一会儿："那要不我去给你打听打听？放心，我绝对不到处瞎说，就隐蔽地问问当年经管那边的人。我上午还看到朋友圈里有经管的同学说要搞什么建院一百周年活动的。"

她这么一说，林卓绵也有点印象，打开朋友圈往下翻了翻，看到当年陈野望的同门方雁凡转发了活动链接，时间就在下周的周末。

林卓绵心里一动，问范范："你说我能混进他们的活动吗？"

专门为这件事把方雁凡约出来问不太可行，一来两个人关系不那么近，又很久没联系，显得突兀；二来对方毕竟也是老陶的学生，不知道他现在对陈野望是怎样的看法，又会不会愿意告诉她。

"应该不难，这样，我找个人把你带进去得了。"范范一边说着，一边打开自己的好友列表寻找合适的人选,"就这个方晓燕吧,她比咱们高一届,前几天来我们医院看病来着,我帮她推荐过大夫,她应该愿意帮忙,到时候你就说你是她妹妹。"

林卓绵接嘴道:"她姓方我姓林,我说我是她妹妹?"

范范笑嘻嘻地说:"两个妈,不一个爸的妹妹不行啊?"

林卓绵说行,让范范帮忙问问方晓燕,可以的话把对方微信推给自己。

陈野望来接她的车停在路边,透过前挡风玻璃,林卓绵看到他一只手搭在方向盘上,正低着头看手机,手指与手背连接处的骨节起伏分明,衬在纯黑的方向盘皮套上,泛着白玉一般的冷光。

这个时间不少人在路边等车,林卓绵忽然起了玩笑的心思,走过去伸手敲了敲陈野望的车窗。陈野望侧眸看她,微抬下巴示意她车门没锁。

林卓绵没上车,陈野望便把车窗降了下来。

"师傅,走吗?"她半开玩笑地问。

此话一出,附近的人纷纷看了过来,林卓绵听到有人说:"看不出来,有这么贵的车居然还拉黑活儿。"

陈野望挑了下眉,把手机关了放到支架上,张开宽大的手压住副驾驶位,倾身过来靠近车窗:"亲我一口就走。"

周围的行人露出了更加震惊的表情,大概是觉得这位有钱的黑车司机实在嚣张。

林卓绵突然庆幸自己今天穿得厚,帽子围巾都戴着,不然被人认出来,整个救援队都得跟着她风评被害。

旁边有女生看到陈野望的脸,大声开玩笑喊道:"帅哥,我亲你一口,你带我走吧。"

陈野望掀了下眼皮,眉目间多了一缕戏谑,轻描淡写地对林卓绵道:"再不快点儿就有人过来跟你抢了。"

林卓绵想蒙混过去,刚想往副驾驶的方向绕,就听见陈野望把车锁了。

她小声说:"师兄,我就是开玩笑。"

陈野望道:"那我不是开玩笑。"

林卓绵没办法,只得撑着车窗,轻轻亲了陈野望的脸一下,正要退开催他给自己开门,就感觉后颈被一只手按住了。

他轻而易举地将她压向自己,指腹捏着她耳后的位置扳正她的脸,找到她的双唇,准确无误地含了上去。

林卓绵长这么大，还没有跟人当街热吻过。

　　车内原本的暖风全部透过降下的车窗散了出去，吹风机高频运作，发出略微喧嚣的噪声，冷热对流的一方空气仿佛将他们与世界隔绝，只剩下唇舌间湿润温热的气息。

　　陈野望跟林卓绵接了一个很漫长的吻，车窗外是闪闪烁烁的霓虹灯火，如同整座城市的冬夜从这一角开始燃烧。

　　他放开她的时候眼角还带着点笑，手指意犹未尽般捻了一下她耳下的皮肤，低声说："上来。"

　　林卓绵红着脸坐上车，催着陈野望出发。

　　这之后她就不愿意跟陈野望讲话了，任凭他问她今天跟范范吃了什么逛了什么，她都用最简短的话回答，一个字都不肯多说。

　　陈野望握着方向盘，林卓绵能感觉到他时不时往自己的方向看，不知是在看她那个方向的后视镜，还是在看她。

　　车窗已经被他升了上来，车内的气温逐渐回升。

　　玻璃的隔音很好，室外的杂音几乎听不到，两个人的呼吸反而很清晰。

　　陈野望开到一个十字路口，遇上红灯停了下来，他目视前方，漫不经心地开了口："你现在跟以前不太一样。"

　　林卓绵好半天才勉勉强强地问哪里不一样。

　　陈野望自顾自地笑笑，偏过脸看她一眼，脸上浮现出陷入回忆的神情："你以前害羞的时候，话会很多。"

　　林卓绵方才的脸红刚刚消散几分，又被他一句话勾得更加深了一层："我没害羞。"

　　"没害羞，"陈野望不太认可地重复了一遍，"那是什么？"

　　林卓绵憋了半天，憋出一句："是生气。"

　　"亲你就生气？"陈野望问。

　　林卓绵强调："那是在大街上。"

　　"大街上不能亲自己女朋友？"陈野望握着方向盘转了个弯，"谁规定的？"

　　"那你刚才还装黑车司机。"林卓绵说。

　　陈野望理所当然地叫她一声"绵绵"，又说："你搞清楚，是谁先把我当黑车司机？"

　　林卓绵词穷了，的确是她先起这个头的。

　　"你这是耍流氓你知道吗，师兄。"林卓绵认真地说。

陈野望没有丝毫想要反省的意思："还能更流氓。"

林卓绵这次是真的不想跟他说话了。

不过她跟陈野望生这种气一向生不了多久，因为陈野望总会用哄小朋友一样的语气不厌其烦地哄着她开口，很快她就告诉陈野望，自己今天去找范范的时候碰见了喻腾，还跟他一起吃了饭。

"都跟他聊什么了？"陈野望随口问。

林卓绵顿了一下，先挑了无关痛痒的话题跟他说。陈野望耐心听着，边观察路况边回应她。

终于林卓绵觉得铺垫够了，注意着陈野望的表情，跟他说："喻腾还说到你那个项目了。"

陈野望的神色并没怎么改变："他怎么说的？"

"他说他也觉得很可惜，你没能继续做下去。"林卓绵道。

陈野望没接话，但看起来也不是反感这个话题。过了几秒，他问："喻腾跟你说这个，没跟你说老陶？"

林卓绵愣了下，没想到陈野望会主动提起陶教授，她有些手足无措，迟疑着道："说了一两句。"

然后她就不知道该讲什么了，觉得自己的心思好像都已经被陈野望看透。

这时候她的手机振动，收到了范范的微信。

范范：【[名片]】

范范：【方晓燕答应了，这是她的微信，你到时候跟她联系，她在门口等你。】

林卓绵给范范回了个"好"字，给方晓燕发过去好友申请，然后按灭了手机。

她并不担心会在院庆活动上碰见陈野望，他连回S大都抗拒，显然不会出现在全部都是经管校友的场合上。

剩下的一段路上，两个人谁都没有再说话，但林卓绵觉得陈野望的情绪并不像他表现得那么平静。

他送她回她那里，下车之后却没有跟她一起上楼。

"我在楼下抽支烟，你先上去。"陈野望说。

林卓绵关掉单元门之前，看见他轻擦火机亮起的火苗，小小的一簇，在风里轻轻地跳动，被他移到脸侧的时候，朦朦胧胧地映出晦暗不明的俊朗轮廓。

香烟被点燃，陈野望似是吸了很深的一口，橙红色的烟头剧烈地明灭了一下。

淡白的烟气如雾一样散开，融进了无边的夜色里。

路灯为他投下斜长的影子，在浓稠如墨的天空下，是一道不那么明显的颜色。

陈野望上楼找她的时候，身上的烟味已经差不多散干净了，她刚洗过澡，头发也吹完了，正躺在床上看手机。

方晓燕通过她的好友验证，给了她一个地址，是S大经管建院百年活动举办的酒店。

她跟对方简单聊了几句，感觉到床垫的另一端被压下去一些，紧接着她的后背就贴上了一个坚实的胸膛。

陈野望按着她的腰让她更贴近自己，林卓绵随手把手机放到床头，听见他说："绵绵，你的床怎么这么窄？"

"本来就打算我一个人住的。"林卓绵说。

然后她又道："你也可以不来，不是有人跟我抢嘛。"

陈野望捏捏她的脸颊："吃醋了？"

"没有。"林卓绵说。

他的手指按在她撇下来的嘴角："这叫没有？"

林卓绵张嘴咬了他一口。

陈野望却没有把手拿走，掌心贴上她的侧脸。

林卓绵含含糊糊地说你拿开。

陈野望反而点了一下她的唇，凑在她耳边说不拿，然后把她揽进了怀里。

林卓绵有些犯困，决定不要再跟他赌气了。她环着他的腰，有些困倦地蹭了蹭他的胸口，听着他沉稳的心跳在离自己很近的地方响起。

陈野望用手指绕着她的头发，忽然问："喻腾是怎么跟你说老陶的？"

他的声音透过胸口在她的耳膜上轻轻震动，林卓绵怔了怔，抬起头对上他的眼睛。

原来他还是在意的，在意别人对这件事的看法。

林卓绵没再像回来路上时那样只拣她想说的话给他听，而是原原本本地告诉他："喻腾师兄没说太多，就说陶教授的事情跟你没关系，让我相信你，还说你那段时间压力很大。"

陈野望捻了捻她的耳垂，伸手关掉台灯，在一片黑暗中，很久都没说话。

林卓绵不知道他是不是睡着了，但还是抱着试试的态度轻声道："师兄，虽然我这么说可能有点站着说话不腰疼,但是如果可以的话,你能不能考虑一下,继续做你的项目。"

陈野望放在她腰上的手动了一下,然后很轻地拍了拍她。

经管举办建院百周年活动的时候,正好陈野望在公司加班,林卓绵不用找什么借口来掩饰自己的行踪。

她想,或许加班只是陈野望的挡箭牌,他有如今这样的成就,学院的活动应该不会不邀请他。

但他因为陶教授的缘故,不愿意出现在那里。

Chapter 10
试试就知道了

/ 她只给了陈野望全身而退的资格。
第一次看见他对哪个女孩子上心,觉得稀奇。

院庆活动所在的酒店离 S 大很近,林卓绵在门口见到了方晓燕,对方热情地同她打了招呼,林卓绵顺利地跟她进去了。

会场很大,有熟人三三两两聚在一起闲聊,也有人在互相自我介绍和交换名片。

林卓绵问方晓燕知不知道方雁凡在哪儿。

方晓燕笑了下:"你原来是要来找我堂哥啊。"

林卓绵有些惊讶:"方雁凡师兄是你堂哥?"

方晓燕点点头,上下打量林卓绵一番:"没想到他魅力这么大。"

林卓绵一听就知道她误会了,连忙解释道:"我找他是打听点事儿。"

方晓燕"哦"了声,像是突然想到了什么:"我前段时间看新闻,说你要给星北代言,我要是没记错的话,你念书的时候跟陈野望陈总他……"

"嗯。"林卓绵答得很坦荡。

方晓燕明白了,若有所思地看着她:"那你应该是要问陶教授,我猜得对吗?"

林卓绵没否认。

方晓燕想了想说:"我堂哥现在对陈总意见有点大。"

听她这样说,林卓绵不免紧张起来。

方晓燕看出她在想什么，心直口快道："你不用担心，我不是他们的同门，也没修过陶教授的课，对这件事了解不多，没有什么特别的看法。"

林卓绵这才安心了些，方晓燕接着说："但你直接去问，他不一定愿意告诉你。"

"我想试试。"林卓绵坚持道。

方晓燕看了她半天，说："我带你过去。"

林卓绵看得出方晓燕是真心想帮自己，她们去找方雁凡的时候，对方明显不太想提及这件事，而方晓燕把他拉到一边说了半天，才勉强让他点了个头。

方晓燕走的时候，林卓绵很真诚地对她说了句谢谢。

她摇头说不用，又说我也要谢谢你。

林卓绵没听懂，方晓燕便问她："你还记得潘颂吗？就是当年把你微信放到'表白墙'上的那个男生。"

方晓燕："后来你在篮球赛上把他呛回去，陈野望没再让他上场，我觉得很高兴。"她顿了顿，"因为他之前也骚扰过我，但他是我同门师兄，那时候还跟我在一个课题组，我有很多东西需要问他，就没敢反击。"

方晓燕说这些话的时候，方雁凡不敢置信地看着她："潘颂？你怎么不早说？"

方晓燕无奈地笑笑："说了能怎么样，闹到学院里还是上新闻？如果是现在，我会说，但当时我真的不敢。"

方雁凡一言不发地看着她离开的背影，忽地对站在一旁的林卓绵说："你想知道什么，问吧。"

原来世界上的一切都是草蛇灰线、伏脉千里。

陈野望读研的时候，陶教授带他给自己朋友的建筑公司做过收入预测的模型。陈野望无意间发现对方公司的账目与银行流水存在差异，告诉陶教授之后，陶教授说因为公司是刚收购来的，朋友还没来得及对账。

后来陈野望创业期间，关注到政府的公开招标，发现当年陶教授朋友的那家公司在竞标一项小学体育馆的改造工程，开出的价格极低。

陈野望在这方面的直觉一向很准，他觉出不对之后，去简单查了一下那家公司的信息，发现近几年他们中标的项目几乎都是垫资完成的，还借了大额的高利贷融资，资金链肉眼可见地入不敷出，甚至有过债主堵在楼下拉横幅讨债的新闻，但最后都被压下去了。

在这样的情况下，他们还用低得不正常的价格竞标，很难不让人怀疑到时候这笔专项资金会流向何处，而假如挪用了项目资金去填补亏空，那么中标工程的质量也可想而知，况且还是小学的体育馆。

陈野望委托自己做地产行业的朋友给出了一个更低的价格投标，体育设施全部由星北负担，其余款项也都由他出资，最终那家建筑公司没有中标。

之后不久，那家公司因为没有拿到这笔款项，资金链断裂暴雷，逾期金额上亿，又查出有非法集资和洗钱行为，先前接过的项目也被发现存在质量不达标的问题。

拔出萝卜带出泥，在调查过程中，陶教授被发现参与过对方的经济犯罪行为，但由于数额不算特别大，最后的结果是开除公职，判三缓三，监外执行。

陈野望对陶教授的行为并不知情，但几件事连在一起，却很容易引人联想出一个师生反目、大义灭亲的故事。

"老陶对学生没得说，当初我们上下几届，他最喜欢陈野望，结果最后他因为陈野望晚节不保，连工作都没了。"方雁凡冷冷地看着林卓绵，"而陈野望呢，他公司里那个风险监测系统的实验室还是老陶帮他建起来的，他为什么抢标之前不能先跟老陶通个气？"

从酒店打车回家的路上，林卓绵路过了S大，很多年轻的学生拖着行李箱从校门里走出来，算算也已经是要放寒假的时间。

方雁凡并没有为难她，说那些话也不是非要她回答。

她告诉方雁凡陈野望早就把实验室停掉了，他听完之后愣了一下，脸上短暂地出现了一个表情的空白，不知道该说什么一样。

林卓绵把出租车的车窗降下来一点，凛冽的风拂起了她的发梢，仿佛把许许多多的思绪也吹走了，只留下她错过的，陈野望的那一段往事。

那天之后，她没在陈野望面前再提过陶教授的事情，倒是他在过年前的某天，主动问她吃完晚饭要不要跟他去看老陶。

那时候林卓绵刚跟他去超市买完吃的回来，陈野望单手拎着购物袋，正在关后备厢，身后是傍晚粉紫色的天空。

看林卓绵发愣，他解释了一句："之前我每年都会去。"顿了顿，又说，"老陶是监外执行，没什么意外的话，明年就结束了。"

这些林卓绵都在方雁凡那里听到了，并没有表现出太多的惊讶。

她很快地说好。

两个人回去之后，陈野望把买来的东西一部分留在外面，剩下的放进了冰箱，说了几个菜名，问林卓绵想不想吃。

林卓绵记得他之前是不会做饭的，但从吃过她做的之后，他就开始在手机上关注一些分享食谱的博主，学了几道菜做给她。

她忍不住问："你是不是嫌我做的菜不好吃？"

"不是。"陈野望说。

林卓绵接着道："那你为什么要学？"

陈野望显然是临时想了个答案："因为觉得这种基本技能，家里的每个人都应该会。"然后他瞥了一眼厨房，"不然这么大的空间不能利用，不觉得浪费吗？"

林卓绵租的房子里带了一个非常宽敞的开放式厨房，厨房外面还有一条吧台用作分隔，林卓绵看着空，买了几瓶酒放上去，但也只占了四分之一的空间。

她坐到吧台上，用小腿碰了一下陈野望的裤子："师兄，我发现我已经能看出来你什么时候没说实话了。"

陈野望一把攥住了她的脚踝，林卓绵猝不及防，险些失去重心，好不容易才坐稳："你做什么？"

"绵绵，想按时吃饭就别乱动，知道吗？"陈野望说的时候，手上带着力道捏了她一下才放开。

林卓绵以前觉得他那双手是专门用来分析数据和看书写字的，但其实他洗起碗来也很好看，从从容容地拿着纤维布擦拭，甚至一只普通的碗被他捧着，看起来也矜贵得好似稀世的瓷器。

她坐着无聊，随手拿起旁边的一瓶气泡酒，又侧过身从吧台另一面的抽屉里取开酒器。

陈野望明明背对着她，却好像后脑勺长眼睛一样说："不许喝。"

林卓绵边开酒边跟他讨价还价："我就尝尝，这个是我看网上有博主推荐的，买了一直没喝过。"

陈野望放下手里正在切的西蓝花，洗过手，给她拿了个杯子，顺手把她刚开的酒瓶接过来，倒了大概只有两口的量。

林卓绵鼓了鼓脸颊，露出不太满意的表情。

"忘了自己酒量多差了？"陈野望垂眸看着她问。

林卓绵不记得自己跟他喝过酒，眼里涌出几分疑惑："你怎么知道？"

陈野望起初没说话，过了片刻，他道："看来师妹记性不太好。"

似曾相识的一句话。

林卓绵脑海中突然闪过大二上学期被范范拉去参加某个不认识的师姐生日会的场景。

在霓虹昏暗的KTV包厢里，二十三岁的陈野望姿态散漫地坐在沙发上，问她说今天不是要留在图书馆里用功学习吗？

她说他记错了，他便眼带笑意道——看来师兄记性不太好。

那之后她被范范拉过去玩骰子，输掉之后喝了两杯酒，昏昏沉沉的时候，他坐到了她旁边。

"所以当时你是看出我喝醉了才坐过来的吗？"林卓绵后知后觉地问，手中的高脚杯里是偏粉色的透明酒液，细小的气泡正接连不断地升上来。

"不然呢，"陈野望把酒瓶放到一边，两只手撑在她身侧，微微俯身看着她，"等着别人占你便宜？"

林卓绵喝了口酒说："我以为你那个时候还没喜欢我。"

陈野望有些无奈地问："那你觉得我要到什么时候才喜欢你？你去给我过生日那天？"

林卓绵没作声，她当时对陈野望患得患失，他不给她肯定的答复和行为，她就迟迟不敢确定他的想法。

她听见陈野望说："绵绵，你在这件事上，怎么那么迟钝。"

他上下打量她一番，又漫不经心地问："小时候没被人喜欢过吗，这也看不出来。"

"没有啊。"林卓绵理直气壮地说。

陈野望掌心搭在她肩上摩挲了两下："小骗子。"

从在课堂上看到她第一眼，他就想，难怪她会把自己误会成要骚扰她的人。

"他们追你，都怎么追？"陈野望的手滑下去，把她搂得离自己更近，"给你写情书，约你看电影？"

林卓绵笑盈盈地看他："师兄，你是不是吃醋了？"

陈野望马上否认了，他准备要起身的时候，林卓绵却拽住他的衣角，仰起脸轻轻在他嘴角亲了一下："但我没喜欢过他们，只追过你一个。"

陈野望看了她几秒，说："我看你是真不着急吃饭了。"

林卓绵又给自己倒了杯酒，刚举起杯子就被陈野望从嘴边拿走了。她的嘴唇被他堵住，听见他说："说了不许喝，怎么这么不听话。"

陈野望抬手拨开她脸侧的碎发的时候，他腕上那枚黑色的贝母护身符碰到了她的脸颊，是带着他体温的一点实感。

陶教授住在S大的家属区,但这次陈野望却开车带她去了相反的方向。

"老陶出事之后就打申请搬走了。"陈野望简单解释了一句。

他没有说原因,但林卓绵能猜到。周围住的都是在S大的同事,陶教授原本德高望重,在学院里像活招牌一样,每年学院新招的研究生有小一半都想入他门下,他被开除公职之后还留在原本的生活环境中,想必处境会很煎熬。

"我记得陶教授是不是有个儿子,当时才上初中,他那时候上课总提起来。"林卓绵说。

"现在大一。"陈野望说了外地一所大学的名字,又说这时候应该放假了。

车一直开出五环外,林卓绵发现陈野望把七拐八绕的路记得很熟,导航都没开就找到了陶教授住的小区。

他在门口登过记,把车开到了陶教授家楼下,从车里拿出给对方准备的东西。林卓绵要帮他拿,他没让,自己去按了对讲。

接对讲的是陶教授的夫人,她问了声"是谁",听到陈野望叫她"师母"之后,静了几秒才说:"你上来吧。"

像是没有那几秒的准备时间就没办法调整出平静的语气,但林卓绵觉得那种平静听起来有一点勉强。

她陪陈野望到了陶教授家门口,陶师母甚至没有让他们进门,只是表情复杂地对陈野望说:"以后别这么跑了。"

她看见旁边的林卓绵,陈野望给她介绍,说是自己的女朋友。

陶师母点点头,礼貌地对林卓绵说了声"你好"。

"我能见见老师吗?"陈野望低声问。

陶师母的神色看起来很犹豫,林卓绵看不出她是真的在考虑,还是仅仅在斟酌如何拒绝陈野望。

还没等到陶师母的答复,她身后突然站过来一个高大的男生,把家门推得更开,从陶师母身后挤过来,气冲冲地对陈野望说:"你怎么还有脸来!"

陶师母皱起眉,叫了声自家儿子的小名,让他回去。

陶教授的儿子不依不饶地质问陈野望:"你现在知道来送东西,当初你利用他沽名钓誉的时候,怎么没想到他是你老师?"

对于十几岁孩子的误解和诽谤,陈野望本来可以置之不理,但他却认真地说:"你爸爸永远是我的老师。"

然后他又拿出一张银行卡递到对方手里:"这是给你的压岁钱,密码是你爸爸的生日。"

陶师母想拒绝,陈野望却态度坚决地摇了摇头。

他们到底没见到陶教授,陶师母回身去屋里看了一眼,回来的时候告诉他们说老陶已经睡下了。

大约是觉得八点钟睡觉实在早,她又补了一句:"昨晚他熬夜看电视来着,以前总没时间,这几年一看起来就管不住自己,跟个老小孩一样。"

跟陈野望搭电梯下楼的时候,林卓绵看了眼时间,他们开车过来用了超过一个小时,却只在陶教授家门口待了不到二十分钟。

走出单元楼的时候,陈野望握着车钥匙正要抬手开车锁,忽然被林卓绵抱住了。

他有些意外,低下头看她:"怎么了?"

林卓绵没说话,只是仰起一张下巴尖尖的小脸看他。

陈野望知道她什么意思,却故意问:"今天这么主动?"

林卓绵不接茬,过了片刻,她如同下定决心一般道:"师兄,你过年的时候,要不要跟我回去看一下我爸妈?"

周中的时候,林卓绵收到了白舒琴发来的微信,说在电视上看到了她的广告,又问她过年的时候有没有空回家住几天。

林卓绵加入 G 城救援队之后,两年春节都没有回过家,一次是因为真的要出紧急任务,另一次是主动跟想回家过年的队友换了值班。

她不是不想家,只是读研时每次回去,父母都要轮番给她做思想工作,要她退出救援队,这个过程中不可避免地会提起林洛,她最怕听这个。

但这次她答应了白舒琴。

不仅是因为感觉到了对方态度上的松动,也因为她不想再躲下去了。

"终于觉得师兄能拿得出手了?"陈野望的手掌搭上她的腰际。

林卓绵之前跟他谈了三年半恋爱,从来没说过要带他回家见父母之类的话,他觉得她年龄小,也没有主动提过。

"你对自己这么没自信啊。"林卓绵没解释,只是半开玩笑地这样问了一句。

她从前没向父母具体地介绍陈野望,是因为怕两个人像林洛一样不看好他们,后来林洛意外去世,就更不好再提了。

"从 G 城回来之后一直躲着我,"陈野望盯着她,"绵绵,你真的很像后悔有过我这么一个前男友。"

林卓绵迟疑着说:"你要这么说也没错,那时候我确实挺后悔的。"

看到他的表情后,她很是时候地补上一句:"不过后悔也晚了。"然后笑眯眯地钻进他怀里,把他抱得更紧了些。

陈野望眉尖稍抬:"跟我撒娇?"

林卓绵乖乖点头。

陈野望被她听话的模样勾得心疼,深冬的空气清凛发寒,他抬手用温热的掌心贴了一下她已经冻得有些发凉的脸,牵她的手上车。

回程的路上,两个人都没有说太多话,林卓绵觉得,她不在陈野望身边的这些年里,他好像也经历了很多。

这年除夕之前,林卓绵跟陆思进提出要请假回家,陆思进很爽快地答应了。

接着他又随意地问:"要带陈总回去啊?"

林卓绵说:"对。"

陆思进点点头,把她的名字从值班表上勾掉,写上了自己的名字。

收笔的时候,他不知想到什么,笑了声说:"前两年除夕的时候,一回是出任务在山上过的,另一回是咱们队里几个留下值班的在基地过的,大家一块儿包了顿饺子,还记着吗?"

林卓绵说记着,又说那时候觉得如果每年都这么过下去也不错。

"陈总会包饺子吗?"陆思进突然问。

林卓绵不知道他怎么想起问这个,但还是说:"他开始学做饭了,应该会吧。"

陆思进撩了下眼皮:"为你学的?"

"就是嫌我做饭不好吃。"林卓绵说。

陆思进转了下手里的笔,又把话题拉了回去:"我就记得去年的时候你不会包非要帮忙,结果包的那饺子一下锅全散了。"

林卓绵:"……那我后来不是还帮你们吃了很多吗,不然包那么多吃不了就浪费了。"

陆思进"哟"了声:"敢情还得谢谢我们林大明星赏脸。"

林卓绵假装听不懂他的揶揄:"不客气。"

她离开陆思进办公室的时候,听见他在后面懒洋洋地说了一句"新年快乐"。

除夕那天上午,林卓绵和陈野望乘坐的航班从P城起飞,大概一个半小时之后，落地她的家乡。

打车回家的路上，林卓绵有些心神不宁，陈野望看出来，问她紧张什么。

林卓绵看了他一会儿，没头没脑地把陆思进问的那个问题拿出来问他："师兄，你会包饺子吗？"

陈野望眉毛一挑："怎么，你家选女婿的标准是包饺子？"

"嗯，包得好看有加分。"林卓绵说。

虽然一听就是胡说八道，但陈野望还是有理有据地拿出专业精神跟她探讨："绵绵，好看是一种主观想法，有没有更具体的标准，比如一个饺子有多少个褶，长宽高分别在什么范围内。"

"好看主观吗？"林卓绵想了想，"我觉得我长得好看这事儿挺客观的啊。"

前排司机"嗤"地笑出来，从后视镜里看了她一眼。

林卓绵一脸无辜道："是吧，师傅，你也觉得我挺好看的吧。"

回家之后的氛围比她想象的要平和，她把陈野望介绍给父母，看得出他们对他很满意。

她提前担心过两个人得知林洛去世那晚的事情之后会有的种种反应，但真正说出口的时候，林卓绵却感觉一阵轻松。说这件事的时候，陈野望没在她旁边，她找借口说家里没有想喝的饮料，让他出门去超市帮自己买。

她不是带他回来受审的。

林卓绵没想到，没有人怪她。

白舒琴只是在她提起林洛的时候露出了有些怔忪的神色，但很快就说："绵绵，都过去了。"

他们跟她谈了很久，甚至还问起了荀年，在陈野望回来之前，白舒琴对她说的最后一句话是："洛洛已经走了，但我们还要继续过日子。"

林卓绵发现父母其实是在努力接受她的职业选择的，她听爸爸说，虽然白舒琴在她面前没有夸过她什么，但其实经常拿她驰援非洲和雪山救人的新闻讲给邻居们听。

从她大四那年开始笼罩在全家人上空的阴霾，仿佛终于在这一刻完全散去。

晚上，林卓绵想帮白舒琴包饺子，对方知道她的水平，让她别来添乱，倒是陈野望包出的饺子得到了她爸妈的一致表扬，被留在了厨房里帮工。

林卓绵坐在客厅里打游戏，远远听见厨房那边传来断断续续的说话声，基本都是白舒琴问，陈野望回答。

到最后三个人像是达成了某种一致意见，说话的声音都变得愉快起来。

吃饭的时候，林卓绵终于知道他们刚才说的是什么了，因为白舒琴跟她说："绵绵，我跟你爸觉得结婚就定在过完年的春天比较好，那时候天气还不热，你穿婚纱也不会闷得慌。"

林卓绵原本只是带陈野望回家，并没考虑到结婚的事情，但看他神情，似乎也很同意这个安排。

可陈野望还没跟她求过婚。

"没几个月就开春了，太快了。"林卓绵若无其事地说。

白舒琴已经知道陈野望就是林卓绵大学时谈过的那个男朋友，自作主张地抹掉了他们分开的那五年："快什么，你不是大二就跟小陈在一起了嘛，你还要继续拖着人家？"

林卓绵没办法，只好说："等过完年再说吧，这大过年的，婚庆公司也不上班。"

这个话题才好不容易跳过。

林爸爸煮饺子的时候，白舒琴去取了一床新洗过的被褥，是给陈野望的，林卓绵想让她加在客房里，但白舒琴不由分说地放到了她的房间。

白舒琴走后，林卓绵看了床上的被褥半响，转过头对陈野望说："你去睡客房吧，感觉我房间的床不够两个人用。"

"我习惯了。"陈野望一边说，一边自己动手铺好了床。

他的神态过于理所当然，居然会让林卓绵觉得其实是自己提了个无理要求。

晚上两个人躺在床上，整座城市跟他们一起度过一年被均分成的三百六十五等份中，最值得庆祝的一个时间节点。

林卓绵用指尖轻轻抵着陈野望的胸口，忽然有些感慨："我刚才看到我爸爸有好多白头发，怎么我一眨眼就这么大了。"顿了顿，她接着说，"现在过年都没压岁钱了，以前我妈妈都会趁我睡着把红包塞在我枕头底下，大年初一早上起来，伸手就能摸到。"

陈野望看了眼时间："守岁到这么晚，怎么还这么多话。"

林卓绵晚上喝了酒，脑子转得有些慢，好一会儿才慢吞吞地问："你是不是嫌我啰唆？"

陈野望低低地笑了声，不知是笑她迟缓，还是笑她喝醉之后说话的样子。

林卓绵感觉到他胸腔微微的共鸣音，不满地嘀咕："你怎么这样。"

陈野望在黑暗中伸出一只手去捏她的脸颊："生气啊？"

林卓绵很生气地说没有。

陈野望又笑，靠近她用气声问："不好意思承认？"

林卓绵推开他的手，翻了个身背对他："就是没生气。"

陈野望去搂她的腰，她费力地挣扎，想躲开他。

"绵绵，"他竭力忍住笑意，一本正经地跟她说话，"头上快气冒烟了。"

他凑近亲了一下她的后颈："好了，没嫌你啰唆，就是觉得你再不睡，明天早上起不来，爸爸妈妈还以为我怎么你了。"

林卓绵这才安静下来，乖乖让陈野望圈在了怀里，不一会儿就睡着了。

第二天早上，林卓绵迷迷糊糊地睁开眼睛时，看到陈野望已经穿戴整齐，在给她窗台上的植物浇水。

听到她掀被子的动静，陈野望侧过脸看她："醒了？"

林卓绵用还没完全清醒过来的声音"嗯"了声，正想撑着床爬起来，却听到陈野望说："摸摸枕头底下。"

她愣了下："什么？"

陈野望走过来，轻车熟路地捉住她的手腕往枕头底下探："不是喜欢从这儿摸压岁钱吗？"

林卓绵的指尖碰到了一枚坚硬纤细的物体，意识到那可能是什么时，她的呼吸有一瞬间的凝滞。

"拿出来看看。"陈野望松开手，看着她的眼睛说。

林卓绵屏住呼吸，把手从枕头下面抽出来，举到了眼前。

是一枚镶钻的细圈婚戒，正在窗外的阳光照射下散发着细碎的闪光。

陈野望问她："喜不喜欢？"

林卓绵停了半晌说："师兄，我没想过自己被求婚的场景是在一个大年初一的早上，床都没起，没洗脸也没打扮。"

虽然昨天她还想着陈野望没跟自己求婚的事情。

陈野望想了一下说："这不是正式求婚，只是昨天你爸妈问我想什么时候结婚，我说从你回P城就一直想，但没跟你提过，给你这个就是想告诉你，我早就准备好了。"

林卓绵没说话，把戒指套到了手指上，发现竟然很合适，不松也不紧，是刚刚好的尺寸。

"你怎么知道我戒围的？"她惊讶地问。

"那天在珠宝店看见你，我问了店员。"陈野望说。

林卓绵坐起来，对着清晨的光线看手上的戒指。

陈野望把手指伸到她的指缝间,跟她十指紧扣,低声说:"不摘了吧。店员说这种款式在危险情况下不容易勾到头发和衣服,你工作的时候也可以戴的。"

忽然门外传来白舒琴的声音:"绵绵,你还没起床吗?人家小陈刚才还帮我打下手做早餐,你倒好,睡到现在,再不起来我可就揪你耳朵了。"

陈野望为了让林卓绵在家多待一会儿,买的机票是初六晚上的一班,航班起飞的时候已经过了九点,飞机离地越来越远,进入平流层之前,林卓绵看到的最后一个画面是飘浮在整片夜色上的陆地灯火。

进入平稳飞行后,客舱大部分灯光被关闭,林卓绵跟空姐要了眼罩,想休息一会儿。

陈野望伸手过去牵她,林卓绵便勾着他的手指,往他的方向偏了偏,发梢落到他的肩头,缱绻依赖。

飞行时间并不够长,来不及休息多久,机上广播就在提醒乘客调直座椅靠背和打开遮光板了。

林卓绵取下眼罩的时候仍旧闭着眼睛,陈野望摸着她手指上的戒指,用商量的语气问:"绵绵,一会儿跟我回去,行吗?"

林卓绵迷迷糊糊地睁开眼睛问:"回哪儿?"

"我家,"陈野望用漆黑的瞳孔望着她,"你还没去过。"

当初跟她分手之后,他不想再在处处充满她痕迹的地方生活,但又舍不得清理,于是就另外买了新的房子,一直住了这么多年,直到再遇见她,重新被卷入旧日的旋涡,好在这一次,他抓住她了。

陈野望是紧张的,虽然他对于和林卓绵的未来早有规划,但他不想让她有被强迫的感觉,所以买了戒指那么久都没给她,在她要从宵湾花园搬走的时候也未加阻拦,他一次次地试探她,让她接受自己进入她的生活。

他是故意挑这个时刻问的,林卓绵犯困时跟平常不太一样,会更像她十九岁那时候,小孩子似的,很好说话,生气了也非常容易哄。

林卓绵好像处在梦游状态中,好半天才愣愣地说好,又问出一句:"你家大吗?"

陈野望放了心,握着她的手靠近她耳侧,有一点轻佻地道:"大,床也比你的宽。"

后面他又说了句什么,音量放得更低,但表情却一如既往的沉静。林卓绵被他抓着的手蜷了蜷,没应声,跟他贴着的皮肤却开始迅速地升温发红。

起落架着地时机舱轻微地震动了一下，飞机沿着跑道灯滑行并逐渐减速，停稳之后打开了舱门。

出舱的瞬间P城的冷空气从廊桥与机身的缝隙涌进来，林卓绵被吹得清明了不少，走过去的时候，听到陈野望在后面提醒她看路。

在行李提取处等转盘把托运的行李送进来时，林卓绵倚着陈野望的手臂道："师兄，我想先回我那儿。"

陈野望握着她的手，言简意赅地说："不准反悔。"

"我没反悔。"林卓绵仰起脸，"退租，我总要收拾一下东西吧。"

陈野望一瞥腕表，因为她说"退租"而松了口："那明天晚上我陪你去。"

林卓绵想了想，也没想到今晚有什么必须回去的理由，于是说了句"那好吧"。

陈野望的司机在停车场等他们，原本他一直叫林卓绵"林小姐"，这次帮她提行李的时候，看到她手上的戒指，便改口成了"陈太太"。

林卓绵应也不是，不应也不是，求救般地看向陈野望，他却没有流露出半点儿要帮她解释的意思。

林卓绵总不好为这个去为难司机，只得装作没注意到，说声"辛苦你了"。

跟陈野望分开的那些年里，林卓绵想象过他会变成一个什么样的人，穿什么衣服、住什么地方，后来一桩桩一件件得到验证，有的跟她想得差不多，有的又不一样。

他变成的样子差不多，他对她的态度不一样。

到陈野望家之后，林卓绵发现这栋房子跟他读书时喜欢的风格相差无几，但似乎要更压抑，装修以黑白灰三色为主，冷淡而空旷。

床的确很大，卧室厚重的遮光窗帘一直垂到地上，严严实实不会透进来一丝光，像是深海里的一艘沉船，人在里面一觉睡过去，就再也不能醒过来了。

她决定明天下班的时候，顺路去救援队基地附近的商场买一盏小夜灯回来。

担心早上起不来，林卓绵给自己定了五个闹钟，然后才安心地睡下。

但第二天把她叫醒的是陈野望。

"现在起床还能在家里吃早餐，再晚十分钟就只能在路上吃或者迟到了。"陈野望用指关节点了点她的脸颊。

"哪里买的早餐？"林卓绵撑着床坐起来，边想自己的闹钟怎么没响，边揉着眼睛问。

陈野望说:"我做的。"

林卓绵把手从眼睛旁边移开:"你怎么起这么早……"

陈野望捏了捏鼻梁,面无表情地说:"因为听到了你的第一个闹钟。"

林卓绵的动作停顿了下:"五个闹钟都是你给我关的啊?"

陈野望"嗯"了声:"每个我都让它响了一分钟才关,但你一直没起来。"

最后林卓绵卡着点到了基地,从陈野望车上下来的时候,正好撞见在大院里抽烟的陆思进。

陆思进等她走到近前把烟从嘴里拿出来,在旁边的垃圾桶上碾灭扔掉,挥手散了散周围的烟味。

林卓绵跟他说了声"过年好",陆思进上下打量她一番:"还行,过年回家没长胖,还能跑得动任务。"

接着他又道:"跟爸妈说开了?"

他知道林卓绵加入救援队这件事跟父母一直没谈拢,之前两年不回家也跟这个原因有关。

"算是吧。"林卓绵说。

陆思进意味深长道:"还是陈总有用,他一回来,什么事儿都帮你解决了,是不是?"

虽然知道对方是开玩笑,但林卓绵却怔了一下。

她想到了什么,对陆思进说:"陆队,你能不能帮我个忙?"

"别,你可别再叫我陆队,上次雪山上回来,我都有心理阴影了。"陆思进停了停,又问,"什么事儿?"

"明天晚上我想去见一个人,但是不能跟陈野望说,我打算告诉他队里要聚餐。"林卓绵说。

陆思进懂了:"让我帮你圆谎啊?"

然后他又大大咧咧道:"你这见谁去,还得跟陈总撒谎?"

林卓绵说了实话:"是陈野望读研时的导师,但他现在在监外执行。"

陆思进的表情一瞬间变了,他皱了下眉,正色道:"你先跟我说怎么回事儿,危不危险?"

林卓绵犹豫片刻,简单跟他描述了前因后果,有些忐忑地看着他:"行吗?也不用你特地干什么,我知道陈野望加你微信了,你到时候别乱发什么朋友圈之类的露馅就行。"

"林卓绵,"陆思进回过神,叫了她一声,脸上是若有所思的神态,"你当时为什么跟陈总分手?"

林卓绵本来等的是他的答复，没想到他会突然问出一个不相干的问题。

见她愣怔，陆思进很突兀地笑了下，不着痕迹道："就是觉得你现在能为他考虑这么多，当时应该不是单纯不喜欢了。"

这次林卓绵毫不踌躇、坦坦荡荡地说："跟我哥有关。"

她已经不再避讳这个话题了。

惊讶的反倒是陆思进，他看了林卓绵好一会儿，没有问具体的细节，只道："我说呢。"

林卓绵还没说什么，他又添了一句："那还是你喜欢他。"

陆思进一直觉得林洛是林卓绵的禁区，是不能涉及的话题，但其实她也可以敞开，也可以放下的，只看面对的是谁，她只给了陈野望全身而退的资格。

林卓绵印象中陆思进不是爱聊这些的人，他一口一个"喜欢"让她觉得不太适应："你怎么话这么多？"

陆思进又恢复了平日里吊儿郎当的样子："不是，林卓绵，这就是你求人办事儿的态度啊？"

林卓绵知道他这就算是答应了。

陆思进一向没拒绝过她什么要求，哪怕上次在雪山她一意孤行要去救一个没什么生还希望的人，他也跟她去。

打完商量，林卓绵就进救援队大楼值班了，走了两步，她有预感一样转过身，果然看见对方又从烟盒里倒了支烟出来要点。

"你少抽点儿行不行？"林卓绵往肩上扶了一下滑落的背包带子，"陈野望现在也是，明明以前不碰这些东西的。"

她手指上的戒指折射着冬末的阳光，亮晶晶的，衬得她皮肤更白。

陆思进看了那戒指两眼，叼着烟笑笑，没说什么，摆了摆手让她进去："别在这儿吸二手烟。"

这天林卓绵下班之后，让陈野望载她去附近的商场挑了一个小夜灯，是一朵云的形状，云中坠落了一颗圆润的月亮，开关打开的时候，会散发出非常柔和漂亮的光线。

晚上两个人去林卓绵租的房子收拾东西，收拾到一半，陈野望看见林卓绵的书桌抽屉里有一沓文件，想先把这些重要物品整理好，便走过去拉开了抽屉。

拿起那一摞纸张之后，他发现下面还压着一个薄薄的正方形封皮，因为年代久远，都有些褪色了。

是林卓绵读大二、他带她去唱片店做作业的时候，买给她的那张黑胶碟片。

林卓绵正坐在床边叠衣服，听到陈野望的动静停下来，她转头朝他望过去，却见他正对着手里的唱片出神。

"师兄。"她叫了他一声。

陈野望看向她，向她挥了挥自己拿着的碟片，嗓音很柔和，像一团轻雾："还留着这个？"

过了几秒，他又说："五年没联系过我，以为你早就扔了。"

林卓绵展平膝头裙子的褶皱，像陈述事实一样告诉他："没扔。"

"绵绵，"陈野望放下唱片，叹了口气，"你这样我会觉得很后悔，后悔没早点儿把你找回来。"

第二天，林卓绵想起要去见陶教授，吃早饭的时候告诉陈野望晚上队里有聚餐，让他下班之后直接回家，不用去基地了。

陈野望说了声"好"，又问："你们在什么地方吃饭，给我发个定位，结束之后我去接你。"

林卓绵迟疑了一下："吃完饭应该还要去唱歌，具体在哪儿还没定，我到时候自己回来就行。"

陈野望没搭茬，她不由得紧张起来，怕他看出不对追问下去，自己会露马脚。

"绵绵，"陈野望开了口，眼光落在林卓绵的戒指上，"虽然师兄不干涉你的业余活动，但是我觉得你有必要让同事，尤其是男同事知道一下我的存在，你说呢？"

"你天天来接我，已经没人不知道了，而且还有这个。"林卓绵把手伸给陈野望，把戒指朝他晃了晃。

陈野望捉住她的手，轻轻捻着她指间那一痕冰凉的金属质地："绵绵，那你答应我，考虑一下你爸妈说的事情。"

林卓绵知道他指的是结婚。

"你上次不是说不算求婚吗，"她轻轻地摇了摇他的手，"你还没跟我求婚。"

陈野望低声问："求了你就答应吗？"

"试试不就知道了。"林卓绵用指尖蹭了蹭他的掌心，笑眯眯地说。

陈野望看了她一会儿，像在压抑什么念头一样说："那晚上别玩太晚，早点儿回来。"

傍晚林卓绵下班离开基地的时候经过了陆思进的办公室，他还没走，正收拾东西，看见她之后，两手撑着办公桌叫了她一声。

林卓绵停下来，陆思进还记得她要干什么，顺口问了句："陈总导师家离咱队里远吗，用不用送你过去？"

"我自己去就行。"林卓绵说。

陆思进没拦她，只说了句"注意安全"就放她走了。

林卓绵年前跟陈野望去看陶教授的时候记住了对方小区的地址，打车过去之后，先在附近吃了饭，然后算着时间，按响了陶教授家的门铃。

接门铃对讲机的还是陶师母，问她是谁。林卓绵说了自己的名字，怕对方不记得她，又说是陈野望的女朋友。

"你来找老陶？"陶师母迟疑着问。

林卓绵说："对。"

陶师母又问："是陈野望让你来的吗？"

林卓绵实话实说："不是，我这次过来他不知道。"

这让陶师母有些疑惑地问她来做什么。

林卓绵斟酌着道："陈野望他一直放心不下陶老师，受了很大的影响，我不知道您清不清楚，他把自己风险监测系统那个项目停掉了。"

陶师母那边停顿了几秒，说："你等一下。"

林卓绵听到对讲机中响起远去的脚步声，接着是一声"老陶"。

大概过了一两分钟，陶师母的声音重新在对讲机中响了起来："你上来吧，我给你开门了。"

时隔多年，林卓绵重新见到了陶教授。

她走进陶教授的书房，看到他的头发已经全部白了，脸上沟壑纵横，皱纹丛生，看起来就像任何一个他这个年龄段的老人，再不复当年的意气风发。

林卓绵在他对面坐下，叫了声"老师"，陶师母给两个人端了茶水过来，然后带上了书房的门。

室内的空气一下子寂静下来，只有茶杯里的热水在缓慢地冒出白汽。

林卓绵先开口道："老师，您可能对我没印象了，我大二的时候修过您的微观经济学课。"

陶教授看了她一会儿，忽然说："记得。"

她愣了下，陶教授又道："你是医学部的，对吧？"

林卓绵诧异地点了点头。

陶教授端起面前的茶杯喝了一口，脸上的神情仿佛陷入了回忆："你有一次下课的时候去找陈野望，那时候你们没谈恋爱，我还问过陈野望你是不是他女朋友，因为第一次看见他对哪个女孩子上心，觉得稀奇。"

林卓绵没想到对方竟还记得自己，听他提起大学时代的事情，再想到后来各人的际遇，和自己今天的来意，不禁有些恍然。

"我在S大当了二十年的教书匠，陈野望是我教过的最有天赋的学生，资质、家世都是数一数二的。我那时候还给他做过思想工作，想让他留下跟我读博士，可惜他兴趣不在这方面，研究生一念完就去创业了，后来……"

他说到这儿就停了下来，后面的事情林卓绵跟他都知道。

陶教授摇了摇头，眼神中一瞬间涌起了极为复杂的情绪："我不知道你信不信，但我其实没有怪过他。这孩子太相信我了，不然当时抢标之前，他肯定会跟我商量的。"

林卓绵也知道这一点，陈野望从读书的时候跟陶教授关系就很好，两个人亦师亦友，从感情上，他几乎把陶教授当家人，假如不是那家企业暴雷，他一辈子都不会把陶教授跟犯罪事件联系在一起。

"但您都不愿意见他。"林卓绵说。

陶教授苦笑了下，纠正道："是我在他面前抬不起头来。"

林卓绵把陈野望说过的话向对方重复了一遍："上次来拜访您的时候他说，永远把您当老师。"

陶教授没有立即说话，良久才道："你说陈野望把他的实验室关掉了，其实这几年我最遗憾的，就是没能指导他把那个项目做下去。"

林卓绵跟陶教授谈了很久，从他家出来的时候，已经快要晚上十点钟。

外面不知道什么时候开始下雪，细细碎碎的雪粒在地上积了一层，踩过去的时候会留下不算深的脚印。

林卓绵仔细地把手里的信纸对折好放进背包，月亮的光从云层的缝隙中漏下来，照亮了信纸上陶教授的字迹。

她关掉了手机的勿扰模式，看到三个未接来电，两个来自陈野望，一个来自陆思进。

二十分钟前陆思进还给她发了条微信：【陈总给我打电话找你，我说你去洗手间了，你记着给他回。】

林卓绵跟他说知道了，走到路边的时候正好看到一辆出租车经过，车前映着"空车"字样，蓝色车漆在深夜里现出淡淡的反光。

她抬手拦下出租车，坐进车里跟司机说了陈野望家的地址。

司机边听车载广播，边应了声。

这时她的手机又响动起来，林卓绵看了眼来电显示，按下接听，放到耳边叫了声"师兄"。

赶在陈野望开口之前，她先说："我在路上了。"

但他并没买账，而是淡声问："你们唱歌要唱到十点？"

林卓绵还没答话，陈野望又添了一句："你还去了半小时洗手间。"

他跟她说话的时候从不带质问和责备的意味，但林卓绵觉出他的口吻不那么温和。

"师兄，"林卓绵隔着背包碰了碰里面陶教授的手写信，放软了声音，"我回去跟你说好不好？"

她不常示弱，但知道陈野望特别吃她这套。

果然，听筒那端的他静了静，才说："撒什么娇。"

林卓绵能想象出他刻意板脸的样子，她不出声，假装委屈。

陈野望像是察觉到了，语气虽然不够温柔，但多少缓和了些许："你还有多久到家？"

林卓绵把手机放下，看了看时间："半个小时。"

陈野望说"好"，又让她开着手机不要挂断，这样她有什么情况他都能第一时间知道。

林卓绵想说他神经紧张，转念一想，陈野望似乎是从她被困在雪山上那一次之后才开始这样的。

他担心她，却从没阻止过她继续投身救援，还为她设计了能陪她走到世界上每一个角落的户外产品。

同样的支持，她也想给他。

漫长的通话中，林卓绵听到陈野望那边传来笔尖滑过纸张表面时发出的轻擦声，她问他是不是还在处理工作。

"有几份文件是快下班的时候递上来的，没看完，带回来了。"陈野望说。

林卓绵"哦"了声，又说："师兄你好辛苦。"

到家之后，她乘电梯上楼，陈野望倚着门等她。他穿了件灰色的毛衣，宽松地挂在修长的身体上，漆黑蓬松的头发覆上前额，背后的灯光为他投下一道长影，一直延伸到她面前。

林卓绵走过去，还没来得及说什么，就被陈野望握着腰揽住了。

他低垂眉眼看向她，指腹在她的腰际摩挲："晚上真去聚餐了？"

林卓绵抓紧他的手不让他动:"门还没关。"

陈野望看她一眼,单手带上了门。

林卓绵从背包里拿出陶教授的那封信递给他。

"这是什么?"陈野望接过来,看清信纸上字迹的那一刻,霎时间怔住了。

他的手还放在她腰上,她感觉得到他掌心微微收紧的力道。

信的内容不长,陈野望很快就看完了,但他并没有马上放下,而是举着读了好几遍。

房间里的空气是暖的,林卓绵从外面进来,外套还没脱,她觉得热了,轻轻把陈野望的手拿下来,自己脱了大衣,随手挂在玄关处的衣架上。

回头看他的时候,发现他站在原地对着信纸出神。

林卓绵说:"师兄,陶教授也希望你能够继续把那个项目做下去,他说如果你不介意,等他的监外执行结束,他愿意给你的实验室做顾问。"

陈野望回过神来,手垂下去,随手将信纸放下,声音很低:"你今晚去找老陶了?"

林卓绵忐忑地"嗯"了声:"师兄,你别怪我自作主张,我……"剩下的话没说完,她已经被几步走过来的陈野望抱进了怀里。

他的嘴唇贴在她耳边:"就为这个,还找你们队长一起骗我。"

林卓绵拉住他的衣角,向他坦白:"怕你不让我去。"

陈野望突然俯身咬了口她的脖颈,顺势把她往后推了几步,让她向后坐在了橱柜旁边的岛台上,削薄的嘴唇含住了她的耳郭。

他将她笼罩在自己的阴影中,用略微喑哑的嗓音道:"绵绵,跟我结婚好不好?"

她还没说话,他的亲吻就顺着她柔软白皙的颈线一路延伸:"本来不想这么急,刚找了人在做策划,但……"

他喘了口气,如实向她袒露了自己:"绵绵,我等不及了。"

"师兄,"林卓绵手指穿过他的发间,抿了抿嘴唇,"要是我答应你,你就重启实验室,把项目继续做下去,行吗?"

陈野望答应了。

三个月后,由星北户外投资的经济风险监测系统实验室重新投入使用,对创始人陈野望还会缔造怎样的商业神话的猜测,立即成为近期财经新闻头版头条。

陈野望同陶教授重归于好的消息不胫而走，实验室重启那天，不少 S 大经管的校友来捧场，仪式结束之后，陈野望带林卓绵跟几个熟人吃了顿饭，有喻腾，还有被方晓燕拽过来的方雁凡。

一群成年人都是各自圈子里的精英，平日里稳重惯了，冷不防跟大学时代的旧友凑在一起，倒想起了那时候的少年心性，不知是谁提议喝酒，又有人想起当年林卓绵第一次跟陈野望表白的情景，兴致勃勃地要重玩一次那个说人隐私的转盘游戏。

这次被指到的不是林卓绵，而是喻腾跟陈野望。

喻腾"哎哟"了一声："得亏我不是个姑娘，不然我要是说了望哥隐私，他今晚得回家在林师妹跟前跪搓衣板。"

方晓燕笑道："那你也得说得出来才行啊。"

"巧了不是，这我还真知道一个。"喻腾笑嘻嘻地用指关节在陈野望的手机旁边敲了敲，"望哥手机里有段几秒钟的视频，搁了好多年了，里边有个美女。"

"那看来陈总真得跪搓衣板了。"方雁凡说。

林卓绵闻言，好奇地望向陈野望："真的啊？你居然会存美女视频。"

陈野望看了她几秒："嗯，存过。"

"拿出来看看呗。"席间有人起哄。

陈野望问林卓绵："确定要看吗？"

方晓燕"啧"了声："你不怕林师妹吃醋啊。"

林卓绵总觉得陈野望的表情看起来是在忍笑，但她还是说："要看啊，看你都背着我存了什么。"

陈野望眉头一挑，说了声"行"。

他真的低头去相册里找视频，当着全桌人放出来的那一刻，林卓绵当即就后悔了。

喻腾所谓的美女视频，指的是她大二那年宿舍跳闸停电的时候，跟范范她们发疯，在宿舍里说"我要陈野望"的那一条。

而且还单独把她的片段截了出来。

原本没有人会注意到她说的是什么，但因为视频只有两秒，这样反复循环播放几次，所有人都听清了。

林卓绵在桌子底下伸手掐了陈野望一把。

陈野望抓住她的手，在她的手背上摸了两下，偏偏他面上还装得一本正经道："绵绵，不怪我，是你要看的。"

虽然在酒桌上的时候满脸嫌弃，但回家之后，林卓绵却从陈野望那里把他的手机要了过来，自己捧着坐在沙发上看了好长时间。

"所以当时你明明听出来了，"她回忆起自己在体育馆外面的自动贩卖机偶遇他的场景，"但你还假装不知道，问我宿舍是不是跳闸了。"

陈野望去捏她有点气鼓鼓的脸颊，带了几分戏谑道："不然呢，问你为什么想要我？"

林卓绵被他噎了一下，别过脸不让他捏。

陈野望却不依不饶："那我要是问了，你怎么说？"

林卓绵被他问恼了，直接把手机给他塞了回去。陈野望笑了，揽着她肩膀把她抱住，感受到她半真半假地挣扎了几下，然后就像只小动物一样恢复了平静，在他胸口拱了拱。

实验室的运行走上正轨之后，林卓绵跟陈野望定下了一家婚礼策划公司，对方提供了十几份方案，她不耐烦看，反倒是陈野望认认真真都翻完了，最后选出来几个最满意的，拿回来让她做最终决定。

林卓绵的父母虽然希望她可以尽快结婚，但光等待定制婚纱都要四个月时间，所以最后婚期定在了一年后的春天。

因为策划公司的方案里有first look的环节，要让新郎在结婚那天才能第一次看见新娘穿婚纱的样子，所以林卓绵的主纱是范范陪她去试的，最后选定了一条搭配草坪婚礼的小拖尾，浅象牙色抹胸款，自然收腰，配花环A字头纱。

林卓绵从试衣间走出来的时候，范范好半天没说话。

"不好看吗？"林卓绵忐忑地问。

范范这才回过神来："便宜陈野望了。"

她上下打量了一番林卓绵，拿出手机对着拍了一张："他现在一定很嫉妒我，能第一个看你穿婚纱。"

林卓绵要结婚的消息很快在队里传开了，她试完婚纱的那个星期，一上班就被队友和志愿者小姑娘们围了起来，想看她的试纱照。

林卓绵从手机相册里找到范范给她拍的照片，一张张翻过去，每一次都能听到不同的惊叹声。

忽然，陆思进的声音在人群外面响起："这一大早的，都围在这儿干吗呢？"

他拨开几个人走进来，一眼就看到了林卓绵手机屏幕上她穿婚纱的照片。

"这么快就选婚纱了？"陆思进说。

林卓绵点点头，又道："还要等定制，最快也要下半年才能拿到。"

陆思进往前翻了几张，最后又翻回来，说："还是这个，不累赘，衬人。"

他指的是林卓绵最后跟范范定下来的那条。

"我就是定的这个。"林卓绵语调轻快地说。

大家又七嘴八舌地议论几句，陆思进一挥手："行了，一个个都该干什么干什么去，别人结个婚大惊小怪的。"

他走之后，一个志愿者小姑娘悄悄说："哎，你们知道吗，陆队开始相亲了，我上次不小心听见他跟他妈妈打电话，阿姨想给他介绍对象，听那意思他以前都懒得去的，但是这回答应了。"

接着有人搭茬道："不是吧，陆队还需要相亲啊，他这快一米九的个儿，长得又帅身材又好，等着别人追不就行了。"

"那谁知道，反正我确实听见了。"小姑娘说。

林卓绵随口问："什么时候的事儿？"

小姑娘想了想："好像是一个月之前，哦对，就是咱们跟陆队开完会聊了几句，卓绵姐你说要开始筹备婚礼那天。"

话题在陆思进身上打了个转，很快又回到了林卓绵身上。

…………

林卓绵和陈野望的草坪婚礼在绫山举行，婚礼现场有很多鲜花，好像要把一整个春天的花一次开完，纯白色的气球在空中静静地浮动，阳光像清透的大雨一样落下来。

陈野望一直没有见过林卓绵穿婚纱，他背对着她站在草坪尽头，被上午的光线勾勒出挺拔的身形。

林卓绵走过去，纤细的手指搭上他的肩膀。

陈野望转过头，在看清她的一瞬间，瞳孔变得很黑很深，林卓绵尚未开口，他便用力地把她箍进怀中，在她耳边，轻轻地唤了一声"绵绵"。

她走过万水千山，终于又回到了他面前。

- 正文完 -

山雲來处

Extra 01
骄傲

/ 她还有很多时间去走她想走的路，去看她想看的风景。
所以不着急，他不会牵绊住她。

    林卓绵觉得结婚并没有让自己的生活发生太大的变化，除了陈野望管她管得更顺手了。
    比如有天降温，她其实看天气预报了，但觉得相比前一天，三度的温差和百分之四十的降雨概率不足以让她多穿一件衣服，于是就只穿了线衫和风衣出门。
    陈野望站在门边等她，瞥了她一眼之后说："里面多加一件。"
    林卓绵不想穿："会显胖。"
    陈野望说："不胖。"
    林卓绵伸手去开门，打算跳过这个话题："走吧，再不走我要晚了。"
    陈野望连着她的手和门把手一起握住："换了再走。"他上下打量她一番，不紧不慢地添了句，"还是说，想要我给你穿？"
    眼神露骨，语气听起来也不是开玩笑的。
    林卓绵没办法，只好说："我自己穿。"
    路上她窝在车座里玩手机，范范给她转发了一条某卡丁车俱乐部开业的消息过来：【我同事的亲戚开的，周末开业酬宾，去捧个场？】
    林卓绵对竞速运动没什么兴趣，正要问范范自己能不能光精神上捧个场，屏幕就蹦出了新的消息。

范范:【叫陈野望一起来呗。】

范范:【喻腾说他要来,我寻思着光我俩怪尴尬的,再叫上你们,勉强算个同学聚会。】

林卓绵来了点精神:【喻腾?他还认识你同事的亲戚?】

范范:【他认识个屁,是我往朋友圈里转了,他就问我他能不能来,我总不能说不成是不是。】

尽管范范的表述很平常,但林卓绵却想起了什么。

林卓绵:【没这么简单吧?我怎么记得上回你加班,他还专门来问我你爱吃什么来着。】

范范好半天没给她回,林卓绵看见两个人的聊天页面上方,"对方正在输入"的字样不时地出现又消失。

她没忍住笑了。

一旁开车的陈野望听见了,随口问:"笑什么?"

林卓绵把手机举到他面前:"喻腾跟你讲过他和范范的事儿没有?"

陈野望说:"记不清了,他不怎么跟我讨论这些。"

"不讨论?"林卓绵充满怀疑地嘀咕了一声,"那你从他那儿存我们宿舍停电视频的时候怎么说的?"

在陈野望公司实验室重启那天的饭局上,她得知他手机上的视频是从喻腾那里要过来的,喻腾说自己为了陈野望的无理要求不知道在手机里扒拉了多久。

陈野望从鼻子里笑,看着前挡风玻璃外面说:"这么记仇。"

林卓绵觉得他在避重就轻,逼他向自己坦诚:"你到底怎么说的?"

路口遇到一个红灯,陈野望在白线前稳稳停下车,从容不迫地问:"真想知道?"

百分之四十的降雨概率预测准确,透明的水线开始顺着窗户流下来,将交通灯的灯光模糊成不规则的色块。

林卓绵点了点头。

"我说,"陈野望稍稍拖长了尾音,"我想看美女视频。"

最后四个字被他念得特别清晰,林卓绵愣了一下,直到发现男人眼角的戏谑,才反应过来,他是故意消遣自己。

她深吸一口气,连名带姓地喊他:"陈野望!"

陈野望仿佛觉得在这个通勤日的早上看她生气是件非常有意思的事情,偏过头看她的时候,用的仍旧是不怎么严肃的表情。

红灯转绿，周围的车流缓缓向前移动。

林卓绵用闷闷的嗓音不太情愿地提醒他："开车了。"

陈野望松刹车换油门之前，伸手捏了捏她似乎下一秒就准备要憋气的脸颊。

车窗很隔音，下雨的声音几乎听不到，水滴在玻璃上化开，又被对流过来的风吹向两侧。

安静的车厢里，他放柔了声调说："绵绵，是你问我的。"

林卓绵不说话。

"你不是觉得自己漂亮吗？"陈野望又道。

林卓绵终于出声了："你的意思是你不这么想吗？"

"不是，我也这么觉得。"陈野望说。

林卓绵调整了一下姿势，脸色比方才好看了一些。

陈野望一扫她那侧的右视镜，在到达下一个要拐弯的路口前变道："我跟喻腾就是直接说的，说想看你。"

顿了顿，他接着说："他问我怎么不直接去找你，我说你不想跟我在一起了。"

林卓绵的睫毛动了一下，她下意识地抬眸看向陈野望。

陈野望好看的手握着方向盘微微调整了一下角度，手背上浮现出淡色的青筋："我去过G城，找人带我进过你们学校，你宿舍楼下有一片很大的草坪，去食堂的路上是一排香樟树，二三月份的时候很香。我站在树下的时候想过，你在这里吃不吃得惯，想出去玩的时候，能不能找到人陪你。"

他说这些的时候脸上没有多余的表情，也并不是想向她证明什么的意思，但林卓绵却觉得，自己好像并不应该问他那个问题。

她想起那条详尽整理过自己过往经历的微博——他都知道。

陈野望把车停在救援队基地门口。

林卓绵过了片刻，才怔怔地开门，无名指上的戒指即便在不够明亮的阴雨天里，也依然熠熠生辉。

忽然，陈野望拽住她的手腕，暖热的温度透过他的掌心熨帖着她的皮肤。

"伞。"他低声说。

林卓绵"嗯"了声，从面前的储物盒里拿出折叠伞，想起了什么，问陈野望："范范找我周末去玩卡丁车，还有喻腾，你去吗？"

陈野望说"好"。

林卓绵打开车门，空气中的凉意混合着细细的雨丝一瞬间扑进来，她的腰突然被陈野望揽住，带向他的方向。

她错愕地睁大了眼睛，看清陈野望靠近的五官，在昏暗的车厢里英俊得很深刻。

跟他接吻的时候，她闻到了他新换的衬衫领口里很清淡的草木调香水。

雨天微潮偏冷的气温中，陈野望怀里显得格外热一些，抱她的时候他向来用力，隔着三层衣服，她也好似能感受到他手指上戒指的凸起。

不知过了多久，林卓绵用不稳的气息告诉他："我要迟到了。"

陈野望轻咬了一口她的下唇，放开了她。

看到她泛红的嘴唇和眼里的水意，他眸底有某种神色一闪而过，随即偏开视线，不着痕迹地扯了下衣领。

林卓绵默不作声地看着他，忽地凑上去，又亲了一下他的嘴角，然后着急忙慌地下了车。

撑着伞在雨里走到一半，她的手机接连响了两下。

陈野望的消息浮在屏幕上。

Chen：【急什么。】

Chen：【慢点。】

卡丁车俱乐部在 P 城近郊，占地很大，赛道接近一公里，车型有专门的竞技车，也有速度较慢的娱乐车。

换好衣服之后，林卓绵打算跟范范坐双人娱乐车，陈野望却说："我带你。"

她想也没想便道："你不是喜欢玩这个吗，不用迁就我。"

陈野望正帮她戴头盔，闻言低下脸，看着她的眼睛："谁说我喜欢了？"

林卓绵觉得他记性不太好："我回 P 城接的第一个任务就是你参加的那场越野赛。"

她还记得那辆线条硬朗的改装越野车穿出浓雾时，自己的心跳是怎样在一刹那间骤然过速。

陈野望没说话，专心给她调整头盔的松紧，指尖擦过她的下颌，带来轻微的、柔和的触碰。直到确认她的头盔戴好了，他才说："参加不是因为喜欢。"

林卓绵过了片刻才听懂他的意思。

"那是因为我吗？"她盯着他。

陈野望微微俯身，抬手隔着头盔，轻轻拍了她两下："知道还问。"

他收回手,自己也从头盔架上取了一顶黑色的下来,从容不迫地戴上。陈野望的气质是那种偏冷感的类型,穿上赛车服和头盔之后却并不违和,反而多了一种锋芒毕露的桀骜。

林卓绵忍不住道:"你有没有考虑过自己的安全?"

陈野望喊住她:"绵绵。"

他用那双深邃的眼睛看她,语气非常平静地说:"我那时候想过,要是我的车翻在赛道上,你是不是就能回头看我一眼了。"

最冷静的人,放纵起来也最疯狂。

陈野望坐上双人车的驾驶位,一只手搭在方向盘上,另一只手拍了拍身侧的黑色皮质座椅:"过来。"

卡丁车的底盘低,林卓绵坐上去之后不太适应,刚刚系好安全带,就听见陈野望说了声"坐稳",下一秒他就带着她冲了出去。

油门直接踩到底,把娱乐车开出了竞速车的风驰电掣。

长风吹彻,剧烈的风声过耳呼啸。

林卓绵侧过脸看他,看他面无表情地在直道加速,随后松开油门,靠惯性漂移过弯。她和整辆车一起被他支配,她落在头盔外面的发尾在风中掠过他的肩头。

天空湛蓝,阳光闪耀,远处是近郊起伏的矮山,时值季春,周围景色如同清淡的油彩画。

忽然林卓绵听见陈野望问自己:"害怕吗?"

她摇了摇头。

陈野望瞥她一眼,在下次过弯的时候没有提前松油门,用最极限的车速直冲过去。

林卓绵整个人都在重力的作用下朝外侧偏,她的心跳得厉害,觉得自己跟陈野望马上就会冲进轮胎堆成的赛道边界。

"还不怕?"他问。

林卓绵不明白他为什么这么执着于让自己害怕,她觉得假如自己不说怕,他真的会载着她一起扎进去。

想到这个可能,林卓绵的声音有些抖,身体也下意识地向他那里靠,说:"我怕,陈野望。"

她想象中车身同轮胎之间的作用力并没有发生,陈野望在弯道最外侧擦着边界有惊无险地漂移了过去。

极致掌控。

林卓绵的后颈出了一层薄汗，膝盖也在发软，她意识到陈野望说想过要翻车的那句不是单纯的疯话，他做得到。

像是为了安抚她，剩下的一小段赛道陈野望放缓了车速，甚至在最后一百米还险些被全力踩油门的喻腾超过，但他在赛道上一横车头，就把喻腾的竞技车拦在了后面。

喻腾笑着说了句什么，范范从更远的地方追过来，林卓绵听见工作人员讲她跟陈野望的这辆车破了娱乐车最短通关时间的记录。

她不太发得出声音来，陈野望捉住她的手腕摩挲了两下："再开一圈？"

林卓绵觉得答应范范带陈野望来开卡丁车是近一周来，她做的第二个错误决定。

最错误的是同意坐他的车。

等到陈野望开够了让她从车上下来的时候，她险些站不起来。偏他还轻轻一瞥她，淡声说了句："不知道的还以为我怎么你了。"

林卓绵的耳朵有些发红，范范和喻腾还在不远处，她不好说什么，就只能一边解头盔，一边瞪了他一眼。

头盔拿下来之后，她用一只臂弯抱着，另外一条胳膊撑着车身想站起来，腿却软得直不起来。

陈野望已经站在外面了，她抬头去看他。

他没伸手，只是好整以暇地跟她对视，眼底闪烁着促狭的意味："起不来啊？"这并不是一个真诚的疑问句。

见林卓绵不出声，他又气定神闲地道："刚才瞪人的时候没想到自己还要求人？"

林卓绵不想理他了，正要赌气自己站起来，陈野望就朝她伸出了手，宽大的手掌平摊，手指长长地张开，显露出清晰的骨节纹路。

林卓绵迟疑片刻，抬起胳膊去搭他。

就在她的指尖快要挨上他掌心的时候，陈野望轻轻松松把手往上一抬，让她碰了个空。

林卓绵的眉毛一下子跳了起来："陈野望！"

因为生气，把他名字的每一个字都念得很重。

她不想理他了，沉着一张下巴尖尖的小脸，把头盔放到身边的座位，然后两只手都撑上了车子。

"绵绵。"陈野望叫了她一声，又把手垂下给她。

人不应该犯两次同样的错误，林卓绵不为所动。

但陈野望这回好像是真的良心发现，见她这样，把手里的头盔放到一边，直接向她俯下身，两只手握着她的腰，像抱小朋友一样，把她从车里抱了出来。

突然失重的感受让林卓绵下意识地把两只手撑在了陈野望的肩头，她无意间瞥见不远处工作人员朝他们张望时的神情，脸颊顿时因为这个过于亲昵的姿势烧了起来，有些慌乱地对他说："你快把我放下。"

"怕什么。"陈野望说。

他随手在她腰侧轻轻一捏，是很难被发现的小动作。林卓绵的呼吸颤了颤，放在男人肩上的手指蜷了起来。

陈野望把她放到地上，低头在她耳边说："我松手了。"

确认她站稳之后，他才放开，然后从车里把她的头盔取出来，一手拎着卡扣带，另一只手牵着她回室内换衣服。

中午四个人一起在附近找了家餐厅吃饭，喻腾问起陈野望公司实验室的近况，陈野望说监测系统已经处在试用阶段了。

"这么快？"喻腾说。

陈野望"嗯"了声："老陶天天过去盯着，还自己上手跑数据。"

他说着话的同时，还戴着一次性手套帮林卓绵剥了一只虾。

喻腾笑了一声说："这要搁以前，老陶高低得申请个社科基金。"

他说完才注意到这句话不那么合适，一扫陈野望，又添上一句："不过没有也好，我就记着你念书那会儿，他一报课题就来找你写文献综述，外带找一堆参考的框架和模型。"

陈野望跟着笑了下，他已经不那么忌讳关于陶教授的话题。

范范插话道："但好歹陈师兄的导师还能帮他点儿，我读博那导师，什么也不管还天天push（推进督促）我，我给她白做了好几个项目，连个名儿都不给我挂。"

她拍了拍林卓绵："你还记得吧，就本科给咱们上病理学那老师。"

林卓绵吃着陈野望剥的虾点了点头："我记得那时候她人还挺好的，上课晚点儿也不给记迟到。"

范范没好气道："是吧，给本科生上课的时候慈眉善目的，谁知道背地里跟黄世仁一样。你知道我有个同门师兄，在她手底下延毕三年，老婆怀孕生小孩了，他想请假回去照顾一段时间，她居然不同意。"

接着范范的话茬，喻腾想到了什么，问陈野望道："望哥，你跟林师妹打算什么时候要孩子啊？"

"看她。"陈野望对这件事没有要求,林卓绵想要可以,不想要也可以,不会影响他们的生活。

范范"啧"了声:"你俩要是生的话这孩子得多好看。"

她想了想,又说:"不过绵绵要是超过三十五岁再要孩子可能风险会比较大,那时候就算高龄产妇了,最好早点儿考虑。"

"那也得过段时间再说,明年年初有高山滑雪比赛,要临时组一支救援队,上面的领导让我跟陆思进把时间空出来,等夏天过完就要去培训了。"林卓绵说。

喻腾夸张道:"你才结婚多久就给你发任务。"

"这不还有好几个月才去。"林卓绵又转向陈野望,"而且你也不介意,对吧?我跟领导说你没那么小气。"

陈野望没反驳,还把她挑出来不要的胡萝卜片夹到了自己的碟子里,但晚上回家之后,他对枕在他腿上玩手机的林卓绵道:"下次能不能跟领导说,有时候我也挺小气的。"

林卓绵正在看一条帖子,没听清他说什么,放下手机,问:"你说谁小气?"

"你老公。"陈野望用指腹点了点她的鼻尖,又顺着往下挠了挠她的下巴。

林卓绵小声喊痒,抵着他的手不让他乱动。

"你队长不是在相亲吗?他也有那么多时间去培训?"陈野望又问。

林卓绵没想到自己随口一提陆思进的事情他还记得:"我听队里的小姑娘说他好像还没碰见合适的,之前有一个谈了一段时间,后来不知道什么原因分了。"

陈野望没说话,林卓绵以为这个话题到此为止,正要把手机举起来继续看,就又听见他说:"我在你们培训的地方有房子,到时候你过去住,我周末去陪你。"

"你不嫌麻烦吗?"林卓绵翻了个身,像小猫一样趴着看他。

陈野望的手顺着她的后背摸下去:"怎么一点也不黏我。"

他的动作逐渐肆意,林卓绵说不出话来,被他抱到了腿上。陈野望一边亲她一边问:"你们队里没有别人吗,怎么每次出任务都是你?"

"这次重要。"林卓绵说。

陈野望用高挺的鼻梁蹭着她的下颌,用略微喑哑的声音问:"重要就非要是你和你们队长?"

林卓绵耐心地跟他解释:"除了我们,还有专业的运动员和医疗专家,好多人去。"

陈野望见她没听明白自己的意思,也不准备挑破,他只是想着陆思进看她的眼神,张口咬她锁骨的力道又重了几分。

对方没同他争过,没袒露过,甚至还主动替他同林卓绵牵线,但陈野望一想到自己不能陪在林卓绵身边的这些年里,有别人同她一起走过,心底就没来由地不舒服。

林卓绵不知道他的这些心理活动,春天快要过去了,夜里也仿佛多了几分撩人的热,他的呼吸像缠绵的潮汐,延续不断地拂上她颈间……

P城今年的夏天格外炎热漫长,入夏之后,林卓绵偶尔会在高温的天气里产生一种自己还在G城读研的恍惚错觉。

因为之后她要去邻市封闭培训,队里专门负责运营视频账号的志愿者给她录了不少视频,留着等之后她没办法露脸的时候放出来。

去培训之前林卓绵开了一场直播,直播间的观看人数太多,险些把平台挤到服务器中断的地步,不断刷新的留言区域里突然冒出一条评论,问她跟星北的陈总是不是男女朋友。

林卓绵并未特地向外公布婚讯,所以她和陈野望的关系只有家人朋友知道,没有传到网络上。她当初给星北代言时接受的那次采访在放出来之前也经过了剪辑,去掉了跟品牌宣传无关的部分。

那条评论立刻吸引了很多人的注意,引发了热烈的讨论。

林卓绵愣了愣,直到陪她一起直播的队友示意她看看手机,她才发现大家已经在救援队的工作群里讨论开了,转发了好几条用那段采访剪辑的视频,播放量都很高。

此外,还有一些帖子在讨论她跟陈野望的关系,还有知情人透露说她跟陈野望都是S大毕业的,据小道消息,两个人好像真的谈过。

群组里的队友告诉她:"这两天突然有一个你跟陈总的剪辑视频火了,之后就开始有人嗑CP。"

陆思进坐在她对面,往群里发了句话:"你自己想想怎么说,公开也行,不想就算了。"

林卓绵随手点开一个视频,很短,只有十几秒,都是她开口说话时,陈野望看她的眼神。

明白炽烈,毫不遮掩。

林卓绵看了几遍，然后放下手机，对着直播的屏幕说："我跟他不是男女朋友。"

接着林卓绵把手举了起来，让那枚戒指完完整整地暴露在了镜头里。

"我们结婚了。"她说。

直播间的留言区立刻以比之前还快一倍的速度开始滚动。

【天！我嗑的CP是真的！】

【祝福祝福，看视频的时候就觉得好配！】

没过多久，#林卓绵 结婚#的词条就上了热搜，后面跟着几条与陈野望有关的话题。

在这些话题里面，有S大校友带着tag（标签）讲了一些当时在学校里见到林卓绵和陈野望的场景，说当初谈恋爱的时候陈野望就很宠林卓绵，上课上自习都带她一起，把人看得很紧，后来创业做户外产品也是因为她。

这样一来，就有人把林卓绵在采访里讲的跟前男友分开的经历联系在了一起，拼拼凑凑得出了她跟陈野望之间完整的故事，舆论对两个人结婚几乎是一边倒的支持，P城救援队的官方账号一下午涨了近十万关注，星北的股票截至收盘也一直呈上涨趋势。

原本陆思进还担心舆论会不会因为陈野望的身份而出现什么不和谐的声音，救援队的分管领导老宋也让他盯着点儿，看见这个结果，所有人都松了口气。

林卓绵下班时一如既往地在基地大院里看见了陈野望常开的那辆车，她拉开车门坐上去，听见他说："怎么突然想起来要公开？"

她边系安全带边说："你看见了？"

陈野望说是下属拿给他看的。

林卓绵系完安全带，换了个舒服的姿势倚在座位上："直播间有人问，我想也没什么可藏着掖着的，就说了。"

她想到什么，侧过脸望向身旁的男人："还是说你不想公开？早知道我先问一下你了。"

陈野望有些好笑地看她一眼："绵绵，我怎么会不想。"他轻轻勾了一下唇角，"这样还能少几个人惦记你。"

林卓绵余光瞥见后座上有一样东西，侧身去看，发现是她喜欢的那家蛋糕店的纸袋。

她伸长胳膊去取，把纸袋抱进怀里，看到里面放着一个方形纸盒。

"眼这么尖。"陈野望发动了车子，"前几天不是说想吃这家的栗子蛋糕吗，今天看他们公众号上说上市了，就过去给你买了一个。"

林卓绵刚要拆，陈野望就说："吃完饭再吃，不然到家你就饱了，又不好好吃饭。"

"先尝一口行吗？"林卓绵跟他讨价还价。

陈野望说："不行。"

林卓绵鼓了鼓脸颊："你好霸道。"

"因为知道你吃完这一口会跟我说没尝出味道来，再吃第二口。"陈野望说。

林卓绵试图强词夺理："那不是也才两口。"

"绵绵，"陈野望叫了她一声，"你平心而论，真的只吃两口？"

林卓绵噎住了。

陈野望侧眸一扫她哑口无言的表情，眼角多了点不明显的笑意。

夏天刚过，天黑得还不晚，云际之间浸染着淡淡的晚霞，被框在车窗里，像一幅非常好看的油画。

陈野望从停车位把车子开出去，汇入主路上川流不息的车流，问林卓绵晚上想吃什么。

"你做吗？"林卓绵问。

陈野望说："出去吃也行。"

林卓绵想了想道："还是你做吧，等我去培训之后，平时都吃不上了。"

陈野望开口的时候有几分戏谑："总算把我们家绵绵喂熟了。"

林卓绵想想家里还有什么食材，跟陈野望点了几个菜，回家前路过楼下的便利店，她突然想喝酸奶，便让陈野望把她放下，自己进去买了一盒。

"这个酸奶是前几天一个新来的志愿者买了给大家分过的，我觉得橙子味儿的特别好喝，想起来在这家便利店见过，之前因为包装太难看了，所以我从来不买。"林卓绵说。

陈野望随口道："男的女的？"

林卓绵没反应过来："什么？"

陈野望看右视镜的时候，视线顺便擦过了她的侧脸："我说给你分酸奶的志愿者是男的还是女的。"

林卓绵说："是个小姑娘。"

陈野望"嗯"了声，看起来对这个答案比较满意。

"以前我怎么没发现你这么爱吃醋啊，"林卓绵撕开酸奶的包装，没用勺子，直接捧着圆柱形的盒子喝了一口，"陈野望师兄。"

最后那个称呼被她一字一顿地说出来，尾音上扬，带了点揶揄的意思。

"那是小师妹观察得不够仔细。"陈野望说。

怎么没吃过醋，他带学院里的新生去体检的时候看到有人跟她搭讪，篮球赛上她只给喻腾发了加油的消息，他都觉得不愉快。

前面路口的交通灯变成红色，他踩了刹车，稳稳地停下，闻到从林卓绵方向飘过来的淡淡橙子香气。

恍惚间想起她第一次去他住处的雨天，他走到她旁边，她在吃一块同样味道的软糖，气息间都是勾人心痒的清甜。

看见林卓绵上唇沾了一抹白，他喉结一滚，不动声色地问："有这么好喝？"

林卓绵单纯地点头。

"那怎么不给我买一盒？"陈野望问。

林卓绵愣了愣，她印象中他从来不喜欢这些带了太多甜味的东西："你想喝吗？"

她把手中的半盒递过去，陈野望却没接："不用这么多。"

他向右倾身，一只手撑在她身侧，用嘴唇蹭掉了沾在她唇上的那一点酸奶渍。

林卓绵的瞳孔微微放大，男人近在咫尺的气息一瞬间包围了她，清淡凛冽的香根草味道，还有他嘴唇柔软的触碰。

"是挺好喝。"陈野望坐回去的时候说。

然后他回味一样打量了一番她偏粉的唇色："甜的。"

交通灯由红变绿，静止的车流重新涌动起来，陈野望松开刹车逐渐加大油门，表情跟平常相比没有什么变化，完全看不出他刚刚做过什么。

林卓绵对此的评价是，他耍流氓的心理素质好得有些过分了。

但陈野望不太赞同她的说法。

"我耍什么流氓，"他挑了下眉，"绵绵，我们是领了证的合法夫妻。"

转过周来林卓绵就要去往邻市参加封闭培训，周末陈野望陪她收拾行李，她原本只打算带一个不大的箱子，但光把几件厚外套塞进去就装满了。

望着自己的行李箱，林卓绵嘀咕道："要不我只拿一件外套好了。"

"都带着，到车站之后我安排了人接你。"陈野望说。

林卓绵左思右想，还是从箱子里挑出了一件外套放回了衣柜："这个不拿了。"

陈野望问为什么。

林卓绵很严肃地告诉他,因为尺码买得不够大,拉上拉链会显胖。

"穿上我看看。"陈野望拎着外套给林卓绵披到肩上,又扯着袖子让她把胳膊伸进去,低着头替她拉上拉链。

端详她一番,陈野望说:"我觉得不胖。"

林卓绵从来没在某件衣服显胖或是难看的问题上同陈野望达成一致过,他的回答永远都是"不胖"和"好看",有时候还会不想让她穿出去,最好只穿给他一个人看。

她眼睁睁地看着陈野望把那件外套又放回了行李箱。

"山上冷,多拿一件是一件。"陈野望说。

他又从衣柜里取了一件很厚的棉衣出来,重新叠过一次给林卓绵带上,听她一直没出声,抬头朝她望过去,发觉她在出神。

"在想什么?"陈野望问。

林卓绵回过神来,看着他道:"刚才你特别像个爸爸。"

陈野望顿了一下没说话。

"要是以后我们有个女儿,你是不是也会这样管着她?"林卓绵自顾自地继续说。

陈野望说:"不会。"

不会再有第二个人像她对他一样重要。

但他说的却是:"怕这么管她会烦。"

林卓绵于是气势汹汹地问:"那我就不会烦了?"

然而她的气势汹汹对陈野望来说构不成什么威慑,他只是抬了抬眉,气定神闲道:"婚都结了,烦也晚了。"

"那还可以离不是。"林卓绵说。

陈野望掀了下眼皮:"舍得吗?"

林卓绵跟他顶嘴:"有什么不舍得的。"

陈野望不但没生气,还耐心地跟她讲道理:"绵绵你看,我天天接送你,做饭好吃,而且……"他压低声音,说了句上不得台面的话。

林卓绵没想到他会一下子将话题转到那方面去,停了停,说:"你别这么不正经。"

陈野望满脸无辜地反问她:"怎么,我说得不对?你不舒服吗?"

林卓绵总不能真的为这种事情跟他争起来,想把他从房间里推出去:"你别打扰我收拾东西。"

她的手刚一碰上陈野望的胸口,就被他按住了。

隔着一层柔和的毛衣布料，林卓绵摸到了他均匀的肌肉轮廓。她想把手收回来，陈野望不让，还把她的胳膊往后拉，让她整个人都贴在了自己身上。

他用额头抵着她，说话时的呼吸会拂到她脸上："之后一周都见不到我，绵绵还对我这么凶？"

他含住了她的嘴唇，两个人在清透的秋夜里，接了一个很长的吻。

分开的时候，陈野望搂着她，低声说了句："绵绵，你就那么舍得？"

那么舍得跟他分开。

林卓绵没说话，但是却有一点用力地环住了他的腰，用一张小脸挨在他领口蹭了蹭。

接着她看了眼时间，仿佛下定决心一样贴在他耳边问了句话，柔软的气流拂过陈野望的耳膜，他按在她后腰上的手紧了紧。

陈野望摸摸林卓绵的头发，半笑半叹道："绵绵，你这样我可不放你走了。"

他把她一绺长发放在指腹中捻着，非常温柔地说："明天还要去车站，收拾完赶紧睡觉。"

林卓绵参与培训的这场滑雪赛事由 P 城承办，但因为 P 城秋冬干燥少雨，降雪量不足，举办地点放在位于西北方向易受寒流影响的邻市 Z 城。

两地之间坐高铁大约一小时车程，陈野望开车把林卓绵送到车站，陪她去跟陆思进和其他被抽调的专家会合。

还有几个人没到，陆思进刚从吸烟区出来，身上泛着些没散掉的烟味，他停在离陈野望和林卓绵几步远的地方，跟两人打了个招呼。

陈野望笑了下说："接下来几个月要麻烦陆队照顾我们绵绵了。"

陆思进大大咧咧道："她哪用我照顾，自己一个人什么事儿都能干了，我顶多给她搭把手。"

他从外套口袋里拿烟出来："陈总来一支？"

陈野望先道谢，然后说不用了。

陆思进了然地放回去："也行，你在外面多陪卓绵一会儿。"

他很有分寸，自己踱过去跟另外几个专家聊天，留给林卓绵和陈野望独处的机会。

林卓绵看见陆思进抽烟，想到了什么，对陈野望说："我不在的时候你少抽烟，压力大了就给我打电话，能不加班就不要加班了。"

陈野望全都答应她，林卓绵说着说着突然停下来，怀疑地看着他道："你不是在敷衍我吧？"

"那绵绵留下监督我。"陈野望跟她开玩笑。

林卓绵用手指戳了他一下："陈野望，你要自觉。"

男人把她的手攥住："叫我什么？"

林卓绵理所当然地说："陈野望啊。"

她看见陈野望挑了下眉，他抬手捏住了她的下巴："绵绵，你不听话。"他的指腹缓缓揉过她的唇瓣，摩挲了一圈。

林卓绵能预感到他接下来要做什么，慌张地四下看了看车站里的人来人往，提醒他："这么多人呢。"

"那你叫我一声。"陈野望说。

林卓绵不好意思开口，故意磨磨蹭蹭地问："叫什么？"

陈野望盯着她，轻描淡写地说："你知道。"

林卓绵往后躲了下："你先把手拿下来。"

陈野望捏了捏她的脸颊才松手。

林卓绵低垂眼睫，小声说了句"老公"。

过了几秒，陈野望道："什么，没听见。"

他的表情看起来太平静，让林卓绵怀疑他到底是故意的还是真的没听见。

医疗保障队的抽调人员都到齐了，出发时间也马上就到，检票口前已经在排队，陆思进在那边喊她，说可以走了。

林卓绵不想再重复一遍，便说："师兄，我要去坐车了。"

她欲转身，手腕却被陈野望拉住，他低着头看她的眼睛，不说话，林卓绵知道他在等自己开口。

陆思进看她还站着没动，以为她没听见，便迈步朝她跟陈野望的方向走过来。

林卓绵怕对方问起她跟陈野望拉拉扯扯的是在做什么，情急之下，便提高声音，又喊了一声"老公"。

她没控制好音量，一不小心，周围的人都向她望了过来。

后果就是医疗保障队的全体成员都知道了林卓绵同陈野望的夫妻关系很好，尤其是林卓绵本人，临走前还在同稳重的陈总依依不舍浓情蜜意。

去程的高铁上，陆思进坐她旁边，还拿这件事来打趣她，说你要这么舍不得，当初怎么不直接回绝这项工作。

林卓绵不知道该说什么。

陆思进看她的表情，大概是觉得好笑，倚在靠背上打量她半晌，过了会儿又说："原来陈总管你叫'绵绵'。"

"我爸妈和朋友都这么叫。"林卓绵说。

陆思进"唔"了声，手又伸进外套口袋里去找烟。

林卓绵说车上不能抽，他停下动作，说了声："忘了。"

高铁到站之后有主办方的人派车来接他们去放行李，林卓绵跟陆思进讲了陈野望会找人来接她，上了另一辆车。

她原本以为陈野望在培训基地的房子应该是一套公寓，没想到来接她的司机直接把她送到了一处别墅门口。别墅就在即将举办赛事的森林滑雪公园内部，比主办方原本安排的酒店离她接受培训的滑雪中心还要近。

司机替她把行李拿进去，她站在客厅里，对着落地窗外一整片苍翠的青山，接到了陈野望的电话。

他那边有翻文件和按键盘的声音，应该是还在工作。

"是不是到了？"陈野望问。

林卓绵"嗯"了声："房子好大。"

"这套是你婆婆前几年投资的，我也是找房子的时候无意间跟她提起来才知道，她说正好给你住，冬天下雪之后窗外的景色很漂亮。"陈野望说。

林卓绵转身望望二层挑空的loft（阁楼）设计："就是有点太大了，我怕晚上一个人害怕。"

"怕就给我打电话，我陪着你。"陈野望说。

林卓绵就这样在临山的别墅里安顿下来，白天的培训强度很大，需要实地攀岩，练习用绳索爬升和速降，演练可能会发生的危险情况。

因为她之前没怎么接触过专业滑雪，团队里的运动员还抽时间给她补了课，在公园的室内场馆里教了她一些比较基本的要领。高山赛道的坡度很大，目前还没有下过雪，路面上有些乱石没清理完，刚参加培训没几天，林卓绵就把右手划伤了。

晚上她带了工作的盒饭回别墅里吃，窗外的天色黑得越发早。她坐在餐桌旁边，突然觉得这里太安静，想给陈野望打电话，又不知道他这时候忙不忙。

正在犹豫之间，就好像跟她有心灵感应一般，陈野望的名字出现在了她的手机屏幕上。

林卓绵用没受伤的左手接起来，陈野望给她打的是视频电话，下一秒他的脸就出现在了视频中。

视频是一个稍侧的角度，只拍到他上半身一半的位置，他穿了件深灰色的毛衣，坐在沙发上。

"你现在不忙吧？"林卓绵说。

她把手机靠在一个玻璃水杯上，又用几个杯垫架高，直到确认自己受伤的手不会出现在屏幕里，才把饭盒的盖子打开。

湿润的水汽扑到脸上。

"不忙。"陈野望瞥了她一眼，"在吃饭？"

林卓绵说"嗯"，刚夹一口菜，手指就因为用力而牵动了伤口，她下意识地一皱眉，怕陈野望看出来，忍着疼，用很慢的动作吃饭。

可他还是立刻就发现了："手怎么了？"

林卓绵若无其事道："没什么事儿，就划了一下。"

"给我看看。"陈野望说。

林卓绵只得把被纱布裹得严严实实的手举给他看，伤口划得有些深，淡淡的血色透过纱布洇出来，她不知道他看不看得清，心里有些忐忑。

陈野望许久没说话。

林卓绵觉得他的表情看上去很沉，便道："不严重的，就是出了点儿血，而且已经包扎好了，几天就能恢复。"

陈野望没出声。片刻之后，他才问："明天还要继续吗？"

林卓绵顿了一下，说："要继续的。"仿佛怕陈野望要阻止她，她又赶紧说，"不是只有我受伤，大家爬上爬下，难免磕着碰着。"

陈野望叹了口气，没舍得说她，只道："那你最近小心些，我周末去看你。"

林卓绵乖乖地点头，又问他怎么不上楼。

"先看着你把饭吃完。"陈野望说。

她给他讲了这几天的经历，跟他说森林公园里的雪道很长也很陡，到真正比赛的时候，一定会非常紧张和刺激。

陈野望耐心地听着，有时候她说得兴奋，他会提醒她别忘了吃饭。

"对了，今天团队里有一个医生过生日，她女儿给她打电话祝她生日快乐，我觉得好可爱。"林卓绵说。

陈野望想起一件事："你的生日是不是也快到了？"

"还有三周。"林卓绵说。

她翻过日历，是个工作日，那天应该见不到陈野望。

林卓绵不想显得自己太重视这件事，怕他丢下工作跑来找她，便说："但我不想过生日，这次是二十九岁，下次就要三十了，我不喜欢三十，我想一直是二十多岁。"

　　比她还大三岁的陈野望没说话。

　　林卓绵意识到了什么："师兄，我不是说你老。"

　　被她挑破心中想法，陈野望的脸色，变得更黑了一些。

　　周六主办方安排了见面活动，林卓绵傍晚才回滑雪中心附近的别墅，天色暗淡，她远远就看见落地窗里亮着灯，明亮的光线勾勒出陈野望靠坐在沙发上的倦淡身形。

　　他脚边放着只白色的医药箱，盖子开着，他正拿着瓶药仔细在读瓶身上的说明。

　　见到陈野望来找自己，林卓绵不自觉加快了脚步，开门进去的时候，他朝她望过来，放下手中的药瓶道："怎么回来这么晚？"

　　"他们安排了活动，所有人都参加。"林卓绵把外套脱下来挂到门边的衣架上。

　　她今天穿的是便装，浅灰色的西装外套里面配了件碎花长裙，长发散落在肩头。

　　陈野望的目光在她身上停了片刻："什么活动？"

　　林卓绵故意说："联谊活动。"

　　陈野望看了她几秒，轻轻松松指出了她话里的漏洞："上次说的那个有女儿的医生也去？"

　　林卓绵无话可说，她走到陈野望旁边坐下："其实就是个见面活动，主办方和体育局那边的领导过来慰问我们。"

　　她一边说着，一边坐上沙发，换了个比较舒服的姿势倚着靠背。

　　陈野望把她的手牵过来看她的伤口，林卓绵这才看清他手里的是一瓶消炎药。

　　"马上就好了，这就是小伤。"她说。

　　陈野望闻言抬眸："意思是还想受一次大伤？"

　　林卓绵小声说："不是。"

　　林卓绵结婚之前偶尔受伤都是自己处理，现在陈野望帮她换药，一下子转换了角色，她还有些不适应。但陈野望好像是那种无论学什么都能很快掌握的人，换药包扎都做得很好，动作也特别温柔细致。

他低着头，用指腹轻轻碰着她，从林卓绵的角度，可以看到他挺直的鼻梁和好看的睫毛。

陈野望给她包扎好之后，握着她的手揽在了自己腰间，然后捧着她的脸吻了上去，是那种侵略性很强烈的亲吻，带着毫不掩饰的索求。

陈野望陪林卓绵过了整个周末，他买的是周一最早一班的高铁票，林卓绵凌晨还在迷糊的时候隐约听见他收拾东西的声音，接着是一个温热的吻落在她额上。

那之后星北的人都知道陈总最近很辛苦，大概是周末又来加班了，周一看起来才会这么疲惫。

转眼间过了两周多，林卓绵的生日快到了。

她本来打算等陈野望说想过来找她的时候让他不要为了自己影响工作，但他一直没提起这件事，林卓绵倒有些小小的失落，觉得他可能最近太忙，把自己的生日给忘了。

他不提，她也就没说，只是在跟范范聊天的时候说起过，范范看上去比她还要担忧："我看好多人说男人婚前婚后两个样，陈野望不会也是这样吧，把你骗到手就不上心了。"

林卓绵拿着范范的话去问陈野望，没想到陈野望在视频电话里气定神闲地问她："绵绵，咱们到底是谁把谁骗到手的？"

林卓绵无言以对，真要说起来，大学那会儿确实是她先打陈野望主意的。

"那你还记不记得后天是什么日子？"她忍不住问。

陈野望很快就说："你生日。"

林卓绵愣了下："你没忘啊？"

"没忘，但你不是说不想过吗？"陈野望说。

林卓绵想起自己那天说的话，觉得有必要跟他解释一下，却忽然从视频的背景中看见了一只敞开的行李箱。

"师兄你是要出门吗？"她问。

陈野望"嗯"了声："后天出个短差。"

原来是因为那天要出差。

林卓绵问他目的地，陈野望想了会儿，说了个不近也不远的城市。

她没多想，觉得他日程排得满，得想一会儿才想得起来也正常。

"那你这几天好好休息。"林卓绵道。

陈野望看着她说了声"好"。

林卓绵过生日那天救援队的安排跟平常不太一样，因为正赶上赛事合作伙伴参观会,他们的培训被推后了,要去会场列席,同品牌合作商交流。

会场在场馆媒体楼,林卓绵过去的时候碰上了陆思进和其他几位医生。

陆思进手里有张合作商名单,他看着看着,忽然想起什么:"你今儿是不是过生日?"

林卓绵挺惊讶他能记住,点了点头。

"跟陈总一块儿过?"陆思进又问。

"他出差。"林卓绵说。

没想到陆思进露出了诧异的表情。

然而只过去几秒,他就想明白了,来了句:"陈总跟你说他出差啊?"

林卓绵没听懂他什么意思,不明就里地说对。

陆思进高深莫测地笑了笑,没再说下去。

会场门口人很多,林卓绵跟在陆思进后面进去,在签到处勾了自己的名字,一抬头,就看见了站在一群人中间的陈野望,他胸前挂了合作商工作牌,写的是星北户外和他的名字。

林卓绵怔住了。

陈野望也看见了她。他原本是半侧身对着她的,看清她之后便将脸孔转了过来,会场顶灯闪耀,照得他一双瞳孔深邃漆黑。

林卓绵仿佛被定在原地,她的目光中,是陈野望对她一字一顿地做着口型——

"生日快乐。"

会议很快开始,在场的人大都知道林卓绵和陈野望的关系,特地腾出座位,让他们坐在一起。

陈野望入座之后,在桌下捉住了林卓绵的手。

毕竟是有些严肃的场合,林卓绵紧张,想挣开,陈野望却紧攥着她不放。

他一派端方地坐在会议桌上,神态自若地同主办方和其他品牌商交流,只有林卓绵知道两个人的手是怎样缠绵地交握在一起,他修长的手指强势地分开她的指缝,同她十指紧扣。

直到会议结束吃完工作餐,两个人才有单独说话的机会。

走出会场的时候,林卓绵问陈野望:"你怎么一直没跟我说你接了这个合作?"

"因为觉得会有机会给我们家绵绵惊喜。"陈野望说得理所当然。

秋意渐深,山上的树叶颜色由绿转黄,落叶萧然而下,空气中多了凛冽的气息。

林卓绵跟陈野望慢慢走着,她问他会在这里待多久。

"到周末。"陈野望说。

他从外套口袋里拿出一个小盒子放到她手里。

林卓绵打开,是一条项链,链坠是一枚戒指,上面有一颗圆润晶亮的钻石。

"这是生日礼物吗?"她问。

陈野望点头:"之前不是说再带你去挑一个戒指嘛,你一直没时间,我就先买了。"他看了一眼那枚克拉数很大的钻戒,"怕你戴着不方便,就配成了项链。"

戒指非常漂亮,林卓绵让陈野望帮自己戴上,他站在她身后,她摸着戒指说:"我不是没时间,我是觉得浪费。"

"不浪费。"陈野望仔细地替她把头发撩起来,露出白皙的后颈。

系好项链的锁扣,他给林卓绵把头发放下,看到她小心地将戒指掖进了衣服里。

是非常靠近心脏的位置。

林卓绵下午还有攀爬训练,傍晚结束后没跟陆思进他们一起吃工作餐,自己回了别墅。

陈野望坐在桌前等她,桌上都是她平日里喜欢的他做的菜,还有一个纯白色的奶油蛋糕。

陈野望在蛋糕上插上彩色蜡烛,让她许愿。

莹莹烛光下,林卓绵忽然觉得,这样的二十九岁是非常好的二十九岁。

如果说二十二岁那年她开始像只流浪的小舟漂荡在山河间,大雾笼罩,野渡无人,那此时此刻,她好像可以确认,自己已经回到了风平浪静的港湾。

林卓绵闭上眼睛,在心里许了愿望,然后吹灭了蜡烛。

她切下的第一块蛋糕给了陈野望,趁他没防备,她抹了一手奶油在他脸上。

全世界大概也只有她敢往陈野望脸上抹奶油。

陈野望反应很快地握住了她的小臂。

他正要说什么,林卓绵却探身过去,舔掉了他嘴角的那一抹白色。

陈野望攥着林卓绵的手用了力,然后问她:"绵绵,你还吃不吃饭了?"

林卓绵吐吐舌头说吃,陈野望仿佛忍耐着什么一样看了她一眼,松开她,淡声说了句:"去洗手。"

她抽了张湿纸巾想给陈野望把脸擦干净,陈野望低着脸迁就她,她正擦着，忽地感觉脸上多了几分绵软的凉。

等反应过来之后，林卓绵很生气地叫了他一声："陈野望！"

陈野望张着手掌，指尖都是甜凉的奶油，林卓绵脸上也是。

她把湿纸巾往他手里一塞，不给他擦了。亏他刚才一脸正经的，还让她以为他根本不屑于做这种幼稚的事情。

林卓绵这么跟陈野望说，他眉头一挑，有些好笑地问她："你的意思是自己很幼稚？"

顿了顿，他若有所思地打量着她那张看起来比实际年龄小很多的脸，道："不过说得也没错。"

救援队封闭培训了近半年后，滑雪赛事顺利举办，闭幕那天，林卓绵作为代表上台发表感言，领取表彰。

原本应该是陆思进去的，但他让给了她，说机会难得，也算职业生涯里的一段高光。

结束之后林卓绵跟一行人坐高铁回到P城，抵达时已是深夜，陈野望在车站门口等她。

秋去冬来，转眼已是隆冬，新年已过，地上落了厚厚的一层积雪。

林卓绵快步走向他，被他抱进了怀里，双脚微微离地。

"师兄，我回来了。"林卓绵说。

陈野望说声"嗯"，捻了捻她的耳垂："我们回家。"

他的车停在马路对面，走过去的时候，陈野望看了她一眼："围巾手套怎么都不戴，不是都给你放在箱子里了嘛。"

"有点麻烦，就没从箱子里往外拿。"林卓绵说。

陈野望叹了口气，从自己脖子上把围巾取下来，一圈圈给她绕上，围巾还带着他的体温和身上的草木香味。

林卓绵看着身旁高大的男人，又自发地把手伸进了他的衣兜。

虽然是深夜，但车站前的马路仍旧川流不息，陈野望牵着林卓绵等红绿灯，上车之后他开了暖风，然后发动车子，驶出了停车位。

开到一半路程，窗外又下起了大雪。

陈野望说在电视上看见她了，林卓绵问："觉得漂亮吗？"

男人侧睇看她，半开玩笑道："就这点儿追求？"

林卓绵在座位上蜷了蜷，随口说："你又不关心我工作做得怎么样。"

陈野望没说话，拐过一个十字路口之后才开口："不是不关心，是你这份工作让我觉得很矛盾。"

想让她自由自在，也担心她的生命安危。

停一停，他又道："绵绵，其实这次在电视上看见你，还有之前看到关于你的那些新闻报道，我都觉得很骄傲。"

她是他的骄傲。

林卓绵的眸光晃了晃。

陈野望一扫她："你接受这次任务，是怕以后出不来了，是不是？"

林卓绵一怔，原来他看得出。

在范范和喻腾问她跟陈野望打算什么时间要孩子之前，她考虑过这个问题，但山地救援工作对体力和精力的要求很高，还要随时随地出任务，她不知道假如有了孩子，自己还做不做得到。

所以跟陈野望结婚之后的每一项工作，她都当作最后一次来做，不想错过每一个机会。

"绵绵，孩子对我们来说有没有都一样，你不用担心这么多。"陈野望的嗓音很平静。

过了许久，林卓绵轻轻出声："但是我想。"

她望着陈野望的侧脸："师兄，我想跟你有个孩子。"

陈野望的神色终于有了些起伏，半晌，他说了声"好"。

想了想，他又道："不着急。"

林卓绵的脸一红："谁说我着急了？"

陈野望带着笑说："没说你着急。"然后又添上一句，"绵绵，你还年轻，还有很多时间。"

还有很多时间去走她想走的路，去看她想看的风景。

所以不着急，他不会牵绊住她。

"对了，师兄，"林卓绵想起一件事，"之后半个月我休假，你周末有空的话，能不能陪我回家看看我爸妈？"

停了一下，她又小声说："还有我哥。"

今年春节林卓绵是在封闭培训期间过的，那时候临近比赛开幕，滑雪中心完全封闭，外人不得进入，工作人员无法外出，林卓绵自然也没机会回家。

陈野望说不用等周末，最近公司不忙，他非常有空。

于是两个人买了几天后飞往林卓绵家乡的机票。

落地之后，林卓绵没有立刻告诉父母，而是先找酒店跟陈野望住了一晚，第二天去公墓看林洛。

林洛墓碑上用的仍旧是他二十几岁时的照片，朝气蓬勃、神采飞扬。

林卓绵在他墓前放下一束花和一张滑雪中心的纪念票，指尖轻触冰凉的墓碑："哥，你看，我现在都比你老了。

"纪念票是我参加任务发的，我还是不敢玩，所以送给你了，你应该会喜欢吧。

"爸爸妈妈都很好，下午我跟陈野望就去看他们，我跟他去年结婚了。"

她说了很多话，有时候想不到要说什么就安静一会儿，想好再继续说。面对林洛时，她终于不再有多年前那种负疚的心情，只剩下很淡的怅惘和深重的思念。

到最后她说："哥，我好想你。"

她眼底有一层薄泪，陈野望无声地握住她的手。

一阵风过，林洛墓前的花束轻轻颤动，林卓绵的眼泪掉在了地上。陈野望取出纸巾，动作轻柔地给她擦干脸上的泪痕，低声道："别哭了。"

这天的阳光难得和暖，安静地照在他们身上。

林卓绵跟陈野望回身向外走的时候，在隔几排的位置，远远看见了一个戴毛线帽的老人。对方走得缓慢，在很多黑色的大理石墓碑中，找到了他想找的那一块。

林卓绵觉得他看起来有些眼熟。

经过他附近的时候，她听到了对方低声叨念的话："苟年，爸爸来看你了。"

她脚步一滞，向对方望过去。

果然，她方才觉得眼熟，是因为对方跟苟年很像。

这是她第一次见到苟年的父亲，没想到是在这样的时间、这样的地点。

苟年父亲穿得干净整齐，完全看不出曾经的身份，倒像是生活得很好的退休老人。

像是猜到她在考虑什么，陈野望低声道："不用担心，我找了人照顾他。"是从送苟年去疗养院就开始的。

林卓绵抿了抿唇，搂住他的胳膊，隔着衣服摸了摸他很久之前被苟年划伤的刀口。

两个人没有惊动苟年的父亲，站在原地看他往苟年的墓前摆上纸花和烟酒。

一切经年的纠缠和夙愿，早已在不知什么时候画上了句号。

"师兄，我们走吧。"林卓绵说。

两个人沿着墓地的台阶慢慢往下，像是将往事都留在了身后。

林卓绵拿出手机，给白舒琴打了电话过去，说自己和陈野望回来了，想跟他们补过一个春节。

白舒琴又惊又喜，还责怪她怎么不早说，自己好提前准备一下。

林卓绵开的是外放，陈野望听见了，从她手中把手机拿过去，叫了声"妈"，又问："家里缺什么，我跟绵绵回去的时候顺便买。"

他们走出公墓，碧空如洗，几丝白云绵延在天际，风有些大。挂上电话之后，陈野望侧过身，给林卓绵把羽绒服外套的拉链拉到最顶上。

下午两个人回到家，林爸爸、林妈妈已经在忙着包饺子，陈野望洗了手就过去帮忙，林卓绵很自觉地不去添乱，自己窝在沙发上玩手机。

突然间范范给她发了一条消息。

范范：【绵绵，跟你说个事儿。】

说完这句话，范范却没再发过来什么。林卓绵难得见她这么犹犹豫豫的，马上就猜到了她要说的事情跟什么有关。

林卓绵：【你是不是跟喻腾成了？】

范范有些不可思议：【你怎么知道的？！】

林卓绵：【一猜就是。】

林卓绵：【咱俩多少年的好朋友了，你想什么我还能不清楚？】

范范承认了：【就昨天晚上我加了个班，累得不行，他来接我，结果站楼下捧了一大束玫瑰花问我能不能跟他谈个恋爱，我感觉被同事看见怪尴尬的，稀里糊涂就答应了。】

林卓绵知道，范范虽然这么说，但其实还是被喻腾打动了才会同意。

时间确实奇妙，当年话不投机的两个人，现在竟然走到了一起。

林卓绵又跟范范聊了好一会儿，直到陈野望站到她面前，捏了捏她的脸颊："绵绵，洗手过来吃饭。"

她抬起头跟他对视片刻，突然张开胳膊揽住了他的腰。

陈野望意外地被她环住，顿了几秒，用很轻的声音说："怎么了？"

林卓绵默不作声地把脸靠在他衣服上蹭了蹭，陈野望拍拍她的后脑勺："当着爸妈的面就跟我撒娇？"

空气明净，屋角有盆蜡梅正在吐露暗香。

室外天气晴朗，今冬无雾。

Extra 02
此夜天晴

/ 谢谢你，师兄。
我跟你说过的每一句，都不是空话。

陈野望的经济风险监测实验室在重启一年后的春天，取得了重大进展，被市政府采用，用于P城地方金融风险的监测和预警。

因为他是S大的毕业生，所以在系统初验及上线的过程中，相关负责人特地委派了S大经管学院的几位教授跟他合作。

都是当年的恩师，陈野望也不好意思让他们在星北和学校之间来回跑，索性跟学院借了间空置的办公室，作为自己在S大的临时办公地点，有什么事就过去待着。

有天早上送林卓绵上班的时候，他跟她说哪天有空可以陪他一起去S大，再回学校看看，但因为林卓绵最近救援队的任务比较多，这件事就这么搁下了。

直到几天之后的某个傍晚，陈野望给她打电话，说今天没办法去接她了，现在要去学院，一个钟头之后跟教授们开会。

"那你什么时候吃饭？"林卓绵问。

陈野望说回去再说，他还有一些文件要在开会前看完。

林卓绵听出他的意思是现在来不及吃了，便道："那我给你送吧。"

"绵绵，不用跑。"陈野望说。

林卓绵告诉他没关系，反正S大离救援队的基地也不远。

她说完自己都怔了怔，离得不远，她却一次都没回去过。

也许是她说得太顺理成章，陈野望答应了她。

跟他通完电话之后，林卓绵打电话到S大附近商圈的某家餐厅，报了几个容易做的菜名，说自己大概半小时后去取餐，然后背着包去坐地铁。

晚高峰的车厢里很拥挤，林卓绵被挤在下班的人潮里，伸手拽着地铁顶部的横杆，想起以前在S大读书的时候，她跟范范出去玩，都会避开这种时间段。

当时觉得"社畜"的生活离自己很远，现在回首望过去，却发现学生时代已经过去这么久了。

飞驰的车厢把她送到了S大附近的地铁站，走出车门的那一刻，林卓绵不由得恍惚。很高的台阶，偏黄的大理石地面，墙上的浮雕，贴在石柱上的线路图，都是她十分熟悉的场景。

即便在夜色的笼罩下，她也还记得回学校要在哪个路口拐弯，经过哪一片居民区，去哪一个校门更方便。

路上熙熙攘攘，车水马龙，林卓绵先去餐厅取到给陈野望买的饭，然后进了S大的西校门。

即便这么多年没有回来过，她还是能够不假思索地想起经管学院的位置。

现在是S大第一节晚课上课前的时间，学校的主干道上都是三三两两去上课的学生，偶尔有单车极快地驶过，掷下一串清脆的车铃声。

这是他们的黄金时代。

林卓绵拎着盛了饭盒的纸袋，走到了陈野望他们学院附近。

在S大读本科的那几年，她对这里甚至比对自己就读的医学部更加熟悉。

刚认识陈野望的时候，她听他说要开组会，就提前登录S大的门户网站去查他用的哪一间会议室，然后到门口守着制造偶遇。她说要请他喝咖啡，为了有下次回请他的机会还假装手机没带，最后让他付了账，结果被突然出现的范范戳穿了。

当时陈野望似笑非笑地望着她，问她："手机没带？"

很丢脸，可是想想又不是不怀念。

春夜的风将她的发梢吹起来，她走进经管院楼，按了电梯，等待轿厢下行的时候，林卓绵发微信问陈野望在哪一间办公室。

他很快地给她回复了：【517。】

电梯将林卓绵带到五楼，她沿着门牌号一间间走过去，在走廊尽头靠落地窗旁边的位置找到了陈野望的临时办公间。

不知道里面有没有别的人,林卓绵伸手敲了敲门。

"请进。"陈野望说。

她于是压下门把手推门进去,看到陈野望坐在办公桌后面低着头看一份文件,修长的手握着支笔,笔尖轻擦纸面,发出沙沙的响动。

这个角度显得他的鼻梁很高,天花板偏白色的灯光落下来,在他脸上投下或深或浅的阴影,晕染出深邃的轮廓。

林卓绵不觉看入了神,直到他抬眸望过来,叫了声"绵绵"。

她走过去,把纸袋放在桌上,看了眼手机上的时间:"还有二十分钟,你边看边吃吧。"

她找了张椅子放到桌子对面,而陈野望从纸袋里取出餐盒,一个个打开。

他抽出两双一次性包装的筷子,拆开之后递给林卓绵一双。

见她不动筷,陈野望问:"怎么?"

林卓绵摇摇头:"没事儿,就是突然回来了,有点没缓过神来。"

陈野望握住她没拿筷子的那只手,用指腹捻了捻她手背上的皮肤,说:"等我开完会陪你转转。"

林卓绵说"好",又说:"刚才上来的时候,我有一瞬间觉得我是来上自习的。"

当年她经常陪陈野望来上自习。

陈野望看着她:"你还记得。"

林卓绵"嗯"了声,她记得在学校里跟他走过的每一步路,记得跟他上过自习的每一间会议室,记得为了他翻遍的微观经济学课本,也记得她的所有欢欣和失落。

她把手从他那里拽了拽:"好了,再这样没法吃饭了,不是还要开会。"

跟陈野望在二十分钟里吃完饭,林卓绵问他是不是要在这里见教授,自己需不需要回避。

"不用,我们去会议室。"陈野望说。

陈野望走之后,林卓绵便靠在他办公室的沙发上玩了会儿手机,想了想,走到窗前拍了张照片,传给了范范:【能认出这是哪儿吗?】

范范回得很快:【你回学校了啊?】

林卓绵:【嗯。陈野望他最近在 S 大跟他们学院的教授合作项目,我来给他送饭。】

范范:【我好久没回去了。怎么样,跟以前还一样吗?】

林卓绵笑她：【你才毕业多久，在学校待了十多年，还问我这个。】

范范"啧"了声，回复：【你这么一说，我好惨啊，居然十年大好青春都花在学习上了。】

两个人聊了一些上学时的经历，话题绕来绕去，绕到了喻腾身上，林卓绵说真没想到当时范范气喻腾气成那样，最后两个人还成了一对。

范范：【那我后来发现他人还不错嘛，可惜长了张嘴是真够欠的。】

林卓绵提醒：【你还记得那个师弟吗？你为了他去参加天文社团的那个，你还说他有意思来着。】

范范：【后来发现他是个书呆子加妈宝男，空长了张帅脸，没意思。】

林卓绵跟范范聊了快两个小时，陈野望都还没回来。她打了个哈欠，放下手机，去陈野望的桌子上随便找了本书看，结果发现是一本《经济学理论》，硬着头皮读了几页，她的眼皮就开始打架，随手把书一放，不知不觉就迷糊地睡过去了。

睡意蒙眬间她仿佛听见了办公室开门的声音，随后不多久，身上就盖过来一件衣服。

林卓绵实在困，放任自己睡着，不知过了多久才醒，她从沙发上支起身体，一眼看到墙上的挂钟，已经夜里十点多了。

而陈野望还坐在桌后看电脑，手边放着他去开会前看的文件，现在上面有了更多的批注和勾画。

他听到她的响动，分神道："醒了？"

林卓绵拎起他给她盖的衣服，用含混不清的嗓音说"醒了"，又问："你还没忙完吗？"

"剩下的可以回家弄。"陈野望说。

他将屏幕上的文档保存并关闭，合上电脑盖子的时候想起了什么："还想在学校里逛逛吗？"

林卓绵打了个哈欠，说："明天吧。"

陈野望应声走过去，看她还睡眼惺忪地坐着，伸手揉了揉她的头发："这么困，上班很累？"

"等你等太久了。"林卓绵说。

陈野望宽大的手掌从她的头发下移到脸颊，指腹摩挲了几下："是吗，这么说我该给你赔礼道歉。"

林卓绵没太听清他的话，只是"唔"了声。

陈野望低着头看她，眸色漆黑深沉："怎么赔？"

林卓绵此时此刻才意识到了一点来自他的危险意味,她用纤细柔长的手指去握他的手:"不赔了吧,原谅你了。"

陈野望轻笑了声,俯下身来,亲了一下她的额头:"那我们回家。"

林卓绵乖乖地等他收拾好东西,两个人去搭电梯。

楼道里已经没什么人了,每间办公室都锁着,走廊顶部的白炽灯洒下一层淡光,薄薄地铺在地上。

走出一楼,夜里微冷的风从门外吹进来,将林卓绵的睡意吹散了几分。

她挽上陈野望的胳膊,往他旁边靠了靠。

"冷吗?"他低声问。

林卓绵说:"有一点。"

见他要把西装外套脱给她,林卓绵连忙说不用。

陈野望却不由分说地将衣服披在了她肩上,然后牵住了她的手。

两个人离开经管学院的院楼,走到主楼后面的停车场。

陈野望的车子开出 S 大,在安静的夜色中行驶。

林卓绵觉得陈野望开车的时候好像在想事情,他们在一个十字路口遇到红灯,陈野望在白线前停下车,等到要重新开走的时候,他却慢了一拍。

"师兄。"林卓绵叫他一声。

陈野望回过神,松开了刹车。

"你在想什么?"林卓绵问。

陈野望调整了一下方向盘,过了会儿才道:"你说如果老陶现在还在学院里,他该有多高兴。"

林卓绵没有马上开口,她望着他,说:"你跟陶教授说过这个系统被政府采用了吗?"

"说了,他还给我提了一些后续测试的建议。"陈野望说。

林卓绵想了想:"你是陶教授最喜欢的学生,你能在这里把他的思路延续下去,他就已经很高兴了。"

陈野望看了她一眼:"绵绵,你还挺会安慰人。"

林卓绵坚持道:"不是安慰,陶教授应该就是这样想的。"

陈野望笑了笑,说也是。

第二天是周末,陈野望下午来 S 大处理了一些风险检测系统的工作,林卓绵信守诺言,也陪他过来了。

嫌坐在他办公室里无聊,林卓绵自己出去在校园里闲逛,让陈野望结束之后来找她。

她慢慢地走着，春日午后的阳光晒在衣服上，有暖融融的触感。

走了一会儿走累了，正好经过学校里那家咖啡店，林卓绵便坐了进去，随便点了杯饮料，取到后找了个靠落地窗的座位坐下，先给陈野望报告了一下自己的位置，又随手从店里的书架上抽了本漫画，有一下没一下地翻看。

正翻着页，她察觉到身边停下一个人影，接着对方问她自己可不可以坐她对面。

林卓绵没想太多，点了点头，说"你坐就好"，说完便继续往下翻漫画了。

坐她对面的人似乎观察了她一小段时间，等她放下书端起饮料来喝的时候，不失时机地问："同学，有没有人说过，你长得特别像一个很火的山地救援员？"

林卓绵一愣，她这才仔细打量了一下对面的人，是个男生，看起来年龄不大。

男生见自己吸引了她的注意，便更进一步地道："能不能加你一个联系方式？你是哪个学院的？"

"我是医学部的，但是——"林卓绵顿了顿，非常诚恳地道，"我比你大很多。"

男生十分不以为然："能大多少？你是研究生？博士？"

他边说边从兜里翻手机，调出了自己的微信二维码。

"除了这个，我还……"见男生油盐不进，林卓绵正要说"我还结婚了"，就听到身侧的落地窗落下了轻声的叩击。

她偏过脸，看到陈野望面无表情地站在外面。

林卓绵看他那样子，就知道他误会了。

果然，陈野望马上就走了进来，站在她旁边，掌心覆上了她的肩头。

林卓绵听见他用凛淡的声音说："她结婚了。"

男生呆了呆，仿佛大脑宕机，过了几秒，看到林卓绵手上的戒指，才反应过来似的说："对不起对不起。"

忙不迭地道完歉，他把手机往外套里一揣，拿起面前的咖啡，拎着放在座位上的书包就跑了。

林卓绵仰起脸看向陈野望："师兄，你好像吓着人了。"

"这么关心他？"陈野望走到她对面坐下，"是不是我晚一点来，你们联系方式都加上了？"

林卓绵替自己辩白："我正要跟他说我结婚了，你就来了。"

陈野望"哦"了声，似笑非笑道："意思是我还该夸你？"

林卓绵小声说不是，又问："你是不是生气了？"

"没有。"陈野望并不承认。

他沉默片刻，又道："他是哪个学院的？"

林卓绵没忍住笑了。

"真不知道，还没说两句话你就来了。"她认真地说。

林卓绵想逗陈野望开心："而且你知道他说什么吗？他问我有没有人说我长得像一个很火的山地救援员。"

陈野望的脸色缓和了一些，但绷着没有笑。

林卓绵隔着桌子端详他片刻，然后肯定地说："师兄，你就是生气了。"

尽管陈野望如她所言生了气，但还是陪她逛了校园，只是回家之后，林卓绵哄了他好久才哄好，到最后她甚至觉得，陈野望是故意假装生气的。

陈野望的监测实验室正式上线之后，他计划要休假，跟林卓绵挑了很久目的地，林卓绵原本都已经跟队里请好假了，结果 P 城突然下起暴雨，郊区出现了伤亡，救援队缺人，她又归队去出任务。

她走得急，接到通知的时候是晚上，她放下手机就开始收拾东西，边收拾边愧疚地对陈野望说："本来以为能好好陪你一段时间的。"

陈野望摇头，关掉手机上关于暴雨情况报道的新闻网页，说："我送你去。"

"你送我到基地就好了，我跟大家一起走，而且那边很危险，我看陆思进发的视频，积水有腰深了，你别去。"林卓绵说。

陈野望没说话，等她收拾好东西，开车送她去了救援队基地。

市区也在下雨，在夜里像铺了满地的乌墨，雨水不断地从前挡风玻璃上流下去，又被风吹向两侧。

林卓绵下车的时候，陈野望叫住了她："绵绵。"

她侧过脸，他碰了碰她的手，将一把伞递给她，低声说："注意安全。"

"好。"林卓绵答应他。

她打开车门，撑开陈野望给她的伞，风雨迎面而来。

雨势的确很大，就算是在没有灾情的市区，也大到能斜飞到她身上。林卓绵跑到基地里面，看到陆思进已经泊着车在大楼门口等人了。

看她过来，陆思进朝副驾驶别了别下巴："救援包给你拿来了。"

林卓绵爬上车坐下，边系安全带边问陆思进现场的情况。

"刚看了他们最新传过来的图片，严重的地方，水淹到一层楼那么高了,咱们去的那个村子一大半人都没撤出来,好多人现在在屋顶上待着。"陆思进说。

陆陆续续人来齐了,陆思进发动了车子,用手机开了导航,握着方向盘开出去,边开边让林卓绵帮他催一下队里另外几辆车。

"现在太缺人手,灾情来得急,目前就咱们本市的救援队能去,外地的要开函报备,暂时来不及。"他解释道。

林卓绵联系完之后,陆思进在车上喊了一嗓子:"大家这会儿能睡着的都睡一觉,去了肯定没法儿休息了,今晚得熬通宵。"

"那你呢,要不然等上高速换我开?"林卓绵说。

陆思进断然拒绝:"你开什么开,留点儿力气吧。"

这时候忽然有个队员说:"陆队,后面有辆车跟着咱们。"

"跟着咱们?别瞎说八道的,你以为拍电影呢。"陆思进道。

队员见他不信,强调说:"真的,不信您看看。"

陆思进不耐烦地往后视镜里看了看,看完之后愣了下,半晌他道:"这车有点眼熟。"

他叫了林卓绵一声,让她看看。

林卓绵抬起头,后面坐着的几个队员七嘴八舌地议论了起来:"好像是卓绵姐老公陈总的车。"

还真是,方才从家去基地的路上还坐过这辆车,林卓绵一眼就认了出来。

陆思进侧头一扫她:"陈总要跟着去?"

"我跟他说别去的。"林卓绵说。

她低头打开手机给陈野望打电话。

他不接。

林卓绵又打了一遍,他还是不接,看起来是知道被她发现了,又不打算回去。

"陈总不放心你。"陆思进说。

林卓绵咬了咬嘴唇:"太危险了,不能让他去。"

"那怎么办?"陆思进指腹敲了敲方向盘,"我靠边停下,你下去跟他说?"

林卓绵知道这样会耽误宝贵的救援时间,当即就说不用。

过了一会儿,她道:"让他跟着吧,到目的地后叫他停在安全的地方等着,别再走了就行,反正到时候我们也要下去坐救援船。"

陆思进看了她一眼,说也行,但他其实心里觉得陈野望并不会听她的留在那里。

他注意到林卓绵时不时地往窗外张望，看起来很担心的样子。

上高速之前，陆思进对全车人说："最后一个机会啊，因为现场的形势咱们预测不了，可能有意外出现，谁要是有顾虑，现在还能下车，有吗？"

车上一片安静，没有人下车。

"那可就开弓没有回头箭了。"陆思进说着就拐进了高速路的入口。

他开得快，但陈野望一直追得很紧，铁了心要跟他们去的样子。

"陈总会游泳吗？"陆思进问林卓绵。

林卓绵下意识地说"会"，随后才反应过来似的问："怎么了？"

陆思进摇摇头说："没事儿，就问问。"

车子下了高速，找到救援点，停在了地势比较高的地方。下车之后，就着昏茫的夜色，林卓绵看到远处市区街道上水面的反光，很多特种车来来回回地开着，应该是在运送受灾群众。

陆思进扔了两件救生衣给她，然后就跟其他队员一起去取被卡车运来的皮筏艇。

林卓绵有些疑惑，正要问他怎么给了自己两件，就看到不远处陈野望停了车，从车上下来了。

雨还在下，他没有打伞，肩上披着冷夜走向她，漆黑的额发逐渐被雨淋湿，覆在眉眼上。

"师兄。"林卓绵轻轻地喊他，心底忽然明白了陆思进为什么要给她两件救生衣。

陈野望从她手里拿过救生衣，穿在了身上。他的动作并不生疏，像是自己提前练习过，早就对这一天有所准备。

没有什么必要再多说话，林卓绵也迅速地套上了救生衣。

上船之前，陆思进简单给陈野望讲了一些划船和救人的要领，嘱咐他如果遇到什么疑难状况，就交给林卓绵，或者联系其他救援队的成员。

林卓绵跟陈野望坐上皮筏艇，前往受灾的村子。

陆思进在后面，接了个电话，是其他已经到达的救援队在描述情况。他听完之后，大声地转述给周围的人："现在情况平稳了不少，但是水下有障碍物，房子塌了掉下来的钢板什么的，皮筏艇容易被划破，能注意就尽量注意点儿。"

林卓绵对陈野望说："待会儿我们先救老弱病残，被困的人太多了，剩下的人要给他们留点儿吃的，等下一拨救援。"

陈野望点头。

受灾村子的情况的确很不好，大面积的区域都被淹没了，有车子浮在水面上，能看到居民楼的二楼站着不少人，神态焦灼地等待救援队的到来。

陈野望跟林卓绵把救援船滑到居民楼附近，窗内立刻有一个女人把一个婴儿递过来。

林卓绵放下船桨，小心翼翼地伸手接过来，又问还有没有别的孩子。

等到船上差不多坐满了人，林卓绵和陈野望便划着船往回走。这样来回走了几趟，陈野望看出林卓绵划船的速度变慢了，问她用不用休息。

"不用，这时候哪有人休息的。"林卓绵说。

他们找到下一个居民楼，接一个小男孩上船的时候，对方实在太害怕了，一脚踩空，掉进了水里。

林卓绵没多想，立刻下了船，在水里抱住小男孩，把他送到了船上。

虽然是盛夏，但水还是冷的，陈野望看清她皱紧了眉头。他帮忙安置好小男孩，跪在艇上，双手去抱林卓绵上来。

她上船之后两只手搓了搓肩膀，陈野望想脱衣服给她，还没动作就想起自己的外套已经被雨淋湿了。

林卓绵把手放下来，说："师兄，我没关系。"

来来回回地运了一晚上人，等到天边都蒙蒙亮了，救援队才休息了一会儿。

林卓绵抱着膝盖坐在路边，陈野望去找了一条干毛巾给她围在身上，看到她的嘴唇都有些发白了。

他蹲下来，用手背试了试她额头的温度，很烫。

"绵绵，你好像发烧了。"陈野望说。他的声音很低，很克制，但谁都听出那语气里含着多少心疼。

陆思进也回来了，他看林卓绵的模样，问陈野望："是不是生病了？"

陈野望说："应该是。"

"怎么回事儿？掉水里了？"陆思进问。

被林卓绵救过的那个小男孩的妈妈也在附近，见陆思进表情严肃，以为他要批评林卓绵，连忙把自己的孩子拉过来，对他说林卓绵是因为救人才这样的，回来她要送锦旗给他们。

林卓绵说："不用不用。"

陆思进"啧"了一声："行了，都没劲儿了还在这儿说话呢。"

他对陈野望道："陈总，这样吧，你开车先带卓绵回去，反正我们也得在这儿休息一阵，都没体力了，估计等天亮下一拨救援就来了。"

林卓绵动了动嘴唇想说什么，陈野望忽地开口："绵绵，先跟我回去，等你好了，我再把你送回来。"

他话音落下，不仅是林卓绵，连陆思进也愣了。

陈野望却已经俯下身去扶林卓绵起来，将她的胳膊绕在自己脖子上，抱她往停车的地方走。

林卓绵回头问了陆思进一声救出来多少人，陆思进摆了摆手："现在数不了，回头告诉你，不用担心，这边的情况基本可控，都能救出来。"

回程的路上，林卓绵不敢相信地问："师兄，你真的还愿意送我回来？"

"不送你回来，你会跟我回去吗？"陈野望说。

他知道林卓绵什么意思，说完之后又道："绵绵，我跟你说过，我支持你的事业，不然我今天为什么会陪你来。"

林卓绵想起陆思进的话："因为你不放心我。"

"不放心你，我不让你来就是了。"陈野望说。

他想到什么，从林卓绵前面的抽屉里拿出一条毯子给她盖着，又打了空调暖风，让她先睡一会儿。

林卓绵把靠背放下去一些，几分钟之后，陈野望听到她小声说："谢谢你，师兄。"

"谢什么。"他道。

顿了顿，陈野望又说："绵绵，我跟你说过的每一句，都不是空话。"

她是他的骄傲，他会永远支持她。

无论是她的事业，还是她做出的每一个选择。

向前望去，道路笔直，通向很远的远方，天光越来越明亮，暴雨初歇，干净而崭新的一天即将到来。

- 番外完 -